CARLA FREIECK
SO VIELE JAHRE

CARLA FREIECK

SO VIELE JAHRE

Roman

DIANA

Sollte diese Publikation Links auf Webseiten Dritter enthalten, so übernehmen wir für deren Inhalte keine Haftung, da wir uns diese nicht zu eigen machen, sondern lediglich auf deren Stand zum Zeitpunkt der Erstveröffentlichung verweisen.

FSC www.fsc.org
MIX
Papier aus verantwortungsvollen Quellen
FSC® C014496

Verlagsgruppe Random House FSC® N001967

Originalausgabe 12/2018

in der Verlagsgruppe Random House GmbH,
Neumarkter Straße 28, 81673 München
Redaktion: Heike Hauf
Umschlaggestaltung: Favoritbüro GbR, München
Umschlagmotiv: © Christoph Hetzmannseder/Gettyimages
Satz: Leingärtner, Nabburg
Druck und Bindung: GGP Media GmbH, Pößneck

Printed in Germany
ISBN 978-3-453-35941-3

www.diana-verlag.de
Besuchen Sie uns auch auf www.herzenszeilen.de
Dieses Buch ist auch als E-Book lieferbar.

Zwei Dinge sollten Kinder von ihren Eltern
bekommen: Wurzeln und Flügel

Johann Wolfgang von Goethe

PROLOG

»Passen Sie doch auf!« Der Mann wirft ihr böse Blicke zu. Sie hatte ihn nicht bemerkt. Auch andere Passanten sehen auf. Eine junge Frau mit Kinderwagen nimmt ihren Arm.

»Wo möchten Sie denn hin? Kann ich Ihnen helfen?«

Sie senkt den Blick und schüttelt sie ab. Im Weitergehen sieht sie, wie die Frau mit einem Polizisten spricht. *Die Polizei, dein Freund und Helfer.* Der Satz breitet sich in rasender Geschwindigkeit in ihrem Kopf aus. Wie ein Echo hallt er ihr entgegen. *Die Polizei, dein Freund und Helfer.* Der Polizist kommt auf sie zu. Ihre Gedanken fangen wieder an zu schwimmen, sie kann sie nicht festhalten.

»Kommen Sie«, sagt er, »ich helfe Ihnen.«

Sie lässt zu, dass er ihren Arm nimmt und sie zu seinem Wagen führt.

»Steigen Sie ein. Ich bringe Sie auf die Wache.«

Ihre Zähne schlagen aufeinander. Sie muss ruhig bleiben, die Panik beherrschen.

Die Polizei, dein Freund und Helfer.

Die Wärme im Auto ist tröstlich. Nur ihr nasser Rock klebt kalt an ihren Beinen.

Wo bin ich hier?

Warum fällt ihr das nicht ein?

UNZUFRIEDEN

I

Ich stehe vor dem großen Spiegel im Bad und schaue mich an. Zweiundfünfzig gelebte Jahre haben Spuren hinterlassen. Im Gesicht und am Körper.

Ich bin eine Frau. Und als solche definiere ich mich zu einem großen Teil über mein Aussehen. Vor Kurzem habe ich in einem Bericht über die Tier- und Pflanzenwelt einer Region gelesen: *Die Natur kennt weder hässlich noch schön. Schönheit ist ein von den Menschen gemachtes Ideal. Also immer subjektiv.*

Wir Menschen brauchen Schubladen. Kategorien. Wie basteln uns Definitionen für alles Mögliche und stellen diese dann als allgemeingültig dar. Schön ist, wer ein ebenmäßiges Gesicht hat, eine schlanke, gerade gewachsene Figur und volles glänzendes Haar.

Äußerlich betrachtet könnte man also sagen, bin ich *schön*. Immer noch. Ich bin schlank, mittelgroß, habe halblange braune Haare und braune Augen. Das ist objektiv.

Auch mein Gesicht ist in Ordnung. Der Mund ist vielleicht etwas zu groß geraten, aber das stört mich nicht. Es ist kein makelloses Gesicht, aber es ist eines, das gut zu mir passt. Das ist subjektiv.

Die jugendliche Frische ist allerdings dahin. Um die Augen liegen Falten. Und zwischen Nase und Mundwinkel haben sich richtige kleine Furchen eingegraben. Ich achte auf mein Gewicht, das schon, aber ich bin nicht verbissen. Es geht ohne große Anstrengung, ohne ständigen Verzicht. Da habe ich Glück. Auch was meine Haare angeht. Sie sind kräftig und noch immer naturbraun.

Ja, für mein Alter sehe ich noch ganz gut aus. Erschreckend, wie wichtig mir das ist. Deshalb sauge ich Komplimente immer auf wie ein Schwamm. Das von Ben zum Beispiel, als er vor ein paar Tagen sagte: »Mama, du hast immer noch den besten Oma-Hintern, den ich kenne.«

An Tagen wie diesen packe ich sie aus. Als könnten sie mir Halt geben und mir beistehen, während ich mit meinen Dämonen kämpfe.

Und so stehe ich auch heute vor dem Spiegel und führe meinen Monolog. Stumm und tausendmal erprobt.

Es geht mir gut. Wir sind glücklich, Andreas und ich.

Wir führen eine gute Ehe.

Das ist die Einleitung.

Andreas verdient genug. Wir haben mehr als wir brauchen. Ein schönes Haus, zwei Autos und mindestens zwei Urlaube im Jahr.

Das ist der Mittelteil.

Wir sind gesund. Andreas und ich, unsere Kinder, unser Enkelkind, auch meine Mutter und meine Schwester – wir sind alle gesund!

Das ist die Hauptsache!

Und es stimmt ja auch. Kein Grund, sich zu beklagen. Unser Zusammenleben funktioniert wie am Schnürchen, besonders seit die Kinder aus dem Haus sind. Wir kennen uns so gut, seit dreißig Jahren sind wir verheiratet, und immer gehen wir respektvoll miteinander um. Wir wissen genau, was der andere erwartet, wissen genau, wie wir uns verhalten müssen, damit diese *Reibungslosigkeit* erhalten bleibt.

Es ist Montagmorgen. Hinter mir liegt ein ereignisloses Wochenende. Trotzdem fühle ich mich müde und erschöpft. Vielleicht liegt es daran, dass ich Migräne hatte. Dieser Dämon hat das Feld wieder geräumt. Jetzt kann ich mich um die anderen kümmern. Ich greife zur Bürste und fahre mir mit schnellen Strichen durch die Haare, weich und glänzend fallen sie mir ins Gesicht, dann reiße ich mich von meinem Spiegelbild los. Auf dem Weg nach unten schließe ich die Fenster, die ich am frühen Morgen zum Lüften geöffnet habe, unterwegs räume ich allerlei verstreut liegende Utensilien zusammen. Auf der Kommode im Flur liegt ein Blatt mit Andreas' Notizen. Alles lässt er irgendwo liegen. Alles räume ich ihm hinterher. Ich zerknäule den Zettel und stecke ihn in meine Jackentasche. Die Wut in mir fühlt sich gestreichelt.

Ich schnappe mir den Autoschlüssel, meine Handtasche und den Einkaufskorb. Was koche ich heute? *Fröschebein und Krebs und Fisch.* Früher habe ich gern gekocht. Früher. Früher habe ich auch noch gern mit meinem Mann geschlafen.

Das Telefon klingelt. Es ist Andreas.

»Hallo, Schatz, schön, dass ich dich noch erwische. Fred und Sonja wollen am Wochenende kommen. Zum Grillen. Passt das?«

Nein. Das passt nicht. Ich habe keine Lust auf Fred und Sonja, keine Lust auf Grillen und Small Talk. Keine Lust darauf, so zu tun, als wäre ich die, die ich zu sein scheine.

»Ja, klar«, sage ich.

»Gut. Kuss. Bis heute Abend.«

»Ja. Bis heute Abend.«

Ich fühle mich überrumpelt. Warum habe ich nicht gesagt, dass ich keine Lust auf Fred und Sonja habe.

Das Telefon noch in der Hand, zucke ich zusammen, als es schon wieder klingelt. Dieses Mal ist es Ben. Ben ist sechsundzwanzig und studiert BWL. Seit sieben Jahren. Ben ruft an, wenn er etwas braucht. Meistens Geld.

Ich lasse es läuten. Ich bin sowieso schon spät dran. Außerdem ist meine Stimmung im Keller. Da bin ich nicht in Geberlaune.

Reiß dich bloß zusammen! Alles ist gut!

Ein Blick aus dem Fenster gibt mir die Bestätigung: Ja. Alles ist gut. Es ist Juni, der Sommer hat gerade erst begonnen, im Garten blühen die Rosen, und bald fahren wir in den Urlaub. Nur in mir drin, da ist nichts gut. Ich bin eine dunkle, schwere Masse.

Hör auf damit! Du hast doch überhaupt keinen Grund, dich so zu fühlen. Katrin, meine Freundin, hat gesagt, ich hätte eine depressive Verstimmung, das würde schon wieder vergehen. Sie kenne sich damit aus. Ich solle mich mit schönen Dingen beschäftigen. Ich versuche es, aber ich finde immer weniger Dinge schön.

Vielleicht sind es einfach die Wechseljahre. Die Hormone spielen verrückt. Alles ganz normal. Außer der Angst. Ich glaube nicht, dass meine Angst etwas mit meinen Hormonen zu tun hat. Es sei denn, ich wäre schon seit etwa meinem zehnten Lebensjahr in den Wechseljahren. Neben der Migräne ist der Dämon Angst mein schlimmster Feind. Nachts besucht er mich im Traum. Tags ist er wie ein Schatten, eine unsichtbare Bedrohung. Immer lauert er, nie lässt er mich aus den Augen. An guten Tagen gibt er einigermaßen Ruhe. Dann dämmert er irgendwo vor sich hin. An besonders guten Tagen könnte man fast glauben, es gäbe ihn gar nicht. Dann wiegt er mich in Sicherheit. Aber auf gute Tage folgen schlechte.

Wehe, wenn ich nicht aufpasse. Dann springt er mich an wie ein Tier, wühlt sich in meine Eingeweide, höhlt mich von innen aus. Bis nichts mehr übrig ist von mir.

Die Wut ist Dämon Nummer drei. Wenn die Angst ein Schatten ist mit variabler Größe, dann ist die Wut ein Stück Glut, das in mir schwelt und nur darauf wartet zu brennen. Ich weiß nicht, woher sie kommt. Ich weiß auch nicht, was sie von mir will. Aber sie ist da. Tief in mir drinnen.

Solange ich die Kontrolle behalte, ist mein Leben regelbar. Solange ich die Peitsche schwinge und meine Dämonen auf ihren Platz verweise, habe ich die Situation im Griff. Aber sie werden fordernder. Die schwarzen Tage und Löcher wollen ans Ruder. Ich weiß nicht, wie lange ich mir mit meiner Peitsche noch Respekt verschaffen kann.

Ich schaue auf die Uhr und gebe Gas. Noch neun Minuten, und es sind sieben Kilometer bis zum Arbeitsplatz. Unterwegs ignoriere ich zwei gelbe Ampeln und weiche einer unvorsichtigen Katze aus. Plötzlich fängt es an zu regnen. Eine fette schwarze Wolke hat sich vor die Sonne geschoben. Ich schalte die Scheibenwischer ein und schneide die vor mir liegende lang gezogene Kurve. Noch drei Minuten.

Wir wohnen auf dem Land, aber mit Stadtnähe. Ein guter Ort zum Wohnen. Der Verkehr hält sich in Grenzen, und man hat alles in der Nähe, was man braucht.

Eine Minute vor acht. Ich parke und greife beim Aussteigen nach meiner Handtasche. Eine laute Stimme lässt mich zusammenfahren. »Du blöde Kuh, du wirst schon sehen!«, höre ich einen Mann schreien. Mir bricht der

Schweiß aus. Er ist auf der anderen Straßenseite, und ich sehe, wie er eine Frau am Arm packt und sie herrisch weiterzieht. Die Frau wirkt schwach, vielleicht ängstlich, sie wehrt sich nicht. Mein Herz beginnt zu rasen, schnell laufe ich in Richtung Büro und atme erleichtert auf, als sich die schwere Glastür hinter mir schließt.

2

Die Bürotür ist noch abgeschlossen, was mich überrascht. Ich bin selten vor meiner Kollegin da. Das Telefon klingelt.

»Hallo Thea, guten Morgen!«, begrüßt mich Manfred. »Sonja hat gerade angerufen. Sie hat sich die ganze Woche krankgemeldet. Kannst ja Helmut Bescheid sagen, wenn er kommt.«

Xanthippe ist krank. Frust und Erleichterung halten sich die Waage. Wenn meine Kollegin die ganze Woche fehlt, muss ich wohl Überstunden machen. Aber dafür habe ich das Büro für mich allein. Das bedeutet: Kein Kompetenzgerangel, keine giftigen Blicke und keine blöden Schimpftiraden, weil ich mal wieder einen Stift auf den falschen Platz gelegt habe. Die Waagschale mit der Erleichterung sackt nach unten.

Ich arbeite halbtags in einem Ingenieur- und Architekturbüro. Wahrscheinlich weil ich selbst einmal Architektin werden wollte. Stattdessen wurde ich schwanger. Das Beste an meiner Arbeit ist, dass ich mit meinem Verdienst keine Familie ernähren muss. Das Schlechteste ist meine Kollegin Sonja, mit der ich die Stelle teile. Sie ist eine alte Hexe. Ich und meine Erschöpfung, wir ignorieren sie. Ich und meine Wut, wir nennen sie Xanthippe. Klein und kompakt, dabei voller *Negativ-Energie*, so marschiert sie im Staccato-Takt durchs Gebäude, steckt ihre neugierige Nase in alles und nichts und macht mir mit ihrer unverhohlenen Abneigung das Leben schwer. Ich möchte es nicht, aber ich lasse es zu. Ich kann nicht anders. Mindestens einmal im Monat erwäge ich, den Job bald an den Nagel zu hängen. *Scheiß doch auf dieses kleine Stück Unabhängigkeit.* Genau dieser Gedanke macht ihn erträglich. Deshalb bleibe ich.

Das Büro ist modern und freundlich. Zwei aneinanderstehende Schreibtische, PCs, Monitore, Drucker, Faxgerät. Ein hohes Regal mit Ordnern steht an der einen, ein Wandschrank, mit einer kleinen Küche mit Kühlschrank, Spüle und Kaffeemaschine an der anderen Wand. Unmodern ist nur der riesige, hässliche Gummibaum, der vor zwei bodentiefen Fenstern steht. Er hat große ledrige Blätter, die jetzt im Licht der Morgensonne glänzen wie polierte Schuhe. Ich mag keine Gummibäume. Sie sind spießig und erinnern mich an den Muff der Sechziger- und Siebzigerjahre. Es ist Sonjas Baum. Sie gießt und düngt ihn mit Hingabe. Einmal in der Woche wischt sie seine Blätter mit einem feuchten, milchgetränkten Papiertuch ab. Ich fürchte, er wird auch eine Woche ohne Milch und Wasser überleben.

Mein Handy gibt einen leisen Glockenton von sich. Eine Nachricht von Katrin.

Wie findest du das? Ist das nicht ein Traum?, schreibt sie. Ich kann nicht darauf antworten, weil mein Handy beim Öffnen des beigefügten Fotos versagt.

Kann das Bild nicht öffnen.

Macht nix. Schick dir's als Fax.

Als ich das Fax in der Hand halte und endlich erkennen kann, was für Katrin ein Traum ist, bohrt sich sofort eine kleine Faust in meinen Magen. Es ist nur das Bild eines Hauses, einer alten Villa, wahrscheinlich aus dem Anfang des letzten Jahrhunderts. Aber alte Häuser, speziell solche Villen, lösen in mir immer sehr ambivalente Gefühle aus. Einerseits erkenne ich ihre Schönheit, und die Architektin in mir bleibt nicht unberührt davon. Andererseits finde ich sie immer irgendwie bedrohlich. Ihre Geschichten mögen für andere Menschen anziehend sein, für mich sind sie es nicht. Ich mache einen großen Bogen um ihre Geheimnisse.

Willst du dort Ferien machen?, schreibe ich mit schnellen Fingern zurück.

Nein. Ein Freund von Jens hat es gekauft. Er hat es mir gerade geschickt.

Ach so. Jens ist Katrins Bruder, seinen Freund kenne ich nicht. *Muss jetzt weitermachen, habe höllisch viel zu tun, Xanthippe ist krank.*

Es gibt wirklich eine Menge Arbeit, wie die Aktenberge auf meinem Schreibtisch belegen. Sie lassen erahnen, was mich auch in den nächsten Tagen erwarten wird. Jeden Tag in dieser Woche werde ich mehr arbeiten, als mein Vertrag es vorsieht, und jede Nacht weniger schlafen, als es meiner allgemeinen Verfassung guttut. Ich stopfe das Fax in meine Handtasche und lege los.

Eigentlich arbeite ich gerne. Auch deshalb, weil intensives Arbeiten mich sofort ruhig werden lässt. Auch heute. Die nervöse Unruhe lässt nach, das Gefühl der Bedrohung, das das Foto in mir ausgelöst hat, verschwindet. Nur die Erschöpfung bleibt. Ich vergleiche einige Angebote und lege einen Preisspiegel an. Im Ignorieren von Erschöpfung bin ich unschlagbar.

Als ich etwa ein Viertel der gestapelten Akten abgearbeitet habe, bekomme ich Besuch von meinem Kollegen Peter, der einen mir unbekannten Mann im Schlepptau hat.

»Moin, Thea.«

»Hallo. Guten Morgen.«

»Das ist Herr Seitz. Firma Altras.«

Herr Seitz ist attraktiv, sehr attraktiv sogar, und nach meiner Schätzung etwa Ende vierzig. Er lächelt mir zu und gibt mir die Hand.

»Guten Morgen.«

»Guten Morgen. Thea Brandner«, stelle ich mich vor und lächle zurück.

Peter wendet sich ab. »Ich wollte uns einen Kaffee holen.«

»Nur zu, es ist alles schon vorbereitet«, sage ich.

»Wie war dein Wochenende?«

»Danke, ganz gut. Und deins?«

»Auch. Was macht Andreas?«

»Arbeitet viel, aber alles im grünen Bereich. Und Sandra und die Kinder?«

»Gut so weit. Der Große kommt in die Pubertät.«

»Auweia!«

»So, wir müssen. Danke für den Kaffee.«

»Gerne.«

Die ganze Zeit lässt der Besucher mich nicht aus den Augen. Und die ganze Zeit registriere ich, dass er mich nicht aus den Augen lässt.

»Auf Wiedersehen, Frau Brandner«, sagt er mit einem letzten Blick und einem Lächeln in meine Richtung.

»Auf Wiedersehen, Herr Seitz«, erwidere ich und lächle ebenfalls. Ich lächle auch noch, als die Tür hinter ihnen sich längst wieder geschlossen hat. Ich vergesse nie zu lächeln. Manchmal ertappe ich mich dabei, dass ich abends den Wecker anlächle, während ich ihn stelle. Aber dieses Lächeln jetzt ist echt und unverstellt. Sozusagen ein Lächeln von ›innen nach außen‹. Ich lächle, weil ich das Interesse in den Augen von Herrn Seitz gesehen habe. Und weil ich glaube, dass es mir galt. Und weil es sich wie ein Sonnenstrahl anfühlt. Ein heller kurzer Moment.

Ich greife nach der nächsten Akte. Die grobe Kostenkalkulation für einen Kindergarten. Zu teuer, die Stadt braucht eine günstigere Variante. Wir sind ein vielseitiges Unternehmen, planen Häuser, kümmern uns um Gebäudeverwaltungen, erstellen Gutachten und statische Berechnungen. Und ich kenne mich ziemlich gut aus. Mit Genehmigungsplanungen oder Gutachten oder Baugesetzbüchern. Ich kann Ausschreibungsprogramme bedienen, Preisspiegel erstellen und nebenbei die Buchhaltung erledigen. Was die HOAI – die Honorarordnung für Architekten und Ingenieure – angeht, macht mir so schnell keiner was vor. Ich bin die Meisterin der Interpolation. Meine offizielle Berufsbezeichnung lautet Assistentin der Geschäftsführung, was den Eindruck von Wichtigkeit vermittelt. Kaffee kochen und ganz viel lächeln gehören auf jeden Fall dazu.

Irgendwann gönne ich mir eine Tasse Milchkaffee und eine Banane, um zwölf Uhr schickt mir Helmut eine Mail.

Bitte den Brief an Gärtner fertig machen. Der Auftrag ist unter Dach und Fach. Schick ihm die Konditionen mit. Und prüf doch bitte noch die beiden Rechnungen von gestern. Wir hatten darüber gesprochen. Gruß Helmut

Das ist wieder typisch, denke ich. Wir sitzen in nebeneinanderliegenden Räumen, aber nie kommt er zu mir, um seine Anweisungen mündlich zu überbringen. Sozusagen von Angesicht zu Angesicht.

Das Verhältnis zu meinem Arbeitgeber ist ohnehin ambivalent. Einerseits ärgere ich mich über das Ungleichgewicht zwischen Arbeit und Verdienst. Andererseits bin ich seit mehr als zwanzig Jahren im Betrieb. Das verbindet. Das schafft ein Wir-Gefühl.

Das Telefon klingelt. »Hallo, Mama. Ich bin's«, höre ich meinen Sohn. »Du, ich hab ein neues WG-Zimmer. Kann ich am Wochenende dein Auto haben? Für den Umzug?«

»Na gut«, sage ich. »Ich will Oma besuchen, aber ich denke, ich kann Papas Auto nehmen.«

»Super! Danke! Dann hole ich den Wagen morgen früh. Ich muss Schluss machen, hab gleich Vorlesung. Tschüss Mamuschka, bleib sauber!«

»Apropos sauber: Zu Hause stehen zwei Körbe mit frischer Wäsche von dir. Die kannst du dann mitnehmen. Tschüss, mein Schatz, bis morgen.«

Ich lege auf, im gleichen Moment fällt mir ein, dass Andreas am Samstag den ganzen Tag in Wiesbaden ist. Wegen des Seminars. Ich schließe kurz die Augen, reibe meine Stirn. *Verdammt*, denke ich. Damit ist klar, dass der Sonntag meiner Mutter gehört.

Es ist typisch für Ben, mich mit solchen Anliegen zu überrumpeln. Er kennt meine Schwächen. Und er nutzt sie aus. Er ist kein schlechter Kerl. Nur einer, der gern den Weg des geringsten Widerstands geht, über wenig Ausdauer verfügt und größere Anstrengungen – seien sie körperlicher oder geistiger Art – scheut. Sein Aussehen hilft ihm dabei. Er wirkt sensibel, zart und doch irgendwie sportlich und männlich. Lockige hellbraune Haare harmonieren perfekt mit großen braunen Augen und mädchenlangen Wimpern. Und dann dieser besondere Zug um den Mund. Ein sehr markanter Mund. Ein Mund, der alles Mädchenhafte vergessen lässt. Klar, ich bin seine Mutter, aber auch andere Frauen bemerken das. Und seine Freundinnen wechseln so oft wie seine beruflichen Ideen.

Am Ende meines Arbeitstages ist mein Nacken völlig verspannt. Vorsichtig bewege ich den Kopf hin und her, massiere kurz mein Genick, schalte alle Geräte aus und schnappe mir Jacke, Schlüssel, Handtasche und die vorbereiteten Unterlagen für Helmut. Er ist mein Chef, und zumindest in dieser Hinsicht kann ich mich nicht beklagen. Er erwartet viel, aber er ist fair. Manchmal versetzt mich sein grenzenloser Optimismus in Erstaunen. Egal, wie miserabel unsere Auftragslage auch ist, es scheint seinen Idealismus niemals nachhaltig zu beeinträchtigen. Die Grenzen zwischen Arbeit und Freizeit sind bei ihm fließend, die Firma steht an erster Stelle. Ich bin sicher, Helmut liebt seine Frau und seine Kinder sehr, aber im Falle eines Wettbewerbs räume ich ihnen keine großen Chancen ein. Diese Maßstäbe legt er gerne auch bei seinen Mitarbeitern an, was nur bedingt funktioniert. Bei Sonja vielleicht noch am besten. Sie ist sozusagen mit der Firma verheiratet. Ich vermute in Ermangelung anderer Bewerber.

Als ich sein Büro betrete, telefoniert er gerade. Wir

nicken uns zu, ich lege ihm die geforderten Unterlagen auf den Tisch und verabschiede mich mit einem Lächeln. Anstatt schnurstracks Richtung Ausgang zu laufen, mache ich noch einen kleinen Umweg an Peters Büro vorbei. Nicht aus Notwendigkeit, sondern aus Neugier. Um auszuloten, ob der gut aussehende Herr Seitz noch im Haus ist. Auf mein Klopfen kommt keine Antwort. Ich drücke den Türgriff, aber es ist abgeschlossen. Mittagspause. Sicher auch für Herrn Seitz.

Und was kommt jetzt? Ach ja, richtig. Der Einkaufsmarkt. Ich weiß immer noch nicht, was ich kochen soll. Vorher muss ich auch noch zur Apotheke. Und Andreas' Jacke muss in die Reinigung.

Obwohl es heute warm ist, friere ich plötzlich. Ich sehne mich nach meinem weichen, warmen Bett. Und weiß genau, dass ich meiner alten Feindin nicht entkomme. Ein leichtes Ziehen im Hinterkopf, kleine weiße Flecken im Sichtfeld, die typischen Vorboten.

Hallo, Migräne. Wie hast du mich gefunden?

Ich hab dich nicht gefunden. Du hast mich gerufen.

Noch im Büro schlucke ich eine Tablette. Es hat keinen Sinn zu warten. Dieses Spiel habe ich schon zu oft gespielt, ich kenne die Regeln.

3

Ich habe mich entschieden. Für Ratatouille und Salat. Während ich hektisch durch die Gänge eile, hierhin und dorthin greife, um den Wagen rasch mit Notwendigkeiten und kleinen Annehmlichkeiten des Alltags zu füllen, grüße ich freundlich nach allen Seiten und lächle. Die kleine Stadt ist ein Dorf, man kennt sich, und ich habe meine Rolle. Meine Rolle ist die der taffen Ehefrau, Hausfrau, Mutter, die alles im Griff hat und nebenbei noch einen anstrengenden Bürojob erledigt. Meine schwarzen Löcher gehen niemanden etwas an.

Zu Hause öffnet Andreas mir die Tür, noch bevor ich den Schlüssel ins Schloss stecken kann.

»Hallo. Na, mein fleißiges Bienchen. Noch Reserven im Tank?« Er umarmt mich und küsst mich auf den Mund.

Reserven, denke ich, *welche Reserven?* Ich erwidere den Kuss und lächle. »Hallo, Schatz! Ja, klar. Die besonders Fleißigen werden am Abend mit einem Wellness-Programm belohnt.«

»Oha, soll ich mich drum kümmern?«

»Lieber nicht. Du denkst ja nur an deine Wellness. Ich dachte eher an ein Entspannungsbad.«

»Ich könnte dir den Rücken einseifen. Du weißt, ich helfe gern, wenn ich kann.«

Ich lächle ihn schief an. »Danke. Das bedeutet: Nein danke! Ich bade allein. Warum bist du eigentlich schon da?«

»Weil ich ein paar Überstunden abfeiere. Und am Samstag ist auch noch das Seminar.«

»Ich war einkaufen. Hast du schon Hunger?«

»Bärenhunger. Ich habe seit dem Frühstück nichts mehr gegessen.«

»Okay. Dann fange ich gleich an zu kochen.«

»Soll ich dir helfen?«

Na klar! Warum nicht? Du könntest das Gemüse schneiden, während ich versuche, mein schwarzes Bauchloch zu stopfen.

Ich schnappe mir die Einkäufe und marschiere Richtung Küche. »Nein, lass nur«, sage ich. »Ich mach das schon.«

»Gut, dann bereite ich mich mal auf das Seminar vor. Ist ein neues Thema.«

Bevor ich anfange zu kochen, räume ich das schmutzige Geschirr vom Morgen in die Spülmaschine und verstaue die Einkäufe. Ich lege Schneidebrett, Messer und Gemüse bereit, schnappe mir eine Aubergine und fange an zu schneiden. Erst längs. Dann quer. Ich schließe die Augen, führe das Messer mit meiner rechten, halte die Aubergine mit der linken Hand und schneide. Einmal, zweimal …

Ein kurzer Schmerz. Nicht unangenehm. Ich kann mich auf diesen Schmerz konzentrieren und den anderen einen Moment lang ignorieren. Die Wunde ist nicht groß. Ich sehe einen Blutstropfen, der sich an der Fingerkuppe formt und auf die Arbeitsplatte fällt. Dort vermischt er sich mit einer kleinen Wasserlache. Blut und Wasser. Eine perfekte Symbiose.

Ich setze mich auf einen Stuhl, wickle ein Papiertuch um den Schnitt und starre an die Wand. An Tagen wie heute kann ich *es* kaum ertragen. *Was kannst du nicht ertragen? Was ist ›es‹?* Es gibt kein *es*. Nur mich. An Tagen wie heute kann ich *mich* kaum ertragen. Warum bin ich nur so?

Reiß dich zusammen!

Ich rapple mich auf, schnipple das restliche Gemüse klein und füge am Ende Gewürze, Kräuter, Olivenöl und etwas Brühe dazu.

Während das Essen im Backofen schmort, bereite ich einen Salat vor und lege eine Ladung frisch gewaschener

Wäsche zusammen. Dann hole ich Teller und Besteck und gehe damit auf die Terrasse. Andreas liebt es, im Sommer draußen zu essen. Und ich liebe den Geruch des Sommers. Der Duft von frisch gemähtem Gras steigt mir in die Nase. *Bestimmt wird es bald wieder besser*, denke ich. Ich hoffe immer, dass *es* besser wird. Ich weiß nur nicht wie. Ich weiß noch nicht einmal was.

4

Der Sommer meint es auch weiter gut mit uns. Seit Tagen scheint die Sonne, seit Tagen haben wir Temperaturen oberhalb der 25-Grad-Marke. Spontan backe ich einen schnellen Obstboden. Es ist ein altes Familienrezept, die Zutaten werden per Löffel abgemessen, es geht wirklich ziemlich fix. Nachher werde ich den Kuchen mit Erdbeeren belegen und ihn dann mit frischer Sahne servieren. Ich sehe uns schon alle im Garten an der Kaffeetafel sitzen und lächle vorfreudig in mich hinein. Gleichzeitig frage ich mich, ob es mir *nur* darum geht, das Bild eines ›glücklichen‹ Familienlebens zu inszenieren. Ich hinterfrage mein Tun ständig. Aber nicht immer habe ich eine Antwort.

Mit Papier und Stift bewaffnet, setze ich mich wenig später an den großen Küchentisch und streiche sanft über seine narbige Fläche. Es ist ein schöner alter, antiker Weichholztisch, ein Tisch, den Andreas vor vielen Jahren auf einem Möbelflohmarkt gefunden hatte und der von mir mühevoll aufgearbeitet wurde. Ein Tisch mit einem Gesicht, hinter jeder Kerbe steht eine Geschichte. Er ist unser Herzstück, unser Kommunikationszentrum. Acht

Leute können hier bequem sitzen, wenn man ihn auszieht sogar zwölf. Seit die Kinder aus dem Haus sind, sitzen Andreas und ich hier allerdings meistens allein. Mehr zum Essen und weniger zum Reden. Die Zeit der Diskussionen hat sich mit dem Erwachsenwerden unserer Kinder still verabschiedet.

Das Papier ist meine To-do-Liste. Mein Leben ist nicht nur ein geregeltes, sondern auch ein geplantes. Ich plane alles Mögliche und mache mir ständig To-do-Listen. Egal ob es um Zahnarzttermine, Besuche bei meiner Mutter oder das Fernsehprogramm geht: Ich überlasse nichts dem Zufall. *Mama anrufen, Himbeeren ernten, Marmelade kochen*, schreibe ich. Ach ja, und: *Schreiben an Versicherung*. Es geht um einen Wildschaden, den ich mit meinem Wagen hatte. Über ein Jahr ist das her, und es ist die dritte Aufforderung, den anteiligen Schaden zu bezahlen. Ich schaue nach draußen. Die Fensterscheibe zeigt mir, was noch zu tun ist. Ich greife nochmals zum Stift: *Küchenfenster putzen!*

Die Sonne lockt, ich gehe in den Garten. Zu den Himbeeren. Dabei komme ich an der Schaukel vorbei, einem Überbleibsel aus der Zeit, als unsere Kinder noch klein und ich eine junge engagierte Mutter war. Engagiert bis zum Erbrechen. Im Schulelternbeirat, Initiatorin von Kinderkleiderbasaren, Mitbegründerin einer Nachmittagsspielgruppe. Jeden Tag Programm. Musikalische Früherziehung, Klavierunterricht, Tennisstunden. Später noch Nachhilfe. Ich war viel unterwegs.

Die Sonne blinzelt mir freundlich ins Gesicht, ich kann nicht widerstehen und lasse mich auf der Schaukel nieder, ich schließe die Augen. Vor und zurück. Der Wind streicht sanft über mein Gesicht. Vor und zurück.

Meine Schultern sacken nach unten, die Gedanken fangen an zu wandern. Bis die Stimme meiner Tochter mich wieder aus dem Dämmermodus holt.

»MAMA!«

»Nora? Ich bin hier draußen. Auf der Schaukel.«

Seit der Geburt ihrer Tochter vor elf Monaten schaut Nora oft bei uns vorbei. Sie kommt meist am frühen Mittag, sie kennt meine Arbeitszeiten. Frida sitzt auf der Hüfte ihrer Mutter und richtet ihre blauen Babyaugen auf mich. Sie lacht. Sofort werde ich von einer Welle zärtlicher Gefühle erfasst. Ich nehme Nora das weiche Baby ab und stecke meine Nase in seine blonden Locken.

»Du bist früh dran heute«, sage ich.

»Ach, ich bin am Ende. Frida motzt die ganze Zeit. Sie kriegt Zähne.« Sie hält das gefaxte Bild mit der alten Villa vor mein Gesicht. »Was ist das?«

»Ach das. Nichts weiter«, sage ich unangenehm berührt. Ich hatte das Blatt auf den Stapel mit Altpapier gelegt und fast schon wieder vergessen. »Das ist nur ein altes Haus. Ein Freund von Katrins Bruder hat es gekauft.«

»Es ist ein schönes Haus.«

»Hhmm«, nuschle ich unbehaglich und weiche Fridas kleiner klebriger Hand aus. »Wie lange könnt ihr bleiben? Ich habe Erdbeerkuchen gemacht.«

»Oh, fein. Wann gibt's Kaffee?«

»Gegen vier. Wenn dein Vater kommt.«

»Okay.« Sie schaut kurz auf die Uhr und wendet sich ab. Im Gehen wirft sie uns eine Kusshand zu. »Ich bin drin. Falls ihr mich braucht.«

Nora liebt ihre Tochter, keine Frage, trotzdem ist sie für jede Chance, ihrer Mutterrolle wenigstens für kurze Zeit zu entkommen, dankbar. Ihr Studium zur Kunstpädagogin hat sie vor mehr als einem Jahr abgeschlossen. Hochschwanger, aber mit guten Ergebnissen. Jetzt fühlt sie sich ausgebremst. Alleinerziehend und im Dauerstress, ich weiß, dass sie das unzufrieden macht.

Sie arbeitet stundenweise bei einem Kulturmagazin, verdient auch nicht schlecht dabei, aber es ist nicht das, was sie sich vorgestellt hat. Natürlich war die Schwangerschaft nicht geplant. Wie die Mutter, so die Tochter. Andererseits müsste sie nicht so leben. Fridas Vater, Tom, ist Informatiker. Ein verantwortungsbewusster, zuverlässiger Mann. Er bekennt sich zu seinem Kind und stellt sich der Verantwortung. Sowohl in finanzieller als auch in emotionaler Hinsicht. Ich glaube, er würde sich sehr gerne und in aller Konsequenz auch zur Mutter des Kindes bekennen, wenn sie ihn nur ließe.

Als ich zehn Minuten später mit Frida auf dem Arm das Haus betrete, finde ich meine Tochter auf dem Sofa liegend vor dem Fernseher. Eine der ebenso zahlreichen wie geistlosen Nachmittagssoaps läuft auf dem Bildschirm. Ich betrachte sie. Sie sieht Andreas sehr ähnlich. Viel ähnlicher als mir. Die blauen Augen, der Schwung ihrer Augenbrauen, die dunklen Haare. Auch ihre vollen, gut geformten Lippen hat sie von ihm, nicht aber den missmutigen Zug, der im krassen Gegensatz zur Weichheit ihres Gesichts steht.

»Was?«, fragt sie. Ich sage nichts. Mit Frida auf der Hüfte gehe ich an ihr vorbei in die Küche und räume das Geschirr in die Spülmaschine. Mit Frida auf der Hüfte schneide ich anschließend die verwelkten Rosenblüten im Garten ab und ernte die überreifen Himbeeren. Und immer noch mit Frida auf der Hüfte decke ich schließlich ihre schlafende Mutter auf der Couch zu.

Als Andreas nach Hause kommt, hat Nora ausgeschlafen und fällt ihrem Vater um den Hals. »Hallo Papa, hast du mich auch so vermisst wie ich dich?« Sie begrüßt ihn mit einer Überschwänglichkeit, die sie für mich nie hat. Das ist eine Feststellung, keine Klage. Andreas und Nora sind auf eine Art miteinander vertraut, die mich ausschließt. Das war schon so, als Nora noch sehr klein war. Nie habe ich versucht zu intervenieren. Ich wusste, dass es keine Frage von Liebe ist. Es ist eine Frage des Gleichklangs, der seelischen Verbundenheit.

Ich decke den Tisch und serviere Kaffee und Erdbeerkuchen. Die Luft ist mild, Dutzende Schmetterlinge schwirren um den Flieder und tauchen ihre kleinen Rüssel in die winzigen Blütenkelche. Vorsichtig werfe ich einen Blick in den Kinderwagen. Jetzt ist es Frida, die schläft.

»Der Kaffee ist fertig«, rufe ich Andreas und Nora zu. Wir setzen uns an den gedeckten Tisch. Ich schenke Kaffee aus, ich verteile Kuchen, ich lächle meine Familie an. Wir reden, und wir essen.

»Ich bin gleich mit Fred zum Tennis verabredet«, sagt Andreas.

»Schön«, sage ich und lege ihm ein zweites Stück Kuchen auf den Teller.

Die Sonne scheint, und die Rosen blühen. Ich freue mich über meine geglückte Inszenierung: Das perfekte Bild einer perfekten Familie.

5

»Haben wir keine Zahnpasta mehr?« Andreas kommt mit der Zahnbürste in der Hand ins Schlafzimmer. Ich liege nach meinem rituellen Entspannungsbad bereits im Bett und lese.

»Doch. In der rechten Schublade im Bad.«

»Da hab ich geguckt. Da ist keine.«

Ich tue so, als hätte ich nichts gehört und lese weiter. Er geht zurück ins Bad. Ich lausche. Schubladen werden aufgezogen, Schränke durchsucht.

»Ich finde keine«, sagt er mit hilflosem Blick.

Mit einem Seufzen quäle ich mich aus dem Bett und habe mit einem Griff die neue Tube in der Hand. *Bist du blind?!* »Hier, mein Schatz!«, sage ich.

»Ach? Hab ich nicht gesehen.«

Ich lege mich wieder hin und starte einen neuen Leseversuch. Andreas lässt sich schwer neben mich fallen. »Puh, ich bin geschafft«, stöhnt er und schaltet den Fernseher an. Er zappt in ein paar verschiedene Sendungen und landet schließlich bei einem Fußballspiel auf einem Sportkanal.

»Idiot, schieß doch. Du stehst allein vor dem Tor.«

»Andreas!«, sage ich. Ich lege das Buch zur Seite, lösche das Licht und schließe die Augen.

Er streckt mir seine Hand entgegen. »Schlaf, Bienchen«, sagt er.

»Dann mach den Ton leiser«, sage ich.

»Das Spiel ist gleich vorbei.«

»Hmmpf«, murmele ich und ziehe mir die Decke über die Ohren.

»Schon gut.« Er drosselt die Lautstärke, ich versuche zu

schlafen. Es geht nicht. Irgendwann schaltet er den Apparat aus und dreht sich auf die Seite. »Nacht, Schatz«, murmelt er. Es dauert keine fünf Minuten, bis ich seinen gleichmäßigen Atem höre. Und noch etwa zehn Minuten, bis er anfängt leise zu schnarchen. Dafür bin ich jetzt wieder hellwach.

Meine Gedanken gehen auf Wanderschaft. Ich bin zweiundfünfzig. Und jedes Lebensjahr scheint schneller zu vergehen als das vorherige. Die Zeit zerrinnt mir zwischen den Fingern, so unaufhaltsam wie der Sand in einer Sanduhr. In mir ist eine unbestimmte Sehnsucht, ich weiß nicht genau wonach, nach einem anderen Leben vielleicht. Und sofort meldet sich meine innere Stimme wieder und schimpft: *Dir geht's doch gut!* Ich denke an früher. An meine Wünsche und Erwartungen. Daran, dass ich als Kind Malerin werden wollte. Bis ich begonnen habe, mein Vorbild – meinen Vater – zu hassen. Dann Architektin. Stattdessen wurde ich schwanger. Danach war es erst recht vorbei mit der Selbstbestimmung. Habe ich Andreas zu früh kennengelernt? Hätte ich mein Leben besser gemeistert ohne ihn? Ich denke daran, wie fasziniert ich war, als ich ihm das erste Mal begegnet bin. So eingenommen von seiner souveränen, ruhigen Art und seinem guten Aussehen. Den Kontrast seiner dunklen Haare zu stahlblauen Augen fand ich unwiderstehlich. Ich erinnere mich gut an meine Aufregung bei unseren ersten Treffen.

Die Aufregung hat sich längst gelegt. Jetzt finde ich das Zusammenleben oft anstrengend. Es fühlt sich irgendwie schwer an, als würde er wie ein Stein auf mir liegen. Schon während ich das denke, finde ich mich selbst schon wieder unmöglich und ungerecht. Ich schimpfe mit mir und zähle auf: Er ist ein guter Ehemann, er ist ein guter Vater, er liebt mich und unsere Kinder, er ist stabil und verlässlich. Gerade seine Verlässlichkeit war es doch, die ich am Anfang so wahnsinnig anziehend fand. Das war ich nicht gewohnt. Dann fallen mir unsere kleinen Rituale der ersten Jahre ein. Wenn er am Abend von der Arbeit kam, nahm er mich ganz fest in den Arm, er roch an mir und sagte, dass er meinen Geruch liebt und mich, und ich liebte es, wenn er mich auf diese Weise hielt.

Wann fing es an aufzuhören? Mit den Geburten unserer Kinder? Als wir ein knappes Jahr zusammen waren, wurde ich schwanger. Er war selig, und ich hatte Angst. Aber am Ende habe ich meine Zweifel ignoriert und mich von seiner Freude anstecken lassen. Und meiner Angst getrotzt.

Aber, sagt die andere Stimme in meinem Kopf, *da war er auch noch nicht so vereinnahmend, bequem und bestimmend. Nicht so unsensibel.* Es ist nämlich so, dass ich zwei Stimmen habe: Die eine ist die Stimme der Vernunft und die andere die der Aufsässigkeit. Frech, nörgelnd und vorlaut. Vielleicht bin ich ja eine multiple Persönlichkeit?

Ein Blick auf die Uhr. Fast halb zwei. Ich MUSS jetzt schlafen. Ich bin so müde. Andreas liegt neben mir und schläft den Schlaf der Gerechten. Ich höre, wie er atmet. Ruhig und gleichmäßig. Warum kann ich das nicht auch? Ich verändere meine Stellung. Von der Rücken- in die Bauchlage. Von der Bauch- in die Seitenlage. Ich ziehe mir die Decke bis über die Ohren, atme tief ein und aus und versuche nicht zu denken. Aber ich denke, mein Kopf lässt es sich nicht verbieten. Dieses unkontrollierte Grübeln macht mich wahnsinnig. Es bringt mich nicht nur um den Schlaf, sondern wahrscheinlich irgendwann auch noch um den Verstand. Warum kann ich diese verflixte Denkmaschine nicht einfach abstellen? Ich zähle rückwärts, fange bei 999 an, 998, 997, 996 … und irgendwann werde ich von meinen Gedanken weggetragen. Im Dämmerzustand zwischen Schlaf und Wachsein höre ich meine Mutter wimmern: *Wo willst du denn hin? Sie kommt bestimmt gleich. Bleib doch hier!* Ich sehe meinen Vater, er hat mich entdeckt – *Du bist zu spät!* –, und er hebt den Arm.

»Guten Morgen.« Andreas ist gut gelaunt, als er sich, mehr als eine Stunde nach mir, an den gedeckten Frühstückstisch setzt. Er stellt seine Tasse unter den Kaffeeautomat, schwarz, ein Stück Zucker, setzt sich mir gegenüber und greift sofort nach dem Sportteil der Zeitung. Sein Hemd hängt locker über der Jeans, die Haare sind noch feucht vom Duschen und wie immer wirkt er ausgeglichen und unbeschwert.

»Was denkst du, wie spät wird es heute Abend?«, frage ich.

»Nicht so spät.«

»Definiere das mal, dieses *nicht so spät.*«

»Na, um sechs ist Schluss, dann bin ich um halb sieben, spätestens um sieben zu Hause.« Mit Blick in die Zeitung schmiert er sein Brötchen.

»Können wir nicht einfach mal reden?«, frage ich spontan.

Er hebt überrascht den Blick. »Über was denn?«

»Über irgendetwas. So wie früher?«

»Wenn wir reden, dann haben wir einen Grund, irgendein Thema, das uns beschäftigt. Das war früher so, und das ist heute so. Wenn du also etwas hast, was du mit mir besprechen möchtest, dann sag's doch einfach.«

»Ben holt gleich mein Auto ab. Er braucht es für seinen Umzug«, starte ich einen Versuch.

»Okay.«

»Da ist auch demnächst der TÜV fällig. Kümmerst du dich drum?«

»Mach ich.«

»Morgen fahre ich zu meiner Mutter.«

»Kannst mein Auto haben, wenn Ben deins noch braucht.«

»Danke. Aber er bringt es heute Abend wieder.«

»Gut«, sagt Andreas und fängt wieder an zu lesen. »Die Freiburger haben ihren Trainer gefeuert.«

Ich seufze und lasse ihn mit dem gedeckten Frühstückstisch und der Zeitung allein. Heute ist Putztag.

Während ich im Bad die Armaturen wienere, höre ich Andreas' ärgerliches Grummeln im Flur.

»Schatz, hast du einen Zettel mit Notizen von mir gesehen? Ich brauche ihn für das Seminar«, höre ich ihn rufen.

Einen Moment stehe ich still. Der zerknitterte Zettel steckt noch immer in meiner Jackentasche. »Nein«, rufe ich zurück und lausche. Noch immer suchend flucht er leise vor sich hin. Wird nicht fündig, weil er nicht fündig werden kann.

»Ich muss los, bis heute Abend«, sagt er schließlich.

»Soll ich uns etwas kochen?«

»Ja, wäre schön.«

»Vielleicht Spaghetti Bolognese?«

»Finde ich gut.«

Meine Mutter fällt mir ein. Ich muss sie anrufen und ihr sagen, dass ich erst morgen komme.

6

Ich fahre nicht ungern zu meiner Mutter. Nicht, dass es mir eine besondere Freude wäre, aber es ist eine von den angenehmen Pflichten. Ich glaube, ich finde es deswegen angenehm, weil ich für den Zeitraum der Fahrt nicht verfügbar bin. Für niemanden. Sie dauert eine knappe Stunde und führt durch idyllische Taunusdörfer und blühende Landschaften. Ich könnte natürlich auch über die Autobahn fahren, das würde den Zeitaufwand verkürzen, aber es wäre nur halb so schön.

Heute ist ein guter Tag. Keine schwarzen Löcher, keine Migräne, dafür jede Menge Sonne. Sie streichelt mein Gesicht. Ich setze die Sonnenbrille auf und fühle mich gut. Frei und leicht. Und irgendwie auch jung.

Als ich am Haus meiner Mutter ankomme, fällt mein Blick auf den nicht gemähten Rasen. Und es gibt noch weitere Spuren der Vernachlässigung. Am Wegrand sind einige verblühte Stauden, die geschnitten werden müssten, die Pflanzen in den Kübeln vor der Haustür lassen matt die Köpfe hängen. Ich prüfe mit zwei Fingern die Erde. Sie ist trocken. Das ist nicht ihre Art.

Meine Mutter ist dreiundsiebzig und noch sehr rüstig. Sie ist eine große, schlanke Frau, die, obwohl ich sie über viele Jahre devot und unterwürfig erlebt habe, nach außen schon immer stolz und aufrecht wirkte. Und noch immer wirkt. Devot und unterwürfig war sie nur bei meinem Vater. Und auch das nur, wenn wir unter uns waren. Sobald sich Besuch ankündigte, strafften sich ihre Schultern wie von selbst, und ihre Stimme bekam einen leichten, heiteren Klang. Manchmal kündigten sich Journalisten an. Sie kamen, stellten viele Fragen und machten Fotos. Mein Vater ließ sich gern fotografieren. Ich sehe ihn noch vor mir, er legte immer viel Wert auf seine Erscheinung. Öffentlich sah man ihn nur mit Anzug und Krawatte, den dunkelhaarigen Künstlerkopf in herablassender Pose. Und auch wir durften hin und wieder mit auf das Bild. Wir lächelten dann immer, was das Zeug hielt. Und ich muss zugeben, dass wir – rein äußerlich betrachtet – eine sehr schöne Familie waren. Ich habe noch alte Zeitschriften, die das belegen. Aber noch heute, wenn ich mir diese längst vergilbten Fotos anschaue, spüre ich die alte Angst. Der Fotograf drückte fünf- oder sechsmal auf den Auslöser, und dann ging er. Wir mussten bleiben.

In ihrem Haus wohnt meine Mutter erst, seit sie es zwei Jahre nach dem Tod meines Vaters gekauft hatte. Da war sie achtundvierzig, noch jünger, als ich es jetzt bin. Er starb mit siebenundsechzig, und es war kein schöner Tod. Er ist verreckt. An Leberzirrhose, Raucherlunge, Magenbluten, was weiß ich. Vielleicht ist er auch an seiner Wut erstickt. Von meiner Seite nichts als Erleichterung.

Seit er tot ist, lebt sie allein. Dabei stellt sie kaum Ansprüche an uns. Nicht an mich und schon gar nicht an Inga, meine jüngere Schwester. Ab und zu ein Telefonat, ab und zu ein Besuch, damit scheint sie zufrieden.

Wenn ich an meine Mutter denke, fühle ich mich immer sehr ambivalent. Ich bin mit ihr verbunden, weil sie meine Mutter ist, aber ich fürchte, ich liebe sie nicht. Dabei hätte ich sie sehr gern geliebt. Wenn mein Vater das nicht verhindert hätte.

Noch bevor ich auf den Klingelknopf drücken kann, ertönt das Summen des Türöffners. Sie hat mich schon entdeckt. Sie saß bestimmt am Küchenfenster. Das tut sie oft, wenn sie Besuch erwartet. Wir begrüßen uns im Flur und weil ich weiß, dass sie sich darüber freut und auch weil ich einen guten Tag habe, küsse ich sie auf den Mund.

»Hallo, Mama. Wie geht's dir?«

»Hallo, mein Kind. Mir geht's gut. Ich habe gerade die Kaffeemaschine angestellt, und ich habe dir deinen Lieblingskuchen gebacken. Mandeltorte.«

»Schön.« Ich freue mich auf Kuchen und Kaffee.

»Setz dich nur schon mal auf die Terrasse. Der Tisch ist schon gedeckt.«

Das erinnert mich an Andreas' ersten Besuch bei uns zu Hause. Damals hatte sie auch Kuchen gebacken und den Kaffeetisch schön feierlich gedeckt. Ich hätte die Begegnung mit meinen Eltern gern vermieden, aber Andreas bestand darauf. Er selbst hatte seine Eltern schon früh verloren und beneidete mich in seiner Ahnungslosigkeit. »Sei doch froh, dass du noch welche hast!«

Ich konnte ihm schlecht sagen, dass mein Vater ein Säufer und Choleriker war, also habe ich mit meiner Mutter gesprochen, und wir beschlossen, Andreas zum Kaffee einzuladen. Wir hofften, dass mein Vater nicht ausgerechnet einen seiner *schlimmen Tage* haben würde. Schlimme Tage bedeuteten, betrunken und wütend. Gute Tage bedeuteten, nur betrunken.

Er hatte einen guten Tag damals. Aber seine schlimmen Tage lernte Andreas natürlich trotzdem noch kennen.

Ich laufe durch das Haus zur Terrasse und setze mich mit dem Gesicht zur Sonne. Es geht mir gut. Die Mandeltorte steht bereit, der Kaffee duftet, die Sonne scheint warm und freundlich vom Himmel. Und mein Vater ist tot.

Als meine Mutter wenig später mit der Kanne auf die Terrasse kommt, nehme ich sie ihr aus der Hand und schenke uns beiden ein. Sie nimmt sich ein winziges Stück Kuchen und legt mir ein großes auf den Teller. Während wir essen, sehe ich, wie sie immer wieder die Gabel zur Seite legt und versonnen in den Garten blickt.

»Ist alles in Ordnung?«, frage ich.

»Was soll denn nicht in Ordnung sein?«

»Ich meine nur. Du siehst so nachdenklich aus.«

»Ach was. Das meinst du nur. Hast du etwas von deiner Schwester gehört?«

»Wir haben letzte Woche telefoniert. Sie ist im Stress, wegen der Sommerferien. Du weißt schon, Zeugnisse und so.«

Ich will mir gerade ein drittes Stück nehmen, da schiebt sie ihren Teller zurück.

»Magst du das nicht mehr«, frage ich und zeige mit der Gabel auf den Kuchenrest.

»Nein. Ich habe überhaupt keinen Hunger.«

Ich schnappe mir ihren Teller und schaue sie genauer an. Ist sie krank?

»Kann ich irgendetwas für dich tun?«, frage ich. »Soll ich mich nachher vielleicht ein bisschen um den Garten kümmern?«

»Nein. Nein, das brauchst du nicht. Ich schaffe das gut allein. Außerdem ist heute Sonntag.«

»Mama, ich will dir nur helfen. Ich habe den ganzen Mittag Zeit und könnte dir ein paar Arbeiten abnehmen. Ist doch egal, was für ein Wochentag heute ist, wenn ich schon einmal hier bin.«

»Ich habe doch gesagt, du brauchst das nicht.«

»Das ist doch keine Frage von *brauchen*.«

»Lass uns nach dem Kaffee lieber einen Spaziergang machen. Ich habe ein Buch von Elsie geliehen, das habe ich gerade ausgelesen. Wir können es ihr zurückbringen.«

Sie kann einfach keine Hilfe annehmen. Oder will es nicht. Na und? *Mach nicht alles zu deinem Problem.*

Elsie ist Mutters Freundin. Auch Witwe. Sie und meine Mutter unternehmen viel gemeinsam, und sie helfen sich gegenseitig. Insbesondere, wenn eine von ihnen krank ist. Worüber ich wirklich und aufrichtig froh bin. Und dankbar. Es entlastet.

»Ein Spaziergang ist eine gute Idee«, sage ich versöhnlich.

Elsie freut sich sehr, uns zu sehen. »Hallo, Hanne. Ach und Thea. Wie schön! Kommt doch rein«, begrüßt sie uns an der Haustür.

Elsie ist nur einige Jahre älter als meine Mutter, aber sie sieht viel älter aus. Sie ist klein und wirkt immer etwas gebeugt und kraftlos, obwohl ich sicher bin, dass das täuscht. Sie ist zäh. Und sie gehört zu den Menschen, die ihr Umfeld sehr genau im Blick haben und beobachten. So weiß sie zum Beispiel, wer von den Nachbarn wann ein großes Postpaket bekommen hat, oder dass Frau Schilling auf der Beerdigung von Herrn Matthes hochhackige Schuhe anhatte, oder auch wer von uns beiden Schwestern wann und wie oft im letzten Jahr zu Besuch war. Dabei schneide ich allerdings deutlich besser ab als Inga. Aber die wohnt in Nürnberg, man kann ihr nicht zumuten, diesen weiten Weg zu oft auf sich zu nehmen. Manchmal unterstelle ich, dass Inga aus genau diesem Grund in Nürnberg wohnt.

Ihren Mann hatte Elsie schon als ganz junge Frau verloren, er hatte Krebs. Deshalb habe sie auch keine Kinder, hat sie mir einmal anvertraut. Ich finde es irgendwie traurig, alt zu sein und keinen Menschen zu haben, der zu einem gehört. Vielleicht ist ihr deshalb die Freundschaft zu meiner Mutter so wichtig.

Sie führt uns auf ihren Balkon, und wieder einmal registriere ich den vertrauten Umgang, den die beiden miteinander haben. Viel vertrauter als zwischen uns, scheint mir.

Ich weiß nur wenig von meiner Mutter. Wir haben regelmäßig Kontakt, wir telefonieren, oder ich besuche sie, aber ich weiß fast nichts von ihr. Ich habe ihr schon viele Fragen gestellt, aber nur wenige Antworten bekommen. Früher hat es mir etwas ausgemacht. Da habe ich mir mehr Nähe gewünscht. Mehr Offenheit. Jetzt nicht mehr. Es ist mir nicht mehr wichtig.

Mir fällt ein Buch ein, das ich vor vielen Jahren gelesen habe. Es ging um Mütter und Väter, um Töchter und Söhne. Ein Buch über den ewigen Kampf um Liebe und Anerkennung, aber auch um Freiheit. Es ist der gleiche Kampf, den auch ich gekämpft habe. Als kleines Kind habe ich mir gewünscht, der wichtigste Mensch für meine Mutter zu sein. Ich habe mich danach gesehnt, mich aufgehoben und geborgen zu fühlen, bedingungslos geliebt zu werden. Ich konnte nicht gewinnen. Neben meinem Vater war nur wenig Platz.

7

Am Montagabend bin ich mit Katrin verabredet. Ich wollte erst nicht, weil ich in letzter Zeit immer so müde bin und mir nicht der Sinn danach steht, aber Katrin kann sehr hartnäckig sein.

»Jetzt komm. Du musst dich auch um nix kümmern«, hat sie mir am Telefon versprochen. »Ich mach uns was zu essen, und dann quatschen wir, okay.«

An der Tür begrüßt sie mich mit ihrem typischen Katrin-Lächeln und lotst mich in die Küche. Der Duft von Pizza steigt mir in die Nase, und ich merke, dass ich Hunger habe. »Hm, riecht gut«, sage ich.

Katrin drückt mir ein Tablett mit Tellern, Besteck, Gläsern und einer Wasserflasche in die Hand und schnappt sich selbst Topflappen und das dampfende Pizzablech.

»Komm, wir essen im Wohnzimmer«, sagt sie. »Ich muss dir gleich etwas erzählen.«

Das letzte Mal, als mir jemand *etwas* erzählen musste, war es meine Tochter, und sie war schwanger. Katrin sieht aus wie immer. Außerdem ist sie sechsundvierzig.

Katrin und ich, wir kennen uns schon sehr lange. Seit beinah dreißig Jahren. Damals habe ich an der Volkshochschule Zeichenkurse gegeben, und sie war eine meiner ersten Schülerinnen. Da war sie fast selbst noch ein Kind. An ihrem braunen Lockenkopf, der niedlichen Stupsnase und den Grübchen im runden Gesicht hat sich bis heute nichts geändert.

Wir setzen uns, und sie fängt an, die Pizza auf dem Blech zu zerteilen.

»Jetzt mach's nicht so spannend«, sage ich.

Kurz unterbricht sie ihre Tätigkeit und schaut mich an. »Hanno hat mir einen Heiratsantrag gemacht.«

Sie hat Hanno vor etwa einem Jahr auf dem Geburtstag einer Kollegin kennengelernt. Ihre erste ernst zu nehmende Beziehung, seit der Trennung von Matthias, mit dem sie zehn Jahre verheiratet war. Er ist auch sehr nett, sie scheinen gut zueinander zu passen. Und sie sind sehr verliebt, das ist offensichtlich. Beneidenswert. Verliebt zu sein ist – nach Mutterwerden – das wunderbarste aller Gefühle. »Und?«, frage ich und seufze. »Hast du *Ja* gesagt?«

»Habe ich. Aber da ist noch etwas.« Sie sieht mich bedeutungsvoll an. »Es besteht die Möglichkeit, dass er ein Angebot für Frankreich bekommt. Zwei Jahre Toulouse. Und wenn das der Fall sein sollte, dann will er, dass ich ihn begleite.«

Das trifft mich jetzt allerdings unvorbereitet. »Ach du lieber Gott! Würdest du?«

»Ich bin mir noch nicht ganz sicher, aber ich glaube schon.«

Ich freue mich für Katrin, das tue ich wirklich, aber die Vorstellung, zwei Jahre ohne sie sein zu müssen, erschreckt mich. »Zwei Jahre«, murmle ich. »Ganz schön lang.«

»Greif zu, sonst wird's kalt«, sagt sie.

Wir fangen an zu essen. Ich bin jetzt erst einmal sehr still, dafür ist Katrin umso redefreudiger. Sie erzählt mir, wie sie sich das Leben mit Hanno in Toulouse vorstellt. Ich höre Baguette, Chablis und Liebe. Die Pizza ist lecker, und Katrins Ausführungen sind witzig, für einen Moment vergesse ich meine Müdigkeit und was es für mich bedeutet. Aber als nach einer Weile mein Körper anfängt, Pizza und Neuigkeiten zu verdauen, überfällt mich die Müdigkeit wieder, und ich gähne.

»Komm«, sagt Katrin, »setz dich schon mal aufs Sofa. Ich räume das hier schnell in die Küche.«

»Tut mir leid. Ich bin schrecklich müde. Aber ich helfe dir natürlich.« Ich stehe auf und will nach den Tellern greifen. Sie hält meine Hand fest.

»Lass nur«, sagt sie. Sie zwinkert mir zu. »Ich bin viel zu aufgeregt, um müde zu sein.«

Natürlich bin ich froh, dass ich mich bei Katrin nicht anstrengen muss und so müde sein darf, wie ich bin. Aber jetzt stört mich, dass sie so verdammt fröhlich und lebendig ist. Ihr toller Hanno ist nicht *Superman* und das Leben in Frankreich kein Urlaub. Und schon schäme ich mich wieder, weil es so aussieht, als würde ich meiner besten Freundin ihr Glück nicht gönnen.

Als sie zurückkommt, versuche ich so interessiert und *mitfreudig* zu sein, wie ich kann. »Das wird bestimmt alles sehr spannend für dich«, sage ich. Sie drückt mir ein Cocktail-Glas in die Hand. Am Rand steckt ein Stück Ananas. Ich teste mit den Fingern, ob es weich ist und schiebe es in den Mund.

»Hm«, meint Katrin nachdenklich.

»Was, hm?«, frage ich kauend.

»Na ja. Eigentlich ist alles perfekt.«

Eigentlich. Aha. Das ganze Leben ist gepflastert damit. Unterm Strich bedeutet es immer, dass es irgendeinen Haken gibt.

»Und uneigentlich?«, frage ich.

»Na ja.« Sie lacht. »Uneigentlich eigentlich auch.« Sie zwinkert mir zu. »Weißt du, es gab Zeiten, da hätte ich nicht gedacht, dass Sex je wieder eine Rolle in meinem Leben spielt. Und jetzt wache ich morgens auf, und es ist das Erste, woran ich denke.« Nachdenklich dreht sie ihr Glas.

»Aber?«

»Na ja, Hanno ist ein Engel, aber ich fühle mich oft so klein neben ihm. Seine vielen Reisen und sein aufregendes Leben … Ich frage mich, was er eigentlich an mir findet.«

Ich nippe an meinem sahnig-süßen Getränk. Hanno mag ein aufregendes Leben führen. Aber – obwohl ich ihn wirklich mag – als Mann ist er nicht besonders aufregend, finde ich. »Katrin! Er hat dir einen Heiratsantrag gemacht. Mehr geht doch wirklich nicht. Wenn dir das als Zeichen seiner Liebe nicht genügt, was denn dann? Brauchst du Klischees? Den Prinz auf dem weißen Schimmel?«

Katrin nimmt einen großen Schluck. Sie hat bereits das dritte Glas Rotwein intus und wird immer redseliger. Ich dagegen schlürfe an meinem sicher kalorienreichen, aber ansonsten nicht sehr gehaltvollen Ersatz-Cocktail und werde immer müder. Meine Gedanken schweifen ab. Ich denke an Andreas, an uns, an unser Leben.

»... und deshalb bin ich mir nicht sicher, ob ich das wirklich will«, höre ich meine Freundin gerade sagen.

Was jetzt?, denke ich.

»Was jetzt?«, frage ich.

»Na ja, mit nach Frankreich gehen. Aber alles andere würde auf eine Wochenendbeziehung rauslaufen. Eine Wochenendbeziehung, die sich am Ende wahrscheinlich auf eine *Einmal-im-Monat-sehen-Beziehung* beschränken wird. Da mache ich mir nix vor. Das sind über tausend Kilometer. Ein Weg. Wir können nicht ständig hin- und herfliegen.«

Katrin stiert gedankenversunken vor sich hin. Ihre hochgezogenen Knie hält sie mit beiden Armen umfasst, in der rechten Hand hat sie das halb volle – oder halb leere? – Rotweinglas. Allerdings in erheblicher Schieflage. Sacht nehme ich ihr das Glas aus der Hand und stelle es zurück auf den Tisch.

»Du musst das ja nicht sofort entscheiden«, versuche ich ihr zu helfen.

»Aber ich halte es ja noch nicht einmal zwei Tage ohne ihn aus.« Sie lächelt. *Schmetterlinge im Bauch*, denke ich. Das hatte ich auch einmal. In einem anderen Leben.

»Das hat er auch gesagt!«

»Was?«

Manchmal spreche ich meine Gedanken laut aus, ohne es zu merken.

»Dass ich das in Ruhe entscheiden soll. Aber er hat auch gesagt, dass er nicht zwei Jahre ohne mich leben will.« Sie seufzt. »Ich muss aufpassen. Ich muss gut aufpassen, dass ich mich nicht ganz aufgebe. Was, wenn's dann doch schiefgeht? Dann habe ich nichts Eigenes mehr.«

Ich gähne und strecke mich auf der Couch aus.

»Tut mir leid, ich habe ein echtes Schlafdefizit«, entschuldige ich mich.

Sie setzt sich neben mich, und ich lege meinen Kopf auf ihren Schoß. Sie krault meinen Kopf. Ich schließe die Augen. Ihre Berührungen sind leise und zart.

Irgendwann erreicht mich ihre Stimme. »Herzchen, es ist halb eins. Wenn du noch heimfahren willst, dann solltest du jetzt besser aufwachen.«

Andreas ist noch wach. Oder vielleicht habe ich ihn auch geweckt, obwohl ich mich bemüht habe, sehr leise zu sein. Aber er ist nicht böse, er lächelt mich an. »Na, wie war's?«, fragt er.

»Schön.«

»Hattet ihr viel zu bereden?«

»Hm.« Ich lege mich in mein kaltes Bett, viel zu müde, um mich zu unterhalten, und gähne. Er kommt zu mir und bringt seine Körperwärme mit. Das ist schön. Seine

Arme umfangen mich. Ich strecke ihm meine kalten Füße entgegen, genieße die Berührung und das Gefühl der Geborgenheit. Bis seine Hand anfängt, vorsichtig meine Brust zu streicheln. In mir ist plötzlich alles starr. *Bloß das nicht,* denke ich, *bloß das nicht!*

Seine Versuche sind meistens vage. Nicht fordernd oder aggressiv, sondern zart. Wie eine Frage. Das macht es gleichzeitig schwerer und leichter. Ich bewege mich nicht, gähne demonstrativ und tue so, als wäre ich schon kurz vor dem Einschlafen. Dabei bin ich jetzt im Kopf hellwach, auch deshalb, weil ich weiß, wie schlecht er Zurückweisungen wegsteckt. Nach einer Minute zieht er seine Hand zurück. Unschlüssig lausche ich seinem Atem. Ich schicke ihm meine Hand. Er brummt und dreht mir den Rücken zu. Es ist zu spät.

In den ersten beiden Jahren unserer Beziehung schliefen wir fast jeden Tag miteinander. Da war ich nicht starr, da war ich unersättlich. Das stimmt so nicht, erinnere ich mich. Am Anfang war es schwierig. Die Angst ist eine sehr alte Bekannte. Aber Andreas gab nicht auf. Er streichelte sie weg. Und zeigte mir, was ich tun konnte, um seine Liebkosungen zu genießen. Erst als wir Nora bekamen, und dann Ben, wurde die Lust, meine Lust, wieder kleiner. Aber es gibt sie noch, es ist nur schwerer, sie zu finden. *Er müsste sich einfach mehr bemühen*, denke ich. Andreas beginnt leise zu schnarchen. Ich seufze und ziehe mir die Bettdecke bis über die Ohren. Meine Müdigkeit kommt zurück.

Ich fliege. Nein, ich stürze. Unter mir ist das schwarze Nichts. Ich drehe mich panisch um mich selbst und suche Halt, aber ich finde keinen. Keine Hand, die sich mir entgegenstreckt und keine Hand, die mich hält. Kein Vorher und kein Nachher. Und genau in dieser Sekunde weiß ich, dass ich träume und werde wach.

Ich bin aufgelöst und zittrig. Schlechter Start. Wenn ein Tag so anfängt, geht alles schief. Das heißt natürlich nicht, dass ich irgendwo herunterstürze, aber die schlechte Grundstimmung, die bleibt.

Vorsichtig, damit ich Andreas nicht störe, drehe ich mich auf den Rücken und starre an die Decke. Ich lausche seinem gleichmäßigen Atem. Ich könnte mich an ihn schmiegen, an seinen schlafwarmen Körper. Er würde wahrscheinlich im halbwachen Zustand seinen Arm um mich legen und weiterschlafen. Aber, und das ist eigentlich komisch, es geht nicht. Gerade in den Momenten größter Angst kann ich seine Nähe nicht ertragen. Die Albträume sind nämlich nur ein Teil vom Problempaket. Schönen Gruß an meine Neurosen.

Um kurz nach sieben höre ich Andreas die Treppe herunterkommen. Ich versuche das Gefühl in mir zu verdrängen, dass etwas nicht stimmt. Dass mein Leben irgendwie *unrund* läuft. Lauter kleine Ecken und Kanten, die Wunden reißen. Kleine, kaum wahrnehmbare Wunden, unendlich viele.

Er öffnet die Tür, und ich lächle ihn freundlich an. Sofort stehe ich auf, um seinen Kaffee zuzubereiten und schiebe ihm den Sportteil der Zeitung über den Tisch.

»Was machen wir denn am Wochenende?«, frage ich vorsichtig. Er liest Zeitung und beachtet mich nicht. Mit einer kleinen unterschwelligen Aggression in der Stimme wiederhole ich meine Frage. »Andreas, was ist denn geplant, was machen wir am Samstag?«

»Ich weiß nicht, was DU machst. Ich gehe am Samstag mit Fred zum Tennis.«

Peng! Da ist sie. Die Strafe für meine Zurückweisung. Und schon bin ich wieder das kleine Mädchen, das man abstraft und das angstvoll in der Ecke sitzt. Angstvoll und ziemlich müde. Aber ich weiß: Es ist nicht änderbar. Nicht sofort. Wenn Andreas in dieser Stimmung ist, braucht es einige Zeit, um ihn wieder mild zu stimmen. Spätestens, wenn ich meine Bereitschaft signalisiere, mit ihm zu schlafen, ist alles wieder gut. *Heute Abend*, denke ich, *heute Abend*.

8

Im Büro beobachte ich aus den Augenwinkeln meine Kollegin. Ich weiß nie, ob ich sie bedauern oder bewundern soll. Bedauern, weil mir ihr Leben so armselig erscheint und bewundern, weil sie so klar ist. Rücksichtslos klar. Sie hämmert auf ihrer Tastatur. Die Mundwinkel sind missmutig nach unten gezogen. Heute Morgen wurde ich von ihr mit einer Rüge abgefertigt. Weil ich für meinen obligatorischen Becher Kaffee das *gute Geschirr* genommen hatte. Die für die Mitarbeiter vorgesehenen einfachen Tassen waren alle ungespült.

»Dann spült man sich eben mal eine Tasse mit der Hand aus. Das ist doch kein Hexenwerk«, keifte sie mich an.

Blöde Schnepfe. Blöde! Frustrierte! Dumme! Schnepfe!

Ich wende mich gerade wieder meiner Kostenfeststellung zu, als Helmut unser Büro betritt. »Thea, wir haben gleich eine Besprechung wegen des Sander-Projektes.

Du hast da so viel dran gearbeitet und so viele Hintergrundinformationen, es wäre gut, wenn du dazukommen würdest.«

Ich wundere mich, dass er keine Mail schickt, aber ich freue mich auch. Weil er offensichtlich wahrgenommen hat, wie viel ich arbeite. Und weil er das im Beisein von Xanthippe auch mitteilt.

»Okay, wann denn genau?«, frage ich scheinbar ungerührt.

»Um Viertel nach neun.«

»Im Konferenzzimmer?«

»Ja.«

»Was soll ich mitbringen?«

»Die Kalkulation vor allem. Die alten Pläne und Nachweise auch. Wenn wir den kompletten Brandschutz machen, brauchen wir alles an Unterlagen, was wir haben.«

»Alles klar.«

Um Viertel nach neun betrete ich den Konferenzraum. Außer Helmut und meinem Kollegen Peter sitzt noch ein weiterer Mann am Tisch. Er hat mir den Rücken zugekehrt, aber trotzdem erkenne ich ihn sofort. Er schaut sehr konzentriert auf seinen Laptop.

»Ach, da bist du ja«, sagt mein Chef. Der Mann dreht sich um, und Helmut stellt uns vor. »Das ist Frau Brandner. Sie hat sich schon ganz gut in das Projekt eingearbeitet und viele Informationen gesammelt. Thea, das ist Herr Seitz. Johann Seitz. Er ist für die Fluchtwegplanung verantwortlich.«

Wir geben uns die Hand und begrüßen uns förmlich.

»Frau Brandner«, sagt er mit höflichem Lächeln.

»Guten Morgen, Herr Seitz«, sage ich.

Helmut sitzt rechts neben ihm, links sitzt Peter, und ich nehme gegenüber Platz. Herr Seitz sieht mich sehr direkt an, was mich etwas aus der Fassung bringt. Ich nicke ihm freundlich lächelnd zu. »Möchten Sie vielleicht eine Tasse Kaffee?«

»Das wäre sehr nett, danke.«

»Milch, Zucker?«

»Ein bisschen Milch.«

»Helmut?«

»Nein, danke.«

»Peter?«

»Ich hatte schon.«

Ich stehe auf und gehe steifbeinig zum Kaffeeautomat. Dabei spüre ich deutlich, dass er mir nachsieht. Ich greife nach den Kaffeebohnen und fülle anschließend auch noch Wasser in den Tank, obwohl der noch mehr als halb voll ist. Aus den Augenwinkeln sehe ich, dass er mich beobachtet. Meine Bewegungen sind unsicher, seine Augen verbrennen mich.

Als ich mit dem Kaffee in der Hand wieder an den Tisch komme, für Gäste immer das *gute* Geschirr, ist sein Lächeln intensiv und warm. Ich will die Tasse vor ihm abstellen, meine Hand zittert ganz leicht, da kommt mir seine entgegen, und für den Bruchteil einer Sekunde berühren wir uns.

Während der folgenden Besprechung bin ich hellwach. Ich glänze mit all den Fakten, die ich in den letzten Wochen zusammengetragen habe.

»Frau Brandner, können Sie mir die alten Pläne kopieren?«

»Ich habe schon einige Ausfertigungen vorbereitet, Sie können gerne eine haben.«

Wieder lächelt er mich an. Er weicht keinen Millimeter, sein Blick bleibt intensiv. Im Laufe der Besprechung beobachte auch ich ihn immer wieder verstohlen. Aber sobald unsere Blicke sich treffen, weiche ich aus.

Der erste Eindruck ist auf jeden Fall bestätigt: Der Mann ist ausgesprochen attraktiv. Er ist groß und schlank, seine hellbraunen Haare sind voll, die Koteletten an den Seiten grau meliert. Insgesamt wirkt er sportlich und jungenhaft, obwohl ich ihn nicht viel jünger schätze, als ich es bin. Sein Gesicht ist auf interessante Art verlebt. Vielleicht ist er sogar älter.

»Gut«, löst Helmut die Besprechung irgendwann wieder auf, »so weit ist alles klar! Herr Seitz, Sie melden sich bei uns, wenn Ihnen noch etwas fehlt. Wir brauchen Ihre Planung spätestens Ende des nächsten Monats.«

Ich packe meine Unterlagen zusammen. »Ja dann«, verabschiede ich mich mit einem letzten Lächeln und verlasse das Zimmer. Auf dem Gang holt Herr Seitz mich ein. »Darf ich mich an Sie wenden, wenn ich noch Fragen habe? Ich glaube, Sie sind, was dieses Projekt angeht, die kompetenteste Ansprechpartnerin.«

»Gern«, sage ich.

»Gut. Dann bis bald.«

»Auf Wiedersehen.«

9

Am nächsten Morgen entdecke ich eine nicht unerhebliche Beule an meinem Auto. Ich bin mir keiner Schuld bewusst. Bei der Größe des Schadens hätte ich bemerken müssen, wenn ich mit irgendetwas zusammengestoßen wäre.

Ben!, denke ich und spüre, wie eine spontane Wut in mir wächst. Er hatte das Auto am Abend vorher, um einen Freund zu besuchen.

Ich renne wieder zurück ins Haus. Noch im Flur rufe ich nach meinem Mann.

»Andreas! Andreas, bist du oben?«

»Schrei nicht so laut, ich bin hier, in der Küche.«

»Ben hat eine Delle ins Auto gefahren!«

Andreas ist Pragmatiker. Nichts kann ihn so schnell aus der Ruhe bringen. Ohne ein weiteres Wort, auch ohne die Regung eines Gefühls, folgt er mir nach draußen, um sich den Schaden anzusehen.

»Da sind noch andere Lackspuren. Du bist sicher, dass das neu ist?«

Ich reagiere sauer. »Denkst du, ich würde es nicht merken, wenn ich ein anderes Auto ramme?«

»Es könnte ja sein, dass jemand in das geparkte Auto gefahren ist und sich dann abgesetzt hat, weil es keine Zeugen gab. So etwas merkt man nicht immer gleich.«

»Andreas, die Beule ist so groß, die springt einen fast an. Das hätte ich gesehen. Ich rufe Ben an.«

Ich lasse das Telefon unzählige Male klingeln, bis ich unseren Sohn endlich am anderen Ende habe.

»Ben, was ist mit dem Auto passiert?«

»Mir ist ein Hund vors Auto gelaufen. Ich wollte dich noch anrufen deswegen.«

»Ja und?«

»Ich hab einfach nur reagiert, und da bin ich auf die andere Straßenseite gekommen.«

»Weiter.«

»Na, da stand ein Auto. Der Scheinwerfer ist hin.«

Bens Stimme klingt verschlafen. Es ist gleich acht Uhr. Wann fangen eigentlich die Vorlesungen an?

»Warum muss ICH dich eigentlich anrufen, um zu erfahren, was mit MEINEM Auto passiert ist?«

»Ich hätte dich jetzt gleich angerufen, ich wollte dich nur gestern Abend so spät nicht mehr aufregen.«

»Ich will mich überhaupt nicht aufregen.«

»Mama, es tut mir echt leid. Mir geht's auch nicht gut damit. Ich bezahle den Schaden.«

»Ach, und wovon?«

»Ich hab noch was von meinem letzten Job. Und wenn das nicht reicht, zahl ich's in Raten. Mensch, das ist doch bloß ein Blechschaden.«

»Was ist mit dem anderen Auto?«

»Ich hab mit dem Besitzer gesprochen. Der sieht das ganz locker. Er hat gesagt, ich soll ihm dreihundert Euro geben und gut ist.«

»Wie groß ist denn der Schaden an seinem Auto?«

»Na, wie 300 € eben.«

»Und das weißt du einfach so?«

»Mann, ich hab doch gesagt, ich bezahle das.«

Solche Situationen machen mich am Ende immer sprachlos. Mit jedem Wort werde ich kleiner, und je kleiner ich werde, desto kleiner werden auch meine Worte. Ich lasse die Wut dort, wo sie ist und so, wie sie ist. Ich möchte sie gerne loswerden, stattdessen konserviere ich sie. Kein gutes Gefühl. Einmal wurde Ben mit Alkohol am Steuer erwischt. Sein Glück, dass ein guter Freund seines Vaters bei der zuständigen Polizeibehörde arbeitet. Ein anderes Mal gab es Punkte in Flensburg wegen überhöhter Geschwindigkeit. Ständig verliert Ben irgendetwas, versäumt Termine, vergisst wichtige Verabredungen. Seine Geldnot ist chronisch, seine Sorglosigkeit auch. Dafür bin ich es, die voller Sorge ist. Ben ist sechsundzwanzig. Ich möchte aufhören können, mich um ihn zu sorgen. Ich habe Angst, dass mein Sohn niemals das sein wird, was man unter einem *vollwertigen* Mitglied der Gesellschaft versteht. Angst, dass ich die Verantwortung niemals loswerde. Angst, als verantwortliche Erzieherin versagt zu haben. Angst, dass ich immer Angst haben werde.

Und da ist noch etwas. Mein schlechtes Gewissen gerade Ben gegenüber, den ich niemals so an mich heranlassen konnte, wie meine Tochter Nora. Als er noch sehr klein war, hatte ich manchmal ein Problem damit, ihn zu trösten, wenn er Trost forderte. Ich konnte ihn damals nicht auf den Arm nehmen, ich konnte ihn noch nicht einmal berühren. Ich sehe ihn noch vor mir, seine kurzen Arme in meine Richtung gestreckt, seine blonden Locken zerzaust in seiner Stirn, der Blick aus seinen blauen Augen tränenreich, und gleichzeitig sehe ich mich, abweisend, starr und unfähig, ihm zu geben, was er brauchte: meine Liebe und meinen Trost.

Er war kein ungeliebtes Kind. Aber vielleicht hat er sich so gefühlt.

Ich seufze. Von meinem gestrigen kurzen Höhenflug ist nichts mehr zu spüren. Andreas stellt sich hinter mich und umarmt mich. »Komm, Schatz. Du kennst ihn doch. Und so schlimm ist es ja auch wirklich nicht. Kein Weltuntergang. Du bist einfach in einer schlechten Verfassung. Gönnst dir keine Pause, keine Ruhe. Nächste Woche fahren wir erst mal in Urlaub. Da erholst du dich, und wenn du willst, mach ich dir jeden Morgen Frühstück.«

Gestern Abend habe ich seine Zärtlichkeit nicht abgewehrt. Jetzt belohnt er mich dafür.

10

Ich bin unruhig. Mir schien das Interesse von Johann Seitz so offensichtlich, dass ich sicher war, schon am Tag nach der Besprechung wieder von ihm zu hören, aber jetzt sind es schon drei Tage, und er hat sich noch nicht gemeldet. Ich seufze. Heute ist mein vorletzter Arbeitstag vor dem Urlaub, auf meinem Schreibtisch stapeln sich haufenweise unerledigte Vorgänge, denen ich mich nur sehr halbherzig widme. Ich kann mich nicht konzentrieren. Gleichzeitig fange ich an zu zweifeln. Habe ich irgendwelche Blicke oder Gesten falsch verstanden? Mir etwas eingebildet? *Hör doch endlich auf, an ihn zu denken,* sagt mein Kopf. *Du bist sowieso zu alt für solche Geschichten, du machst dich nur lächerlich.*

»Hast du das jetzt erledigt, oder nicht?«, keift Sonja.

»Ehm, was meinst du?«

»Na, der Ebendörfer. Du solltest ihn zurückrufen, da war noch irgendwas unklar mit der Nutzfläche.«

»Ach so, ja. Das ist geklärt.«

Während ich ihr schonungslos falsch ins Gesicht lächle, arbeite ich weiter und gebe mich so ruhig und unaufgeregt wie ich kann. Aber dann ertappe ich mich selbst dabei, wie ich Unterlagen in einen falschen Projektordner sortiere und reiße mich zusammen.

Als ich drei Stunden später den PC herunterfahren will, blinkt eine kleine Meldung in der rechten unteren Monitorecke: *Sie haben eine Mailnachricht.* Ich öffne mein Postfach.

Ich stehe mit meinem Auto gegenüber auf der Straße. Wenn Sie ein paar Minuten Zeit hätten, würde ich Sie gerne auf einen Kaffee einladen. Gruß, Johann Seitz

Mein Herz fängt an zu rasen und meine Gedanken gleich mit. Auf ein so unmittelbares Treffen bin ich nicht vorbereitet. Natürlich freue ich mich, aber gleichzeitig plagen mich auch Zweifel. Warum will er mich zum Kaffee einladen? Das ist etwas anderes als ein unverbindlicher Telefonanruf, bei dem man Fakten erörtert und vielleicht etwas flirtet. Ein Kaffee-Date wäre die nächste Stufe. Das setzt etwas voraus, was er so noch gar nicht wissen kann. Oder doch? Es kann jetzt entweder darauf hinauslaufen, dass ich feststelle, mich getäuscht zu haben. Schlecht für mein Selbstwertgefühl. Oder es läuft darauf hinaus, dass meine Einschätzung stimmt. Schlecht für mein ohnehin schon so unruhiges Gemüt. Aber ich will ihn sehen. Ich muss wissen, wie es sich anfühlt, ihn wiederzusehen.

Ich bin in fünf Minuten bei Ihnen. Das Café Bremer ist nicht weit. Der Milchkaffee ist nicht zu toppen. Bis gleich. Thea Brandner

Weil mich die Sonne so sehr blendet, laufe ich ihm fast in die Arme.

»Guten Tag, Frau Brandner. Schön, dass Sie so spontan reagiert haben.« Er lacht. Und sieht noch besser aus, als ich es in Erinnerung habe.

»Oh, hallo. Ja, manchmal gehört Spontanität zu meinen Stärken.«

»Aha, und welche Stärken haben Sie noch?«

Da ist es wieder. Dieses gewisse Lächeln.

»Keine Ahnung. Vielleicht mache ich einen guten Job?«

»Daran zweifle ich nicht. In welche Richtung müssen wir?«

»Einfach die Straße runter. Sehen Sie den kleinen Platz mit den Tischen und Stühlen?«

Er passt sich meinem Schritt an und überlässt mir, am Café angekommen, die Platzwahl. Zuvorkommend rückt er mir den Stuhl zurecht und setzt sich mir gegenüber.

»Wie war Ihre Arbeitswoche? Hatten Sie auch mal Zeit, an mich zu denken?«

Ich habe an fast nichts anderes gedacht. Trotzdem irritiert mich seine Frage. Sie scheint zu offensichtlich. Ich ziehe mich zurück.

»Ich habe die Sandner-Akte mitgebracht. Wenn Sie Fragen dazu haben?«

»Ich habe Fragen dazu. Aber auch Fragen, die nichts mit dem Projekt zu tun haben.«

Die Kellnerin kommt, um unsere Bestellung aufzunehmen.

»Einen Milchkaffee und einen Café solo, bitte«, bestellt er ohne nachzufragen. »Es ist Ihnen doch recht?«

»Ja«, nicke ich etwas überrumpelt.

»Möchten Sie auch etwas essen?«

»Nein, ich esse zu Hause.«

Er entlässt die Bedienung mit einem Lächeln, und ich breite den ersten Plan aus. Meine Hand zittert leicht, meine Stimme auch. »Das Objekt hat fünf Geschosse und eine Bruttogeschossfläche von mehr als zehntausend Quadratmetern. Es fällt nach der Bauordnung also auf jeden Fall unter die Sparte ›Sonderbau‹«, erkläre ich.

»Das Sockelgeschoss ist ein Vollgeschoss, oder? Wenn ich das richtig sehe, ist das eine komplette Büroetage.«

»Ja. Und es gibt viele Schwachstellen. Das ganze Objekt muss in verschiedene Bauabschnitte unterteilt werden. Dazwischen brauchen wir Brandschutzwände. Es fehlen viele Schutzverkleidungen. Der Innenausbau erfüllt fast keine Standards.«

Ich konzentriere mich. Das Projekt liegt mir. Wochenlang habe ich mich mit den Details beschäftigt. Ich kenne jeden einzelnen Raum, weiß um die Schwachstellen und habe eine Vorstellung davon, wie die Fluchtwegplanung aussehen könnte. Seine Fragen kann ich mühelos beantworten oder zumindest eine kurzfristige Antwort für den nächsten Tag in Aussicht stellen. Johann Seitz ist jetzt ebenfalls bei der Sache. Durch sein gezieltes Fragen erkenne ich, dass auch er sich schon intensiv mit dem Projekt beschäftigt hat.

Doch bei aller Geschäftigkeit ist mir seine Anwesenheit auf eine Art bewusst, die nichts mit dem Thema zu tun hat. Er strahlt Präsenz aus. Irritierende Präsenz. Ich sehe seine gebräunte linke Hand auf dem Plan liegen. Eine ringlose, sehr ruhige Hand. Dann sind alle Fragen geklärt, und er lehnt sich entspannt zurück.

»Ich danke Ihnen. Sie haben mir wirklich sehr geholfen. Darf ich Sie nächste Woche noch einmal anrufen? Vielleicht können wir uns wieder hier verabreden?«

»Das geht nicht. Ich bin ab nächster Woche im Urlaub. Zwei Wochen.«

»Oh.«

»Wenn noch Fragen auftauchen, können Sie sich an meine Kollegin wenden. Sonja Frische. Ich lege alle Unterlagen bereit.«

»Ist das die kleine kompakte Dame, mit der Sie das Büro teilen? Ich wollte Sie am Dienstagnachmittag besuchen, da wurde ich derart radikal abgefertigt. Das war sozusagen eine doppelte Enttäuschung.« Er zwinkert mir zu. »Kommt sie eigentlich mit einem Besen zur Arbeit?«

Ich muss lachen. Ein Gefühl der Solidarität stellt sich ein. »Na ja, sie ist schon gut in ihrem Job, aber wir beide haben auch nicht gerade das freundschaftlichste Verhältnis. Mich finden Sie dort nur vormittags. Teilzeit.«

»Ich glaube, dann warte ich mit den Fragen lieber, bis Sie wieder da sind.«

»Sie haben nur noch fünf Wochen. Dann müssen die Pläne fertig sein.«

»Die Pläne sind in fünf Wochen fertig.«

Sehr selbstverständlich winkt er die Kellnerin an unseren Tisch und bezahlt. Auch für mich. Das gefällt mir. Ich mag weder kleingeistige noch kleinliche Männer.

II

Wir, Andreas und ich, sind im Urlaub. Und zwar in der Toskana, seit Langem unser liebstes Urlaubsdomizil. Die Toskana lässt sich sehr gut per Auto erreichen, und darauf lege ich Wert. Ich bin nämlich eine konsequente Flugverweigerin. Nicht nur aus Gründen der Flugangst, sondern auch aus Gründen der Ökologie, die ist mir sehr wichtig. Ein einziger Flug versaut einem die Ökobilanz für das ganze Jahr.

Wir sind schon seit Samstag hier, heute ist Mittwoch, der fünfte Tag, aber ich bin noch immer nicht so richtig angekommen. Ich kann nicht abschalten, und ich kann mich infolgedessen auch nicht wirklich entspannen.

Es ist noch früh, erst halb acht, Andreas schläft selig neben mir, aber ich bin schon seit fünf Uhr wach, und ich weiß genau, dass meine Nacht zu Ende ist. Also kann ich genauso gut aufstehen und Brötchen holen. Mit etwas Glück bekomme ich vielleicht auch noch eine deutsche Tageszeitung.

Ich quäle mich aus dem Bett und tappe auf nackten Sohlen ins Bad. Um richtig wach zu werden, spritze ich mir zuerst kaltes Wasser ins Gesicht und halte anschließend meine Hände und Unterarme unter den Strahl. Ziemlich lange und mit schlechtem Gewissen. Ich weiß, dass ich kostbares Wasser verschwende. Als Kind musste ich lernen, sparsam zu sein. Nicht nur beim Wasser, sondern überhaupt. Es gab Zeiten, da ging es uns gut, da war Geld da. Aber es gab auch Zeiten, wo wir nichts hatten. Überhaupt nichts. Das lag an meinem Vater. Er konnte nicht mit Geld umgehen. Wenn nichts da war, mussten wir an allem sparen, auch am Wasser. Und wenn er welches hatte, dann gab er es mit vollen Händen wieder aus. Auch für uns, das muss ich zugeben, aber nichts im Leben ist umsonst. Deswegen schmeckte mir das Eis wahrscheinlich nie so gut wie Inga, und deswegen lachte ich im Kino nie so ausgelassen wie andere Kinder.

Auf international gefeierte Künstlerkollegen wie Warhol, Liechtenstein oder Beuys sah er herab. Nicht zuletzt deshalb, weil sie in seinen Augen grundsätzlich schwul und grundsätzlich familienlos waren, worum er sie insgeheim gleichzeitig beneidete, wie ich glaube. Wenigstens was das *familienlos* anging. Aber seine kleinbürgerliche Herablassung hatte natürlich auch noch andere Gründe. Nach seiner Meinung trafen gerade diese drei nur zufällig den Nerv der Zeit und hatten damit auch noch Erfolg. *Das ist keine Kunst, das ist Dreck,* sagte er, und bei Beuys konnte man das hin und wieder sogar wörtlich nehmen.

Zu Hause gab es, wenn Geld da war, viele tolle Partys. Eine Zeit lang war er dann bestens gelaunt. Aber je besser seine Laune, je sprühender und charmanter er sich zeigte, desto unruhiger wurde unsere Mutter, sie wusste schließlich wie das endete. Wenn die Party vorbei war, der Schnaps alle und das Geld auch, dann konnte die Stimmung sehr schnell wieder kippen. Deshalb musste sie auch immer etwas von dem Geld retten. Eine Reserve haben, irgendeinen Notgroschen, sonst drohte Gefahr. *Wo ist das Geld? Ich weiß, dass du noch was hast. Wo hast du's versteckt, du Schlampe?* Hinterher, wenn seine Wut verraucht war und meine Mutter ihre blauen Flecken kühlte, heulte er. Oder er verschwand. Und wir mussten sehen, wo wir blieben.

Andreas und ich bewohnen hier eine sehr nette und gemütliche Ferienwohnung in einem alten Steinhaus, etwas außerhalb einer kleinen Stadt. Sie ist im typisch mediterranen Stil eingerichtet, dabei aber durchaus komfortabel ausgestattet. Mit Spülmaschine und erstklassigem Kaffeeautomat. Im Garten ist ein Pool, den wir uns mit den anderen Gästen teilen.

Weil es um diese Zeit noch angenehm kühl ist, entschließe ich mich, das Auto stehen zu lassen. Wenn ich zügig laufe, brauche ich für den Weg zur Bäckerei ungefähr zwanzig Minuten, schätze ich.

Ich verlasse die Anlage und mache mich auf den Weg zur Stadt. Über der typisch hügeligen Landschaft mit vielen Säulenzypressen und Mohnfeldern liegt ein leichter Dunst. Erst mit dem Licht der Sonne öffnet sich allmählich der Horizont. Dann scheint alles endlos. Aber ich habe kaum ein Auge für die Schönheit um mich herum. Ich muss höllisch aufpassen, nicht über den Haufen gefahren zu werden. Ich kenne mich hier nicht gut aus, also laufe ich direkt an der Straße. Hinter mir hupt ein Mofafahrer, vor mir kommt ein Lkw. Die Straße ist zu eng für uns drei, ich weiche aus und rette mich ins Feld. Schon spüre ich den staubigen Schmutz zwischen meinen nackten Füßen und den Sohlen der Sandalen. Ich schimpfe und fluche leise vor mich hin und ärgere mich. Nicht nur über die Rücksichtslosigkeit der italienischen Autofahrer und meine schmutzigen Füße, sondern auch über meine Idee zu diesem dummen Spaziergang.

Überhaupt erscheint mit der ganze Urlaub auf einmal wie eine Farce. Was soll ich hier? Es ist zu heiß, zu laut, zu hektisch. Die Menschen sind rücksichtslos, und während Andreas von Tag zu Tag mehr aufblüht, welke ich vor mich hin. Und schon ist sie wieder da, meine innere Stimme. Mein moralischer Zeigefinger. *Thea, Thea. Bist du etwa schon wieder unzufrieden?*

Warum kann ich nicht einfach genießen und mich über die schönen Dinge freuen, anstatt immer zu meckern. Früher – wann war das? – habe ich unsere Familienurlaube doch auch genossen. Ich weiß noch, wie schön ich es fand, als junge Familie unterwegs zu sein. Wie schön ich es fand, eine junge Familie zu sein.

Obwohl natürlich nicht alles nur Freude war. Es gab auch damals schon Angst und manchmal sogar Panik. Ich weiß noch gut, wir waren auf Ibiza, Nora war vielleicht acht und Ben vier Jahre alt, da war ich mit den beiden am Strand. Andreas wollte Tennis spielen und ich hatte mir, mit einem Buch, einer Liege und einem Sonnenschirm bewaffnet, ein schönes Plätzchen gesucht, von wo aus ich meine Kinder gut im Auge hatte. Sie spielten im Sand, aber es war sehr heiß, und nach ein paar Minuten kam Ben und wollte baden. Ich war müde und schläfrig und vertröstete ihn. »Später«, sagte ich. »Dann baden wir alle zusammen. Jetzt will ich noch ein bisschen lesen.« Er ließ enttäuscht den Kopf hängen und ging zurück zu seiner Schwester und der Sandschaufel. »Ihr geht auf keinen Fall allein«, rief ich warnend hinter ihm her.

Ich schlief ein. Als ich wach wurde, waren Ben und Nora nicht mehr da. Ich rannte zu der Stelle, wo noch immer ihr Spielzeug im Sand lag und von da weiter zum Meer. Ich war völlig panisch und außer mir. Ich schrie und rief ihre Namen. Leute, die mich beobachtet hatten, sprachen mich an, aber ich konnte nicht mit ihnen reden, und auch nicht erklären, weshalb ich so hysterisch war. Ich schrie immer weiter, wie von Sinnen und wollte mich gerade ins Meer stürzen, als ein Mann mich an den Schultern packte und schüttelte. »Ihre Kinder sind hier«, sagte er. »Sie stehen direkt neben ihnen.« Ich fiel auf die Knie und nahm sie in die Arme. Noras Gesicht war ganz grau und versteinert, Ben weinte. Ich weinte auch. Sie hatten nur wenige Meter entfernt mit anderen Kindern gespielt. Wäre ich ruhig geblieben und hätte nach links und rechts geschaut, dann hätte ich sie entdeckt und alles wäre gut gewesen. Aber ich bin sofort in Panik geraten, völlig außer Kontrolle, und als Ben meine Hand nahm und Nora »Mama« sagte, konnte ich sie weder sehen noch hören. Ich war völlig gefangen in meiner Angst. Ich war im Begriff, ins schwarze Nichts zu stürzen. Bis heute habe ich diese Panik nicht vergessen. Aber auch nicht das unbeschreibliche Gefühl der Erleichterung, als ich die beiden in meine Arme schloss.

Es gibt natürlich auch andere Erinnerungen, weniger dramatische. Als Ben Andreas' neuen, sehr teuren Tennisschläger verkaufte, zum Beispiel. Andreas hatte ihn in einem anderen Urlaub gekauft und wollte den alten zu Hause mit dem nächsten Sperrmüll entsorgen. Ben hatte das mitbekommen, aber leider die Schläger verwechselt. Und so hatte das geschäftstüchtige Kind den teuren neuen Schläger für nur zehn Mark an ein anderes geschäftstüchtiges Kind verkauft. Gott sei Dank waren beide noch nicht geschäftsfähig. Nach anfänglichem Ärger konnten wir alle sehr darüber lachen.

Ich erinnere mich auch daran, dass wir die Kinder manchmal zu meiner Mutter brachten und übers Wochenende wegfuhren. Nur Andreas und ich. Sehr selten natürlich, weil ich nie sicher war, ob ich meiner Mutter nicht zu viel zumutete. Nora und Ben waren ziemlich lebhaft und nicht immer einfach, außerdem war meine Mutter damals noch sehr mit ihrer Trauer um meinen Vater beschäftigt, aber wir hatten niemanden sonst. Andreas' Eltern lebten schon lange nicht mehr, Inga war zu weit weg, und Katrin hatte Schwierigkeiten in ihrer Beziehung mit Matthias. Aber diese wenigen ertrotzten Stunden nur für uns, die waren immer etwas ganz Besonderes. Ein Schatz, auf den wir uns wochenlang freuten. Dann haben wir uns ein Abendessen in einem teuren Restaurant gegönnt, immer in Vorfreude auf das danach. Auf unsere Lust, die wir damals noch aufeinander hatten. Wie sehr konnte ich das alles genießen. Wann hat es aufgehört? Wann habe ich aufgehört, Freude an solchen Dingen zu haben? Wann habe ich aufgehört, überhaupt Freude zu haben?

Ich bin an der Bäckerei angekommen und sehe am

Kioskstand gegenüber die neue Ausgabe der Süddeutschen Tageszeitung.

»Due Ciabatte, per favore.«

Die Verkäuferin verpackt geschickt die beiden kleinen Brote, ohne die Unterhaltung mit einer weiteren Kundin zu unterbrechen. Mein Italienisch ist nicht gut genug, um den Dialog zu verstehen, aber die beiden wirken sehr aufgeregt und verärgert, und immer wieder fällt das Wort *stupido.* Stupido, männlich – der Idiot. Es geht um einen Mann. Einen idiotischen Mann. Es ist immer und überall dasselbe. Ich höre einen Mann irgendwo im Haus schimpfen. Der stupido?

»MARIA!«, schreit er plötzlich. Ich zucke beim aggressiven Klang der Stimme zusammen, bezahle und verlasse eilig den Laden. Es ist seltsam: Ich ertrage keine Wut, jedenfalls nicht die von anderen. Nur meine eigene.

Beim Öffnen der Tür stelle ich enttäuscht fest, dass mich kein Kaffeeduft empfängt. Auch kein gedeckter Frühstückstisch. Ich stelle Wasser auf und gehe ins Bad, um mir die Hände zu waschen. Dabei inspiziere ich mein Gesicht im Spiegel. Jeder Spiegel zeigt mir ein anderes Gesicht. Der große Spiegel im Bad bei uns zu Hause ist mir der liebste. Er zeichnet ein weiches Bild von mir. In diesem Bad hier gibt es kein Fenster, nur künstliches Licht. Das macht mein Gesicht hart. Und auch alt. Nichts Weiches mehr zu erkennen.

Andreas kommt ausgeschlafen auf die Terrasse.

»Wolltest du mir im Urlaub nicht jeden Morgen Frühstück machen?«

»Wollte ich, aber nicht, wenn du mitten in der Nacht aufstehst. Bleib bis zehn Uhr liegen, dann kümmere ich mich ums Frühstück.«

So geht das nicht. Wenn wir beide in dieser mürrischen Stimmung verharren, bleibt die Erholung auf der Strecke.

Ich muss mich zusammennehmen, denke ich. Und im gleichen Augenblick: *Warum ich?*

»Ich habe frische Ciabatta geholt.«

»Schön.«

»Und eine Zeitung besorgt.«

»Hm.« Er frühstückt und liest. Den Sportteil natürlich. Beim Aufstehen schiebe ich den Stuhl nach hinten. Und zwar so heftig, dass er kippt. Ich lasse ihn liegen.

Nach dem Frühstück steht ein Ausflug nach Siena auf dem Programm. Die Temperatur hat mittlerweile die Dreißig-Grad-Grenze überschritten, im Auto ist es jetzt unerträglich heiß.

»Stell bitte mal die Klimaanlage runter«, fordere ich Andreas auf.

»Man soll die Klimaanlage mit maximal acht Grad Unterschied zur Außentemperatur einstellen. Da sind wir bei dreiundzwanzig Grad.«

Genau diesen Ton hasse ich. Ich nenne ihn seinen Dozententon. Spontan stelle ich selbst die Heizung auf zwanzig Grad. Das Äußerste an Rebellion.

Er schaut mich von der Seite an. »Vielleicht sollten wir zu Hause bleiben, wenn du so schlechte Laune hast.«

»Ich habe keine schlechte Laune, ich bin nur müde, und mir ist heiß.«

»Es zwingt dich doch keiner, jeden Morgen in aller Herrgottsfrühe aufzustehen.«

»Ich stehe auf, weil ich wach bin und nicht mehr schlafen kann.«

»Und du hast schlechte Laune, weil du müde bist.«

Ich sage nichts mehr, und eine Weile fahren wir schweigend. Jeder mit sich und seinen Gedanken beschäftigt.

»Es tut mir leid«, lenke ich schließlich ein. »Ich bin wirklich nicht besonders gut drauf, aber ich freue mich auf unseren Tag in Siena.«

»Davon merke ich nichts. Wenn das, was du ausstrahlst, Freude sein soll, möchte ich nicht wissen, wie es ist, wenn du richtig mies drauf bist.«

Die Fahrt dauert lange. Unterwegs habe ich das Bild von Johann Seitz in meinem Kopf. Ich will es nicht, aber ich kann es nicht abstellen. *Lenk mich nicht so ab,* denke ich. *Hör auf, mich von meinem Urlaub, meinem Mann, meinem Leben abzulenken!*

Siena empfängt uns mit Verkehr, Lärm und Unmengen an Touristen. Schon die Suche nach einem Parkplatz gestaltet sich schwierig.

»Da ist doch ein Parkplatzhinweis. Nach zweihundert Metern rechts«, sage ich, nachdem wir schon ein paar Runden gedreht haben.

»Das ist ein Parkplatz, der unmittelbar an der Altstadt liegt. Weißt du, was die hier an Parkgebühren verlangen?«

Also entfernen wir uns wieder vom Zentrum und parken schließlich am Rande der Stadt auf einem großräumigen feingeschotterten Platz. Als wir mit dem Wagen zur nächstfreien Parklücke fahren, hinterlassen wir eine Wolke aus Staub. Auch hier steht ein Parkscheinautomat. Ich bleibe sitzen und warte, bis Andreas ein Ticket gelöst und hinter die Windschutzscheibe gelegt hat.

»Vier Stunden«, murmelt er. »Wird ja wohl reichen.«

Wir laufen Richtung Piazza del Campo, dem Herzstück der toskanischen Kleinstadt, und ich nehme seine Hand. Nicht, weil ich das Bedürfnis habe, seine Hand zu fühlen, sondern weil ich das Bedürfnis habe, diese Stadt als Teil eines Paares zu erleben. Als Teil eines sich gut verstehenden, eines sich liebenden Paares.

Am Ende schenkt Andreas mir ein Kleid, das ich in einem Schaufenster bewundert habe. Seine Art, mir mitzuteilen, dass er mir vergibt. Meine Launen und meine Unzufriedenheit.

Wir essen unterwegs noch eine Kleinigkeit und sind gegen acht Uhr zurück in unserer Ferienwohnung.

»Komm«, sagt Andreas. »Wir gehen noch was trinken.«

In der Nähe ist eine Bar, er war schon zweimal ohne mich dort, heute möchte er mich dabeihaben. Ich zögere. Ich bin müde, der Tag war anstrengend.

»Nur ein Glas Wein«, sagt Andreas und nimmt meine Hand. Ich will nicht. Aber ich spüre, wie wichtig es ihm ist.

»Na gut«, sage ich mit schlechtem Gewissen. Schlechtes Gewissen deswegen, weil ich meine Lustlosigkeit nicht ganz verbergen kann. Er sieht mich an und lässt meine Hand los.

»Wenn du keine Lust hast, dann lassen wir's. Ich will dich ja zu nichts zwingen.«

»Doch, doch. Lass uns gehen. Das ist doch eine schöne Idee«, sage ich schnell.

Der Fußweg zur Bar dauert fünf Minuten. Unterwegs ist Andreas still, seine anfängliche Euphorie ist verschwunden. Ich nehme seine Hand, und wir gehen den kurzen Weg schweigend nebeneinander.

In der Bar ist es sehr laut, die Besucher sind im Schnitt zwanzig Jahre jünger, und die Musik ist schrecklich.

»Möchtest du lieber einen Cocktail«, brüllt Andreas mir ins Ohr.

»Nein, lieber einen Weißwein«, brülle ich zurück. Er bestellt und schiebt mir einen Barhocker zu. Ich setze mich, er bleibt stehen. Wieder schweigen wir. Der Wein kommt, ich fühle mich unbehaglich und nippe am Glas. Der Alkohol hilft mir, die Bar weniger furchtbar zu finden. Er trinkt schneller als ich, sein zweites Glas Rotwein ist fast leer.

»Dir gefällt es hier nicht?!« Wieder brüllt er. Ich kann nicht erkennen, ob es eine Frage ist oder eine Feststellung. Ich zucke die Schultern. Er steht auf und legt Geld auf den Tresen. Wir verlassen die Bar. Er sagt jetzt nichts mehr, aber ich weiß auch so, was er denkt. Er denkt: *Nie ist diese Frau zufrieden.* Fast kann ich ihn hören, diesen Gedanken.

»Bist du sauer?«, frage ich, als wir draußen sind.

»Nein. Wieso sollte ich.«

»Doch. Du bist sauer.«

Er geht schneller, ich habe Mühe, Schritt mit ihm zu halten. »Du findest mich unzufrieden und nörgelig, stimmt's?«

Er bleibt stehen. »Was findest du denn?«

Ich weiß nicht, was ich darauf sagen soll. Er läuft auch schon wieder los. Ich gehe ihm nach, aber jetzt in meinem Tempo. Ich kann ihn sowieso nicht einholen.

Irgendwann im Laufe des Urlaubs hat sie sich dann doch noch eingestellt, die Entspannung. Und damit auch ein gewisses Maß an Erholung.

Andreas und ich haben unseren vorletzten Urlaubstag faul in unserer Ferienwohnung und auf der Terrasse verbracht. Wir waren im Pool schwimmen, haben gelesen, geschlafen, Melone gegessen und gemeinsam ein Kreuzworträtsel gelöst. Jetzt steht die Sonne hoch am Himmel, die Luft ist weich und warm und nicht mehr so heiß wie noch vor wenigen Stunden. Um uns herum zirpen Grillen, Pistazien verströmen ihren feinherben Duft. Eine angenehme Mattigkeit steckt uns in den Gliedern. Ich stehe auf und strecke mich. »Ich geh duschen«, sage ich und drücke ihm einen Kuss auf den Hinterkopf. Andreas hat ein nobles Restaurant in der Nähe entdeckt und zwei Plätze für den Abend reserviert.

Bevor ich mich unter die Dusche stelle, lege ich das neue Kleid aufs Bett und schaue es mir noch einmal genau an. Ich wünschte, ich könnte mich freuen. Ich wünschte, da wäre irgendein Gefühl, irgendeine Regung. Aber da ist nichts. Ich fühle nichts. Das Kleid liegt dort wie ein stummer Vorwurf. Ich drehe ihm den Rücken zu. Es steht mir gut, das weiß ich. Es passt zu meiner gebräunten Haut und zu meinen olivgrünen Augen.

Im Duschen bin ich unschlagbar schnell. Danach ziehe ich mich an und schminke meine Augen. Dezent. Ein bisschen Wimperntusche, etwas Eyeliner. Jeder Handgriff sitzt, ich weiß genau, in welcher Reihenfolge ich was erledige, ohne nachzudenken. Ich fühle immer noch nichts. Ich bin ein Roboter.

Ein leises Summen lässt mich aufhorchen. Eine SMS. Wer schreibt mir? Die Familie und die Freunde wissen, dass wir im Urlaub sind. Ich erschrecke. *Die Kinder! Es ist etwas passiert!* Hektisch durchwühle ich meine Handtasche. Handtaschen sind bei mir grundsätzlich groß und grundsätzlich unordentlich. Das Handy finde ich erst, nachdem ich alles auf das Bett kippe.

Ich hoffe, Sie verbringen schöne Urlaubstage und freue mich schon sehr auf unser nächstes Treffen. Gruß JS

JS. Johann Seitz.

Mein Herz klopft heftig. Plötzlich fühle ich mich wach und vom Leben durchströmt. Meine Lethargie ist wie weggeblasen.

Danke der Nachfrage. Ja, der Urlaub ist sehr schön. Sie können sich nächste Woche gern bei mir melden. Wegen des Termins. Gruß TB

Ich ziehe das Kleid an und drehe mich vor dem Spiegel. *Ja,* denke ich, *es steht mir wirklich gut.* Und da ist sie. Die Freude über das Kleid und die Freude, mich darin zu sehen.

Andreas ist zufrieden mit meinem Aussehen. Er ist stolz auf mich, findet mich schön. Er sagt es nicht, aber ich weiß es. Im Restaurant bekommen wir einen kleinen Tisch im Garten. Die Fassaden der Mauern sind weinbewachsen, auf den Tischen stehen Kerzen, und um uns herum leuchten kleine bunte Lampions.

An einem der Nachbartische sitzt ein Paar, etwa in unserem Alter, das sich streitet.

»Möchtest du einen Aperitif? Einen Prosecco?«, fragt Andreas. Ich nicke. Der Mann ist wütend. Ich kann nicht verstehen, was er sagt, aber ich höre an seiner Stimme, dass er wütend ist.

Der Kellner kommt und bringt uns die Karte. Andreas bestellt zwei Prosecco.

Die Frau beginnt zu weinen. So kann ich mich nicht entspannen. Ich greife nach der Karte und studiere das Angebot. Plötzlich schlägt der Mann mit seiner Faust auf den Tisch, sein Glas fällt auf den Steinboden und zerbricht.

Andreas sieht mich an. »Liebling, es ist alles gut. Schau mich an. Ich bin hier.« Er will seine warme große Hand auf meine legen, aber ich erschrecke und ziehe sie hastig zurück. Dabei stoße ich selbst ein Glas vom Tisch.

»Entschuldige, entschuldige. Das wollte ich nicht.«

»Es ist nicht schlimm. Beruhige dich.«

Der Kellner kommt und sammelt die Scherben auf. Ich entschuldige mich zum tausendsten Mal, meine Hand zittert. Der Mann lacht spöttisch. Einem Impuls folgend, stehe ich auf. Andreas stellt sich neben mich und hält mich fest. »Thea, es ist gut. Wirklich, es ist alles gut. Beruhige dich.« Und zum Kellner: »Meiner Frau ist unwohl, können wir einen Tisch im Restaurant haben?«

Andere Gäste schauen zu uns. Ich schäme mich, aber ich kann solche Situationen nicht beherrschen. Sie beherrschen mich.

Den Blick auf den Boden gerichtet, folge ich Andreas und dem Kellner. Wir bekommen einen Tisch am Fenster. Große Neonröhren verbreiten ein kaltes Licht, vor uns stehen eine weiße Kerze und eine kleine Blumenvase mit gelben Gerbera. Ich taste nach den Blättern. Sie sind aus Plastik. Scheinbar ungerührt zündet Andreas die Kerze an und prostet mir zu. Er kennt das. So etwas erleben wir nicht zum ersten Mal. »Auf den Urlaub«, sagt er.

Ich möchte den Abend nicht noch mehr verderben und proste mit einem zittrigen Lächeln zurück. Bemüht sitzen wir uns gegenüber und studieren die Speisekarte.

Erst nach dem Prosecco, zwei weiteren Gläsern Wein und einer hausgemachten Pasta mit Steinpilzen hat sich die Aufregung endgültig gelegt, und wir können den Urlaub einigermaßen entspannt Revue passieren lassen. Jetzt, am Ende, sind wir uns doch einig, dass es uns wie immer gut gefallen hat, hier in Italien.

Wieder zurück in der Wohnung ist Andreas sehr lieb und rücksichtsvoll. Wir legen uns beide noch angezogen aufs Bett, und er streichelt mich. Sehr lange. »Ich liebe dich«, murmelt er und zieht mich an sich. Wir schlafen miteinander. Vertraut und sanft. Ich genieße die Nähe, die besondere Zärtlichkeit. *Ich liebe dich auch*, denke ich. Plötzlich kann ich es wieder fühlen.

Im Kopf habe ich ein dunkles attraktives Gesicht. Wie das meines Mannes. Aber es ist nicht Andreas, den ich sehe.

12

Der Alltag hat uns wieder, Andreas und mich. Kaum zu Hause, erreicht uns eine Nachricht von Ben. Dieses Mal hat er meinen Autoschlüssel verloren.

»Es tut mir leid, Mama. Ich hab das Auto von der Werkstatt abgeholt und bin damit noch zu Freunden gefahren. Wir sind zusammen in die Stadt, um etwas zu trinken und als ich dann heimfahren wollte, war der Schlüssel weg. Ich hab alles abgesucht, ich versteh das einfach nicht.«

»Wo hast du den Schlüssel denn gehabt? In welcher Tasche, meine ich.«

»In meiner Jackentasche, glaube ich.«

»Wie kann er dann weg sein? Hast du die Tasche nicht zugemacht?«

»Mensch, Mama! Mach doch kein Drama draus.«

»Ich habe einfach keine Lust mehr. Jedes Mal ist etwas anderes.«

»Mann, das wird jetzt wieder ein riesiges Theater. Wenn du mir das Auto nicht mehr geben willst, dann musst du's lassen.«

»Das muss ich dann wohl.«

»Über was regst du dich eigentlich so auf? Du hast doch noch einen Ersatzschlüssel.«

Ja, ich habe noch einen Ersatzschlüssel. Ohne Türöffnungsfunktion. Eben einen *Ersatz*schlüssel.

Aber es ist noch etwas anderes, das mich beschäftigt. Worum ich mich sorge. Bei Bens Erklärung, dass er noch mit Freunden etwas trinken war, wurde mein Herzschlag spontan unruhig. Wie oft habe ich diesen Satz von meinem Vater gehört, wenn er von einer seiner Sauftouren nach Hause kam. *Er ist wie er.* Das ist der Gedanke, der mich wirklich beunruhigt. *Quatsch! Er ist sanft wie ein Lamm. Er könnte keiner Fliege etwas zuleide tun.* Beides ist richtig. Irgendwie. Ich habe Angst, die Eigenschaften meines Vaters weitergegeben zu haben. Nora ist oft aggressiv und Ben nicht lebenstüchtig. Wenn ich wenigstens mit Andreas drüber reden könnte. Aber Nora ist für ihn grundsätzlich begabt und intelligent, während er in Ben einen Spinner sieht, der sich seiner Verantwortung nicht stellen will und nichts auf die Reihe kriegt. In beiden Fällen hänge ich vermittelnd dazwischen.

Auch mein erster Bürotag lässt mich die Erholung schnell wieder vergessen. Es herrscht Hektik, und ich muss mich anstrengen, um all das, was auf mich einströmt, zu bewältigen. Mein Schreibtisch ist übervoll, der von Sonja dagegen sieht wunderbar aufgeräumt aus. Was ihr an Arbeit nicht gepasst hat, konnte sie bequem bei mir ablegen. Das ist eine Unterstellung, die ich für mich behalte. So ist keiner da, sie zu widerlegen.

Mach es doch genauso, leg ihr den Kram einfach wieder zurück. Das sind Gedanken, die mich begleiten, aber nicht weiterbringen. Ich kann es nicht, so bin ich nicht. Außerdem wäre ich sofort überführt, während ich ihr nichts beweisen kann.

Also arbeite ich. Ohne Pause. Kein Wort von JS.

Am Abend überrascht mich Andreas mit einem Blumenstrauß und einer Einladung zum Essen. Heute vor genau zweiunddreißig Jahren haben wir uns kennengelernt. Bei Sabine, einer damaligen Freundin von mir. Seiner damaligen Freundin. Zum ersten Mal gesehen haben wir uns eigentlich schon vorher: In diesem kleinen Geschäft in der Stadt, das damals jeder kannte. Es war so ein trödeliger Laden, in dem man lauter Dinge kaufen konnte, die man nicht brauchte: Edelsteine, Geschirr, Porzellantiere, Spielzeug, Werkzeug, Batterien. Wir waren beide auf der Suche nach einem Geschenk für Sabine, und das Geschäft lag auf dem Weg.

Ich sah ihn suchend durch die Regale wandern, er fiel mir sofort auf, weil ich ihn so besonders gut aussehend und interessant fand. Irgendwann standen wir beide vor dem Regal mit den Ladenhütern. Schon manches Mal hatte ich gerade hier etwas gefunden, das so verschroben und weltfremd war, dass es schon wieder originell wirkte. Etwas, das man verschenken konnte, ohne lächerlich, einfallslos oder geizig zu wirken. Wir begutachteten die Regalfläche und taten dabei die ganze Zeit so, als würden wir uns nicht beachten. Bis wir beide beinahe gleichzeitig nach einem hässlichen Porzellanhuhn griffen. Er war nur eine Sekunde schneller. Meine Hand zuckte zurück, und ich lächelte verlegen. Ich weiß nicht mehr, was er Sabine damals geschenkt hat. Aber das Huhn bekam sie von mir.

»Wo gehen wir denn hin?«, frage ich und stelle die Blumen in eine Vase. Andreas vergisst nie einen Jahrestag. Nicht den Hochzeitstag, nicht den Tag unseres Kennenlernens, und auch keinen Geburtstag.

»Ich habe bei Roswitha einen Tisch reserviert.«

»Schön«, sage ich und lächle.

Ich ziehe mich um, wir fahren los, und er legt seine Hand auf mein Bein.

Der Abend verläuft reibungslos. Ich gebe vor mich zu freuen, wo nichts ist als Müdigkeit, esse ein exzellentes Menü ohne wirklichen Appetit und habe schließlich zärtlichen Sex mit meinem Mann, ohne einen Hauch von Lust. Er bemerkt es nicht. Das hoffe ich wenigstens.

Erst am Donnerstag höre ich von Johann Seitz. Er ruft mich auf meinem Bürotelefon an. Seine Stimme klingt selbstsicher und gut gelaunt.

»Hallo, Frau Brandner. Hier ist Johann Seitz.«

Aus den Augenwinkeln schaue ich, ob Sonja mich beobachtet. Sie macht einen beschäftigten Eindruck, aber ich kenne sie. Sie registriert sehr genau, was um sie herum passiert.

»Oh, hallo, Herr Seitz. Ich habe gerade das Sander-Projekt vor mir liegen.«

»Dann haben Sie sicher auch gerade an mich gedacht? Sind Sie gut erholt? Ich würde gerne unsere ausstehende Verabredung mit Ihnen terminlich abstimmen. Wann passt es denn?«

»Ja, ich bin wunderbar erholt, danke der Nachfrage. Wie wäre es mit der nächsten Woche? Montag oder Dienstag?«

»Dann Montag. Wieder dreizehn Uhr im gleichen Café?«

»Das passt gut.«

»Bis Montag.«

»Bis Montag.«

Ich freue mich. Aber tief in mir nagt der Zweifel.

13

Ich öffne die Haustür, in einer Hand habe ich zwei Einkaufstüten, in der anderen halte ich den Haustürschlüssel. Die Handtasche hängt um meinen Hals, die Post klemmt zwischen meinen Lippen. Ich bin zu Hause, aber alles sieht ganz anders aus. Die Decken sind hoch, die Treppe ist alt und der Fußboden ganz verwischt. Ich glaube Stimmen zu hören. Dann wieder Stille. Ich lausche und rufe, es kommt keine Antwort. Plötzlich knackt es. Ein Geräusch, als wäre ein Stock oder eine Latte zerbrochen. Und jetzt die kleine Stimme eines Kindes. »Thea! Hilf mir! Bitte hilf mir!« Angst schießt in meinen Körper. Ich lasse alles fallen. Nur die Handtasche baumelt weiter friedlich an meinem Hals.

»Nora? Ben?«, rufe ich verhalten. Vorsichtig setze ich einen Fuß vor den anderen, bewege mich so geräuschlos wie möglich. Vor einer weißen Tür bleibe ich stehen und lausche angestrengt. Die Stimme kam aus diesem Zimmer. Irgendetwas ist hier. Oder irgendwer? Vorsichtig lege ich die Hand auf die Klinke und schiebe die Tür auf. Ein Schritt, und ich falle. Im Fallen schreie ich mit aller Kraft. Davon werde ich wach.

Ich rapple mich hoch und schaue auf die Uhr. Wir sind erst seit wenigen Tagen wieder zu Hause, aber der Erholungseffekt ist schon jetzt kaum mehr spürbar. Vor mir liegt ein Wochenende mit Terminen und Verpflichtungen und hinter mir eine Nacht, die schlaflos begann und mit meinem Albtraum endete. Sachte bewege ich meinen Kopf. Ein leichtes Pochen am Hinterkopf, Sichtfeldeinschränkungen. Meine Migräne ist so freundlich, ihr Kommen anzukündigen. Ich ziehe die Tabletten aus der Schublade und tappe damit ins Bad. Ich spüle die Tablette mit etwas Wasser herunter und stütze meine Arme auf das Waschbecken. Mein Spiegelgesicht begrüßt mich mit leidender Miene. Ich ziehe die Stirn in Falten, streiche die Haare zurück, drehe den Kopf zur Seite und betrachte die Narbe hinter dem Ohr. Als ich neun war, bin ich eine Treppe hinuntergestürzt. Ich habe mir dabei den Schädel gebrochen und fast mein Leben gelassen. Manchmal habe ich den Verdacht, dass meine häufigen Kopfschmerzen etwas damit zu tun haben. Auch wenn meine Schmerztherapeutin das nicht glaubt.

Leise, um Andreas nicht zu wecken, tappe ich zurück ins Schlafzimmer und ziehe mich an. In ein paar Stunden kommt Nora. Wir wollen meine Mutter besuchen. Sie fragt oft nach ihrer Enkelin, schon wegen Frida, aber

Nora hat nur wenig Zeit. Heute soll es endlich klappen. Doch bevor wir losfahren, muss ich noch einkaufen, meine Bluse bügeln, Essen vorbereiten. Der Schmerz wird akut, ich stöhne leise.

Nora ist erwartungsgemäß spät. Weil ich das weiß, setze ich Termine immer eine halbe Stunde früher an, wenn ich mich mit ihr verabrede. Insofern ist sie genau pünktlich.

»Können wir mit deinem Auto fahren? Sonst muss ich noch tanken«, begrüßt sie mich schlecht gelaunt.

»Kein Problem«, entgegne ich.

Sie schnallt den Maxi-Cosi mit ihrem schlafenden Kind auf der Rückbank fest und setzt sich wortlos neben mich.

Wir nehmen den schnellen Weg, den über die Autobahn. Es herrscht viel Verkehr heute Morgen, ich schalte den Verkehrsfunk ein.

»Geht das auch leiser?«, murrt Nora und dreht am Lautstärkenregler. Ich sage nichts und konzentriere mich. Noras Parfüm steigt mir in die Nase. Ich finde es zu herb. Ihr Handy klingelt. Sie meldet sich knapp, und ich entnehme ihren Äußerungen, dass sie mit Tom telefoniert. Er soll Frida nächste Woche für zwei Tage übernehmen, weil sie einen Auftrag hat und dafür unterwegs sein muss. »Nein, kann ich nicht«, sagt sie gereizt. »Es sind über zweihundert Kilometer, da fahre ich nicht noch abends zurück. Ich hab das Zimmer auch schon gebucht.« Aber auch Tom muss offenbar arbeiten, es gibt also ein Problem. Die Diskussion zieht sich in die Länge. Noras Stimme wird aggressiver. Von Satz zu Satz, von Wort zu Wort.

»Das ist mir scheißegal, mich fragt schließlich auch keiner«, schreit sie ins Telefon. Auf einmal finde ich es unerträglich. Ich fahre auf einen Parkplatz und halte an.

»Steig aus und telefonier mit Tom. Aber verschone mich mit deinem Geschrei«, sage ich so ruhig ich kann.

Sie sieht mich überrascht an. Das ist sie nicht von mir gewohnt. »Ich kläre das, aber du musst die Nacht übernehmen«, faucht sie und legt auf. Jetzt lenkt sie ihre aggressive Stimmung auf mich um. »Was mischst du dich eigentlich ein? Das geht dich doch gar nix an. Das ist ein Streit zwischen mir und Tom.«

»Euer Streit geht mich nichts an, aber die Tatsache, dass ich deiner Schreierei ausgesetzt und zwangsläufig Zeugin eurer Diskussion bin, die geht mich sehr wohl etwas an«, verteidige ich mich.

»Okay. Mir reicht's. Fahr zurück!«

»Was?«

»Fahr zurück. Ich komme nicht mit.«

Ich falle zusammen. Wie soll ich das meiner Mutter erklären? »Aber Oma rechnet mit uns. Sie freut sich auf Frida.«

»Das ist dein Problem.«

Die Kopfschmerzen melden sich zurück. »Spinnst du jetzt? Wir sind auf halbem Weg. Ich kehre doch jetzt nicht wieder um.«

»Dann steige ich jetzt hier mit Frida aus und trampe zurück.«

Resigniert wende ich das Auto und fahre sie nach Hause. Vierzig lange und schweigende Kilometer. Zum Abschied knallt Nora die Autotür zu und verschwindet mit der noch immer schlafenden Frida. Ohne ein Wort oder eine Geste oder einen Blick.

Mittlerweile hat es angefangen zu regnen. Ich stelle die Scheibenwischer an und fädle mich wieder in den Verkehr. Ich fühle mich ganz schrecklich. Zu meiner miserablen körperlichen Verfassung kommt jetzt auch noch die mentale. Der Frust wegen des Streits, die Aussicht darauf, etwas erklären zu müssen, das ich selbst nicht verstehe. Dabei ist es nicht so, dass ich kein Verständnis für die Situation meiner Tochter habe. Ihre Doppelbelastung, ihr Angebundensein, ihre berufliche Unzufriedenheit. Nur mit ihrer Art und Weise, ihre Unzufriedenheit immer wieder mit Aggressionen zu kompensieren und ständig wütend zu sein, kann ich nichts anfangen. Damit erreicht sie doch nichts. Tom liebt sie. Sie ist diejenige, die auf Selbstständigkeit besteht. Sie ist diejenige, die sich entzieht und verweigert.

Gleichzeitig sehe ich mich. Meine eigene Unzufriedenheit, meine eigene mich lähmende Erschöpfung. Und meine eigene Wut. Der einzige Unterschied zu meiner Tochter ist der, dass ich sie unterdrücke. Muss sich denn immer alles wiederholen?

Hektisch durchwühle ich meine Handtasche auf der Suche nach einer weiteren Tablette. Ich bin hin- und hergerissen, weil ich die Vorstellung, jetzt und so zu meiner Mutter zu fahren, unerträglich finde und weil ich doch weiß, dass ich genau das tun werde. Tun muss. Weil ich nicht anders kann. Pflichtbewusste Tochter, die ich bin.

Meine Mutter macht mir keinen Vorwurf wegen der Verspätung, aber sie ist erwartungsgemäß enttäuscht, als sie sieht, dass ich ohne Nora und Frida komme. Ich bringe es nicht fertig, ihr die ganze Wahrheit zu sagen.

»Nora konnte doch nicht mitkommen. Sie muss arbeiten«, erkläre ich.

»Ach, ich hab mich so auf die Kleine gefreut. Ich hab ihr ein Jäckchen gestrickt. Jetzt weiß ich nicht, ob's passt.«

Sie hat für Frida ein Jäckchen gestrickt. Hat sie das je auch für mich getan? Als ich ein Baby war? Oder später? Eifersüchtig krame ich in Erinnerungen meiner Kindheit. Nicht eine davon zeigt meine Mutter strickend.

»Das passt bestimmt«, sage ich trotzdem versöhnlich. »Ich nehme es mit, und wenn es zu groß ist, zieht sie es in ein paar Wochen an, wenn sie dich dann endlich besucht.«

Das ist eines unserer typischen Gespräche. Immer schön an der Oberfläche. Wir geben keine Gefühle preis, erörtern keine Inhalte, die unser Verhältnis als Mutter und Tochter berühren. Als junge Frau habe ich sie manchmal nach meinem Vater und unserem Leben vor meinem Unfall gefragt, besonders in den ersten Jahren nach seinem Tod. Aber es gab keine Antworten. Auch keine Erklärung. Nur betretenes Schweigen. Und im Laufe der Jahre wurde sie immer geschickter darin, mir auszuweichen. Irgendwann habe ich aufgehört, sie zu fragen. Irgendwann habe ich mich von ihr entfernt. Aber ich weiß, dass es ein Band gibt, das sich niemals durchtrennen lässt. Sie ist meine Mutter. So wie mein Vater mein Vater war. Und deshalb höre ich niemals auf, mir selbst diese Fragen zu stellen.

Ich folge ihr in die Küche und nehme das Tablett mit dem Kaffeegeschirr.

»Was macht Ben? Wie weit ist er denn mit seinem Studium? Ich habe schon lange nichts mehr von ihm gehört«, nimmt sie den Faden wieder auf.

»Ben geht's gut. Er ist bald fertig.« Ich beherrsche das Spiel genauso gut. Erzähle nichts von mir, nichts von den Schwierigkeiten, die ich mit meinen Kindern habe, nichts von meiner Müdigkeit, nichts von meinen Ängsten, von meinem Traum und erst recht nichts von dem Gefühl absoluter Trostlosigkeit, das ich in mir trage. So lange schon. Vielleicht können wir nur so den Kontakt zueinander halten. Vielleicht ist es uns nur so möglich, uns nicht ganz zu verlieren.

Nein, wir schulden uns nichts. Wir sind quitt.

UNTREU

14

Den großen Erdgeschossplan vor sich ausgebreitet, beugt Johann Seitz sich vor und fährt mit dem Zeigefinger dem Verlauf des Hauptfluchtwegs nach. Ich betrachte seine Hände. Es sind schöne Hände. Kräftig und mit langen schlanken Fingern. Ich beobachte ihn wie ein Voyeur. Vorsichtig und aus den Augenwinkeln. Seine Augen sind blau und klar, an den Seiten sehe ich kleine Lachfältchen. Er gefällt mir. Auch das, was er anhat, gefällt mir. Jeans, ein weißes Hemd, ein Leinen-Sakko. Das Sakko hat er vor wenigen Minuten ausgezogen und über die Lehne des Nachbarstuhls gelegt.

»Der zweite Rettungsweg ist eigentlich nur in einem der beiden oberen Geschosse problematisch, weil wir da über Fenster gehen müssen, die so nicht anleiterbar sind. Die Alternative wäre eine Nottreppe nach außen. Das müsste ich noch einmal durchkalkulieren. Aber das ist die einzige Schwierigkeit. Ansonsten ist die Planung so weit fertig«, erklärt er seine Arbeit. Ich folge seinen Ausführungen und gebe mich interessiert, obwohl ich mehr damit beschäftigt bin, ihn unauffällig zu beobachten. Seine gebräunten Hände liegen jetzt ruhig auf dem auseinandergefalteten Plan. Er sieht mich an. Er lächelt. Gleich zu Beginn unseres Treffens hat er mir ein Kompliment gemacht: *Diese Bluse steht Ihnen. Sie bringt Ihre sehr schönen Augen noch besser zur Geltung*. Ich bin mir nicht sicher, ob ich diese Art von Komplimenten mag, sie erscheinen mir normalerweise etwas durchsichtig. Aber nicht bei ihm. Ich lese Bewunderung in seinen Augen. Meine Gefühle sind in Aufruhr.

Um es für mich einfacher zu machen, hat er den Plan so gedreht, dass er für ihn auf dem Kopf steht. Jetzt wechselt er seine Position und setzt sich neben mich. Ich kann ihn jetzt, da er direkt neben mir sitzt, nicht mehr so gut anschauen, aber dafür steigt mir der feinherbe Duft seines Aftershaves in die Nase. Ich höre ihn, ich rieche ihn, ich fühle ihn. Ich fühle seinen Arm. Er liegt auf der Stuhllehne. Ich lege meinen Arm daneben, auf die Lehne *meines* Stuhls. Unsere Arme berühren sich. Ganz zart, kaum wahrnehmbar. Arm an Arm, Haut an Haut. Kleine erregende Wellen durchlaufen meinen Körper. Versuchsweise ziehe ich den Arm weg. Der Faden reißt. Unerträglich. Ich lege ihn wieder zurück. Er zeigt keine Regung, fährt mit seinen Erklärungen fort, und unsere Arme berühren sich. Unerträglich. Schön.

Schließlich faltet er den Plan geschickt zusammen und lehnt sich zurück. Er schaut mich jetzt sehr direkt und durchdringend an. »Möchten Sie noch einen Kaffee?«, fragt er.

»Ja, gern.«

Er ruft die Kellnerin. »Ich möchte bezahlen.«

Ich bin irritiert. Hat er mich nicht verstanden? »Ich wollte eigentlich sehr gern noch einen Kaffee«, versuche ich das scheinbare Missverständnis aufzuklären.

»Sie bekommen noch einen Kaffee. Einen Cappuccino, den Sie so schnell nicht vergessen. Ich bin bekannt für meinen Cappuccino.«

Was ist das? Eine Einladung zu sich nach Hause?

»Oder sind Sie in Zeitnot?«

»Nein, eigentlich nicht.«

»Dann vertrauen Sie mir. In Ordnung?«

Er steht auf und sieht mich abwartend an.

»Gut«, sage ich. »In Ordnung.«

Sein Auto, ein schwarzer Mercedes-Kombi, steht nur ein paar Meter vor uns am Straßenrand. Er öffnet mir die Tür auf der Beifahrerseite. Ich zögere.

»Wir fahren mit meinem Wagen, ich bringe Sie später wieder hierher zurück«, erklärt er. »Ich muss sowieso wieder in die Stadt.«

Also wohnt er nicht hier, denke ich und steige ein. Ich sitze mit beklommenem Gefühl neben ihm, meide seinen Blick und halte die Hände wie im Gebet geschlossen. Mein Herz trommelt, ich führe einen inneren Kampf. *Was tue ich hier? Wo fahren wir hin?*

Nach etwa zehn Minuten Autofahrt biegt Johann Seitz in einen unscheinbaren befestigten Waldweg, und kurz darauf stehen wir vor einem kleinen Haus auf einer sonnengefluteten Lichtung. Die Kulisse ist atemberaubend. Das Haus stört hier nicht, im Gegenteil. Die ganze Hausbreite wird von einer Holzveranda gesäumt, die wiederum mit unzähligen blühenden Topfpflanzen bestückt ist. In der Mitte steht eine alte, gedrechselte Holzbank.

Die Luft um uns ist klar und warm. Mit einem Seufzen lasse ich meinen Atem in den wolkenlos blauen Himmel aufsteigen und sehe ihn an.

»Das ist einfach zu schön, um wahr zu sein. Wie kommt man denn zu so einem Schatz?«

»Am einfachsten, indem man ihn erbt. Mein Großvater war ein passionierter Jäger. Er hat das Haus gebaut.«

Die Intimität der Örtlichkeit, die Situation mit uns beiden hier unter Ausschluss der Öffentlichkeit, die Idylle um uns herum, das alles hat für mich einen ganz eigenen Zauber. Aber ich kann auch meine Beklommenheit nicht ganz verbergen. Er dagegen scheint ganz ruhig. Da ist keine Unsicherheit, als er die Tür des Hauses öffnet und auch keine Unsicherheit, als er hinter mir stehend fragt, ob ich den Cappuccino gleich möchte oder wir erst einen kleinen Rundgang durch das Haus machen sollen. Ich entscheide mich für den Rundgang.

»Also, hier unten sehen Sie den großen Wohnraum mit Küche.« An der Seite ist eine Tür. »Kommen Sie, ich zeige Ihnen das Bad. Ich hab es vor wenigen Jahren selbst geplant und angebaut.« Ungefragt nimmt er meine Hand.

»Es sind italienische Fliesen. Jede einzelne ist sozusagen ein Unikat«, erklärt er, und ich höre den Stolz. Ich streiche mit den Fingerkuppen über das Waschbecken aus hellem Granit. »Das habe ich nach eigenem Entwurf von einem Steinmetz anfertigen lassen.«

Der Raum ist nicht besonders groß, aber durch die fast über die ganze Wandbreite gehende Fensterfront auf der einen und den riesigen Spiegel auf der anderen Seite wirkt er so. Gleichzeitig geben ihm die Dielen auf dem Fußboden eine heimelige Note.

Johann Seitz steht hinter mir und legt vorsichtig die Arme um mich. »Gefällt es dir?«

Ich kann nicht reden, nur nicken. Ich lege meinen Kopf zurück. Gegen seine Schulter. Er dreht mich um und schaut mich an. Ich lese die Frage darin und schließe meine Augen. Sanft streicht er mit seinem Finger über meinen Mund, eine sehr zarte Berührung, fast wie ein Windhauch. Als ich die Augen wieder öffne, ist sein Gesicht ganz nah. Nur wenige Zentimeter trennen unsere Lippen. Ich beuge mich ihm entgegen, und er küsst mich. Seine Lippen sind warm, sein Mund wandert weiter über meine Wange, bis zu meinem Ohr. Behutsam nimmt er mein Ohrläppchen zwischen die Lippen.

»Hmmm, du schmeckst gut. Und du riechst gut.« Jetzt werden seine Berührungen intensiver. Lust und Angst kämpfen in mir einen stummen Kampf. Er hält mich und hebt mich hoch. Er küsst mich wieder, streichelt mich. *Hör auf,* denke ich. *Mach weiter.* Er küsst meine Brust.

»Halt«, sage ich, »hör auf! Es geht nicht. Es geht nicht!«

Andreas atmet ruhig und gleichmäßig neben mir. Sein Schlaf ist tief und gesund. Er schnarcht nicht, und er spricht nicht, Albträume scheint er nicht zu kennen. Er legt seinen Kopf auf das Kissen, und nach spätestens zehn Minuten ist er in seiner Traumwelt.

Ich dagegen bin hellwach. Nach der ersten Aufregung hat sich das schlechte Gewissen eingestellt. Ich habe heute eine Grenze überschritten, zum ersten Mal in meinem Leben als Ehefrau. Das ist kein harmloser Flirt. Ich war mit einem fremden Mann intim. Und nicht nur das: Ich habe es genossen. Und kann an nichts anderes mehr denken, ich bin wie im Fieber.

Auf dem Heimweg habe ich noch am Einkaufsmarkt angehalten. Ich war aufgewühlt und konfus und doch so wunderbar lebendig. Ich habe eingekauft, wie ich es immer tue. Gemüse, Obst, Milch, gesunde Dinge für meine Familie. Dabei habe ich hierhin gelächelt und dorthin, flüchtige Bekannte und Nachbarn begrüßt und mich unauffällig auffällig verhalten. Ich war überhaupt nicht ich selbst. Aber niemand schien es zu bemerken.

Auch Andreas nicht. Als ich ihm am Abend ein Schnitzel vorsetzte, hat er es ohne erkennbare Veränderung und mit unverändert gutem Appetit verspeist.

Jetzt höre ich sein gleichmäßiges Atmen, spüre seine ruhige Präsenz, und mein Herz zieht sich schmerzhaft zusammen. Was habe ich getan?

Andreas ist mit sich im Reinen, seine Welt ist klar und heil. Er lebt genau das Leben, das er leben möchte. Und ich bin ein Teil davon. Er liebt mich. Er liebt auch unsere Kinder, er liebt sogar seinen Job. Und vermutlich auch seinen Tennis-Club. Alles ist so, wie er es sich vorgestellt hat. Für ihn ist alles gut. Für ihn ist die Welt, so wie sie ist, gut. Aber meine Bedingungen sind doch die gleichen. Warum kann es dann für mich nicht auch so sein? Irgendwann spät in der Nacht gleite ich endlich in den Schlaf. Und schon ist er wieder da, der Traum, der mich quält. Ein nicht zu greifender Feind. Kurz vor Tagesanbruch werde ich von meiner Angst geweckt. Sie hat mich im Griff.

15

Das Büro ist völlig überheizt. Sonja ist erkältet und hat die Thermostate auf Höchsttemperatur gestellt. Ich verzichte auf Kaffee und hole mir stattdessen ein Glas Wasser. »Bleib doch zu Hause, wenn es dir so schlecht geht«, sage ich und meine es nur gut.

»Das geht nicht«, keift sie. »Wer soll sich denn um die Messevorbereitung kümmern?«

Sie hält sich für unentbehrlich, und ich lasse sie in dem Glauben. Mein Kopf ist mit anderen Dingen beschäftigt.

Heute Morgen habe ich sofort den PC hochgefahren, weil ich auf eine E-Mail hoffte. Nichts. Auch kein Anruf. Ich weiß nicht, wie es weitergehen kann, aber so wie es jetzt ist, kann es nicht bleiben. Das lässt mein aufgewühltes Gemüt nicht zu. Ich öffne ein Mailfenster und schreibe

Hallo Johann, nach einer wenig schlafreichen Nacht möchte ich mich auf diesem Weg noch einmal für mein gestriges unausgewogenes Verhalten entschuldigen. Ich hoffe, was gestern geschehen ist, steht unserer guten Geschäftsverbindung nicht im Weg. LG, Thea

Seine Antwort kommt umgehend.

Liebe Thea, natürlich nicht. Nichtsdestotrotz würde ich dich gerne wiedersehen und mit dir über uns und das Geschehene sprechen. Traust du dir das zu? Johann

Ich bin sehr erleichtert. Alles in mir sehnt sich danach, ihn wiederzusehen. Nur sehen natürlich, ohne etwas anderes im Sinn zu haben als unsere Geschäftsbeziehung. Nach der gestrigen Erfahrung bin ich gewappnet. Ich bin ja keine junge Frau mehr, ich kann mit der Situation umgehen.

Natürlich traue ich mir das zu. Wir sind erwachsene Menschen, und ich denke, so sollten wir uns auch verhalten. Thea

Kann ich dich um 13 Uhr am Büro abholen?

Er verliert wirklich keine Zeit. Schnell durchläuft mein Gehirn die nach Feierabend anstehenden Pflichten: Einkaufen, Essen vorbereiten – das schaffe ich locker. Rasen mähen, bügeln – das lässt sich zur Not verschieben. Mein Wunsch, ihn schnellstmöglich zu treffen und die Fronten zwischen uns zu klären, ist sowieso stärker, viel stärker, als alle nachmittäglichen Verpflichtungen zusammen.

Bin um 13 Uhr unten im Foyer.

Johann ist pünktlich. »Hallo, Thea. Lass uns irgendwohin fahren, wo wir in Ruhe reden können«, sagt er ohne Umschweife und in sehr vertrautem Ton.

»Oh. Ich dachte eher an unser Café hier in der Nähe.«

»Mit so vielen Lauschern um uns herum?«

»Na gut. Aber bitte nicht in dein Haus.«

»Nein, nicht in mein Haus. Wir könnten einfach ein Stück rausfahren und laufen«, schlägt er vor. Ich nicke. Er hält mir die Beifahrertür seines Wagens auf, und ich steige ein. Sämtliche Alarmglocken in meinem Kopf klingeln schrill. Aber im Ignorieren war ich schon immer unschlagbar.

Während wir nicht reden, sagt mir sein Blick alles. Während ich mich dem Anschein hingebe, alles im Griff zu haben, hat der Rest meines Körpers längst kapituliert. Johann lenkt das Auto sicher und souverän durch den Mittagsverkehr. Er wirkt sehr ruhig und gefasst. Ich spüre, dass ich im Begriff bin, einen großen Fehler zu begehen.

Er parkt das Auto am Waldrand, und wir schlagen einen ruhigen Waldweg ein. »Thea, das, was da gestern passiert ist, war keine Routine bei mir«, nimmt er das Gespräch auf. »Auch nichts, was ich geplant habe. Na ja, vielleicht gehofft. Seit unserem ersten Treffen kriege ich dich einfach nicht aus meinem Kopf.«

Ich gebe mich sehr vernünftig. »Johann, ich bin verheiratet. Seit über dreißig Jahren. Ich bin keine junge Frau mehr, ich bin zweiundfünfzig. Wohin soll uns das führen?«

»Muss es denn irgendwohin führen? Müssen wir ein klar definiertes Ziel haben? Können wir es nicht einfach geschehen lassen und schauen, wohin es uns bringt?«

»Noch einmal: Ich bin verheiratet! Ich würde alles aufs Spiel setzen. Meine Ehe, meine Sicherheit, meine ganze Existenz. Ich würde in Kauf nehmen, die Menschen, die ich liebe und die mich lieben, zu verletzen.«

»Verheiratet bin ich auch. Und auch ich möchte niemanden verletzen. Aber ich kann diese Gefühle nicht einfach leugnen. Sie sind da, und sie sind stark. Vielleicht so stark, dass es für einen Neuanfang für uns beide reicht. Und wenn nicht, dann werden wir uns ehrlich und auf Augenhöhe begegnen, wenn es vorbei ist.«

Mein Körper fühlt sich heiß an. Ich versuche einen klaren Gedanken zu fassen. »Und wenn wir beide unterschiedliche Auffassungen haben? Wenn der eine mehr liebt als der andere?«

»Das Leben ist nicht ohne Risiken. Ich für meinen Teil bin bereit, dieses Risiko einzugehen. Ich möchte nicht wie in Aspik erstarrt verharren, immer auf der Hut sein, nur und ausschließlich Kopfentscheidungen treffen. Das Leben ist kurz, und es ist schön. Wenn wir es zulassen. Auch Entscheidungen, die wir später revidieren, Erfahrungen, die wir bereuen, bringen uns weiter. Das ist die Natur der Erfahrung. Erfahrungen zulassen heißt sich bewegen. Sich entwickeln. Möchtest du, nur weil du zweiundfünfzig bist, darauf für den Rest deines Lebens verzichten?«

Das Gespräch verläuft ganz anders als von mir geplant. Nach der vergangenen Nacht war ich mir so sicher, mich klar abgrenzen und meine Position vertreten zu können. Ich will Andreas nicht belügen. Und auch keine Parallelwelt aufbauen, die mit meinem wirklichen Leben nichts zu tun hat. Nichts zu tun haben darf. Ich will nur bewundert werden, das ist alles. Weil es mich so wunderbar lebendig macht. Und weil es ein unwiderstehliches Gefühl ist, auf das ich nicht verzichten möchte. Jedenfalls nicht gleich. Nicht heute.

Aber als er dann endlich die Arme um mich legt, lasse ich es geschehen. Alles.

Auf dem Heimweg klingelt mein Handy. Ich erschrecke und bin unglaublich erleichtert, als ich Noras Nummer erkenne.

»Hallo, Nora. Was gibt's?«

»Kann ich dir Frida gleich für zwei Stunden bringen? Ich würde gerne mal wieder zum Zumba gehen.«

»Ich bin in zehn Minuten zu Hause. Bring sie mir. Ich freue mich.« Und das stimmt. Ich freue mich wirklich. Auf meine kleine Enkeltochter und über den Anruf. Den ersten nach unserer Auseinandersetzung, über die wir beide kein Wort mehr verloren haben. Ich freue mich, eine Familie zu haben, Kinder, ein Enkelkind und, ja, auch einen Mann.

16

Ich habe eine Affäre. Ich bin eine Geliebte. Johanns Geliebte. Ich betrüge Andreas und meine Familie, und die Welt dreht sich trotzdem unverändert weiter. Nur meine eigene Verfassung nicht: Ich fühle mich wunderbar. Nie habe ich mich besser gefühlt. Es geht natürlich nicht ohne schlechtes Gewissen, das nicht, aber der Mensch neigt dazu, sich zu gewöhnen. Und die Gewohnheit lässt es kleiner werden. Jeden Tag ein bisschen mehr.

Ein Blick auf die Uhr. Halb eins. *Gleich holt er mich ab*, singt es in meinem Kopf. Wir haben uns nicht mehr gesehen seit unserem Treffen in der letzten Woche. Nur telefoniert. Er wird im Auto auf mich warten, in einer Nebenstraße, zwei Minuten Gehweg vom Büro, und wir werden zwei Stunden für uns haben, vielleicht auch drei. Nur für uns. Länger kann er sich nicht freimachen. Länger kann ich mich allerdings auch nicht freimachen. Jedenfalls nicht, ohne aufzufallen.

Am Donnerstag hat Andreas mich lange von der Seite angesehen. Ich habe es bemerkt und mich bemüht, keine Reaktion zu zeigen.

»Du bist ja richtig gut drauf. Hast du neue Tabletten?«

Es war eine scherzhaft gestellte Frage, aber sie hat mir einen Heidenschreck eingejagt. Meine frohe Sorglosigkeit könnte mir zum Verhängnis werden.

»Warum? Mir geht's einfach ganz gut im Moment«, war meine vage Antwort. Und das stimmt auch. Von mir aus könnte es für immer so bleiben. An meinem chronischen Schlafmangel hat sich zwar nichts verändert, aber es macht mir nichts mehr aus. Ich bin nicht mehr müde. Nach Jahren der schleichenden Müdigkeit und Erschöpfung fühle ich mich jetzt wach und voller Energie.

Johann steht vor dem Auto und lacht mir entgegen.

»Steig schnell ein«, sage ich.

Trotz aller Wohlgefühle bin ich in Sorge, dass mich jemand sieht, dass uns jemand sieht. Und uns erkennt. Als Liebespaar.

Ich setze mich auf den Beifahrersitz, und er legt seine

Hand auf meinen Arm. Ich spüre die Wärme seiner Finger auf meiner nackten Haut, das sanfte Streicheln seines Daumens, den zarten Druck. Alles in mir ist weich und warm. Er beugt sich zu mir und küsst mich. Seine Zunge spielt mit meinen Zähnen. Ich kann gar nicht genug bekommen von seiner Nähe, die mich umhüllt, wie ein zartes Tuch, seinen Händen, die mich streicheln, seiner Zunge, die mich lockt. Alles andere blende ich aus, es gibt nur noch ihn und mich.

Er hört auf, mich zu küssen und schiebt mich sanft zurück. »In mein Haus?«, fragt er, und ich nicke. Ich will ihm nah sein, will dieses Gefühl in mir konservieren. Das ist das Einzige, was zählt.

Am Haus angekommen, steigen wir sofort aus. Er nimmt meine Hand, zieht mich ungeduldig mit sich, schließt die Tür auf, ohne mich loszulassen, tritt sie mit seinem Fuß wieder zu und küsst mich. Küsst mich. Ich halte mich an ihm fest wie eine Ertrinkende, umschlinge ihn mit beiden Armen, er schiebt mich durch eine offene Tür in den nächsten Raum. Aus den Augenwinkeln erkenne ich ein großes Bett.

»Ich will dich ficken«, sagt er.

Ich bleibe stehen. Was hat er gesagt? »Ich will dich ficken«, sagt er noch einmal, jetzt mit einem aggressiven Unterton. Der Satz steht im Raum, das Kribbeln im Bauch ist weg. Alles ist plötzlich anders. Das Zimmer, das gerade eben noch hell und freundlich war, wirkt jetzt bedrohlich. Das Bett, die Wände, der ganze Raum, das ganze Haus, ja selbst die Luft. Auch Johann. Mein Herz pocht.

Johann ignoriert meine Starre. Er küsst meine verschlossenen Lippen und drückt seine spürbare Erregung an mich. »Ich will dich ficken, du willst es doch auch. Sag, dass du es auch willst.«

Ich schiebe ihn von mir und weiß nicht, was ich ihm sagen soll.

»Was ist los mit dir?«

»Ich will mit dir schlafen«, sage ich, und meine Stimme ist klein. Wieder nimmt Johann mich in den Arm.

»Du willst mich auch ficken? Dann sag es! Sag: Ich will dich ficken!«

Ich kann nicht.

»Ich kann nicht.«

»Bumsen, ficken, poppen – oder Liebe machen, miteinander schlafen. Es ist doch egal, wie wir es nennen, es beschreibt ein und dasselbe.«

»Es beschreibt dasselbe, aber es bedeutet nicht dasselbe.«

Jetzt lässt er mich los. Seine Stimme ist kalt. »Was soll das?«

»Johann, ich möchte es nicht … so«, sage ich schwach.

»Was heißt: so?«

»So … vulgär.«

Er verdreht die Augen. »Mein Gott!«

»Bitte, Johann. Ich …«

»Schon gut.« Er geht zum Sofa, nimmt ein Buch in die Hand und blättert lustlos darin.

»Johann, was willst du von mir?«

Er schaut mir ins Gesicht. »Das habe ich dir doch gerade gesagt: Ich will dich ficken.«

»Bitte«, stöhne ich. Meine Hände zittern.

»Mein Gott, Thea, was ist denn los mit dir? Ich bin mit dir zusammen, weil ich das möchte, weil du mir wichtig bist, aber für mich gehört zu einer solchen Beziehung auch Offenheit und – ja, auch Sex. Und zwar tabuloser Sex. Ich werde mich nicht verstellen und auf so einer kitschigen Romantikschiene fahren. Auch nicht für dich.«

Ich stehe mitten im Zimmer, bin wieder ein kleines Mädchen, das sich fürchtet.

»Bitte, fahr mich zurück.«

Wortlos steht Johann auf, wortlos greift er zum Autoschlüssel, und wortlos geht er zur Haustür.

»Johann!«

Er dreht sich um und schaut mich abwartend an.

Ich kann nicht. Ich kann es nicht. Ebenso wortlos gehe ich an ihm vorbei und laufe zum Auto. Ich weiß, dass er mir nachschaut, aber ich drehe mich nicht um.

Das Autoschloss schnappt auf, und ich steige ein. Ich bin in einem Vakuum. Unerreichbar. Auch für mich.

Als Andreas am Abend nach Hause kommt, liege ich im Bett. Er ruft nach mir. Ich kann ihm nicht antworten. Ich möchte es und versuche es auch, aber es kommt kein Wort über meine Lippen. Es kommt kein Wort aus meinem Bauch.

Andreas findet mich im Schlafzimmer und setzt sich auf den Bettrand. Ich sehe seine Besorgnis, höre sie auch in seiner Stimme.

»Bist du krank?«

»Mir geht es nicht gut. Migräne«, kann ich endlich antworten.

Andreas sieht mich lange und schweigend an. Dann steht er auf, schließt die Vorhänge und verlässt das Zimmer. Ob er etwas ahnt? Vielleicht sogar weiß? Mir bricht der Schweiß aus. Ich fühle mich sehr elend. Und es ist nicht nur die Migräne, die mich quält. Was soll ich nur tun? Wie kann ich diesen Schmerz aushalten?

Ich lasse die letzten beiden Wochen Revue passieren, denke an die vielen verliebten Telefonate, an unsere Nachrichten, an seine Worte. »Ich vermisse dich« und »Ich habe solche Sehnsucht«. Ich denke an das, was wir zusammen erlebten, vor zwei Wochen, als ich mich ihm ganz öffnete. An seine Berührungen, seine Aufmerksamkeit, seine Zärtlichkeit. Da war er so, wie ich es wollte. Nur darauf bedacht, mich glücklich zu machen. Habe ich etwas übersehen oder falsch verstanden?

Es ist dieses Wort, denke ich. F I C K E N. Ich buchstabiere es leise, aussprechen kann ich es nicht, noch nicht einmal in Gedanken. Es ist für mich ein *böses* Wort.

Ist er bei *ihr* auch so? Manchmal vulgär und manchmal zärtlich? Liebt er seine Frau, so wie ich Andreas liebe? Kann man jemanden lieben, den man betrügt. *Aber ich liebe Andreas, ich liebe ihn!*

Dieses eine Mal, als ich mit Johann zusammen war, ganz zusammen, da ist ihm die Geldbörse heruntergefallen. Es passierte, als er sich anzog. Die Börse klappte auf, und da war das Foto. Er und sie, Arm in Arm. Er und sie, lachend und glücklich. Ich habe ihr Gesicht gesehen. Ein hübsches Gesicht, etwas blass, aber sehr hübsch. Mit blonden Haaren und blauen Augen. Wie alt mag sie sein? Vierzig? Jünger als ich. Ganz sicher jünger. Als wir das nächste Mal telefonierten, habe ich ihn gefragt.

»War das deine Frau, die auf dem Foto?«

»Vergiss das Foto!«

»Habt ihr Kinder?«

»Frag mich nicht. Es hat nichts mit uns zu tun.«

Nur einmal, als ich ihm von Nora und Ben und von Frida erzählte, da hat er mir etwas von sich verraten. Etwas, das sein anderes Leben betrifft. »Ich wollte keine Kinder«, hat er gesagt.

»Nie?«, habe ich gefragt.

»Nie.«

Was führst du für ein Leben?, denke ich. *Was ist mit deinen Freunden oder deiner Familie? Wer hat euch fotografiert? Und was bleibt deiner Frau, wenn du gehst?*

17

Montagmorgen. Das Wochenende war schrecklich. So lange schon leide ich unter Migräne. Ich habe gelernt, schnell zu reagieren und Tabletten zu nehmen, ehe der Schmerz mich auffrisst, aber dieses Mal haben die Tabletten nicht gewirkt. Erst nachdem ich mich übergeben hatte, wurde es etwas besser.

»Bleib doch zu Hause heute. Lass dich diese Woche krankschreiben.« Andreas sitzt mir am Küchentisch gegenüber.

Ich halte einen Becher Pfefferminztee in meinen kalten Händen und schüttle kaum merklich den Kopf. »Es geht schon wieder. Das Schlimmste hab ich wohl überstanden.«

»Thea, was ist los mit dir? Wenn es irgendetwas gibt, das du mir sagen möchtest, dann tu es. Ich bin dein Mann. Wir können über alles reden.«

»Es ist nichts. Einfach eine Migräneattacke. Eine besonders schlimme eben.« Noch während ich das sage, wird mir wieder ganz elend, denn ich habe nur ein Wort, einen Namen in meinem Kopf: *Johann.* Ich bin eine Heuchlerin. Eine Lügnerin. Eine Betrügerin.

Nachdenklich sieht mein Mann mich an. »Gut«, sagt er. »Wie du meinst. Wir sehen uns dann heute Abend. Du brauchst nichts zu kochen, ich bringe uns eine Pizza mit.«

»Danke«, sage ich schwach und stehe auf. Ich umarme ihn, halte ihn fest und bin selbst fassungslos. Über mich und das, was ich tue. Er drückt mich kurz und fest an sich und nimmt seine Tasche. Er sagt jetzt nichts mehr, und ich sehe ihm traurig nach, als er das Haus verlässt.

Unter der Dusche seife ich mich gründlich ein und lasse minutenlang warmes, fast heißes Wasser über meinen Körper laufen. Während ich mich abtrockne, überlege ich, ob ich mich vielleicht doch krankschreiben lassen soll. Aber was, wenn Johann Kontakt sucht? Wenn er versucht, mich im Büro anzurufen oder mir eine Mail schickt? Nein. Ich kann nicht zu Hause bleiben. Untätig im luftleeren Raum. Ich kann die Stille nicht aushalten. Und dieses Gefühl, das mich innerlich zerreißt.

Rasch ziehe ich mich an und fahre los. Unterwegs fällt mir ein, dass ich vergessen habe, die Betten zu machen. Zum ersten Mal, seit ich mit Andreas verheiratet bin.

Im Büro schaue ich zuerst auf die Digitalanzeige meines Anrufbeantworters, dann in mein Mailpostfach. Keine Nachricht.

»Warst du an meinen Unterlagen?«, keift Xanthippe. »Ich vermiss die Akte von Herberger.«

Am liebsten würde ich zu ihr gehen und ihr ins Gesicht schlagen. Meine Wut braucht Platz.

»Nein, ich hab sie nicht«, sage ich unfreundlich.

Ob er mich schon gestrichen hat? Aus seinem Adressbuch? Aus seinem Leben? Hat er ein ruhiges Wochenende mit seiner Frau verbracht? Sich mit Freunden getroffen? Gescherzt, gelacht, Wein getrunken? Ist für ihn alles wie zuvor? Vielleicht kam ihm meine Reaktion ja sogar entgegen. Vielleicht ist er froh, dass er auf diese Art wieder herauskommt, aus der Sache. *Du bist doch gegangen. Aber es ist auch besser so. Für uns beide.*

Briefe beantworten, Kalkulationslisten erstellen, Rechnungen prüfen. Ich versuche, ihn auszuschließen aus meinen Gedanken und aus meinem Kopf. Aber er ist in mir. Überall.

Das Telefon klingelt. Mein Herz klopft wild. Ich werfe einen angespannten Blick auf die Anzeige und falle im nächsten Moment schon wieder innerlich zusammen. Es ist meine Mutter.

»Hallo, Mama.«

»Hallo. Ich dachte, du würdest dich mal melden am Wochenende. Ich habe ja schon drei Wochen nichts mehr von dir gehört. Ist etwas los?«

Drei Wochen? Sofort regt sich mein schlechtes Gewissen. Ich bin nicht nur eine schlechte Ehefrau und Mutter, ich bin auch eine schlechte Tochter.

»Tut mir leid, ich hatte irgendwie so viel zu tun. Und am Wochenende hatte ich schreckliche Migräne. Aber jetzt ist es wieder gut. Es ist alles in Ordnung.«

»Kommst du am nächsten Wochenende mal vorbei? Oder habt ihr etwas vor?«

Am nächsten Wochenende. Lebe ich noch, am nächsten Wochenende? Ich überlege kurz, es fällt mir schwer, mich festzulegen. »Weißt du was, ich setze mich einfach nach der Arbeit ins Auto und komme zu dir.«

Das ist zwar sehr spontan, und ich habe eigentlich auch keine Lust, aber es scheint mir erträglicher, als nach der Arbeit nach Hause zu fahren.

»Ist dir das denn nicht zu viel? Was ist denn mit Andreas? Musst du nicht kochen?«

»Ich rufe ihn an. Er hat sicher nichts dagegen. Wir beide können zusammen was Kleines essen gehen. Was meinst du?«

»Bis du kommst, ist es doch fürs Mittagessen viel zu spät. Aber wir können ins Café gehen. Das Gute, du weißt schon, das mit den leckeren Torten.«

»Gut, das machen wir. Bis später.«

»Ich freue mich, mein Kind. Ich freue mich auf dich.«

Still sitze ich am Schreibtisch und versuche den riesigen Kloß im Bauch zu ignorieren. Er hat sich nicht gemeldet. Ich bin am Boden zerstört. Wie soll ich das nur aushalten?

Um Punkt zwölf Uhr räume ich meinen Schreibtisch und fahre den PC herunter. »Tschüss«, sage ich gequält auf dem Weg zur Tür. Sonja tippt weiter. Ich verlasse das Büro, sie würdigt mich keines Blickes. Im Auto schnalle ich mich an und lasse meinen Tränen freien Lauf. Gerade als ich den Schlüssel umdrehe, piept es leise aus meiner Handtasche. Eine SMS. Ich schütte den Inhalt der Tasche auf den Autositz und aktiviere das Gerät hektisch. Meine Hände zittern, als ich die vertraute Nummer erkenne.

Arbeitest du noch?

Wogen der Erleichterung durchströmen mich.

Nein, ich sitze im Auto, eigentlich auf dem Weg zu meiner Mutter.

Können wir uns kurz sehen? Jetzt?

Wo bist du?

Auf dem Weg zu deinem Büro. Sollen wir uns am Haus treffen?

Ich bin gleich da.

Ich wende den Wagen und die Richtung. Mein Herz trommelt, aber die Schläge sind wieder leicht. Er hat sich gemeldet. Er will mich sehen. Es wird alles wieder gut. Schnell wähle ich Andreas' Nummer und erreiche seine Mailbox.

»Hallo, ich bin's. Ich fahre nach der Arbeit zu meiner Mutter. Sie hat angerufen und sich beschwert, weil ich schon drei Wochen nicht mehr da war. Pizza nur für dich. Kuss.«

Ich bin vor ihm da. Es ist warm, ich lasse die Jacke im Auto und steige aus. Sonnenstrahlen fallen durch die Äste der Bäume wie durch ein löchriges Netz, über dem kleinen Tümpel neben dem Haus schwirren Horden von Mücken, Vögel zwitschern, die ganze Luft um mich scheint zu vibrieren. Aber ich sehe auch die ersten Anzeichen der Verfärbung an den Blättern. Es dauert nicht mehr lange und er ist vorbei, dieser Sommer.

Ich höre seinen Wagen, noch ehe ich ihn sehe. Johann steigt aus, und wir gehen aufeinander zu. Wie zwei fremdgesteuerte Wesen. Wortlos sieht er mich an und breitet seine Arme aus. Wortlos stürze ich mich hinein.

»Thea«, sagt er endlich.

Wir gehen ins Haus, und es ist so, wie ich es möchte. So, wie er für mich sein muss. Zärtlich und sanft. Danach streicht er mir eine Strähne aus dem Gesicht und dreht sich auf den Rücken. Er sagt nichts. Ich sage auch nichts. Ich will die Stimmung nicht zerstören, will das genießen, was ist, und will, dass es so bleibt. Aber ich bin nicht mehr sorglos. So sehr ich seine zarten, feinen Berührungen heute genießen konnte, so sehr ängstigt mich, was war. Ich bin eine gute Verdrängerin, aber tief in mir nagt die Angst. Er hat mich sanft gestreichelt, sich selbstlos um meine Lust gekümmert. Aber er hat nicht mit mir geschlafen.

Am Abend öffne ich die Haustür und lausche. Im Wohnzimmer läuft der Fernseher.

»Andreas?«

»Ich bin hier.«

»Na, hat die Pizza geschmeckt?«, frage ich mit einem Blick auf den Karton.

Er stellt den Ton leise. »Ja. Wie war es bei deiner Mutter?«

»Wie immer. Wir waren Kaffee trinken. Sie hat sich ein bisschen über Elsie geärgert, aber nichts Dramatisches.«

»Wann warst du denn dort?«

Ich überschlage schnell die Zeit im Kopf. Tatsächlich war ich um Viertel nach drei da, aber offiziell bin ich direkt nach Büroschluss losgefahren. »Gegen halb zwei.«

Er schweigt.

»Soll ich uns noch ein Glas Wein einschenken?«

Keine Antwort. Ein seltsames taubes Gefühl macht sich in mir breit. Angstvoll wiederhole ich die Frage.

»Andreas? Soll ich uns noch Wein holen?«

»Wie kann es sein, dass du gegen halb zwei bei deiner Mutter warst, sie mich aber um halb drei angerufen hat, um zu fragen, wo du bleibst? Auf dem Handy warst du nicht zu erreichen.«

Mir wird heiß und kalt. In Johanns Haus hat man keinen Empfang. Ich habe später vergessen, auf das Display zu schauen. »Ich war etwas länger im Büro, wir haben viel Arbeit im Moment. Kann sein, dass ich mich in der Zeit vertan habe.«

Wieder ist da der lange und schweigende Blick. Er glaubt mir nicht. Er vertraut mir nicht. Nicht mehr. Angst setzt sich in mir fest. Eine Angst, für die ich keine Worte habe. Sie fühlt sich kalt an. Und gnadenlos.

»Ich gehe ins Bett«, sage ich matt.

Er antwortet nicht.

»Gute Nacht.«

Nichts als Schweigen.

18

»Katrin? Hallo? Hast du einen Moment?« Ich rufe sie vom Büro aus an, als Sonja gerade im Haus unterwegs ist. Ich brauche dringend jemanden zum Reden. Und ich brauche Trost. Und Rat. Und Vergebung.

»Ich jogge gerade. Kann ich dich gleich zurückrufen.«

»Noch lieber wäre mir, wenn wir uns treffen könnten. Kann ich nach der Arbeit bei dir vorbeikommen?«

»Klar, ich freue mich, wenn du einmal Zeit für mich hast. Du bist ja mächtig beschäftigt in letzter Zeit.« Sie lacht, es ist kein Vorwurf in ihrer Stimme.

»Dann bin ich so gegen eins bei dir.«

»Fein. Ich mach uns etwas zu essen.«

Katrin empfängt mich gut gelaunt und frisch geduscht mit noch feuchten Haaren. Der Tisch in ihrer kleinen

Küche ist schon gedeckt. Sie rührt mit einem Holzlöffel in dem Topf auf dem Herd. Es duftet nach Pilzen.

»Hanno und ich haben so einen Kurs gemacht. Einen Pilzerkennungskurs. Vorher hätte ich noch nicht einmal einen Champignon vom Fliegenpilz unterscheiden können. Du, das war so irre. Eine echt tolle Erfahrung.«

»Klingt spannend«, sage ich.

»Ja. War es auch. Die Pilze durften wir mitnehmen, und – voilà – hier siehst du das Ergebnis.«

»Hmm, riecht wirklich gut.«

Sie füllt unsere Teller und setzt sich mir gegenüber. Schweigend löffeln wir unsere Suppe, und ich überlege, wie und wo ich anfangen soll. Und ob überhaupt. Ich merke, dass Katrin mich beobachtet, aber sie hat keine Eile. Sie wartet, bis wir beide fertig gegessen haben.

»Hast du ein Problem? Oder bist du verliebt?«, fragt sie schließlich und trifft damit auch schon den Nagel auf den Kopf.

»Beides«, sage ich, und dann bricht alles aus mir heraus. Ich fange an zu weinen und beichte. Ich erzähle ihr von Johann und von dem, was zwischen uns passiert. Ich erzähle alles, was mir in den Sinn kommt, konfus und ziemlich wirr. Wie er mich ansieht und berührt und was es in mir auslöst, wenn er es tut. Wie sehr ich unseren Telefonaten entgegenfiebere und wie sehr ich ihn dazwischen vermisse. Wie schrecklich es ist, dass ich Andreas und meine Familie hintergehe und wie hilflos und schwach und ausgeliefert ich mich fühle. Und – gleichzeitig – wie wunderbar lebendig. Irgendwann versiegt mein Redeschwall.

»Und Andreas?«, fragt Katrin.

»Ich fürchte, er ahnt etwas. Seit gestern.« Ich erzähle

ihr von dem Anruf meiner Mutter und von Andreas' Misstrauen. »Ich habe solche Angst, Katrin. Angst, Andreas zu verlieren. Und genauso viel Angst, Johann zu verlieren. Ich kann ihn nicht aufgeben.«

»Ach, Thea. Das klingt nicht gut.«

»Ich weiß«, sage ich und überlege, ob ich von dieser schrecklichen Szene in seinem Haus erzählen soll. Nein. Darüber kann ich mit niemandem sprechen, auch nicht mit Katrin.

»In mir weckt das natürlich Erinnerungen. Und keine schönen, das kannst du dir denken. Matthias hat mich ja auch betrogen, damals. Ich weiß noch sehr gut, wie weh das getan hat.«

»Ich weiß«, wiederhole ich mich.

»Liebst du ihn denn?«

»Ich glaube schon. Aber Andreas liebe ich auch.«

»Du wirst dich entscheiden müssen. Matthias hatte sich damals auch in Susanne verliebt, und letztlich zog er die Konsequenzen daraus. Das war nicht schön, aber es hat uns geholfen, den gegenseitigen Respekt voreinander nicht zu verlieren. Wenn es dir ernst ist mit Johann, wenn du dich wirklich richtig und wahrhaftig in ihn verliebt hast, musst du es Andreas sagen. Wenn nicht, wenn du hier nur mit dem Feuer spielst, nur deinen Egotrip fährst, dann Thea, dann musst du Schluss machen. So schnell wie möglich.«

»Aber ich weiß es nicht, ich weiß nicht, wohin der Weg führt. Ich bin verliebt in Johann. Aber Andreas ist ein so wichtiger Mensch in meinem Leben. Ich brauche ihn. Katrin, da steht ein ganzes Leben gegen knapp vier Wochen. Ich bin mehr als dreißig Jahre verheiratet!«

»Die Frage ist: Bist du glücklich? Reicht dir, was du

hast? Möchtest du dieses Leben weiterleben? Thea, ich kenne dich so lange. Ich glaube nicht, dass du glücklich bist. Du machst auf mich schon lange den Eindruck, als würde dich etwas quälen. Etwas, das dich nicht zur Ruhe kommen lässt.«

»Bevor Johann kam, habe ich gar nichts mehr gefühlt«, sage ich leise. Das stimmt. Ich hatte permanent Schuldgefühle deswegen, aber ich konnte nichts daran ändern.

»Was willst du? Einen Neuanfang?«

»Ich weiß es nicht. Ich weiß es doch nicht.«

»Es ist deine Entscheidung. Eine Entscheidung, die du dir und Andreas schuldig bist. Und die dir keiner abnehmen kann.«

Ich fühle mich innerlich total zerrissen. Katrin kommt zu mir und nimmt mich in den Arm »Komm, Süße. Wenn du willst, kannst du ja mal ein paar Tage bei mir bleiben. Ein bisschen Abstand von Andreas ist vielleicht ganz gut, um dir die Entscheidung leichter zu machen. Aber bitte, Thea, sag ihm die Wahrheit. Egal, wie du dich entscheidest. Wenn du dich gegen deinen Mann entscheidest, habt ihr die Chance, zumindest eure Freundschaft zu erhalten. Trotz allem. Und du musst das ja dann auch nicht allein tragen. Johann ist auch noch da.«

Das stimmt. Johann ist auch noch da. Aber ich habe keine Ahnung, was er will. Wie er zu mir steht. Reicht ihm das, was wir haben? Oder will er mehr? Denkt er auch darüber nach, sich zu mir zu bekennen? Offen und vorbehaltlos.

»Du hast recht. Ich muss zuerst mit Johann reden.«

»Das musst du. Aber auch mit Andreas. Und Thea, egal, was daraus wird – ich bin da. Du kannst zu mir kommen, wenn du Hilfe brauchst. Immer.«

19

Johann hat keine Zeit. Viele Male habe ich versucht, ihn zu erreichen, viermal auf seine Mailbox gesprochen, bis er mich endlich zurückruft.

»Hallo, Thea. Ich bin unterwegs. Was gibt's denn Wichtiges?«

»Können wir uns sehen? Ich muss mit dir reden.«

»Das klingt spannend. Ich komme allerdings erst am Freitag zurück. Oder können wir das telefonisch klären?«

Ich zögere. Mein ganzes Innenleben ist in Aufruhr, aber am Telefon möchte ich etwas so Wichtiges nicht mit ihm besprechen.

»Nein, dann am Freitag.«

»Soll ich dich am Büro abholen? Um eins?«

»Ist gut. Bis Freitag«, sage ich und fühle mich aus seinem Leben ausgeschlossen. Er hatte mir nichts davon gesagt, dass er ein paar Tage wegfährt. Ich weiß nicht, ob er geschäftlich unterwegs ist oder privat. Ich weiß nicht wo, und ich weiß nicht mit wem.

Ich setze mich ins Auto und starte den Motor. Wo soll ich hin? In wenigen Stunden kommt Andreas, und ich möchte ihm nicht begegnen. Nicht jetzt, nicht, solange ich nicht über uns und über Johann reden kann, nicht bevor ich nicht weiß, wohin der Weg führt. Ob ich im Hotel übernachten soll? Aber dann würde Andreas zu Recht eine sofortige Aussprache fordern. Ich habe Angst, und ausnahmsweise ist es eine definierbare Angst. Ich fahre durch die Stadt, ohne Ziel und Plan, ich möchte nicht nach Hause, aber wo soll ich hin? Zu Nora? Nein. Sie würde wahrscheinlich sofort spüren, dass etwas nicht stimmt. Ben?

Ich setze den Blinker und biege nach rechts auf die Hauptstraße, entferne mich wieder von dem Ort, an dem ich wohne. *Das hat doch so alles keinen Sinn. Ich muss nach Hause.* Irgendwann muss ich mich der Situation stellen. Es nutzt nichts, davor wegzulaufen. Entschlossen setze ich abermals den Blinker und will gerade abbiegen, als ich Johanns Auto entdecke. Wenigstens glaube ich, dass es sein Auto ist. Es steht auf dem Parkstreifen am Straßenrand. Ich fahre langsam weiter und lese das Kennzeichen auf dem Nummernschild. Er ist es. Das verstehe ich nicht. Irritiert steuere ich den nächsten freien Parkplatz an und steige aus. Ist er gar nicht mit dem Auto unterwegs? Ist er vielleicht mit der Bahn gefahren? Oder geflogen? Aber würde sein Auto dann hier stehen, mitten in der Stadt?

Ich steige aus, und da sehe ich ihn. Er kommt aus einem der Geschäfte und schaut direkt in meine Richtung. Er erkennt mich, er stockt. Dann kommt er auf mich zu. Ich versuche zu erkennen, was sein Gesicht mir sagt. Freude? Verlegenheit? Ärger? Hat er mich belogen? Kann es einen Grund geben, mich zu belügen?

»Thea! Was machst du denn hier?«

»Die Frage ist doch wohl eher: Was machst DU hier?«

»Ich habe noch etwas vergessen und bin schon spät dran. Um fünf muss ich in Düsseldorf sein, und morgen früh um neun habe ich einen Termin in Hannover. Das Sandner-Projekt ist übrigens durch. Ich habe vorhin mit deinem Chef gesprochen. Am Freitag ist Übergabe. Das passt dann gut mit unserem Treffen.«

»Johann, ich rufe dich nicht unzählige Male an, spreche dir auf die Mailbox, wenn ich dir nur kurz Hallo sagen will.«

»Thea, ich bin in Zeitdruck. Lass uns das verschieben auf Freitag.«

»Nein. Das kann ich nicht. Bis Freitag kann ich nicht warten. Nicht, nachdem wir uns jetzt hier getroffen haben. Nicht, nachdem wir jetzt gerade zusammen hier stehen und reden.«

Er zieht sich zurück. Sein Gesicht ist mir jetzt fremd. Es strahlt Ablehnung aus.

»Um keine Missverständnisse aufkommen zu lassen: Ich bin verheiratet. Ebenso wie du. Das war von Anfang an klar zwischen uns. Oder irre ich mich da?«

»Andreas ahnt etwas. Ich stehe an der Wand. Bevor ich mit ihm rede, muss ich wissen, wie du zu uns stehst. Wie du zu mir stehst.«

»Das habe ich doch gerade klar zum Ausdruck gebracht. Ich bin verheiratet. Und ich möchte es bleiben.«

Ich senke den Blick. »Das klang aber vor einigen Wochen …«

»Thea, wir kennen uns doch kaum. Was erwartest du? Dass ich jetzt mein ganzes Leben auf den Kopf stelle?« Er hebt mit der Hand mein Kinn. »Hey«, sagt er, bemüht, seine Stimme versöhnlich klingen zu lassen. »Du musst uns Zeit geben.«

»Aber ich kann Andreas nicht länger belügen.«

Er lässt seine Hand sinken und tritt einen Schritt zurück. »Wenn du das nicht kannst, wenn das alles zu viel für dich ist, dann müssen wir überlegen, wie wir weitermachen. Ob wir weitermachen.«

Ich falle innerlich zusammen. *Ich kann diese Gefühle nicht einfach leugnen. Sie sind da, und sie sind stark. Vielleicht so stark, dass es für einen Neuanfang mit uns beiden reicht.* Das waren seine Worte, nicht meine.

»Nein«, sage ich schwach, »das müssen wir dann wohl nicht mehr überlegen.«

Er streicht mit der Hand über meine Wange. »Thea, ich stehe wirklich unter Druck. Lass uns am Freitag reden.«

Ich schüttle den Kopf und drehe mich um. Während ich meine Autotür öffne und einsteige, fühle ich mich wie eine Puppe mit Batteriebetrieb. Der Akku ist fast im roten Bereich, aber noch funktioniere ich. Ich setze den Blinker, schaue in den Seitenspiegel und mache einen Schulterblick. Die letzte Möglichkeit. Noch kann er die Tür aufreißen und mich aufhalten.

Bitte, bitte, bitte, bitte, bitte, bitte …

Vorsichtig trete ich auf das Gaspedal, zwinge mich, den Kopf nicht in seine Richtung zu wenden, schaue auf die Straße, nur geradeaus, und fahre los.

Im Rückspiegel kann ich ihn zuerst nicht entdecken. Dann kommt er in mein Blickfeld, und ich sehe, wie er in seinen Mercedes steigt. Er schaut nicht zurück.

20

Ich höre das Aufschließen der Haustür, sehe meinen Mann in die Küche kommen, rieche das Essen, das ich für ihn bereite. Nur fühlen kann ich nichts, gar nichts.

»Hmmm, das riecht gut! Was gibt's denn?«, fragt Andreas und stellt sich hinter mich.

»Lammfilet und Rosmarinkartoffeln. Ist gleich fertig.«

»Dann mach ich uns mal einen schönen Rotwein auf.«

»Für mich nicht, danke. Ich habe Migräne.«

Andreas schlingt seine kräftigen Arme um meinen

Körper. »Warum schonst du dich dann nicht, Bienchen? Ich hätte mir auch ein Spiegelei in die Pfanne gehauen.«

Ich drehe mich um und erwidere die Umarmung. Dabei höre ich in mich hinein. Ich möchte so gerne etwas fühlen, irgendetwas.

Andreas beugt sich vor und küsst mich auf den Mund. Er fühlt sich warm an und gut. Ich erwidere seinen Kuss und halte ihn, wie ich ihn unzählige Male in den vergangenen dreißig Jahren gehalten habe. So selbstverständlich, so vertraut. Sein Geruch, sein Körper, seine Größe, seine Stärke, alles an ihm ist gut und richtig. Dann taucht Johanns Gesicht vor mir auf, der Blick aus seinen blauen Augen. Ich lasse Andreas los und drehe mich schnell um. Geschäftig hole ich das Blech mit den Kartoffeln aus dem Ofen, richte das Filet auf einer Platte, vermische den gewaschenen Salat mit dem Dressing und stelle alles auf den gedeckten Tisch.

»Kommst du?«, frage ich. Wir setzen uns, und ich schneide das Fleisch. Keiner sagt etwas. Ich weiß nicht, was in Andreas vorgeht, aber er isst wie er immer isst: mit gesundem Appetit.

Ich tue alles, um den gleichen Anschein zu erwecken, aber es gelingt mir nicht. Jeder Bissen ist Qual. Das Kauen, das Schlucken, alles ist Qual. So viel Widerstand in mir.

Und dann hat Andreas seinen größten Hunger gestillt und beginnt, mich zu beobachten. Ich greife nervös nach meinem Glas und trinke einen Schluck Wasser. Prompt verschlucke ich mich und muss husten. Andreas hilft mir nicht, er sagt auch nichts, und ich bin mir plötzlich ganz sicher, dass er alles weiß.

»Ich bin ziemlich fertig. Ich glaube, ich lege mich hin«,

sage ich mit kraftloser, fremder Stimme. Ich stehe auf. »Ist es in Ordnung, wenn ich dich allein lasse?«

Andreas erwidert meinen Blick und sagt nichts. In seinen Augen sehe ich seine Fragen. »Ja, leg dich hin«, meint er schließlich, »und sage mir, wenn ich etwas für dich tun kann.«

Das kannst du, denke ich, *indem du mich umbringst.*

21

Ich sitze mit Katrin in der Küche, eine Tasse Tee in meinen kalten Händen, und bemühe mich, ein Gespräch in Gang zu bringen. Oder zu halten.

»Hast du schon gepackt?«, frage ich.

»Das meiste«, sagt sie.

»Hm.«

Es fällt mir schwer, mich zu konzentrieren. Mir fällt eigentlich alles schwer, sogar nur hier zu sitzen und mich mit Katrin zu freuen.

»Thea, was ist los?«, fragt sie.

Ich schaue nach draußen. Die Welt ist grau. Graue Wände, grauer Himmel, graue Stimmung. Ich habe das Gefühl, seit Wochen keine Sonne mehr gesehen zu haben.

»Es ist nichts. Alles in Ordnung«, behaupte ich.

»Quatsch. Da ist überhaupt nichts in Ordnung. Erzähl mir doch keinen Mist.«

»Mach dir keine Sorgen. Es ist wirklich nichts weiter.«

»Nichts weiter, soso. Hat dieses *nichts weiter* noch etwas mit deiner Affäre zu tun?«

»Nein. Das ist vorbei.«

»Wirklich?«

»Jaa!«

»Aber dich bedrückt doch irgendwas?«

»Ich bin einfach nur müde.«

»Du bist ständig müde.«

»Ich schlafe halt schlecht. Das gibt sich auch wieder.« Ich weiche ihrem Blick aus. *Reiß dich zusammen!* »Wirklich Katrin, mach dir keine Sorgen. Ich hab doch immer mal Schlafprobleme, das weißt du doch. Außerdem heiratest du nächste Woche«, sage ich, um sie von mir abzulenken. »Das ist es, was dich jetzt beschäftigen sollte. Mir geht's gut.«

»Das sehe ich«, sagt sie und lächelt schief.

Meiner Familie etwas vorzuspielen ist schwer. Katrin etwas vorzuspielen ist fast unmöglich. Sie ist eine gute Beobachterin. Und sie kennt mich natürlich auch ziemlich gut. Aber immerhin: Ich habe sie nicht belogen. Johann und ich treffen uns nicht mehr. Seit Wochen habe ich ihn weder gesehen noch mit ihm telefoniert. Und das, obwohl er mir immer noch schreibt. Ich lösche was kommt, beantworte keine Mail und keine SMS. *Irgendjemand könnte ruhig einmal stolz auf mich sein*, denke ich. Andererseits ist das wahrscheinlich ein bisschen viel verlangt. Weil ich ja niemandem sagen kann, worauf.

22

Heute ist Katrins Hochzeit. Es geht mir schlecht, und zu meinem allgemeinen miserablen Befinden kommt auch noch eine fette Migräne. Ich habe schon früh eine Tablette genommen, aber aus irgendeinem Grund wirkt sie nicht, jetzt ist mir übel, und in spätestens einer Stunde müssen wir los.

Ich sitze ungeduldig im Bad auf dem Rand der Wanne und warte darauf, mich zu übergeben. Danach wird es besser, das weiß ich, aber die Prozedur ist scheußlich.

Einige Würgeattacken und ein paar Minuten später fängt mein Kopf wieder an zu funktionieren. Ich werfe einen Blick auf die Uhr. Mir bleiben noch fünfundvierzig Minuten. Zittrig taste ich mich zum Waschbecken, putze meine Zähne und betrachte mich im Spiegel. *Mein Leben ist wie ein altes Kleid*, denke ich dabei. *Es passt mir nicht mehr richtig, und es riecht muffig.*

Unter der Dusche spielt mein Kreislauf verrückt. Ich zittere unkontrolliert, stemme mich gegen den Schwindel und atme tief durch, bis ich wieder sicheren Boden unter den Füßen habe.

Ohne Freude schlüpfe ich in das bereitgelegte Kleid. Ein weich fallendes dunkelblaues Etuikleid. Darüber ziehe ich die schicke Jacke aus feinem Leinen und lege mir die Kette aus echten Perlen um den Hals. Das frisch gewaschene Haar glänzt im Schein der Lampe. Jetzt noch etwas Puder, Wimperntusche, Eyeliner und ein paar Tupfer meines Lieblingsparfüms. Wie ein Voyeur sehe ich der Verwandlung zu, Schritt für Schritt. Ich sehe, wie aus einer erschöpften Frau, keineswegs jung, eine elegante Erscheinung wird, keineswegs alt. Aber ich kann keine Verbindung zu diesen Personen herstellen. Weder zu der einen noch zu der anderen.

Andreas sitzt im Wohnzimmer auf dem Sofa und wartet. Seinen aufgeklappten Laptop vor sich, füllt er die Zeit damit, sich auf seine Vorlesungen vorzubereiten.

»Fertig?«, fragt er.

Ich nicke. Er sieht gut aus in seinem Anzug. Ich mag es, ihn in schicker Kleidung zu sehen. »Gehen wir?«, frage ich.

»Ja.« Er klappt den Laptop zu und steht auf. Er kommt auf mich zu, und einen Moment habe ich Angst, dass er mich umarmen will. Gleichzeitig bin ich enttäuscht, dass er es nicht tut. Er geht an mir vorbei und vermeidet es, mich anzusehen. Seit Wochen vermeiden wir alles Mögliche. Weil wir wissen, dass etwas zwischen uns steht. Wir wissen natürlich auch, dass wir diese Mauer irgendwann überwinden müssen, wenn sie uns nicht für immer trennen soll. Wir wissen nur nicht wie.

Vor dem Rathaus hat sich eine kleine ausgewählte Schar illustrer Gäste versammelt, zu der auch wir gehören. Es herrscht typisches Novemberwetter, nass und kalt. Fröstelnd schließe ich die Knöpfe meines Mantels und warte.

Jede und jeder hier steht in familiärer oder sehr enger freundschaftlicher Beziehung zum Brautpaar. Ich bin Katrins beste Freundin und ihre Trauzeugin. Der zweite Trauzeuge, Norbert, ist Hannos bester Freund. Gerade kommt er auf mich zu. »Hallo, Thea, gleich haben wir beide unseren Komparsenauftritt.«

»Ja.« Ich lächle. »Hast du die Ringe?«

»Habe ich.«

Katrin sieht wunderschön aus. Und sehr glücklich. »Thea, du weißt, dass ich dich geheiratet hätte, wenn du noch frei wärst?«, sagt sie und lacht ihrem Fast-Ehemann zu. Hanno ist vier Jahre jünger als Katrin, aber er sieht nicht jünger aus. Vielleicht wegen der fehlenden Haare oder seinem bedächtigen Auftreten. Er strahlt Ruhe und

Sicherheit aus. Ein gradliniger, ehrlicher Mann. Als *schnörkellos* hat Katrin ihn selbst einmal bezeichnet. Jemand, auf den man sich verlassen kann. Jetzt steht er vor dem Eingang und winkt uns zu sich. Es geht los.

Ich bin Trauzeugin, also sitze ich in der ersten Reihe. Ich friere während der gesamten Zeremonie, und ich friere noch immer, als wir das Rathaus wieder verlassen, um im Konvoi zur alten Obermühle zu fahren, wo die Feier stattfinden soll. November ist wirklich nicht gerade der perfekte Monat für eine Hochzeit. Andererseits: Gibt es dafür einen perfekten Monat? Für gutes Wetter gibt es so wenig Garantie wie für ewig währendes Eheglück.

Katrin lacht mir zu. Sie ist jetzt wieder verheiratet. Mit allen rechtlichen und emotionalen Konsequenzen. Sie hat den Nachnamen ihres Mannes angenommen, heißt jetzt nicht mehr Katrin Winter, sondern Katrin Althaus. Sie hat sich bekannt. Zu ihrer Liebe und zu dem Leben, das sie als Frau an seiner Seite führen wird. Bedingungslos.

Nach einem exzellenten Menü, das sicher mehr Aufmerksamkeit und Genuss meinerseits verdient hätte, kommt Katrins Bruder Jens an meinen Platz.

»Thea, komm, wir beide entführen jetzt die Braut.«

»Was? Macht man das überhaupt, wenn das Paar nur standesamtlich getraut wurde?«

»Ist doch egal. Komm. Sei kein Spielverderber. Sie ist gerade Richtung Toilette marschiert.«

Nein, ein Spielverderber möchte ich nicht sein. Ich folge ihm, und wir postieren uns unauffällig vor der Damentoilette, bis sie Jens buchstäblich in die Arme läuft.

»Hallo, Schwester. Kein Aufsehen erregen jetzt. Wenn das Lösegeld bezahlt wird, passiert dir nichts.«

Und damit nehmen wir die überrumpelte Braut in unsere Mitte und führen sie nach draußen.

»Ihr spinnt doch. Das war doch überhaupt nicht abgemacht.«

»Ja, glaubst du denn, Entführer machen vorher mit ihren Opfern eine strategische Lagebesprechung? Los, setz dich hinten ins Auto.«

Katrin ist leicht beschwipst und genießt die Situation in vollen Zügen. Selbst ich beginne etwas Spaß an der Sache zu bekommen.

»Dann mal los. Aber nicht zu billig«, ruft sie.

Jens startet seinen flotten Audi, und mit Schwung begeben wir uns unserem geheimnisvollen Ziel entgegen.

»Weißt du, wohin wir fahren?«, frage ich.

»Na klar. Ich überlasse doch nichts dem Zufall.«

Tatsächlich steuert er den Wagen sehr zielstrebig über die Landstraße und biegt nach wenigen Kilometern hinter drei majestätisch aussehenden Pappeln auf eine kleine Seitenstraße ab. Ein paar hundert Meter entfernt lassen sich einige Häuser und die Kirchturmspitze des nächsten winzigen Dorfes ausmachen.

Kurz darauf verlangsamt er die Fahrt und hält schließlich auf einer großzügigen, mit Unkraut und feinem Splitt bedeckten Fläche vor einem einsam gelegenen alten Haus. Mir rutscht das Herz in die Hose. Es ist die Villa, von der Katrin mir vor ein paar Monaten das Foto geschickt hatte. Ein marodes Haus, das mir schon als Foto bedrohlich erschien, umso mehr in seiner tatsächlich imposanten Größe.

»Was machen wir hier?«, frage ich.

Jens sieht mich mit seltsamem Blick an. »Na, was wohl?« Er hebt die Sektflasche und holt drei Gläser aus der Ablage. »Los, Mädels.« Er steigt aus und fordert uns mit einem knappen Winken zum Mitkommen auf. Ich schüttle zwar den Kopf, aber ich steige aus. Ich kann nicht im Auto bleiben, das würde Katrin nicht zulassen.

Sie ist hingerissen. »In echt ist es noch traumhafter«, sagt sie.

»Ja. Da lässt sich was draus machen.« Jens strahlt, als wäre es sein persönlicher Verdienst.

Ich versuche meinen unruhigen Atem zu regulieren und das Bild, das sich mir bietet, unvoreingenommen aufzunehmen. Das Haus ist groß und schätzungsweise hundert Jahre alt. Die Fassade ist mit großen zweiflügligen Fenstern gegliedert. An den grünen Klappläden blättert die Farbe. Lediglich die mit wildem Wein und Efeu bewachsenen Hauswände zeigen frisches Grün. Unkraut drückt sich durch den Kies, eine hohe Steinmauer auf der rechten Seite ist zur Hälfte eingestürzt, überall Verfall und Vernachlässigung. Und doch verstehe ich Katrins Entzücken. Das Haus mag schäbig sein, aber es hat Charme. Es ist diese Art von morbidem Charme, der durchaus faszinieren kann. Nur auf mich wirkt er nicht faszinierend.

»Jede Menge Arbeit«, murmle ich und versuche die unbegreifliche Abneigung zu überwinden. Jens lacht. Er ist Architekt, Sanierung von Altbau ist sein Spezialgebiet.

»Das kann man wohl sagen.«

»Wann geht's denn los?«, fragt Katrin. »Mike hat das Haus doch schon vor einem halben Jahr gekauft.«

»Stimmt. Aber es steht unter Denkmalschutz. Bis da alle Zuschüsse geklärt und die Rahmenbedingungen abgesteckt sind, das dauert. Außerdem muss Mike erst einmal selbst wissen, was er eigentlich will. Jede Woche hat er andere Ideen.«

Ich schaue mich um und kann mein Frösteln trotz Mantel nicht unterdrücken. Irgendetwas stimmt hier nicht. Es ist nicht nur meine grundsätzliche Abneigung, da ist noch etwas anderes. Etwas nicht Greifbares.

Jens drückt Katrin die Sektflasche in die Hand und schließt auf. Schon von draußen kann ich die hohen Decken und den alten Stuck der Eingangshalle erkennen. Das Frösteln verstärkt sich. Tapfer schlucke ich meinen Angstatem und folge den beiden. Die Halle ist kalt und groß, der Boden aus diagonal verlegten schwarz-weißen Fliesen. Aus den Augenwinkeln erkenne ich kaputte Scheiben, gesprungene Fliesen und jede Menge Schmutz. Ich halte den Blick gesenkt. Etwas ist seltsam, ich weiß nicht, was es ist, aber irgendetwas ist hier. Mein Herz pocht vehement gegen meine Rippen.

»Hey«, sagt Katrin und pufft mich freundschaftlich in die Seite. Sie spürt meine Verunsicherung. Ich versuche zu lächeln, aber da fällt mein Blick schon auf die geschwungene Holztreppe, und das Lächeln bleibt mir im Hals stecken. Braune Stufen und ein weiß lackiertes, brüchig wirkendes Geländer. Das Bild kommt in meinem Kopf an, und im gleichen Moment wird mir zuerst heiß, und dann tritt kalter Schweiß auf meine Stirn. Mein Blick wird unscharf, die Wände entfernen sich und kommen wieder auf mich zu.

Jens ist schon auf dem Weg nach oben. »Los, ihr zwei, kommt! Wir machen es uns hier oben gemütlich. Ich habe den Sekt«, ruft er.

Ohne die Treppe aus den Augen zu lassen, bewege ich mich rückwärts zur offenen Tür. Katrin dreht sich zu mir um. Ich sehe ihren fragenden Blick, aber ich kann nichts sagen und schüttele den Kopf. Draußen wird mir schlagartig übel. Ich stütze mich an der Wand ab und beuge meinen Oberkörper. Katrin tritt neben mich. »Thea, um Gottes willen. Was hast du denn?«

Es dauert eine ganze Weile, bis ich reden kann. »Es tut mir leid«, stammele ich endlich.

»Was ist denn bloß los?«

»Es tut mir leid. Es tut mir so leid«, sage ich, weil mir nichts anderes einfällt, und Katrin sagt: »Ist schon gut. Ist schon gut«, weil es ihr offenbar genauso geht. Sie hält mir ein Papiertaschentuch hin. Ich nehme das Taschentuch. Jens tritt zu uns, und sie reicht mir ein zweites Taschentuch.

»Oh, ich glaube, das mit dem Sekt lassen wir dann. Was ist denn passiert?«, fragt er.

Katrin sieht zuerst mich an, dann ihren Bruder. »Nichts weiter«, sagt sie. »Thea hat Migräne.«

»Mir ist so kalt«, jammere ich, als wäre damit alles erklärt, und zum Beweis zittere ich jetzt am ganzen Körper.

Sie führt mich zum Auto, und ich setze mich auf die Rückbank. Die euphorische Stimmung ist verflogen, uns allen der Spaß vergangen. Mechanisch wühle ich in der Handtasche nach meinen Tabletten. Migräne, natürlich, Katrin hat recht, ich habe Migräne. Ich schlucke zwei auf einmal. Dann fällt mir ein, dass ich heute Vormittag schon eine genommen habe. Es sind zu viele, es sind einfach zu viele. Ich weiß das, aber ich habe keine Kraft, mir darüber im Moment Gedanken zu machen.

Wieder zurück auf der Feier, finde ich Andreas auf seinem Platz. Er ist in ein angeregtes Gespräch mit einer mir unbekannten jungen blonden Frau vertieft und schaut nur kurz hoch, als ich an den Tisch trete. »Geht's dir nicht gut?«, fragt er.

»Das Übliche. Migräne«, sage ich matt. Aber da ist er schon wieder bei seiner Gesprächspartnerin. Sie ist sehr jung, sehr attraktiv und sehr lebendig.

23

Eine Feier jagt die nächste. Heute hat meine Mutter Geburtstag und wir, Nora, Ben und ich, wollen sie besuchen. Ich habe ein Buch als Geschenk besorgt, aber ich muss es noch einpacken. Während ich eine weiße Schleife zu dem roten Geschenkpapier auswähle, denke ich wieder einmal an die seltsame alte Villa. Seit Katrins Hochzeit muss ich oft an dieses Haus denken. Immer wieder frage ich mich, was mich so erschreckt hat. Schon auf dem Foto kam es mir irgendwie bekannt vor, dabei bin ich mir ganz sicher, es nie zuvor gesehen zu haben. Als ich ein Kind war, haben wir auch in einem alten Haus gewohnt. Bis ich einen schrecklichen Unfall hatte, der die ersten neun Lebensjahre in meinem Kopf rigoros auslöschte. Aber zwischen dem Haus meiner Kindheit und diesem Haus liegen mehr als einhundert Kilometer. »Es war so ein kleines Dorf. Nichts Besonderes«, sagte meine Mutter, als ich sie vor vielen Jahren danach fragte. Ich hatte es damals auf der Landkarte gesucht und auch gefunden, und danach war ich beruhigt. Es war mir aus irgendeinem Grund wichtig zu wissen, wo ich die ersten Jahre meines Lebens verbracht hatte.

Hat mich irgendetwas in oder an diesem Haus an früher erinnert? Die Fliesen? Die Treppe? Sind vielleicht doch nicht alle Erinnerungen gelöscht, sondern nur irgendwo vergraben?

»Ach, ist doch nicht so wichtig«, sage ich zu mir selbst, um mich wieder zu beruhigen. Aber das stimmt nicht. Es ist wichtig, warum kann ich selbst nicht sagen. Ich überlege, mit meiner Mutter darüber zu reden. Sie nach *unserem* Haus zu fragen. Aber dann entscheide ich mich dagegen. Ich habe schon vor langer Zeit damit aufgehört, sie nach *früher* zu fragen. Vielleicht, weil ich keine Lust mehr auf ihre Ausflüchte hatte. Oder auf diesen verhuschten Ausdruck in ihren Augen, jedes Mal, wenn ich es tat.

Frisch geduscht und gut gelaunt, schüttelt Nora ihre feuchten Locken, packt Frida auf den Rücksitz meines Autos und wendet sich ihrem Bruder zu. »Hey, Ben, setz du dich zu deiner Nichte. Wenn sie unruhig wird, einfach das Teefläschchen oder den Schnuller anbieten. Sie ist leicht zufriedenzustellen.«

»Das hat sie dann aber nicht von dir.«

»Nein, wahrscheinlich von ihrem Onkel. Ich habe noch einen Reserveschnuller, wenn du Bedürfnisse verspürst.«

»Danke, sehr freundlich.«

Ich beteilige mich nicht an dem geschwisterlichen Geplänkel und bleibe einfach sitzen, bis alle startklar sind.

Nora lässt sich auf den Beifahrersitz fallen und stöhnt. »Puuh, ich bin geschafft. Ich habe die halbe Nacht gearbeitet. Ich muss noch ein Geschenk für Oma besorgen.« Sie dreht sich zu ihrem Bruder um: »Hast du was?« Er schüttelt den Kopf.

Unterwegs halten wir an einem Blumenladen. Nora

steigt aus. »Ich habe mein Portemonnaie vergessen«, ruft Ben von hinten. »Kannst du das bezahlen?«

»Typisch. Kannst du mal aufhören, immer auf Kosten anderer zu leben?«

»Ich mache das schon«, sage ich.

»Ach, Mama. Ich kann das auch bezahlen. Darum geht's doch gar nicht. Aber so lernt dein Sohn nie, auch mal Verantwortung zu übernehmen.«

Wir betreten den Laden, und Nora sucht die Blumen aus. Eine zarte Kreation aus gelben Blüten, mit grünen Gräsern und in der Mitte drei orange Rosen. Während wir auf den Strauß warten, schimpft sie weiter über ihren Bruder. Er sei unzuverlässig, unreif, und er könne überhaupt nicht mit Geld umgehen. Er schulde ihr noch dreihundert Euro, wegen des Lackschadens an meinem Auto. In berechtigter Empörung nimmt sie schließlich den Strauß in Empfang und geht zum Wagen. Ich bezahle und folge ihr.

Während der Fahrt spüre ich, wie sie mich immer wieder von der Seite beobachtet. Einmal wende ich den Kopf und lächle sie an. Aber ich weiß, dass sie mir nicht glaubt. Ich fürchte, meine Maske hat Risse bekommen.

»Alles Liebe zum Geburtstag, Omi.«

Ben umschlingt seine Großmutter mit seinen kräftigen Armen und hebt sie hoch. Schon immer hatte er bei meiner Mutter einen Stein im Brett. Mehr als Nora. Viel mehr als ich. Sie lacht. »Ben, lass mich runter, du ruinierst deinen Rücken. Ach, die schönen Blumen. Thea, kannst du mal eben eine Vase vom Schrank holen?«

»Herzlichen Glückwunsch, Oma.«

»Danke, Nora. Und mein kleiner Schatz ist ja auch

endlich mal dabei. Frida, hallo, ich bin deine Omama. Kommt rein, Elsie ist auch schon da.«

Auch ich umarme meine Mutter.

»Kommt Andreas noch?«

»Nein, er arbeitet und kommt heute erst spät. Ich soll dich ganz lieb grüßen. Hallo Elsie, wie geht's dir?« Warum lüge ich eigentlich für ihn? Er arbeitet nicht, er hat sich zum Tennis mit Fred verabredet. »Sag deiner Mutter schöne Grüße und alles Gute.«

Ich glaube, es fällt ihm im Moment schwer, etwas mit mir zu unternehmen. Etwas, das uns als Paar fordert. Wir gehen sehr verhalten miteinander um. Immerhin haben wir vorgestern miteinander geschlafen. Aber selbst die alte Zauberwaffe hat an Wirkung verloren.

Wir setzen uns an die gedeckte Kaffeetafel, und ich bemühe mich, den Gesprächen zu folgen. Ich fühle mich müde und seltsam leer, während ich Nora beobachte, die jetzt stolz ihre kleine Tochter präsentiert – *Sie bekommt gerade wieder Zähne* –, und Ben, dessen Charme auch an Elsie nicht spurlos abprallt. Er ist ein guter Zuhörer. Das hat er von seinem Vater.

Es klingelt. Meine Mutter springt auf und geht zur Tür. »Wer kann das sein? Kommt Andreas doch?«

Wir hören eine Frauenstimme, die mir bekannt vorkommt, aber erst als meine Schwester den Raum betritt, erkenne ich sie. Unsere Mutter ist außer sich vor Freude. »Was für eine Überraschung. Ach Inga, dass du gekommen bist. So ein weiter Weg.«

Auch Elsie kommentiert den Besuch. »Das ist ja die Inga. Na, die Überraschung ist dir aber wirklich gelungen. Da hast du deiner Mutter eine große Freude gemacht.«

»Hallo ihr Lieben. Ja, das ist ja der Sinn einer Überraschung, dass alle überrascht sind! Und wenn Mama sich dann noch freut, ist's perfekt. Ich bin nicht allein. Tobias ist dabei, er parkt nur noch das Auto.«

Keiner kennt Tobias. Beim letzten Besuch war es Gunnar, davor Jörg. Inga scheut sich nicht, ihre wechselnden Partner mitzubringen. Sie erwartet selbstverständliche Integration. Immer wieder.

Nora und Ben haben kein Problem damit. »Hallo Tantchen! Das ist ja echt super, dass du heute hier auftauchst«, begrüßt Ben Inga.

»Ist das die kleine Frida? Mensch, die läuft ja schon!«

»Ja, Frida ist knapp sechzehn Monate. Da laufen Babys im Allgemeinen.«

»Ich nicht. Ich habe erst mit anderthalb Laufen gelernt. Fragt mal eure Mutter. Die erzählt das immer wieder gern. Ich war nämlich als Baby so dick, dass ich nur sitzen konnte, hahaha.«

»Hallo«, schalte auch ich mich jetzt ein und umarme meine kleine Schwester. Ich freue mich auch, sie zu sehen. Sehr sogar.

Wieder klingelt es. Meine Mutter ist damit beschäftigt, Ingas Päckchen auszupacken. »Ben, machst du mal eben auf?«, fragt sie abgelenkt. Ben geht zur Tür und kommt mit einem gut aussehenden jungen Mann zurück. Mitte bis Ende dreißig, schätze ich. Höchstens. Meine Schwester ist siebenundvierzig.

»Das ist Tobias. Tobi, das sind meine Mutter, meine Schwester Thea, ihr Sohn Ben, ihre Tochter Nora, Noras Kleine heißt Frida. Ach und Elsie, Mamas Freundin.«

Tobias ist ein offener und freundlicher Mensch. Er schüttelt uns allen die Hand und setzt sich auf einen freien Stuhl neben Elsie. Unsere Mutter dagegen wirkt nervös. Ich beobachte ihren unsteten Blick. Die Jugend von Ingas Partner scheint sie zu irritieren. Aber ihre gute Erziehung lässt sie auch heute nicht im Stich.

»Thea, holst du mal rasch noch zwei Teller und Tassen? Es ist ja noch genug Kuchen da. Komm, Inga, setz dich zu mir. Ich hab dich ja mindestens ein Jahr nicht gesehen. Wie gut du wieder aussiehst.«

Das stimmt. Inga sieht gut aus. Mehr noch. Sie ist schön. Ihr gleichmäßiges Gesicht wird von langen hellbraunen Haaren umrahmt, die Haut ist klar und rein, die Augen sind dunkel und von dichten Wimpern gesäumt. Dazu ist sie schlank und hochgewachsen, mit durchaus ansprechenden Rundungen an den richtigen Stellen. Ich beneide sie. Nicht nur wegen ihres Aussehens.

Ich beobachte Elsie. Sie sieht Inga an. Nein, sie starrt. Alles an meiner Schwester ist froh und leicht. Während mich unsichtbare Gewichte nach unten ziehen, scheint sie zu schweben.

Nach Kaffee und Kuchen sucht sie in ihrer Handtasche nach Zigaretten. »Kommst du mit auf die Terrasse eine rauchen?«

»Ich rauche immer noch nicht, aber klar, ich komme mit.«

Tobias sieht uns nach. Klaglos sitzt er neben Elsie und unterhält sie mit Geschichten aus seiner Arbeit als Journalist bei einer kleinen Tageszeitung. Gerade war er bei einer Jubiläumsfeier des ansässigen Sportvereins.

Draußen angekommen zündet Inga ihre Zigarette an und inhaliert tief. »Wie findest du das Kleid? Irgendwie macht es einen fetten Hintern, oder?«

»Quatsch. Das Kleid ist okay und dein Hintern auch.«

Ich schließe die Knöpfe meines Mantels und stecke meine Hände in die Taschen.

»Tobias hat es ausgesucht. Er mag es, wenn ich mich schick mache.« Nachdenklich zieht Inga an ihrer Zigarette und lehnt sich an die Hauswand. »Findest du ihn zu jung für mich?«

»Die Frage ist doch: Findest du dich zu alt für ihn?«

»Es fühlt sich nicht so an, aber ich kann schlecht einschätzen, wie wir beide zusammen wirken.«

»Inga, ich weiß nicht, wie alt er ist, aber er sieht ungefähr zehn Jahre jünger aus als du.«

»Scheiße. Er ist zehn Jahre jünger. Elf, um genau zu sein.«

»Du bist sehr attraktiv, und das weißt du auch. Was erwartest du?«

»Ich will mich nicht lächerlich machen.«

»Was bedeutet er dir denn?«

»Er bedeutet, dass ich nicht allein bin.«

»Wäre das so schlimm? Allein zu sein?«

»Ach Thea, das verstehst du nicht. Im Gegensatz zu dir war ich schon oft allein.«

»Aber noch nie länger als ein paar Wochen.«

»Aber es ist die Hölle. Jedes Mal.«

Gerade im Moment ist es für mich die Hölle, nicht allein sein zu können. Keinen Raum für mich zu haben.

Inga beobachtet mich. Mir bleibt nichts übrig, als ihr etwas vorzuspielen. Ich bin es so leid, meine Gefühle zu verstecken und so zu tun als ob. Auch jetzt wieder. Aber Inga sieht mich von der Seite an, und schon enttarnt sie meine Bemühungen. »Na, Schwesterchen. Leg mal los. Wo drückt der Schuh?«

»Was meinst du?«

»Ich habe mit Katrin gesprochen.«

»Ach? Was hat sie dir denn erzählt?« Bei aller wohlwollenden Fürsorge, es ist mir nicht recht, wenn sie mit Inga über mich spricht.

»Nicht viel. Eigentlich ging es um die Hochzeit. Ich hatte sie angerufen, um abzusagen. Ich hatte eine wichtige Fortbildung an dem Wochenende. Über dich haben wir eigentlich nur kurz gesprochen. Aber es war deutlich, dass sie sich echt Sorgen um dich macht. Was ist denn passiert?«

»Ach, nichts Dramatisches. So schlimm ist es auch wieder nicht.«

»Komm, Thea. Mir musst du doch nix vormachen. Du hast Ringe unter den Augen, dein Lächeln ist müde, und du hast mindestens fünf Kilo Gewicht verloren. Worum ich dich übrigens beneide. Also? Was ist denn nicht so schlimm?«

Ich weiß nicht, womit ich anfangen soll und sage einfach das, was mir gerade durch den Kopf geht. »Hat Katrin dir die Sache mit dem Haus erzählt?«

»Welche Sache mit welchem Haus?«

»Jens und ich haben Katrin an ihrer Hochzeit in so ein altes Haus entführt …«

»Nach der Hochzeit habe ich überhaupt nicht mehr mit ihr gesprochen. Was war denn mit dem Haus?«

»Na ja, etwas hat mich dort erschreckt. Und dann … dann ist die Sache ein bisschen aus dem Ruder gelaufen. Ich hatte eine Panikattacke. Wenn ich jetzt darüber nachdenke, kann ich es selbst nicht mehr verstehen.«

»Was heißt das: Etwas hat dich erschreckt?«

»Ich kann es nicht erklären. Es kam mir irgendwie bekannt vor und …«

»Das passiert mir oft. Ein Déjà-vu.«

»Nein, das meine ich nicht. Als wir drin waren und ich die Treppe gesehen habe … und das Geländer … Ich weiß nicht, das war irgendwie …«

»Treppe und Geländer? Das hat dich bestimmt an deinen Unfall erinnert.«

»Vielleicht. Aber ich habe schon viele Häuser und Treppen gesehen, ohne deswegen in Panik zu geraten.«

»So schlimm?«

»Ganz furchtbar. Ich musste mich übergeben.«

»Oh weh.«

»Dabei war es nur ein Haus. Ich kenne es noch nicht einmal.«

»Vielleicht warst du schon einmal da und hast es verdrängt, weil irgendetwas Blödes passiert ist.«

»Quatsch. Das wüsste ich.«

»Was macht dich da so sicher?«

»Ich war noch niemals dort, das weiß ich. Punkt.«

»Oder vielleicht hast du einen Horrorfilm gesehen, in dem so ein Haus vorkam. Horrorfilme waren noch nie dein Ding.«

»Ja«, sage ich ohne innere Überzeugung. »Vielleicht.«

»Oder es gab eben Ähnlichkeiten zu dem Haus, in dem wir als Kinder gewohnt haben. Vielleicht war der Schwung der Treppe ähnlich. Oder die Brüstung. Oder irgendetwas anderes dort.«

»Ja. Vielleicht«, sage ich wieder.

»Manchmal spielt einem das Unterbewusstsein einen Streich. Vor Kurzem habe ich eine Jacke von mir überall gesucht, dabei hatte ich sie vier Wochen vorher in die Reinigung gegeben. Ich konnte mich beim besten Willen nicht mehr dran erinnern, erst als ich durch Zufall diesen kleinen Abholzettel in meiner Tasche …«

»Und? Hast du dich deshalb übergeben?«

»Natürlich nicht. Höchstens vor Ärger.«

»Das macht den Unterschied.«

»Wenn du willst, können wir ja noch einmal zusammen hinfahren. So eine Art Schocktherapie.«

»Ich glaube wirklich nicht, dass ich vorher schon einmal dort war. Daran hätte ich mich bestimmt erinnert«, sinniere ich, ohne auf ihr Angebot einzugehen, und muss plötzlich an ein anderes Haus denken. Ein kleines Forsthaus mitten im Wald. Ich seufze.

Inga drückt die Zigarette aus und legt den Stummel auf einen Stein. »*Erinnere du* mich bloß dran, dass ich den gleich entsorge.«

Ich nicke stumm und blinzle. Auf einmal muss ich mit den Tränen kämpfen.

»Hey, große Schwester.« Inga nimmt mich in den Arm und legt ihre Stirn an meine. Diese Art der Fürsorge ist mir fremd an ihr. In meinen Augen sammeln sich noch mehr Tränen.

»Hast du mal ein Taschentuch?«

Sie stöbert in ihrer Tasche. »Hier«, sagt sie und drückt mir ein Papiertuch in die Hand. »Du weinst doch jetzt nicht etwa wegen so einem blöden Haus, oder?«

Ich putze mir umständlich die Nase, um etwas Zeit zu gewinnen. Früher, als Inga noch in meiner Nähe wohnte, haben wir uns oft gesehen und uns alles erzählt. Wobei meistens sie diejenige war, die etwas zu erzählen hatte. Mein Leben war schon ziemlich früh ziemlich unspektakulär. Zwischen Windeln und Einkaufsmarkt blieb das Abenteuer auf der Strecke. Bei ihr dagegen war immer etwas los. Es gab Zeiten, da hat sie mich mitten in der Nacht angerufen, weil sie in irgendwelchen Schwierigkeiten war. Mal hatte sie kein Geld für die Miete, mal Stress mit einer Ehefrau, deren Mann ein Nacktfoto von ihr im Schreibtisch hatte. Jetzt bin ich es, die in Schwierigkeiten steckt. Und plötzlich möchte ich darüber reden. Über Johann und mich.

»Nein«, sage ich vage. »Jedenfalls nicht nur.«

»Hast du jemanden umgebracht?«

»Quatsch!«

»Dann geht es um einen Mann«, stellt sie fest.

Ich sehe sie an und nicke.

»Na, damit kenne ich mich wenigstens aus«, meint sie lakonisch. »Was das angeht, kannst du gar keine bessere Beraterin finden.«

»Oder keine schlechtere«, sage ich und muss beinah lachen. »Er heißt Johann«, beginne ich mit meiner Beichte, und dann erzähle ich ihr alles, angefangen von unserem ersten Treffen im Büro, bis hin zum letzten. Seine etwas sehr direkte Art umschreibe ich umständlich, klar aussprechen kann ich sie nicht. Ich rede und rede, bis alles gesagt ist und ich mich erschöpft an die Hauswand lehne.

»Ach du Scheiße! Das klingt nach ziemlichem Gefühlsstress.«

»Ist es auch. Ich fühle mich schrecklich. Und was ich getan habe, ist auch schrecklich. Es ist unverzeihlich.«

Von derartigen Schuldbekenntnissen ist Inga komplett frei. Sie schert sich nicht um Konventionen. »Ach Thea, warum tust du dich so schwer damit, den Sex mal ein bisschen wilder zu genießen. Glaub mir, das hat auch seine Reize. Nix gegen Andreas, aber der ist eher der Typ, der das Licht ausmacht, wenn's so weit ist.«

»Ich kann das nicht!«

»Was? Sex am hellen Tag? Mit Licht?«

»Es war nicht das Licht. Es war … was er gesagt hat …«

»Ja, Mensch. Er hat ausgesprochen, um was es wirklich geht bei dieser Sache. Nämlich ums Ficken.«

»INGA!«

»Triff dich noch mal mit ihm.«

»Was? Wenn Andreas davon erfährt …«

»Er muss es nicht erfahren, wenn du das nicht willst.«

»Inga! Ich bin nicht so.«

»So was? So ein Luder? So eine gemeine Ehebrecherin? Mensch Thea, du bist ein Mensch. So wie wir alle. Mit positiven und negativen Gefühlen. Mit Wünschen und Bedürfnissen, die unsere Gesellschaft toleriert, und anderen, die offiziell inakzeptabel sind. Nichtsdestotrotz sind sie da. Ganz real und fühlbar.«

»Wir sprechen hier von Ehebruch.«

»Diese Scheißmonogamie. Das ist doch wieder so ein künstlicher Anspruch. Was glaubst du, wie viele Paare genau mit diesem Problem kämpfen. Nach mehr als dreißig Jahren Erdbeermarmelade hat doch jeder auch mal Appetit auf ein bisschen Aprikose. Muss ja nicht gleich das ganze Glas sein. Eine Dauerabstinenz wäre für mich jedenfalls nicht akzeptabel.«

»Ich bin aber nicht so«, beharre ich weiter, obwohl ich gerade das Gegenteil bewiesen habe.

»Doch«, sagt Inga auch prompt. »Das hat diese Geschichte ja deutlich gezeigt. Du willst nur nicht so sein, weil es das Bild, das du selbst von dir hast – oder haben möchtest – stört. Jetzt sag mir ins Gesicht, dass dieser Typ für dich keine Rolle mehr spielt.«

»Es ist vorbei«, sage ich und senke den Blick.

»Du bist noch längst nicht durch damit.« Sie beobachtet mich. »Soll ich dir etwas raten?«

Ich nicke ohne innere Überzeugung.

»Triff dich noch mal mit ihm. Schau, was es mit dir macht. Wenn du siehst, dass dieses tolle Gefühl, das du am Anfang hattest, unwiderruflich verloren ist, fällt es dir bestimmt leichter, ihn loszulassen.«

»Das macht doch keinen Sinn. Ich habe ihn seit Wochen nicht mehr gesehen.«

»Aber du kannst ihn nicht vergessen. Und du hast gesagt, dass er sich noch meldet.«

Ich seufze.

»Thea, ich weiß nicht, was richtig oder falsch für dich ist. Aber vielleicht siehst du klarer, wenn du ihn noch einmal getroffen hast. Ein letztes klärendes Gespräch, nur für dich. Damit du loslassen kannst.«

»Ich habe Angst.«

»Was hast du denn zu verlieren?«

»Alles. Mein ganzes Leben.«

»Quatsch. Dramatisier doch nicht so.«

»Aber wenn Andreas etwas merkt?«

»Vielleicht würde es eure Beziehung ja beleben.«

»Beleben, ha! Das glaube ich nicht. Er würde mich verlassen. Und du hast vorhin selbst gesagt, dass es die Hölle ist, allein zu sein.«

»Hey, du hast gerade zwei Eisen im Feuer. Wer denkt denn da ans Alleinsein? Andreas liebt dich. So einfach gibt er dich nicht auf. Und was ist mit diesem Johann? Dem scheinst du doch auch nicht gleichgültig zu sein.«

Ich bin verheiratet. Ebenso wie du. Das war von Anfang an klar zwischen uns. »Ich weiß es nicht. Ich weiß es einfach nicht«, sage ich.

»Komm schon. Leb die Sache aus. Alles verliert irgendwann seinen Reiz, und dann erledigt sich das Ganze sowieso von selbst. Glaub mir.«

»Aber ich kann Andreas doch nicht immer weiter belügen.«

»Wenn du unbedingt reinen Tisch machen willst, dann tu das, um Gottes willen. Aber erst, wenn du tatsächlich durch bist mit diesem Johann. Bring dich jetzt bloß nicht vor lauter Anständigkeit noch mehr in die Bredouille.«

»Da stecke ich doch sowieso schon mittendrin.«

»Es geht noch schlimmer, glaub mir.«

»Und du meinst wirklich, ich sollte zuerst Johann treffen und dann Andreas alles beichten?«, frage ich ungläubig.

»Nein, das meine ich nicht. Ich meine, du solltest ihn treffen, bis du genug hast und dich dann wieder auf deine Ehe konzentrieren. Die Frage ist nur, ob du das kannst.«

»Es würde doch immer zwischen mir und Andreas stehen.«

»Wenn du ihm sagst, dass du ihn betrogen hast, steht das erst recht für immer zwischen euch.«

»Und wenn er es selbst herausfindet. Das wäre doch noch viel schlimmer.«

»Lass es drauf ankommen.«

»Und was mache ich, wenn er mich dann nicht mehr will?«

Sie zwinkert mir zu. »Dann kommst du zu mir nach Nürnberg und fängst ein neues Leben an. Das hätte den Vorteil, dass wir beide nicht allein wären.«

Inga hat leicht reden. Sie lebt und liebt seit jeher offen und frei, ohne Rücksichtnahme auf ihre Partner oder auf Konventionen. Bisher dachte ich immer, das sei falsch, aber vielleicht hat sie ja recht. Vielleicht muss man jedem

Mensch zugestehen, sein Leben frei und nach eigenen Bedürfnissen zu gestalten? Nein. Nicht auf Kosten des anderen. *Es ist falsch,* sagt mein Gewissen. Aber gleichzeitig fühle ich mich ausgeliefert. Dieser tiefen Sehnsucht in mir und dem Wunsch, mich wieder zu spüren.

24

Heute habe ich nach der Arbeit einen Termin bei meiner Schmerztherapeutin. Mein Tablettenkonsum der letzten Wochen macht es nötig.

»Wenn Ihnen die Migränetabletten helfen, ist das erst einmal sehr gut. Dann docken die Triptane an der richtigen Stelle an und sorgen dafür, dass Serotonin gebildet wird. Aber wir müssen natürlich schauen, dass wir Ihren Konsum etwas in den Griff bekommen. Man hat da neuerdings ganz gute Erfahrungen mit Beta-Blockern gemacht.«

Ich nicke zögernd. »Ich hatte Ihnen doch vor längerer Zeit einmal von meinem Unfall erzählt«, sage ich vage.

»Ja, ich erinnere mich. Ein Treppensturz. Sie waren neun, glaube ich und hatten einen Schädelbasisbruch.«

»Kann es nicht doch sein, dass meine Kopfschmerzen, also die Migräne, etwas damit zu tun haben?«

»Frau Brandner, wir haben vor vier Jahren eine Kernspintomografie bei Ihnen gemacht. Es sieht alles sehr gut aus. Aus medizinischer Sicht kann ich Ihnen da nichts anderes sagen. Gott sei Dank. Trotzdem war es natürlich eine schwerwiegende Verletzung. Mit anderen Worten: Ich glaube es nicht, aber es lässt sich auch nicht komplett ausschließen.«

Einen Moment zögere ich, dann spreche ich aus, was mich noch bewegt.

»Da ist noch etwas. Vor zwei Wochen hatte ich ein sehr seltsames Erlebnis.«

Ich beschreibe die Szene in dem alten Haus.

»Der Anblick der Treppe hat etwas in mir ausgelöst, das ich nicht steuern konnte«, erkläre ich.

»Migräne hat sehr oft auch psychische Ursachen. Vielleicht könnte es sich in Ihrem Fall lohnen, diesen Weg zu verfolgen. Ich könnte Ihnen einen Therapeuten empfehlen. Möchten Sie das?«

Ich überlege einen Moment und schüttle den Kopf. »Nein, im Augenblick glaube ich nicht, dass ich das möchte. Aber vielleicht komme ich noch einmal darauf zurück.«

Auf dem Heimweg denke ich darüber nach. Den Rat, mich in psychotherapeutische Behandlung zu begeben, habe ich schon einmal bekommen. Von Katrin. Vielleicht sollte ich es wirklich einmal in Erwägung ziehen. Ich muss zugeben, dass es mir schon ziemlich lange ziemlich schlecht geht. Und dass immer mehr Tabletten keine Dauerlösung sind. Wirklich gut ging es mir eigentlich nur in den wenigen Wochen mit Johann. Und die haben mich unterm Strich dann noch mehr in Richtung Keller und schwarze Löcher gebracht.

Ich biege zum Einkaufsmarkt ab und suche nach einer Parklücke. Am Eingang begegne ich Ingrid und Werner Humboldt, Nachbarn aus unserer Straße. »Hallo, Thea. Dich haben wir ja lange nicht gesehen. Wie geht's denn? Was machen die Kinder. Und dein kleiner Enkel.«

»Danke, gut. Es ist eine Enkeltochter.«

»Ach ja, stimmt. Felicitas, oder?«

»Frida.«

»Hübscher Name. Wie alt ist sie denn?«

»Knapp anderthalb.«

»Ja, so groß schon? Himmel, wie die Zeit vergeht. Bestell Andreas schöne Grüße. Im Sommer läuft man sich ja eher einmal über den Weg. Dann könnten wir vielleicht mal wieder eine Grillparty machen. Mit allen Nachbarn. Was meinst du?«

Wie immer ist es, als würde ohne weiteres Zutun ein Schalter in meinem Kopf umgelegt. »Ja, das ist eine gute Idee«, sage ich heiter, und es klingt, als ob ich es auch meine.

Ich verabschiede mich schnell wieder und schiebe den Wagen durch die Gänge des Supermarktes. Sammle Zutaten für eine Lasagne und lege Obst, Gemüse und Milch in den Wagen. Ich funktioniere. Ich bin brav. *Psst, sei leise, dein Vater arbeitet. Jetzt sei doch mal ein braves Kind.*

Als ich meine Einkäufe verstaue und den Wagen aus der Parklücke manövriere, sehe ich einen großen blonden Mann mit eiligen Schritten über den Parkplatz gehen. Ich starre ihn an, sehe, wie er, das Handy zwischen Kopf und Schulter geklemmt, mit der freien Hand seine Taschen abklopft. Und ich starre ihn weiter an, als er die Autotür öffnet und einsteigt. Erst als er sein Gesicht beim Ausparken in meine Richtung dreht und hinter mir ein Autofahrer ungeduldig hupt, höre ich auf zu starren und atme aus. Mein Herz klopft holprig. Er ist es nicht. Natürlich nicht. Es ist das falsche Auto, der falsche Mann. Ich fahre los, und mein Auto macht einen Satz nach hinten. Wieder hupt der Fahrer hinter mir, jetzt deutlich wütend. Zittrig lege ich den ersten Gang ein. So geht das nicht.

Ich muss Johann aus meinem Kopf kriegen. Ich muss aufhören, an ihn zu denken, aufhören, ihn überall zu sehen.

Er macht es mir nicht leicht. Immer noch erreichen mich seine sporadischen Nachrichten. Mal eine SMS, mal eine Mail. *Schade, dass du nicht auf meine Nachricht geantwortet hast. Ich vermisse dich.* Und seit meinem Gespräch mit Inga lockt die Versuchung. Ziemlich unverschämt und offen. *Ich denke, du solltest dich noch einmal mit Johann treffen. Schauen, was es mit dir macht.* Es ist fast so, als hätte ich von Inga die Erlaubnis bekommen. Als wäre ich damit von höherer Instanz entschuldigt. Gleichzeitig klopfe ich mir selbst wie einem bösen Kind auf die Finger. *Hör auf! Fang bloß nicht wieder damit an! Sei brav!*

Mechanisch steuere ich den Wagen Richtung Ausfahrt und dann, ehe ich darüber nachdenken kann, fahre ich in die nächste freie Parklücke und krame hektisch mein Handy aus der Tasche. Erst vor drei Tagen habe ich eine Nachricht von ihm bekommen.

Thea, was ist los mit dir? Lass es nicht so enden, lass uns reden! Bin nächste Woche in Nürnberg, melde mich danach wieder.

Ich lese seine Worte und sitze ganz still. In meinem Inneren tobt ein stummer Kampf. Mein Bauch sagt: *Tu es!* Mein Kopf unternimmt halbherzige Bemühungen ein Veto einzulegen. Und dann geht es ganz schnell. Bevor mein Verstand eine Chance hat einzugreifen, rufe ich Inga an. Sie ist überrascht, aber sie freut sich, als ich ihr sage, dass ich sie nächste Woche besuche.

25

Am Dienstag begleitet Andreas mich zum Auto. Er ist arglos. Oder bilde ich mir nur ein, dass er arglos ist?

»Sag deiner Schwester schöne Grüße von mir. Fahr vorsichtig, es ist Schnee gemeldet. Und ruf kurz an, damit ich weiß, ob du gut angekommen bist.«

»Mach ich.«

»Wenn du doch noch übers Wochenende bleiben möchtest, ist das kein Problem.«

»Übers Wochenende bleibe ich ganz sicher nicht. Ich komme am Donnerstag zurück. Zwei Abende, an denen wir ausgiebig quatschen können, reichen. Nachher streiten wir uns, und dann stehe ich morgen schon wieder hier vor der Tür.«

»Ich will dir damit nur sagen, dass die Option besteht und dass du dabei keine Rücksicht auf mich nehmen musst. Wenn es dir guttut, dann bleib so lange du willst.«

»Danke. Aber ich muss am Freitag auf jeden Fall ins Büro. Da ist große Krisenstimmung. Ich bin froh, dass ich so kurzfristig freinehmen konnte.«

»Ich finde es auf jeden Fall schön, wenn ihr wieder etwas mehr Kontakt zueinander habt. Du hast schließlich nur eine Schwester.«

Andreas nimmt mich kurz in den Arm und drückt mir einen Kuss auf die Stirn. Jetzt, wo ich im Begriff bin, mich wieder mit Johann zu treffen, ist mir seine Berührung unangenehm. Ich kann die Zärtlichkeit nicht erwidern, es wäre ein doppelter Betrug. Deshalb drehe ich mich schnell um und steige ins Auto. »Ach, Nora kommt heute Abend vorbei. Sie will die kleine Kommode aus ihrem alten Zimmer abholen. Für Frida«, teile ich ihm noch durch das offene Autofenster mit.

Er nickt. »Ich kläre das telefonisch mit ihr.«

Was den Verkehr angeht, verläuft die Fahrt ziemlich ruhig. Nur ich selbst bin voller Unruhe. Und voller Zweifel. Mehr als einmal bin ich kurz davor, wieder umzukehren.

Johann hatte auf meine SMS sofort zurückgerufen. »Thea! Endlich! Wie schön, von dir zu hören.«

»Ich fahre nach Nürnberg zu meiner Schwester. Wenn du möchtest, könnten wir uns dort auf eine Tasse Kaffee treffen.« Ganz *unverbindlich.*

»Natürlich. Das machen wir. Ruf an, wenn du da bist, dann machen wir einen Treffpunkt aus.«

Hinter Würzburg wird die Landschaft weiß. Es schneit. Es ist zwar erst Anfang Dezember, aber die Temperaturen sind für diese Jahreszeit schon ziemlich frostig. Ich drehe die Heizung höher, bis auf sechsundzwanzig Grad, aber es nutzt nichts. In mir ist eine Kälte, die den ganzen Körper einhüllt, eine Kälte, die mich ganz hohl macht. Es ist, als würde sie durch meine Adern fließen und mich langsam zum Eisblock werden lassen. Wenn ich ankomme, werde ich eine einzige gefrorene Masse sein.

Selbst schuld, sagt mein Gewissen. Ich habe keine Gegenargumente, fluche und schimpfe mit mir und werde irgendwann immer langsamer. Ein dunkles Tröten trifft auf meine Ohren, hinter mir nähert sich ein Lkw, der Fahrer gibt mir mit eindeutiger Geste zu verstehen, was er von meinem Fahrstil hält. Hektisch trete ich auf das Gaspedal, um gleich darauf wieder zu bremsen. Es sind nur noch wenige Meter bis zur Ausfahrt. Der Lkw rauscht an mir vorbei, ich ducke mich hinter meinem Steuer und biege ab.

Kurz vor der Stadt lenke ich das Auto auf einen breiten Seitenstreifen, stelle den Motor ab und lausche in die Stille. Dicke Flocken fallen vom Himmel, die Welt ist weiß, es ist, als würde der Schnee alle Geräusche verschlucken. Ich steige aus. Meine Füße hinterlassen klare Spuren auf der glatten weißen Fläche. Ich gehe auf und ab, zerstöre die Klarheit meiner Spuren wieder und schlinge dabei die Arme um meinen Körper. Ich habe die Richtung verloren.

Ein Auto fährt langsam an mir vorbei, die Fahrerin sieht mich an. *Brauchen Sie Hilfe,* fragt sie mich mit ihrer Gestik, und ich schüttle den Kopf.

Ich steige wieder ein und greife nach dem Telefon. Er nimmt sofort ab. »Hallo Thea, ich habe schon auf deinen Anruf gewartet. Wo bist du?«

»Ich fahre gerade in die Stadt.«

»Gut. Ich bin im Hotel. Hotel Central. Willst du zuerst hierherkommen? Ich muss gleich noch zu einem Meeting, aber wir könnten vorher einen Kaffee trinken. Und heute Abend gehen wir gemütlich essen.«

»Gut. Wie ist die Adresse?«

»Das ist direkt am Hauptmarkt, in der Augustiner Straße. Ist leicht zu finden.«

»Dann bis gleich.«

»Ja, bis gleich. Ich warte im Foyer auf dich. Ich freue mich. Ich freue mich sehr.«

Ausgerechnet im Hotel. Das scheint doppelt falsch. Es ist schäbig, ihn im Hotel zu treffen. Warum habe ich ihm das nicht gesagt? Augustiner Straße. Ich ignoriere meine innere Stimme und gebe die Adresse in das Navigationsgerät. Zwischen Johann und mir liegen zweitausendachthundertvierzig Meter. Ich lege den ersten Gang ein und fahre los.

Es ist erst kurz vor fünf, aber schon dunkel. Die Straße wird jetzt breiter, dreispurig. Ich bleibe auf der mittleren Spur. Vor mir wirbt ein überdimensionales Banner für den Nürnberger Christkindlmarkt. Die Schaufenster an den Seiten glitzern weihnachtlich. Nur ein paar Minuten nach unserem Telefonat stehe ich vor dem Hotel. Ein Parkplatz für Kurzparker ist frei, ich stelle die Parkscheibe ein und bleibe sitzen. Noch ist nichts geschehen, ich könnte immer noch umkehren, seine Nummer löschen, nie wieder etwas von mir hören lassen.

Johann kommt sofort auf mich zu, als ich das Foyer betrete. Er sieht gut aus. Mit seinem Anzug und der Krawatte wirkt er sehr geschäftsmäßig und sehr souverän. Das volle Haar scheint frisch gewaschen, die Haut ist auch jetzt, im Winter, leicht gebräunt. Er bleibt vor mir stehen und nimmt mich zuerst in den Arm und hält mich dann an den Händen.

»Ich freue mich so sehr, dich zu sehen. Ach Thea, du ahnst nicht, wie sehr ich dich vermisst habe.« Einen Moment legt er seine Stirn an meine, hält dabei noch immer meine eisigen Hände fest. Dann schaut er mich an. »Komm«, sagt er.

Ich lasse mich führen wie ein Kind, folge ihm in den Aufzug, folge ihm in sein Zimmer. Kein Wort über die lange Zeit, die wir uns nicht gesehen haben. Kein Wort zu unserem letzten Zusammensein. Kein Wort zu meiner kalten Haut, zu meinem rasenden Herz. Nur seine Hände, seine Lippen, auf meinem Hals, meinem Mund, meinen Brüsten.

Nicht jetzt, nicht so, möchte ich sagen. Ich bleibe stumm.

Er zieht mich zum Bett, öffnet seine Hose, setzt sich und zieht mich zu sich herunter. Er flüstert sehr leise, aber ich höre, was er sagt: »Ich will dich ficken.« Ich werde starr. Er nimmt meinen Kopf und drückt ihn nach unten. Ich bekomme Angst, stemme mich dagegen. Wortlos wie er, aber mit all meiner Kraft. Er akzeptiert diese Antwort. Nimmt jetzt meine Hand. Hält sie kraftvoll gepackt, führt sie. Wieder wehre ich mich stumm. Mit seiner freien Hand packt er meine Haare und zieht meinen Kopf nach hinten. Ich will schreien und kann nicht, fühle mich wie gelähmt. Er tut mir weh, sehr weh, und ich spüre, dass es das ist, was er möchte.

»Komm schon, komm schon.« Er ist jetzt stark erregt, meine Hand in seiner schafft ihm schnelle Erleichterung.

Ich höre ihn stöhnen, spüre die feuchte Wärme auf meiner Hand, seinen Atem in meinem Gesicht.

Endlich lässt er mich los. Er nimmt ein Papiertaschentuch und beginnt sich zu säubern. Meine Hand liegt in meinem Schoß. Ich betrachte sie wie einen Fremdkörper, der nichts mit mir zu tun hat. Meine Kopfhaut brennt.

Er steht auf und zieht seine Hose hoch. Sagt nichts, küsst mich auf den Kopf, nimmt seinen Aktenkoffer und geht zur Tür. Dort dreht er sich noch einmal zu mir um. »Sei mir nicht böse, aber ich bin wirklich spät dran. Ich melde mich nachher bei dir. Dann machen wir einen Treffpunkt aus. Ich freue mich auf heute Abend. Auf dich.« Er wirft mir eine Kusshand zu und verschwindet.

Meine Hand ist klebrig, auf meinem Rock ist ein Fleck. Langsam stehe ich auf und gehe ins Bad. Ich wasche die Hand, wieder und wieder, sehe mich dabei selbst in dem großen Spiegel, mein verzerrtes Gesicht. Und den

Fleck. Eine Anklage. Ein Schandmal. *Es ist nicht schlimm, es ist nicht schlimm.* Ich ziehe den Rock aus, wasche auch ihn und ziehe ihn nass wieder an. Zurück im Zimmer greife ich nach meiner Handtasche.

Wie kommt dieses riesengroße schwarze gefräßige Loch in meinen Bauch? Ich schreie stumm. Mein Entsetzen ist grenzenlos.

ABSTURZ

26

»Frau Brandner? Frau Brandner, hören Sie mich?«

Natürlich höre ich ihn. Und diesen Schrei, der mich nicht zur Ruhe kommen lässt. Er ist ein Teil von mir. Stumm wiege ich mich vor und zurück.

»Wir haben Ihren Ausweis in Ihrer Handtasche gefunden. Sie sind doch Frau Brandner?«

Ich brauche Ruhe. Unbedingt. Da ist etwas, worüber ich nachdenken will. Irgendetwas Wichtiges. Warum fällt es mir nicht ein?

»Sie scheint zu frieren, aber sie lässt sich den nassen Rock nicht ausziehen.« Der Mann, der vor mir steht, dreht sich um zu einem anderen. Der steht an einem Schreibtisch und hat ein Telefon in der Hand.

»So kommen wir nicht weiter«, sagt er. »Ich rufe jetzt diese Nummer an. Das ist die letzte, die auf dem Apparat gespeichert ist. Irgendwer wird ja wohl wissen, was mit dieser Frau los ist.«

Ich beobachte ihn. Und dann erkenne ich das Telefon. Ein kleines weißes Handy. Es gehört mir.

»Hallo, nein hier ist nicht Thea. Hier ist Voigt. Ich bin Polizist, und Frau Brandner sitzt hier bei uns auf der Wache.«

Er unterbricht sich. »Was? Nein. Sie ist nicht verletzt. Sie hatte auch keinen Unfall. Sie ist … Hallo? Hallo?« Er sieht irritiert aus. »Aufgelegt. Ich probier's noch einmal.«

Wir warten wortlos auf etwas, ich weiß nicht, worauf.

»Er nimmt nicht mehr ab«, sagt er schließlich.

»Versuch es mit der nächsten Nummer.«

Er tippt umständlich mit dem Zeigefinger.

»Hallo? Guten Tag. Mein Name ist Bernhard Voigt, Polizei Nürnberg-Mitte. Kennen Sie Frau Thea Brandner?«

Da ist eine Stimme, ich kann sie hören. Die Stimme einer Frau. Ich beobachte ihn, während er mit ihr spricht. Seine Stirn ist sehr faltig, seine Hände sind groß und breit. Sie sehen stark aus. Kraftvoll. Ich schließe die Augen.

»Sie sind die Schwester?« Er nickt seinem Kollegen kurz zu. »Nein. Aber es geht ihr nicht gut. Was passiert ist, wissen wir nicht. Nein, sie ist nicht verletzt. Jedenfalls nicht äußerlich. Hören Sie, kommen Sie doch bitte hierher auf die Wache. Ich glaube, Ihre Schwester braucht Hilfe.«

Wessen Schwester braucht Hilfe? Plötzlich wird mir bewusst, dass ich zittere. Mir ist schrecklich kalt. Der nette Mann legt mir eine Decke um die Schultern, aber ich kann nicht aufhören zu zittern. Ich will mich bei ihm bedanken, aber auch das kann ich nicht.

»Frau Brandner, Ihre Schwester kommt gleich und holt Sie ab. Verstehen Sie, was ich sage?«

Natürlich verstehe ich, was er sagt. Ich bin nur so verwirrt. Inga wohnt in Nürnberg. Warum kommt sie hierher?

»Warten Sie hier, sie kommt gleich.«

Ich bin schrecklich müde und trotzdem unruhig. So, als müsste ich dringend etwas erledigen. Als hätte ich etwas Wichtiges vergessen. Wo um alles in der Welt bin ich hier?

Kurz fallen mir die Augen zu, da höre ich jemanden

rufen. »Thea!« Inga ist tatsächlich gekommen. Ich bin so froh, sie zu sehen. Aber warum sieht sie mich so erschrocken an?

»Thea! Was ist denn los? Was ist denn passiert?«

Ich weiß es nicht. Aber irgendetwas war da. Ich muss nachdenken. Aber nicht jetzt. Ich bin zu müde.

»Ihre Schwester scheint irgendwie unter Schock zu stehen. Sie hat noch kein Wort gesagt, seit sie hier ist. Eine Passantin hat einen Kollegen angesprochen, weil sie ohne Jacke unterwegs war und dabei völlig verwirrt zu sein schien. Ihr Rock ist nass, aber sie weigert sich, ihn auszuziehen. Bis jetzt haben wir auch noch kein Wort aus ihr herausbekommen. Können Sie sich das erklären?«

»Ich habe keine Ahnung. Sie wollte mich besuchen, ich habe zu Hause auf sie gewartet.«

Ein Mann kommt herein. Noch ein Polizist. »Wir haben gerade einen Anruf von Kollegen bekommen. Da wurde ein gelber Citroën abgeschleppt.« Er schaut erst mich an, dann Inga. »Ist das ihr Auto?«

»Ja«, sagt Inga.

»Es stand in der Augustinerstraße. Auf einem Kurzzeitparkplatz. Laut Parkscheibe seit heute Mittag kurz nach fünf.«

»Jetzt ist es halb acht. Was hat Ihre Schwester da gemacht?«

»Ich weiß es nicht. Ich habe keine Ahnung. Ich habe Ihnen doch gesagt, dass sie mich besuchen wollte.«

»Es ist alles ziemlich dubios. Ihr Rock ist nass, aber die Kleidung ist nicht beschädigt. Man kann nicht mit Sicherheit ausschließen, dass ihr etwas geschehen ist, auch wenn sie auf den ersten Blick nicht verletzt zu sein scheint.«

»Was meinen Sie?«

»Dass sie vielleicht Opfer einer Vergewaltigung wurde. Um mehr zu erfahren, müsste sie ärztlich untersucht werden.«

Inga sieht mich erschrocken an. »Kann ich sie mitnehmen?«

»Ja. Wir können ihr hier nicht helfen. Es gibt keine offensichtlichen Anzeichen einer Gewalttat, und in ihrer Handtasche fehlen weder Bargeld noch Kreditkarten. Aber suchen Sie mit ihr am besten gleich einen Arzt auf. Sollte es sich tatsächlich um eine Vergewaltigung handeln, müssten Sie noch einmal Kontakt mit uns aufnehmen.«

»Was würde dann geschehen?«

»Dann läge ein offensichtlicher Straftatbestand vor. Man müsste versuchen, die Zeit zwischen siebzehn Uhr und dem Moment, als mein Kollege sie aufgelesen hat, so weit als möglich zu rekonstruieren. Schauen, mit wem sie an diesem Tag Kontakt hatte, Zeugen ausfindig machen und befragen.«

Inga nimmt meinen Arm. »Komm Thea, wir gehen«, sagt sie leise.

Ich stehe auf. Warum sind meine Beine so schwach? Ich kann kaum laufen.

»Komm, ich helfe dir.« Sie dreht sich um. »Hatte sie keine Jacke?«

»Nein. Sie können die Decke mitnehmen und in den nächsten Tagen zurückbringen.« Der nette Polizist kommt mit bis zur Tür. Er drückt Inga etwas in die Hand.

»Hier ist das Handy ihrer Schwester, und das ist die Adresse vom Abschleppdienst.«

»Danke.«

»Auf Wiedersehen. Obwohl ich hoffe, dass es nicht mehr dazu kommt.«

»Danke. Auf Wiedersehen.«

Inga hat mich ins Bett gepackt und mir eine Wärmflasche gegeben. Ich kann trotzdem nicht aufhören zu zittern. Ich verstehe noch immer nicht, was passiert ist. Warum ich hier bin. Vorhin hat Inga mit Andreas telefoniert. *Du musst sofort kommen*, hat sie gesagt. Warum? In meinem Kopf schwirrt es. Ein einziges großes Durcheinander. Ich drehe mich mit Mühe auf die andere Seite. Meine Glieder sind so schwer. Ich presse die Wärmflasche an meinen Körper, und endlich kommt etwas von der Trost spendenden Wärme bei mir an. Ich schließe die Augen. Wie von einer großen Welle lasse ich mich von meiner Müdigkeit davontragen.

Als ich die Augen wieder aufschlage, kann ich mich zuerst nicht orientieren. Ich setze mich auf und schaue mich um. Es ist Ingas Wohnung. Und da ist etwas, irgendetwas, woran ich mich erinnern müsste. Das Bild von weihnachtlichen Schaufenstern schwebt vor meinem geistigen Auge. Wo habe ich die gesehen? Und wann? Ich stehe auf und verlasse das Zimmer. Schon im Flur höre ich Andreas' Stimme. »Du bist sicher?«

»Ich habe sie mir wirklich sehr genau angeschaut, das kannst du mir glauben. Ich bin keine Ärztin, aber es ist wirklich absolut nichts zu sehen. Die Strumpfhose hat noch nicht mal eine Laufmasche, und sie hat auch sonst keinen einzigen blauen Fleck oder irgendwelche Blessuren.«

Ich bleibe stehen und lausche der Stille nach Ingas Ausführungen. Dann höre ich Andreas wieder reden.

»Ich nehme Thea mit nach Hause. Ich habe schon mit unserem Hausarzt gesprochen. Er will sich erst einmal ein Bild machen. Inga, Thea ist seit Wochen, nein, seit Monaten seltsam. Erst war sie voller Euphorie und dann, in letzter Zeit, hat sie sich nur noch lustlos durch den Tag geschleppt. Ich konnte sie für nichts begeistern, zu nichts überreden. Ich habe das Gefühl, dass sie mir irgendetwas verschweigt.«

»Sie hat halt auch viel um die Ohren. Vielleicht braucht sie einfach mal eine Pause. Lass sie doch erst einmal zur Ruhe kommen.«

»Ständig klagt sie über Migräne. Ständig ist sie müde. Das ist nicht normal. Und dann diese Sache gestern. Mein Gott, sie ist mit einem nassen Rock und ohne Jacke durch Nürnberg geirrt. Bei minus zwei Grad. Sie war, wie du sagst, noch nicht einmal ansprechbar. Wenn mir bis jetzt nichts wirklich Angst gemacht hat, das auf jeden Fall.«

Was reden die beiden da? Ich bin doch nicht krank. Hatte ich einen Unfall? Hat man mich überfallen? Ich fühle mich ganz schrecklich, aber da ist kein körperlicher Schmerz. Ich schaue meine Arme an, meine Beine, stehe vor dem Spiegel im Flur und betrachte auch meinen Kopf. Ich sehe nichts Ungewöhnliches. Keine Verletzungen, keine noch so winzigen Blessuren.

Leise betrete ich die Küche. Die beiden hören sofort auf zu reden und schauen mich an. Als ich mich auf die Bank setze, schiebt Inga mir einen Becher Kaffee zu und stellt sich hinter mich. Sie umarmt mich. Andreas sitzt mir gegenüber. Wie er mich ansieht. Es ist kein offener und vertrauter Blick. Es ist ein abwartender Blick. Ein Blick voller Zweifel. Ich nehme die Tasse und senke den

Kopf. Ich habe das Gefühl, einen großen Fehler begangen zu haben.

»Hast du gut geschlafen?«, fragt Inga.

Ich nicke. *Es tut mir leid, ich mache alles wieder gut.* Irgendwie denke ich, dass ich Andreas das schuldig bin. Die Hand, mit der ich die Tasse halte, zittert. Ich stelle die Tasse ab. Andreas steht auf.

»Komm Thea«, sagt er. »Wir fahren.«

Ich leiste keinen Widerstand, aber ich kann meine Jacke nicht finden. Ich bekomme eine von Inga.

Unterwegs erzählt Andreas, dass er heute Nacht mit dem Zug gekommen ist und heute früh meinen Wagen abgeholt hat. *Wieso abgeholt?* und *Wo?,* würde ich ihn gerne fragen.

»Was war los gestern, Thea? Was hast du denn dort gemacht?«

Ich habe keine Antworten und schaue aus dem Fenster.

Die Fahrt ist zäh. Es herrscht viel Verkehr, und es schneit. Ich bin froh, dass Andreas fährt. Ich selbst bin viel zu müde. Immer wieder fallen mir die Augen zu. Ich schlafe ein, verschlafe die ganze Fahrt. Erst als wir zu Hause ankommen, werde ich wach. Aber mein Schlafbedürfnis ist unvermindert, es überdeckt alles andere. Ich gehe sofort ins Bett. Obwohl mein Traum seinen Schrecken nicht verloren hat, begrüße ich ihn wie einen alten Freund.

27

Der Tag geht, die Nacht kommt. Unter der Decke kämpft mein müder Körper mit Geistern. Ich werde wach und warte, bis sich mein Atem wieder normalisiert und mein Herz wieder gleichmäßig schlägt. Dann kommt der Schlaf und holt mich zurück. Immer wieder.

»Thea. Thea, wach auf.« Andreas rüttelt mich sanft. Es ist hell, die Nacht ist vorbei. Neben Andreas steht Dr. Homberger, unser Hausarzt. Ist jemand krank?

»Hallo, Frau Brandner«, sagt er. »Können Sie mir sagen, wie es Ihnen geht?«

Nein, das kann ich nicht.

»Haben Sie Schmerzen?«

Ich habe keine Schmerzen. Auch keine Migräne. Ich bin nur schrecklich müde. Ich stiere auf die Bettdecke und hoffe, dass er gleich wieder geht, damit ich weiterschlafen kann.

»Können Sie sich erinnern, dass Sie in Nürnberg waren?«

Jetzt nicke ich. Richtig, ich war bei meiner Schwester.

»Können Sie sich erinnern, was Sie dort getan haben?«

Ich war bei Inga. Und vorher war ich ... da war dieser Raum, da waren Männer. Polizisten. Natürlich. Es war eine Polizeiwache. Jetzt weiß ich es. Aber warum war ich da?

»Können Sie mir etwas dazu sagen?« Er nimmt meine Hand. »Frau Brandner, schauen Sie mich an, reden Sie mit mir!«

Es geht nicht. Ich bin viel zu müde. Ich muss schlafen. Wenn ich ausgeschlafen habe, kann ich auch wieder denken.

»Thea, jetzt sag doch mal was.« Andreas schüttelt mich. Ich reiße die Augen auf. Es tut mir so leid. Und dann fallen sie mir auch schon wieder zu.

»Ihre Frau steht unter Schock. Ich weiß weder, was ihn ausgelöst hat, noch kann ich erklären, was jetzt mit ihr passiert. Eine Vergewaltigung schließe ich zwar auch aus, aber irgendetwas ist nicht in Ordnung.«

»An was denken Sie denn?«

»Ich kann es Ihnen nicht sagen. Ich denke, sie braucht eine andere Art von Hilfe. Eine Hilfe, die ich ihr nicht geben kann. Suchen Sie eine Klinik, die psychische Probleme behandelt, oder einen entsprechenden Arzt auf.«

»Das dürfte in ihrer jetzigen Verfassung schwierig sein. Seit ich sie gestern abgeholt habe, hat sie noch kein Wort gesagt.«

»Dann warten Sie ein paar Tage, bis sich ihr Zustand wieder halbwegs normalisiert hat.«

»Können Sie ihr denn wenigstens eine Krankmeldung ausstellen?«

»Ich schreibe sie vorläufig drei Wochen krank. Ich kann ihr auch etwas verschreiben, was ihr erst einmal helfen sollte. Ein Antidepressivum. Aber befolgen Sie meinen Rat. Suchen Sie professionelle Hilfe.«

Mein Bett ist meine Welt. Andreas hat das gemeinsame Schlafzimmer verlassen und ist ins Gästezimmer umgezogen. Ich fürchte, er verliert bald die Geduld. Aber es macht mir nichts aus. Jedenfalls nicht so viel, wie es müsste. Ich vermisse ihn nicht.

Das Schlafzimmer sieht schlimm aus. Leere Joghurtbecher stapeln sich auf dem Nachttisch, daneben Tablettenschachteln und eine Wasserflasche. Die Bettwäsche ist knittrig und fleckig, überall Spuren der Vernachlässigung. Ich liege stundenlang nutzlos im Bett und kann mich zu nichts aufraffen, nicht zum Essen, nicht zum Lesen und noch weniger dazu, mich zu waschen oder meine Haare zu kämmen. In mir ist eine bleierne Müdigkeit, die mich niederdrückt. So, als müsste mein Körper all den versäumten Schlaf der letzten Monate und Jahre nachholen. Jeden Tag denke ich: morgen. Morgen habe ich wieder Kraft. Morgen nehme ich mein Leben wieder auf. Morgen.

Jetzt ist wieder morgen. Es hat sich nichts geändert. Dieses ›Morgen‹ ist kein anderes als das gestrige oder vorgestrige. Ich schlafe viel, aber nie fühle ich mich ausgeschlafen. Vielleicht, weil ich nie wirklich tief und traumlos schlafe. Vorsichtig setze ich mich auf. Jede noch so kleine Bewegung ist Anstrengung. Schon der Griff nach der Fernsehbedienung ist eine Herausforderung. Mein Herz klopft, meine Hände zittern. Manchmal glaube ich, mein Körper gibt auf. Stück für Stück. Vielleicht schaltet er einfach nach und nach seine Funktionen ab. Aber ein leises Ziehen im Unterleib zeigt mir, dass er mich täuscht. Ich nehme die Fernbedienung und schalte den Apparat ein, zappe von Programm zu Programm und versuche mich mit Bildern, die nichts mit mir zu tun haben, abzulenken. Von mir selbst, von meinen Gedanken. Auch von meiner Angst.

Auf einem Sender sehe ich, wie eine junge Frau ein Kind hochhebt. Das Kind weint. Es ist noch klein und hat blonde Locken, so wie Ben sie früher hatte. Die Brust wird mir eng, schnell schalte ich weiter auf den Folgekanal. Hier läuft »Von Frau zu Frau«, ein Film über eine schwierige, konfliktbeladene Mutter-Tochter-Beziehung. Ich kenne ihn. Augenblicklich muss ich an meine eigene Tochter denken. Gestern Abend, als sie kam, setzte sie sich an mein Bett. Ich habe ihre Ungeduld gespürt, noch ehe sie etwas gesagt hatte. Aber auch ihre Traurigkeit. »Mama, soll das jetzt immer so weitergehen?« Ihre Augen waren voller Tränen. Ich wünschte, ich hätte ihr etwas sagen können. Ich wünschte, ich hätte es besser gemacht als meine Mutter. Ich fürchte, auch wir haben es nicht leicht miteinander.

Als sie ging, drehte sie sich an der Tür noch einmal um. »Dein Schweigen ist so leise, weißt du. Es tut weh, dir zuzuhören.«

Später kam Andreas. Er war wütend, wurde am Ende sogar laut. »Wenn du nicht sagst, was los ist, nicht mit mir redest, kann ich dir auch nicht helfen. Thea, was um alles in der Welt ist passiert? Was war in Nürnberg, was war in den Wochen vorher? Jetzt sag doch endlich mal was!«

Selbst wenn ich es wollte: Ich kann nicht. Ich kann nichts sagen. Ich kann überhaupt nichts tun. Ich kann mich nur von einer Stunde zur nächsten, von einem Tag zum anderen, von einer Woche zur darauffolgenden schleppen. Und darauf hoffen, dass irgendetwas geschieht, was mir zeigt, warum es sich lohnt weiterzumachen.

28

Irgendwann sind sie wieder da, die Erinnerungen. Die Tage vor meinem *Absturz* sind wieder so glasklar, als hätte es nie ein Problem gegeben. Genauso klar wie die Erinnerungen an dieses alte Haus, die mich zu verfolgen scheinen. Ich muss nur die Augen schließen, und schon sehe ich es vor mir. Die Treppe, die Fliesen, sogar Details im Schnitzwerk des Geländers, obwohl das eigentlich unmöglich ist, ich war höchstens ein paar Sekunden dort.

Ich erinnere mich auch sonst an alles Mögliche, an das Gespräch mit Inga an Mamas Geburtstag, die Fahrt nach Nürnberg, sogar an die letzte gemeinsame Mahlzeit mit Andreas, es gab Spaghetti, und ich konnte vor Aufregung und schlechtem Gewissen kaum etwas essen. Und dann natürlich Johann. Ich sehe ihn vor mir, wie er mich im Foyer des Hotels begrüßt und ich ihm in sein Zimmer folge. Ich sehe meine Hand um seinen Penis, höre sein Keuchen, spüre seine Erregung, fühle meine Angst. Und schnell öffne ich die Augen wieder, um diesen Bildern zu entkommen.

Je mehr ich aus meinem komatösen Zustand wieder zurückgleite ins normale Leben, desto mehr sehne ich mich zurück ins Koma. Am liebsten würde ich auf eine Reset-Taste drücken und alles wieder vergessen. Besonders die Szene im Hotel. Warum habe ich das nur zugelassen? Warum bin ich nicht gegangen? Warum habe ich nicht einfach *Nein* gesagt? Weil ich wie meine Mutter bin? Schwach und devot, statt aufrecht und stark? Weil Johann für mich das war, was mein Vater für meine Mutter war? Dieser Gedanke ist unerträglich.

In der Hand halte ich noch immer die Fernbedienung. Der Film ist zu Ende, ich wechsele den Kanal und zappe mich weiter durch absurde Fernsehwelten. Plötzlich kann ich es nicht mehr ertragen. Mich, den Schmutz, das Fernsehprogramm, meine Erinnerungen. Ich greife nach der Tablettenschachtel und dem Wasserglas. Dreimal täglich. Die Tabletten lassen die Erinnerungen nicht verschwinden, aber sie machen sie erträglich.

Dann rapple ich mich unter Anstrengung auf, schwerfällig wie eine alte Frau, und schleppe mich zum Fenster. Ich öffne es und sauge gierig kalte Luft in meine Lungen. Wann haben sie zum letzten Mal frischen Sauerstoff bekommen?

Vorsichtig öffne ich die Tür und lausche in den Flur. Alles ist ruhig. Aber die Stille im Haus ist nicht leise. Sie hat etwas Dröhnendes. Mein Puls beschleunigt sich, als ich schnell auf nackten Füßen über den Flur ins Bad laufe. Erst als ich die Tür im Bad hinter mir abschließe, fühle ich mich wieder sicher.

Mein Blick fällt auf den Spiegel und bleibt daran hängen. Ich sehe meine müden Augen, die fahle, blasse Haut, das fleckige Schlafshirt und wende mich angewidert ab. Mit zwei Fingern übe ich Druck auf meine schmerzende Stirn aus. Als wäre dahinter etwas verborgen, das sich nicht fassen und mich nicht zur Ruhe kommen lässt.

Ich ziehe mich aus und betrachte meinen mager gewordenen nackten Körper. Alles an mir wirkt schlaff. Selbst meine schönen langen, dunklen Haare sind matt und stumpf. Wie stolz ich immer auf sie war. Ich nehme die Bürste. Mühsam entwirre ich Knoten für Knoten. Es fühlt sich fremd an. Meine Haare haben nichts mehr mit mir zu tun. Als ich fertig bin, verstärkt sich das Gefühl der Fremde. Wieder schießt mir dieses Bild in den Kopf: Johanns Hand in meinem Haar, Johanns Hand, die meinen Kopf schmerzhaft zurückzieht. Ich greife nach der Schere und fange an zu schneiden.

»Ich heiße Thea Brandner und bin zweiundfünfzig Jahre alt. Es geht mir gut. Es geht mir gut. Es geht mir sehr gut.« Leise und vorsichtig meldet sich meine Stimme zurück. Fremd auch sie, ich bin mir nicht sicher, ob ich sie wiederhaben möchte. Mein Kopf sieht jetzt aus wie ein ausrangierter Besen. Ich versuche zu retten, was zu retten ist, es ist hoffnungslos, und setze mich schließlich in die kalte Badewanne. Ich gebe Badeschaum hinein, lasse warmes, fast heißes Wasser einlaufen und stelle das Wasser erst wieder ab, als die Wanne randvoll ist. Der üppige Schaum deckt mich zu. Am liebsten würde ich untertauchen, unter diese weiche, lockende Decke, so lange, bis nichts mehr von mir übrig ist, aber ich habe Angst vor der Dunkelheit darunter, also bleibe ich einfach still sitzen und schaue zu, wie die Schaumbläschen verschwinden, eins nach dem anderen. Angenehme Gleichgültigkeit macht sich in mir breit. Ich seufze und schließe die Augen. Es liegt an der Tablette, das weiß ich. Sie ist sehr klein, sehr rosa und sehr beruhigend.

Irgendwann ist der Schaum verschwunden, das Wasser kalt, und meine Hände und Füße haben schrumpelige Dellen. Ich stöhne unwillig und greife nach einem Badetuch. Die dunklen Haarsträhnen liegen vorwurfsvoll auf dem Boden. Ich steige aus der Wanne, wickle das große Badetuch fest um meinen Körper, fege die Haare mit den Händen zusammen und werfe sie schnell in den Müll. Dann hole ich frische Wäsche aus dem Schrank und tappe zurück ins Schlafzimmer. Das Handy liegt auf dem Nachttisch. Schnell tippe eine kurze Nachricht. Eine SMS an Johann. *Melde dich NIE MEHR!* Während ich die leeren Joghurtbecher einsammle und das Bett abziehe, werde ich von etwas durchströmt. Etwas, das sich nach Leben anfühlt.

Am Abend kommt Andreas und findet mich im Wohnzimmer. Ich sitze auf dem Sofa und lese. Schon am Klang seiner Stimme höre ich, dass er sich freut.

»Hallo Schatz, geht's dir besser?«

Bald wird er sehen, dass das Schlafzimmer aufgeräumt ist. Die Betten sind frisch bezogen, sogar der Boden ist gewischt.

Er bleibt kurz stehen und sieht mich erschrocken an.

»Warst du beim Friseur?«

Ich schüttle den Kopf.

Er sieht mich ratlos an. »Es steht dir«, meint er unsicher.

Ich nicke.

»Ich war einkaufen. Soll ich uns etwas kochen?«

Wieder nicke ich.

Beim Essen sitzen wir uns gegenüber. Andreas beobachtet mich, und ich weiß, dass er etwas von mir erwartet. Etwas, das ich nicht geben kann. Etwas, das ich auch nicht erklären kann.

Ich habe gebadet, und ich habe aufgeräumt. Ich glaube, Andreas wertet es als ersten Erfolg. Geduld ist nicht seine Stärke, aber ich sehe die Hoffnung in seinem Gesicht.

Am Abend zieht er wieder in das Schlafzimmer ein. Es ist jetzt wieder unser Schlafzimmer. Wollte ich das?

29

Nora gibt sich viel Mühe. Fast täglich kommt sie mit Frida und kümmert sich. Auch heute.

»Ich habe frische Hühnerbrühe mitgebracht. Soll ich dir etwas davon wärmen?« Ich lächle und nicke. Nicht weil ich hungrig bin, aber ich weiß, dass sie sich freut, wenn ich esse. Alle sorgen sich um mich, sogar meine Mutter. Sie hat mich gleich am ersten Tag besucht und zwei Stunden an meinem Bett gesessen. Sie hat die ganze

Zeit geweint und zwischendurch *Das wird schon wieder, das wird schon wieder* gemurmelt. *Was, Mama, was?,* hätte ich sie gern gefragt, aber ich war zu müde. Jetzt ruft sie nur noch an. Und hinterlässt Grüße.

Und Ben? Der ist ein Meister der Ignoranz. Das ist mir beinah am liebsten. Meistens verhält er sich einfach so, als wäre unsere Welt noch in Ordnung. Redet mit mir, ohne Antworten zu erwarten. Fragt, ob er mein Auto benutzen darf und wertet mein Schweigen als Zustimmung. Nur einmal habe ich ihn erwischt. Ich saß am Tisch, vor mir ein Alibi-Buch, und tat so, als würde ich lesen. Die ganze Zeit hatte ich das Gefühl, dass er mich beobachtet. Als ich dann hochsah, wechselte er schnell die Blickrichtung. Aber ich habe die Sorge in seinem Blick erkannt. Ja, sogar Ben.

Letzte Woche war Fred da. Ich konnte ihn hören: »Andreas, du musst etwas tun, du gehst hier vor die Hunde. Thea gehört in eine Klinik.« Was mischt der sich ein? Warum lässt er uns nicht in Ruhe? Was weiß er schon von uns, von mir?

Aber Fred ist nicht der Einzige. Freunde, Nachbarn, Kollegen, sie alle schauen vorbei. Immer wieder kommt jemand unter dem scheinheiligen Deckmantel der Zufälligkeit. *Ich war gerade in der Nähe …* Manchmal fühle ich mich wie ein Tier im Zoo. Jeder will einmal einen Blick auf mich werfen. *Was ist nur aus der schönen und vitalen Thea geworden? Der arme Andreas.* Und dann schaut man ein letztes Mal mit mitleidigem Blick auf die Trümmer eines zerstörten Familienlebens, um schnell wieder davonzustürmen, zur eigenen Familie, in die eigene kleine Welt, die plötzlich so heil erscheint. Trotz aller Risse und Flecken.

Nora steckt ihren Kopf zur Tür herein. »Kommst du in die Küche?« Ich rapple mich hoch, ziehe mir eine Jogginghose und einen alten Wollpullover an und schlüpfe in meine Hausschuhe.

In der Küche sitzt Nora schon am Tisch und füttert ihre Tochter. Der dampfende Topf steht auf dem Herd. Die Suppe riecht gut, plötzlich habe ich tatsächlich Hunger. Ich löffle den Teller leer und hole mir einen Nachschlag.

»Schmeckt's?«, fragt Nora stolz. Ich nicke und lächle sie an. Nach dem Essen steht Nora auf, drückt mir Frida auf den Schoß und räumt das Geschirr in die Spülmaschine. Mein Herz wird weit, ich will Frida fest an mich drücken, aber ich kann nicht, ich lasse sie gleich wieder los. Ich sehe in ihre großen graublauen Augen, die fest auf mich gerichtet sind und habe das Gefühl, als könnte dieses Kind bis auf den Grund meiner verwirrten Seele blicken.

Später kommt Katrin. Sie fordert nichts, nimmt mich nur in den Arm und hört sich mein Schweigen an. So stehen wir da und trösten uns gegenseitig.

»Nora sagt, dass Andreas gestern einen Weihnachtsbaum mitgebracht hat. Ich fände es schön, wenn wir beide den Baum zusammen schmücken«, meint sie. »Okay?«

Weihnachten. In zwei Tagen ist Heiligabend. Auch mein Schweigen kann nichts daran ändern. Dabei habe ich überhaupt keine weihnachtlichen Gefühle, genau genommen war ich noch nie weiter davon entfernt. Aber verdrängen lässt es sich sowieso nicht, dazu ist das Thema viel zu präsent. Also nicke ich ergeben an ihr vorbei.

Katrin bringt den Baum und den Schmuck, während ich einfach hier sitze, als ginge mich nichts etwas an, nicht meine Freundin, nicht der Baum, nichts. Etwas verloren steht er dort an der Wand, viel kleiner als die Bäume der letzten Jahre. Bescheidener. Es ist nicht die Zeit für große, prächtige Bäume, jedenfalls nicht in unserem Leben. Außerdem fängt er auch schon an zu nadeln, wie ich feststelle. Andreas hat nicht nur an seiner Größe gespart. Früher hätte das zu endlosen Diskussionen geführt.

Katrin schafft es mühelos, den Baum ohne meine Hilfe aufzustellen. »Los jetzt«, sagt sie und drückt mir einen Karton mit Weihnachtskugeln und Schleifen in die Hand. Rote Kugeln und goldene Schleifen. So war es immer, so soll es bleiben. Ich hänge die Kugeln auf, gewissenhaft und konzentriert, während Katrin sich um die Schleifen kümmert.

Um einen Baum von etwa einhundertzwanzig Zentimeter Höhe zu schmücken, braucht es nicht viel. Nicht viel Zeit und nicht viel Anstrengung. Wir sind schnell damit fertig. Katrin tritt zurück und begutachtet unser Werk. »Schön«, sagt sie leise. Ich nicke und wünschte, ich könnte fühlen, was sie meint.

»Warte hier«, sagt sie überflüssigerweise und geht zur Tür. Ich sehe ihr nach und setze mich auf das Sofa. Nach jahrelanger Rastlosigkeit habe ich mich jetzt in eine Meisterin des Nichtstuns verwandelt. Ich könnte stundenlang einfach nur sitzen und vor mich hin starren.

Katrin kommt mit zwei funkelnden, perlenden Sektgläsern auf mich zu und drückt mir eins in die Hand. »Komm, stoß mit mir an«, sagt sie.

Die Gläser klirren leise. Ich trinke. Einen Schluck, und gleich noch einen. Das prickelnde Gefühl der Kohlensäure breitet sich auf meiner Zunge aus. Ich trinke das Glas leer, der Alkohol steigt mir in den Kopf.

»Hanno und ich werden ab Januar für zwei Jahre in Toulouse leben.«

Obwohl ich es wusste, sie hatte in den letzten Wochen ja immer wieder davon gesprochen, zieht es mir jetzt den Boden unter den Füßen weg. Was soll ich ohne sie machen? Ich brauche sie, hier, an meiner Seite. Ich merke selbst, dass ich in letzter Zeit alles Mögliche verdrängt oder nicht an mich herangelassen habe. Ich war so damit beschäftigt, einen Raum für mich zu schaffen, hermetisch abgeriegelt von meiner Umwelt. Diffusionslos. Nichts rein, nichts raus. Wie besessen war ich von dieser Gier nach Ruhe und Abschottung. Alle Schotten dicht, die Architektin in mir hat nichts übersehen. Und jetzt? Jetzt sitze ich da, in diesem Vakuum, und sehe keinen Ausgang. Zwei unvorstellbar lange Jahre ohne Katrin. Ich spüre die Tränen, die sich in meinen Augen sammeln.

»Hey, das sind zwei Jahre und keine Ewigkeit.«

»Katrin«, sage ich leise. »Ich weiß nicht, was ich machen soll. Ich weiß nicht, wie ich weiterleben kann.«

Zum ersten Mal seit Wochen habe ich das Bedürfnis, mein Vakuum zu verlassen und mich mitzuteilen. Ich weiß nur nicht wie, womit ich beginnen oder was ich erklären kann.

»Ach Thea, komm her, Süße«, sagt Katrin, als hätte es nie eine wortlose Zeit gegeben. Sie legt meinen benebelten Kopf an ihre Schulter. Der Alkohol ist mir als Folge meiner wochenlangen Totalabstinenz sofort ins Blut geschossen.

»Du bist in einer Krise. Wenn man in einer solchen

Krise ist, können viele Dinge, die vertraut waren und gut, sich ins Gegenteil umkehren. Glaub mir, ich weiß, wovon ich rede.«

Ich will wieder zur Sektflasche greifen, um das wattige Gefühl weiter auszubauen, aber Katrin hält meine Hand fest. »Besser nicht«, meint sie und schüttelt sachte den Kopf.

»In Nürnberg …«, beginne ich schwach.

»Du musst es mir nicht erzählen, wenn du nicht möchtest.«

»Doch, ich möchte. Ich muss. Ich glaube, ich werde verrückt, wenn ich nicht rede. Wahrscheinlich bin ich es schon.« Ich schaue sie nicht an, während ich nach Worten suche. »Es ist der Traum. Fast jede Nacht verfolgt mich dieser verflixte Traum.«

»Dein Albtraum?«

Ich nicke. »Er ist so bodenlos und beängstigend. Niemals schlage ich irgendwo auf, immer ist da nur dieses Gefühl zu fallen und bevor ich unten ankomme, werde ich wach. Ich wünschte, ich würde endlich einmal aufschlagen und zerschmettern. Vielleicht wäre dann Ruhe.«

Sie streichelt mich weiter.

»Es fängt immer ganz unspektakulär an«, versuche ich zu erklären. »Ich bin an irgendeinem beliebigen Ort, und plötzlich spüre ich eine Bedrohung.« Ich sehe sie nicht an. »Und … in letzter Zeit höre ich auch noch Stimmen …«

»Wirst du verfolgt?«

»Nein. Eigentlich ist es auch nur eine Stimme. Es ist … ein Kind. Ich sehe es nicht, aber ich höre es.«

Ich wische mit dem Handrücken über meine tränennasse Wange. »Glaubst du, ich bin verrückt?«

»Nein, auf jeden Fall nicht verrückter als wir alle.«

»Hast du mal ein Taschentuch?«

Sie zieht ein Päckchen Papiertücher aus ihrer Tasche.

»Die Sache mit dem Traum verfolgt dich schon ziemlich lange, stimmt's?«

»Ja. Aber seit Nürnberg ist es schlimmer geworden. Viel schlimmer.«

»Kannst du dich denn wieder daran erinnern?«

Ich nicke. »Mir fehlt ein Stück, aber das meiste ist wieder da. Ich bin nach Nürnberg gefahren, um Johann zu treffen. Nichts, worauf ich stolz bin.«

Ich erzähle Katrin von meinem Gespräch mit Inga auf Mutters Geburtstag, von meinem Gefühl der Leere und meinen mit dem Treffen verbundenen Hoffnungen.

»Was ist dort passiert? Hat er dir … etwas angetan?«

»Nein. Jedenfalls nicht direkt.«

»Nicht *direkt*?«

»Na ja, er hat …«

Ich knete meine Finger. Während ich gerade und aufrecht auf der Sofakante sitze und mit ihr über das spreche, was ich eigentlich am liebsten vergessen und in irgendeiner hinteren Kammer meines Gehirns vergraben würde, versuche ich, so gut ich es kann, zu beschreiben, was in dem Hotelzimmer geschah.

»Es war wie in meinem Traum, weißt du. Nur, dass ich nicht aufgewacht bin. Aber es hat sich genauso angefühlt. Ich habe geschrien. Also, nicht wirklich, der Schrei war in mir drin, aber, Katrin, ich hab ihn wirklich gehört. Im ersten Moment habe ich sogar gedacht, da ist jemand anderer, der schreit.«

Katrin streichelt meine Hand.

»Am Anfang war er … so zärtlich, so sanft. Es war … ach, ich kann es selbst nicht mehr verstehen.« Ich putze mir die Nase und sehe sie an. »Ich hab mich so lebendig gefühlt mit ihm, verstehst du?«

»Na ja, wenn er dir deine Lebendigkeit wiedergegeben hat, dann ist das ein sehr starkes Argument. Wenigstens eine Zeit lang.«

»Ja, das war wohl so. Aber ich hätte es wissen müssen. Es gab vorher schon Anzeichen dafür, dass er … etwas anderes wollte.«

»Was meinst du?«

»Es gab Anzeichen dafür, dass er es mochte, hart und direkt zu sein.« Ich versuche zu erklären, was mich so erschreckt hat. Dieses Wort. Ich will es nicht aussprechen, auch jetzt nicht.

Sie sieht mich fragend an. Ich schüttle den Kopf und greife zu Stift und Zettel. *Ficken*. Ich schäme mich.

»Ich verstehe es selbst nicht. Ich verstehe mich nicht. Ich war so verliebt, ich habe mich so gut gefühlt. Und jetzt? Wie kann ich denn Andreas jemals wieder aufrichtig begegnen?«

»Du musst mit ihm reden. Das ist wichtig.«

»Ich kann nicht. Ich kann ihm die Wahrheit nicht sagen. Ich kann ihm aber auch nichts anderes sagen.«

»Früher oder später wirst du sie ihm sagen müssen.«

»Sie auszusprechen würde doch alles zerstören.«

»Sie nicht auszusprechen auch.«

Ich weine.

»Thea, du kannst dich nicht bis ans Ende deiner Tage verstecken. Du kannst nicht immer flüchten.«

»Ich weiß.«

»Du brauchst Hilfe.«

»Ich weiß.«

»Nicht nur in Form kleiner rosa Tabletten.«

»Ich weiß.«

30

Andreas hat mir ein Ultimatum gestellt: »Thea, so kann es nicht weitergehen. Entweder du machst jetzt etwas, irgendetwas, oder ich gehe. Ich kann so nicht leben. Ich will es auch nicht. Und Thea, es ist mein Ernst.«

Auslöser war ein blöder Streit gestern. Eigentlich war es gar kein richtiger Streit, es gab auch nichts, worüber wir uns ernsthaft hätten streiten können, keine Grundlage für eine echte Auseinandersetzung. Es ging nur um eine dumme, kleine Milchkanne, die ihm zerbrochen ist. Ich hatte sie vor vielen Jahren einmal auf einem Flohmarkt gefunden, und irgendwie hing ich an ihr. Als ich die Scherben sah, habe ich die Fassung verloren und ihn fürchterlich angeschrien: »Nein! Nicht diese Kanne! Da bitte ich dich einmal, den Tisch abzuräumen. Ich frage mich, warum du mit den Dingen, die mir wichtig sind, immer so verdammt sorglos umgehst.«

Und das, wo ich seit so vielen Jahren bei unseren Kindern so erhaben über destruktives und konstruktives Streiten doziere und über die Kraft des Verzeihens.

Andreas konnte nichts damit anfangen. So etwas ist er nicht gewohnt, so kennt er mich nicht. So kenne ich mich selbst nicht. »Dein Schweigen hatte durchaus Vorteile«, sagte er und ging.

Es ist alles nur meine Schuld. Ich habe ihn betrogen und belogen, ich habe mich schäbig verhalten, ich tue es noch immer. Und weil ich das weiß, werde ich immer kleiner. Die Wut drückt von hinten, das schlechte Gewissen von oben, und vor mir steht Andreas mit seinen Erwartungen. Und jetzt sein Ultimatum.

Nach dem Streit rief Katrin an, um sich ein letztes Mal zu verabschieden. Sie wird ab morgen in Toulouse leben, weit weg von mir. Ich habe ihr unter Tränen von dem Streit erzählt. »Was soll ich nur machen? Was, wenn er wirklich geht?«

»Ach Thea. Das wird er nicht. Aber du musst endlich mit ihm reden. Und ruf Dr. Faber an.«

Dr. Faber ist Psychotherapeutin und Katrins dringende Empfehlung. Die Frau hatte ihr nach der Trennung von Matthias damals sehr geholfen, weshalb Katrin mir vor ein paar Tagen ihre Karte zusteckte. »Ich denke, du hast eine Depression. Und ich denke, man kann etwas dagegen tun. Ich denke, Dr. Faber kann etwas dagegen tun.« Ich habe die Karte genommen und genickt, aber als Katrin weg war, habe ich sie achtlos in eine Schublade gelegt. Jetzt hole ich sie wieder hervor. Ich kann mir nicht vorstellen, dass es das Richtige für mich ist, aber ich habe auch keine andere Idee und so wie es ist, kann es nicht bleiben. Wenn mich jetzt noch Andreas verlässt, ist es aus. Dann verliere ich alles. Alles, was mein Leben ausmacht.

Am Abend wird meine Geduld auf eine harte Probe gestellt. Es ist beinah acht Uhr, als ich endlich Andreas' Wagen höre. Ich schlucke meinen Ärger und gehe ihm ungeduldig entgegen.

»Hallo. Du bist spät dran.«

Er hängt seine Jacke an die Garderobe und dreht sich überrascht um. »Hallo, Thea. Ich weiß. Tut mir leid, wir stellen einige Seminarblöcke um, das …«

Ich winke ab und überfalle ihn mit meiner Neuigkeit. »In zwei Wochen habe ich einen Termin bei einer Psychotherapeutin. Sie heißt Dr. Faber, Katrin hat sie mir empfohlen.«

Er sieht mich kurz an. »Aha.«

»Ich habe Glück gehabt, eine Patientin ist ausgefallen, deshalb konnte ich so schnell einen Termin bekommen.«

»Zwei Wochen? Das nennst du *schnell*?«

Er dreht sich um und geht in Richtung Küche. Ich laufe hinterher.

»Ja. Normalerweise dauert es viel länger einen …«

»Schön.«

Meine Euphorie beginnt zu wanken.

»Findest du es nicht gut?«

»Doch.«

»Aber?«

»Nichts.«

»Andreas? Was ist los?«

»Was soll denn los sein?«

Er streicht sich mit einer müden Bewegung die Haare zurück und nimmt sich ein Bier aus dem Kühlschrank. »Du solltest dir nur nicht zu viel davon versprechen.«

Seine Reaktion ist für mich enttäuschend. Andreas ist Pragmatiker. Zum Arzt geht er, wenn er Fieber hat und Lungenentzündung. Aber zum Psychiater? *Psychotherapie*. Ich glaube, damit kann er nicht viel anfangen.

»Ich weiß nicht, was ich mir verspreche«, verteidige ich mich. »Vielleicht einen neuen Blickwinkel. Vielleicht ist es auch einfach mein Bemühen, deiner Forderung nachzukommen und etwas zu *tun.*«

»Finde ich grundsätzlich gut. Aber …«

»Aber?«

»Ich glaube nicht, dass eine Psychotherapie das Richtige für dich ist.«

»Warum nicht? Sogar Dr. Homberger hat mich bestärkt und … Was ist denn deiner Meinung nach das *Richtige?*«

»Thea, du lässt dich seit Wochen hängen. Gehst nicht arbeiten, machst keinen Sport, triffst keine Freunde. Von uns beiden will ich gar nicht reden.«

»Ich weiß. Es tut mir auch leid.«

»Versuche das mit der Therapie, vielleicht bringt es dir ja etwas. Ich habe nur gesagt, dass du dir nicht zu viel davon versprechen sollst. Hast du schon gegessen?«

»Ja. Dein Essen ist im Ofen.«

Ich sehe ihm dabei zu, wie er ohne ein weiteres Wort den warm gehaltenen Auflauf aus dem Ofen nimmt und sich damit an den Tisch setzt. Ich sehe ihm weiter zu, wie er sich den von mir gekochten Auflauf Gabel für Gabel schmecken lässt. Ich sehe ihn essen und die Tageszeitung lesen, zwanzig wortlose Minuten lang. Er legt die Zeitung zur Seite und sieht hoch. »Ich muss noch etwas arbeiten. Bin nicht ganz fertig geworden. Geh ruhig schon ins Bett, wenn du müde bist.«

Ich schlucke meine Wut und meine Enttäuschung und räume den Teller und das Glas in die Spülmaschine.

31

Frau Faber ist eine schlanke Frau mit halblangen grauen Haaren. Spontan erinnert sie mich an Gaby Dohm, was mich zuerst etwas beunruhigt, weil ich sofort und automatisch ihre Kompetenz anzweifele. Schwester Christa ist nicht Dr. Brinkmann. Andererseits steht auf dem Schild neben dem Eingang: *Dr. Elvira Faber, Diplompsychologin, Psychologische Psychotherapeutin TP, Supervisorin, Gestalttherapeutin, Hypnotherapeutin für Einzelne, Paare und Gruppen.* Und das klingt sehr professionell.

Sie zeigt auf ein paar Stühle im Flur und bittet mich, Platz zu nehmen. »Ich bin gleich für Sie da.«

Ich nehme ein Magazin aus einem Regal und blättere lustlos in den Seiten. Bilder mit durchgestylten Räumen und festlich gedeckten Tischen. Früher haben mich solche Bilder inspiriert. Eine schöne Tischdecke, ein besonderer Kerzenleuchter. Früher wäre ich losgezogen, um genau diese Tischdecke oder diesen Kerzenständer aufzutreiben. Lasse ich mich deshalb hier therapieren? Um wieder Spaß an Tischdecken und Kerzenleuchtern zu haben? Ich seufze, lege die Zeitschrift zurück und beginne nervös meine Hände zu kneten.

In den zurückliegenden Tagen war ich sehr damit beschäftigt, mich nicht beirren zu lassen. Auch wenn Andreas sich nicht mehr geäußert hat, habe ich seine Vorbehalte die ganze Zeit gespürt, sie sogar übernommen.

»Es ist der richtige Weg. Glaub mir. Sie wird dir helfen«, versuchte Katrin mich zu trösten, als ich ihr am Telefon von Andreas' Zweifeln erzählte, die jetzt auch meine sind. »Was hast du denn zu verlieren? Probier's wenigstens aus. Schlimmer kann es doch sowieso nicht mehr werden.«

Frau Faber kommt zurück und bittet mich in ihr Zimmer. Es ist nicht sehr groß, wirkt aber trotzdem geräumig. Auf dem Dielenboden liegt ein fein gewebter, teuer aussehender Teppich, an der linken Wand steht eine wunderschöne Steinskulptur auf einer Vitrine. Die schlanke, aufrechte Figur einer Frau ohne Gesicht. Auf der glänzenden furnierten Fläche des Schreibtischs befinden sich ein Monitor, eine PC-Tastatur, ein Telefon und vier Ablagestapel. Auf der anderen Seite zwei Clubsessel und eine mit rotem Leder bezogene Liege. Eine durchgehende Reihe von Fenstern legt den Blick auf viele Dächer frei. Wir sind im sechsten Stock, die Stadt liegt uns zu Füßen.

Frau Faber zeigt auf einen der Sessel und bittet mich, Platz zu nehmen. Ich setze mich artig und versuche ihr Alter zu schätzen. Sie ist keine junge Frau, ich schätze sie auf Ende fünfzig oder Anfang sechzig. Ihr Alter beruhigt mich. Es spricht für Erfahrung. Sie sieht mich an, ruhig und offen, aber sie sagt nichts. Es fällt mir schwer, ihrem Blick standzuhalten. Ich weiche aus und knete nervös meine Hände. Warum sagt sie nichts? Das Schweigen wird unerträglich.

»Ich … ich bin … mir geht es nicht so gut«, stottere ich schließlich leise.

»Ich verstehe Sie schlecht. Reden Sie bitte etwas lauter.«

Ich räuspere mich. »Mir geht es im Moment nicht gut.« Meine Stimme klingt wacklig.

Sie schweigt weiter. Die Sekunden verstreichen.

»Ich bin … ich hatte … eine Affäre.«

»Sie hatten? Geht es Ihnen schlecht, weil die Affäre vorbei ist?«

»Nein. Ich bin verheiratet. Ich meine, ich bin gern verheiratet. Ich liebe meinen Mann. Die Affäre ist vorbei, aber sie hat etwas ausgelöst, das ich nicht verstehe. Seither fühle ich mich, als würde mich innerlich etwas zerfressen.«

»Hat das etwas mit der Affäre an sich zu tun? Oder mit ihrem Ende?«

»Ich weiß es nicht.«

»Möchten Sie sich von Ihrem Mann trennen?«

»Nein. Nein, das möchte ich nicht.«

»Haben Sie mit ihm darüber gesprochen?«

»Das kann ich nicht.«

»Möchten Sie Absolution?«

Was für eine Frage? Natürlich möchte ich das, aber natürlich weiß ich auch, dass sie mir keine geben wird.

»Es ist … da ist noch mehr. Es gibt einen Albtraum, der sich immer und immer wiederholt. Außerdem habe ich sehr oft Migräne. Ich schlafe schlecht und fühle mich eigentlich fast immer erschöpft. Aber so schlimm wie es im Moment ist, so schlimm war es noch nie.« Ich fühle mich so hilflos wie ein Kind. »Die Sache hat mich einfach sehr aus dem Gleichgewicht gebracht. Bis dahin hat alles noch irgendwie funktioniert, bis dahin war alles noch so weit in Ordnung.«

»Frau Brandner, wenn Sie seit Jahren Migräne und Albträume haben, an Erschöpfung und Schlaflosigkeit leiden, dann ist bei Ihnen schon lange nichts mehr in Ordnung. Lassen Sie uns mal eine kleine Bestandsaufnahme machen. Damit ich mir ein Bild von Ihrer Situation machen kann.« Sie greift nach einem kleinen Schreibblock und Stift. »Erzählen Sie mir etwas über Ihre Eltern. Über Ihre Kindheit. Haben Sie Geschwister?«

Ich nicke und senke den Kopf. Und dann stellt sie mir Fragen. Genau die Fragen, die ich befürchtet habe.

32

Ich packe gerade meine Einkäufe aus, da klingelt das Telefon. Es ist Inga.

»Hallo, Schwesterherz«, begrüßt sie mich. »Was macht ihr am Wochenende?«

»Am Wochenende? Nichts Besonderes. Warum fragst du?«

»Ich bin allein, Tobi fährt mit einem Freund zum Skilaufen.«

Ich erschrecke. »Nein, Inga. Ich kann im Moment nicht nach Nürnberg.«

»Wer spricht denn von dir? Ich könnte mich gleich nach Unterrichtsschluss ins Auto setzen. Dann wäre ich gegen vier bei euch. Ein Schwestern-Wochenende, was meinst du?«

Mir fällt ein Stein vom Herzen. Weil ich nicht nach Nürnberg muss. Und weil Inga kommt.

»Das wäre wunderbar.«

Am Freitagvormittag backe ich einen Apfelkuchen. Um drei schlage ich Sahne, decke den Tisch und warte. Um fünf stelle ich die Sahne in den Kühlschrank und bereite mir eine einsame Tasse Kaffee. Um halb sechs klingelt Inga.

»Tut mir leid, es war ein Höllenbetrieb auf der Autobahn. Die ganze A3 voller Baustellen und Staus.«

Sie nimmt mich erst in den Arm und schiebt mich dann zurück. »Du siehst besser aus«, sagt sie und lächelt.

Ich lächle auch. »Mir geht es auch besser.« Das stimmt. Nicht gut, aber besser.

Inga nimmt meine Hände. Wir sind uns immer noch nah, auch nach all den Jahren noch, in denen wir uns nur so selten sehen, sind wir uns nah. Sobald wir zusammen sind, stellt sich dieses Gefühl der Vertrautheit ein, das ich so nur bei Inga habe, bei niemandem sonst.

Ich nehme ihren Mantel und hänge ihn an die Garderobe. »Komm erst einmal rein. Deine Sachen kannst du auch später noch hochbringen«, sage ich. »Ich habe deinen Lieblingskuchen gebacken.«

»Oh. Donauwelle?«

»Okay, deinen zweitliebsten. Apfelkuchen.«

Sie lacht und folgt mir an den immer noch gedeckten Tisch. Ich setze den Kaffeeautomat wieder in Gang und hole die geschlagene Sahne aus dem Kühlschrank.

Wie essen Kuchen und reden. Über uns, über unsere Ängste, auch Inga ist ja keineswegs frei davon, und über meine Therapie.

»Wie ist deine Therapeutin denn so?«, fragt Inga.

»Das weiß ich noch nicht, ich hatte ja erst eine Stunde«, sage ich.

»Und was hast du für ein Gefühl?«

»In Ordnung, denke ich.«

»Über was habt ihr denn gesprochen?«

Ich zögere. »Über uns. Unsere Familie«, sage ich vage.

Sie nickt.

»Sie hat etwas gemacht …« Ich sehe Inga an. »Das war irgendwie seltsam.«

»Ja?«

»Ich sollte die Augen schließen und mir vorstellen, ich wäre an einem Strand. Und Andreas und unsere Eltern wären auch dort.«

»Und du solltest sagen, wo du stehst, wo unsere Eltern stehen und wo Andreas steht, stimmt's?«

»Ja«, sage ich verwundert.

»Das kenne ich. So was Ähnliches habe ich auch schon mal in einer Therapie gemacht.«

»Ach?«, sage ich überrascht. »Du warst auch in Therapie?«

»Ja. Jetzt tu mal nicht so überrascht«, sagt sie.

»Na ja«, gehe ich schnell darüber hinweg. »Jedenfalls habe ich unseren Vater im Wasser gesehen, und es war …«

»Ja?«

»Er hat mir immer noch Angst gemacht.«

Sie seufzt. »Auch das kenne ich.«

»Dabei ist er doch schon so lange tot.«

»Nicht tot genug.« Sie stellt die Tasse auf den Tisch und nimmt sich noch ein Stück Kuchen. »Und du? Wo warst du?«

»Ich war irgendwo weit hinten am Strand. Und Mama saß am Ufer. Halb im Wasser und halb am Strand. Sie war weich und ohne Konturen. Als könnte sie sich nicht entscheiden.«

»Wie passend. Und Andreas?«

»Wieso Andreas?«

»Na, der muss doch auch irgendwo gewesen sein?«

»Komisch. Den habe ich gar nicht gesehen.«

Plötzlich schießen mir Tränen in die Augen. Inga hält ein Papiertaschentuch vor mein Gesicht.

»Hier«, sagt sie. »Weinen hilft.«

33

Zwei Wochen später ist mein erster Arbeitstag. *Mehr als zehn Wochen war sie krank, jetzt ist sie wieder fit, Gott sei Dank*, hatte Peter heute Morgen zur Begrüßung gesagt, aber ich weiß nicht, ob er mit seiner Einschätzung richtigliegt. Fit fühle ich mich noch lange nicht.

Helmut ist freundlich, aber trotzdem bekleckert er sich im Umgang mit mir und meinen Neurosen nicht gerade mit Ruhm. Er kann mir kaum in die Augen schauen, und ich unterstelle automatisch, dass seine Sorge weniger mir, als meiner Arbeitskraft gilt. Er mag keine Unregelmäßigkeiten. Weder in Form von krankheitsbedingten Ausfällen noch in Form von betrieblichen Streitigkeiten. Ich hatte ihm etwas von einer kleinen Nervenkrise erzählt. Familiäre und berufliche Überlastung. »Aber jetzt ist alles wieder gut«, sage ich, um uns beide zu beruhigen.

»Na ja. Jetzt komm erst mal wieder an.« Er meidet meinen Blick. »Dein Postfach quillt wahrscheinlich über, aber das allermeiste davon ist wahrscheinlich sowieso schon überholt. Sonja kann dich ja auf den neuesten Stand bringen.«

Das könnte Sonja wahrscheinlich, aber außer einem knappen »Guten Morgen« und »Ich habe Kaffee besorgt« kommt von dieser Seite nichts.

Hauptsächlich bin ich damit beschäftigt, mein Mailkonto aufzuräumen. Die Nachrichten von Johann lösche ich ganz konsequent. Ungelesen und unkommentiert. Das Projekt ist abgeschlossen, in jeder Hinsicht. Sein Gesicht habe ich weggeschoben, irgendwo an die Peripherie meines Bewusstseins, unsere letzte Begegnung auch.

Ich überstehe den Vormittag mehr recht als schlecht und beende den ersten Arbeitstag ohne größere Ergebnisse. Einen Überblick habe ich noch nicht, aber ich habe mein Mailkonto aufgeräumt und den Ablageberg abgearbeitet, das muss reichen. Sonja schaut demonstrativ auf die Uhr, als ich den PC herunterfahre, und schiebt sich den Rest eines Käsebrötchens in den Mund. »Bist du schon fertig?«, fragt sie mit spitzem Mund. Ich nicke kurz und murmle: »Ja. Bis morgen.«

Im Supermarkt versuche ich meine gedachte Einkaufsliste durchzugehen, aber mein Kopf ist wie ein Schweizer Käse: voller Löcher. Ich schiebe den Wagen durch die Gänge, grüße freundlich nach allen Seiten und lächle, wie ich immer freundlich gegrüßt und gelächelt habe, es geht ganz automatisch, und dabei überlege ich, was ich kochen soll. Ich steuere die Fleischtheke an.

Eine junge Mutter mit ihrer kleinen Tochter steht neben mir. Das Kind ist sehr niedlich, mit dunklen verstrubbelten Haaren und riesigen Kulleraugen. Es zeigt auf die Theke und sagt »Wuast.« Die Verkäuferin schneidet ein Stück Fleischwurst ab und reicht es über den Tresen. »Wie heißt das?«, fragt die Mutter und lacht verlegen.

»Dagga«, sagt das Kind.

Wir lächeln uns an, und ich denke an Frida. Plötzlich werde ich von einer heftigen Sehnsucht erfasst.

Bandnudeln, Joghurt, Butter, Zwiebeln, denke ich. *Und Shampoo*, fällt mir ein. Die Flasche zu Hause ist fast leer.

Vor dem Shampoo-Regal bleibe ich unentschlossen stehen. Volumenshampoo, Shampoo für getöntes, strapaziertes, trockenes, dauergewelltes, lockiges, stumpfes, fettiges oder krauses Haar. Andreas nimmt immer welches gegen Schuppen, ich nicht. Mein Haar ist glatt und braun und schuppenlos. Frida hat weiche blonde Locken. Irgendwann greife ich blind ins Regal und erwische das Volumenshampoo. Ich schiebe den Wagen schnell zur Kasse und nehme mir vor, Frida auf dem Rückweg abzuholen. Das habe ich lange nicht gemacht. Der Gedanke beruhigt mich. Er fühlt sich so *normal* an.

Mir fällt auf, dass ich zwar mehr und mehr in mein altes Leben zurückgleite, gleichzeitig spüre ich aber, dass es nicht mein *altes* Leben ist. Es hat sich irgendwie geteilt. In ein Leben vor und ein Leben nach Johann. *Ich* habe mich geteilt. Vielleicht hat mich auch etwas zerrissen, ratsch, mittendurch, ein glatter Riss. Auch wenn ich von außen betrachtet wieder große Ähnlichkeit mit der alten Thea habe, bin ich eine *andere*. Vielleicht ist es auch nur mein *Zustand*, der anders ist. Meine Stimmungen schwanken, und immer öfter habe ich meine Wut nicht im Griff. So war ich nicht. *So bin ich nicht*, denke ich. Aber das ist natürlich Unsinn. Ich bin so, genau so. Seit Johann bin ich so.

Nora öffnet mir die Tür. Sie ist überrascht, aber sie scheint sich zu freuen. »Mama!« Im nächsten Moment höre ich schon wieder den ängstlichen Zweifel in ihrer Stimme: »Was ist denn los? Ist was passiert?«

»Nein. Muss denn immer etwas passiert sein, wenn ich dich besuche?«

»Na ja. So oft besuchst du mich ja nicht.«

»Ich dachte mir, ich nehme Frida für ein paar Stunden mit. Wär das okay?«

»Ja. Klar. Das wäre sogar super. Ich sitze an einem Auftrag.«

»Gut. Dann pack mir doch schnell was ein. Wo ist sie denn?«

»Im Wohnzimmer. Komm rein.«

Frida sitzt auf dem Boden und isst Banane. »Hma«, ruft sie. Ich freue mich, dass sie mich noch erkennt.

»Hallo, mein Schatz. Möchtest du mit mir kommen. Wir können einen Spaziergang machen.« Plötzlich habe ich noch eine spontane Idee: »Oder den Opa besuchen.«

Sie steht auf und streckt mir ihre kurzen Arme entgegen.

»Hier«, sagt Nora und hält mir eine Tasche hin. »Da ist das Notfallprogramm drin. Frische Sachen zum Anziehen, Windel und ein Joghurt.«

»Okay. Kannst du mir den Kindersitz ins Auto bauen? Wir fahren vielleicht noch mal an der Uni vorbei.«

»Das mache ich. Zieh du ihr schon mal Schuhe und Jacke an.«

Die Hochschule ist ein ziemlich großer Komplex aus mehreren modernen Gebäuden. Ich laufe mit Frida auf dem Arm über das Uni-Gelände und halte dabei die Augen offen. Sie drückt ihr kleines Gesicht an meine Wange, ich atme sie tief in mich ein. Es ist kalt, der Himmel ist verhangen, und die Sonne zeigt nur hier und da ein paar verstohlene Strahlen. Frida wird immer schwerer auf meinem Arm. Ich setzte mich mit ihr auf eine Bank. Neben uns schneidet ein junger Student mithilfe einer Schablone Formen aus einem Stück Pappe. Frida grapscht mit ihren nicht sehr sauberen Fingern danach. Erschrocken schiebt er seine Sachen zusammen und von uns weg.

»Schau mal, da«, sage ich, um sie abzulenken, und zeige auf ein paar Krähen im Baum. »Hörst du, wie sie schimpfen? Krah, krah.«

»Rah, rah«, sagt Frida und lacht. Ich schaue mich um. Ich war lange nicht mehr hier. Frida will jetzt auf den Boden. Ohne sie aus den Augen zu lassen, suche ich in meiner Tasche nach dem Handy und wähle Andreas' Nummer. Plötzlich erscheint mir die ganze Idee völlig unsinnig. Was soll er denn hier mit uns anfangen?

Er meldet sich sofort. »Thea? Was ist los?«

»Nichts Besonderes. Ich hatte nur … Was machst du?«

»Ich arbeite.«

»Hast du gerade Vorlesung?«

»Nein, warum?«

»Ich bin mit Frida hier.«

»Du bist hier? Mit Frida?«

»Ja. Wir wollten dich besuchen.«

»Wo seid ihr denn?«

»Draußen. Auf einer Bank. Vor dem Haupteingang.«

»Warte da. Ich komme.«

Frida pflückt Gras. »Der Opa kommt gleich«, erkläre ich dem Kind.

»Opa kommt«, plappert sie nach.

»Ob das so eine gute Idee war?«, frage ich eher mich selbst. Der Student steht auf und geht.

Andreas entdeckt uns sofort. Er sieht nicht sehr glücklich aus. Obwohl ich das nicht mit Bestimmtheit sagen kann. Er hat eine Sonnenbrille auf. Und das schwarze Jackett an, das ihm so gut steht.

»Thea, ich habe überhaupt keine Zeit.«

»So viel Zeit, dein Enkelkind zu begrüßen, wirst du ja wohl haben.«

Er nimmt Frida auf den Arm. Sie greift nach seiner Brille. »He«, sagt er und gibt ihr einen Kuss.

»Wenn wir dich nur stören, dann fahren wir wieder. Es

war nur so eine Idee. Ich dachte, wir könnten einen Kaffee zusammen trinken.«

Er sieht mich irritiert an. »Du kommst hierher, um einen Kaffee mit mir zu trinken?«, fragt er.

Ich komme hierher, weil du mir fehlst. Weil ich etwas suche, was ich scheinbar verloren habe. Ich stehe auf und nehme ihm das Kind ab. »Ja«, sage ich. »Blöde Idee, ich weiß.«

»Na ja. Eine halbe Stunde kann ich mich schon freimachen. Komm, dann lass uns schnell in die Mensa gehen.«

»Lass gut sein. Du musst nicht *schnell mit uns in die Mensa gehen.*«

Er dreht sich wieder um. »Was willst du eigentlich? Du überfällst mich hier, und dann bist du, nur weil ich nicht auf der Stelle *Hurra* schreie und alle Zeit der Welt habe, beleidigt?«

»Ich bin nicht beleidigt. Ich bin … ich wollte …«

»Was?«

»Ach nix. Wo ist denn die Mensa?«

Er nickt mit dem Kopf in eine Richtung. »Da drüben«, sagt er. »Komm, ich trage die Kleine.«

Ich folge ihm, aber es fühlt sich falsch an.

34

Ich sitze mit einem Schreibblock am Küchentisch und schreibe: *Hatte ein schlechtes Gewissen, weil ich Andreas mit meinem Besuch in der Uni überfallen habe und dann beleidigt war, dass er keine Zeit hatte.* Stimmt das? Hatte ich deshalb ein schlechtes Gewissen? Ich bin mir nicht sicher. Ich streiche den Satz wieder durch.

In einer der letzten Stunden hatte Frau Faber mich gefragt, ob ich oft ein schlechtes Gewissen habe. »Ja. Natürlich«, habe ich gesagt. »Eigentlich andauernd.« Auch bei ihr habe ich manchmal ein schlechtes Gewissen, zum Beispiel, wenn sie darauf wartet, dass ich unser Gespräch eröffne und mir nichts einfällt. Dann sitzen wir beide da und vergeuden wertvolle Minuten.

»Sie haben andauernd ein schlechtes Gewissen? Das ist doch bestimmt sehr anstrengend.«

»Na ja. Vielleicht nicht andauernd. Aber oft.«

»Aha. Und seit wann ist das so? Seit Ihrer Affäre?«

»Ja. Nein. Ich weiß nicht. Schon sehr lange, glaube ich.«

»Hatten Sie auch schon ein schlechtes Gewissen, als Sie ein Kind waren?«

Ich überlegte, aber nur ganz kurz. »Ja. Ich glaube schon.«

Sie meinte, es hätte etwas mit meinen Eltern zu tun, mit der Beziehung, die ich zu ihnen habe oder hatte. Aber auch mit der Beziehung, die sie selbst zueinander hatten. Und mit der Gewalt, die in unserem Haus herrschte und damit, dass nie darüber gesprochen wurde.

Ich denke an ein Zitat von Hannah Arendt, ich kenne es von meiner Schwester. Inga liebt Zitate. Es lautet: *Gewalt beginnt dort, wo das Reden aufhört.* Und gleichzeitig sehe ich meinen Vater, seine erhobene Faust. *Du, dass ich dir gestern ein blaues Auge verpasst habe, das tut mir echt leid. Dafür lasse ich dich ein paar Tage in Ruhe und schlage erst nächste Woche wieder zu.*

»Mein Mann und ich reden auch nicht ständig miteinander, aber er hat mich noch nie geschlagen«, sagte ich.

»Macht Ihnen das ein schlechtes Gewissen?«

»Dass er mich noch nie geschlagen hat?«

»Nein. Dass Sie nicht miteinander reden.«

»Wir reden schon. Nur …«

»Über was reden Sie?«

»Ach, über alles Mögliche. Ich … ich bin nicht so gut im Reden.«

»Man kann es lernen«, sagte sie. Und dann sagte sie noch etwas, etwas das mich stolz machte: »Sie lernen es gerade.«

Und wirklich: Ich rede jetzt schon sehr viel mehr als in den ersten Sitzungen. Zuerst fällt mir nichts ein, aber wenn ich dann einmal damit anfange, ist es, als hätte ich ein kleines Leck. Wie ein kaputter Fahrradschlauch. Jedes gesprochene Wort, jeder gesprochene Gedanke kommt wie eine kleine Luftblase daher, zuerst sind es nur kleine einzelne Blasen, aber im Laufe der Sitzung werden es immer mehr. Bis ich blubbere.

Ich könnte es auch bei meiner Familie lernen, meinte sie. Nicht nur das Reden, auch das Abgrenzen. Ich hätte nämlich nicht nur ein Problem mit meiner direkten verbalen Kommunikation und meinem Gewissen, sondern auch noch mit meiner Abgrenzung. Ich bin quasi das personifizierte Problempaket.

»Achten Sie einfach einmal darauf, wann und wie oft Sie ein schlechtes Gewissen haben. Schreiben Sie es am besten auf«, sagte sie zum Abschied.

Also kaue ich jetzt auf meinem Stift und überlege. *Johann,* schreibe ich und starre das Wort an. Ich streiche es wieder durch und schreibe es erneut. Diese Geschichte holt mich ständig ein. Aber da sind auch die ungezählten ganz banalen alltäglichen Kleinigkeiten. Wenn ich vergessen habe, Andreas' Lieblingswurst zu kaufen, oder wenn ich mit seinem Auto gefahren bin und den fast leeren Tank nicht wieder gefüllt habe. Oder wenn ich mich nicht mindestens zweimal in der Woche bei meiner Mutter melde. Was davon ist wichtig? Vielleicht müsste ich mir erst einmal so eine Art Skala überlegen. Schlechtes Gewissen von Stufe eins bis zehn.

Selbst so etwas wie Welthunger, Weltfrieden oder Umweltverschmutzung macht mir ein schlechtes Gewissen, obwohl das natürlich globale Probleme sind, die kein Mensch alleine schultern kann. Immerhin fallen mir auch eine ganze Reihe von Dingen ein, die *für* mich sprechen. Dass ich seit Jahren Bio- und Fair Trade-Lebensmittel kaufe zum Beispiel. Oder dass ich nicht fliege und mich im Umweltschutz engagiere. Ein Hoch auf meine Öko-Bilanz. Außerdem habe ich Kinderpatenschaften in Somalia und spende regelmäßig an den Kinderschutzbund und an die UNICEF. Ob ich das auch aufschreiben soll?

35

Sonntag, Familientag. Seit vielen Wochen zum ersten Mal wollen wir alle den Sonntag zusammen verbringen. Nora kommt mit Frida und Ben mit einer jungen Frau namens Olga. Das klingt osteuropäisch oder russisch, aber sie spricht akzentfreies Deutsch.

Ich bin in der Küche und bereite das Essen vor. Im Backofen gegrillte Hähnchenschenkel, dazu frisches Bohnengemüse, Kartoffeln und Salat. Das Gemüse ist geputzt, der Salat gewaschen, die Kartoffeln geschält, die

Schenkel gewürzt, und plötzlich fangen meine Hände an zu zittern. Der Kreislauf spielt schon den ganzen Tag verrückt, aber jetzt fühle ich mich von einer Minute auf die andere so elend und schwach, dass mir die Schüssel, die ich aus dem Schrank nehme, aus der Hand gleitet. Mit lautem Scheppern fällt sie auf den Boden. Mir bricht der Schweiß aus.

»Thea? Alles in Ordnung?«, ruft Andreas aus dem Wohnzimmer.

»Ja«, sage ich matt, obwohl natürlich überhaupt nichts in Ordnung ist. Mir geht es schlecht, sehr schlecht. Ich setze mich auf einen Stuhl, stütze den Kopf in meine Hände und versuche durch gleichmäßiges Atmen etwas an meinem unstabilen Zustand zu ändern. Nora kommt.

»Mama? Was ist denn los?«

Der Boden ist voller Scherben, die Küche ein Schlachtfeld. Ich schaue hoch und schäme mich.

»Ich weiß nicht. Mir geht's nicht so gut. Ist aber bestimmt gleich wieder vorbei«, sage ich und will wieder aufstehen.

»Du legst dich jetzt sofort hin und lässt mich das machen«, sagt Nora.

»Nein, nein. Es geht ja schon wieder«, sage ich schwach. Ich halte mich an der Arbeitsplatte fest und versuche zu lächeln.

»Hör auf mit dem Quatsch und leg dich hin«, schimpft Nora mit mir, als wäre ich ein Kind. Sie nimmt meinen Arm und führt mich ins Schlafzimmer. Dort wartet sie so lange, bis ich tatsächlich im Bett liege und deckt mich zu. Die Rollen sind vertauscht.

Für einen kurzen Moment ist es tatsächlich eine Wohltat, hier zu liegen und die Verantwortung einfach abzugeben. So lange, bis die Geräusche aus der Küche und die Stimmen aus dem Wohnzimmer mein Ohr erreichen. Sofort geht es mir wieder schlechter. Weil mich vielleicht mein Kreislauf, nicht aber mein schlechtes Gewissen im Stich lässt. Die Arbeit einfach anderen überlassen, das kenne ich nicht von mir.

Frida ruft nach mir. »Der Oma geht's nicht so gut«, sagt Nora. »Die braucht jetzt ein bisschen Ruhe.«

Ich hadere mit mir, meinem Gewissen und meiner Lage. Und schlafe ein.

»Mama?«, höre ich Bens Stimme irgendwann in meinen Schlafnebel tauchen.

»Oh. Wie spät ist es?«, frage ich irritiert.

»Ein Uhr. Das Essen ist fertig. Bist du stabil genug, oder soll ich dir etwas bringen?«

»Nein, nein, um Gottes willen, hat Nora das jetzt alles allein gemacht?«

»Ja. Es ist alles fertig.«

»Das tut mir so leid«, sage ich.

»Was? Dass alles fertig ist?«

»Nein. Das Nora alles allein machen musste.«

»Ich habe das gern gemacht, es war auch kein Problem.« Nora steht in der Tür. Ich habe sie nicht gesehen.

»Ja, aber das war doch so nicht ausgemacht. Ich habe euch eingeladen und jetzt …«

»Mama, hör auf!« Nora klingt ärgerlich. »Komm essen oder bleib liegen, aber hör auf damit.« Sie dreht sich um und geht.

Ich verstehe nicht, warum sie sauer ist. Und dann ist es ausgerechnet Ben, der mir die Augen öffnet.

»Kannst du ihr nicht einfach mal die Möglichkeit geben, die gute Tochter zu sein, die sie gerne sein möchte?«, fragt er.

Am Abend lege ich mich erschöpft neben Andreas. Er liegt mit dem Rücken zu mir und liest. Jetzt dreht er sich zu mir um und nimmt meine Hand.

»Geht's dir wirklich wieder gut?«, fragt er, und ich höre die Sorge in seiner Stimme.

»Ja. Alles wieder gut. Ich weiß nicht, was mit mir los war, es tut mir auch schrecklich leid, dass …«

»Du musst dich nicht dafür entschuldigen, dass es dir schlecht ging.«

»Ich weiß«, sage ich und ringe mit mir. Zwischen uns liegt ein Meer unausgesprochener Worte.

»Andreas?«, sage ich gegen mein klopfendes Herz.

»Ja?«

»Da ist etwas, was ich dir …«

Seine Hand beginnt mich zu streicheln, ich höre auf zu reden.

»Ja?«

»Ich habe … Ich bin …«

Die Hand bewegt sich unter mein Nachthemd. »Du bist schön«, murmelt er in mein Ohr.

Ich sehe durch einen Spalt in ein Zimmer. Mein Vater steht mit dem Rücken zu mir, meine Mutter kniet vor ihm. Er ist grob, hält ihren Kopf sehr fest. Er tut ihr weh. Seine Hose ist geöffnet.

Wo kommt diese Erinnerung plötzlich her?

Andreas' Hand wandert von meinem Bauch abwärts. Seit Nürnberg hat er keinen diesbezüglichen Annäherungsversuch mehr gemacht. Es würde uns vielleicht helfen, uns wieder anzunähern. Trotzdem sträubt sich alles in mir. *Sie müssen lernen, Ihre eigenen Bedürfnisse zu erkennen und auch zu vertreten. Sie müssen lernen, ›Marker‹ zu setzen,* hatte Dr. Faber einmal gesagt. Aber wie das geht, hat sie mir nicht erklärt.

Ich hebe meine Arme und lasse zu, dass er mein Nachthemd nach oben schiebt. Und dann liege ich wie ein totes Insekt unter meinem Mann, höre auf zu reden, höre auf mich zu bewegen, höre auf etwas zu fühlen. Fast höre ich auch auf zu atmen. Bis er aufhört, mich zu streicheln.

36

Zwei Wochen später sind Osterferien. Nicht nur für Andreas, auch für Inga. Sie besucht uns oft, viel öfter als vorher, und auch jetzt hat sie sich wieder angekündigt. Aber mir ist natürlich klar, dass es nicht die Sehnsucht ist, sondern die Sorge, die meine kleine Schwester treibt.

Wir sind beide sehr ruhelose Menschen, Inga und ich, allerdings auf unterschiedliche Weise. Während sich Ingas Ruhelosigkeit in Shoppen, Wellnesswochenenden oder Verabredungen äußert, entwickle ich jede Menge Aktionismus in Form von Putzen, Bügeln oder, wie gerade jetzt, im Dekorieren der Wohnung. Ich behänge den großen Osterstrauch mit ausgeblasenen Eiern und suche einen adäquaten Platz. Natürlich kann ich mich wieder nicht entscheiden. Soll der Strauch in der Diele stehen? Oder besser im Wohnzimmer? Am Ende entscheide ich mich, ihn in der Diele zu lassen und nachher Inga zu fragen. Obwohl meine Schwester wahrscheinlich nicht der richtige Ansprechpartner für diese Frage ist. Sie hat kein Gespür für schönes Wohnen.

Es gibt Ähnlichkeiten zwischen uns, aber grundsätzlich ist Inga ein ganz anderer Mensch, als ich es bin. Das war sie schon immer. Als wir Kinder waren, hatte sie viele Freunde. Ich nicht. Sie war oft eingeladen. Ich nicht. Sie war überall beliebt. Ich nicht. Mit dreizehn Jahren hatte sie ihren ersten Freund, mit vierzehn nahm sie die Pille und hat mir meinen ausgespannt. Ich spüre eine leichte Wut in mir aufsteigen und schaue schnell aus dem Fenster. Genau in diesem Moment erkenne ich ihr Auto. Ein blauer Kleinwagen mit Nürnberger Kennzeichen. Sie sieht mich und winkt mir kurz zu.

Die Sonne scheint, draußen ist der Frühling ausgebrochen. Ich versuche mich zu freuen. Auf Inga, auf Ostern, über Frida und darüber, eine *gute* Familie zu haben.

Später sitzen wir am Kaffeetisch und schweigen uns an. Ich bin voller guter Vorsätze, aber Inga macht es mir nicht leicht. Sie wirkt gestresst, ihre Antworten auf meine Fragen sind einsilbig und natürlich denke ich, dass ich daran schuld bin. Ich bin einfach darauf konditioniert, Stimmungen um mich herum aufzufangen und mich in gewisser Weise dafür verantwortlich zu fühlen, das hat mir Frau Faber kürzlich erklärt. Und natürlich habe ich ein schlechtes Gewissen, wenn sich jemand in meiner Gegenwart so offensichtlich unwohl fühlt, wie Inga es gerade zu tun scheint. Eigentlich müsste ich die Sache ansprechen, Inga direkt danach fragen, warum sie so schlecht gelaunt ist, aber das schaffe ich nicht.

Als Inga sich nach einigen weiteren anstrengenden und wortkargen Minuten ins Gästezimmer zurückziehen will, halte ich sie nicht auf.

Auch am Abend hat sich die Stimmungslage meiner Schwester nicht deutlich verbessert. Andreas hat sich mit Fred verabredet und lässt uns allein. Es ist sicher rücksichtvoll von ihm gedacht, aber im Moment wäre er mir hier eine größere Hilfe.

»Sollen wir hier essen oder ausgehen?«, frage ich.

»Ist mir egal.«

»Ich kann uns etwas kochen. Einen Auflauf oder …«

»Herrje, jetzt mach doch nicht so einen Aufstand. Wir können ein Brot essen, das reicht.«

Einen Moment herrscht Funkstille. »Inga, was ist los?«, frage ich mit kleiner Stimme.

»Nichts.«

»Warum bist du so? Warum bist du hier?«

»Soll ich wieder fahren?«

»Nein, ich freue mich über deinen Besuch, aber es sieht nicht so aus, als würde er dir Freude bereiten.«

»Darf man in deiner Gegenwart nicht einfach mal schlecht gelaunt sein? Muss man hier immer mit einem fetten Grinsen im Gesicht durch das Haus laufen. Boah, ist das anstrengend.«

»Ich finde dich ungerecht«, sage ich leise.

»Ja, ich weiß. Ungerecht. Egozentrisch. Unsensibel. Solche Vorwürfe höre ich schon mein ganzes Leben.«

»Das stimmt doch gar nicht. Wann habe ich …«

»Ach komm! Ich kann mich noch gut an deine Blicke erinnern, wenn *er* nach einer Prügelattacke wegging und *ich* mich geweigert habe, Mutter Teresa zu spielen und *ihr* die Hand zu halten. So wie du.«

Einen Moment bringt sie mich mit dieser Attacke völlig aus dem Konzept. Dabei trifft mich vor allem das, was sie gesagt hat, weniger das Wie. *Was ist los mit Ihnen?*

Sobald ein Gespräch in Richtung Kindheit geht, haben Sie eine Vermeidungshaltung, höre ich Frau Faber sagen. Das stimmt. Früher ist früher und vorbei, darüber zu reden macht nichts ungeschehen. Außerdem ist es irgendwie unerträglich. *Weil es einen latenten Schmerz in mir auslöst, den ich schlecht aushalte,* denke ich. Das heißt, ich denke es nicht wirklich, es ist eher so ein gedachtes Gefühl. Und plötzlich weiß ich, dass ich genau davor weglaufe, so lange schon. Und dass dieses Weglaufen genauso wenig bringt. Weil es mich doch immer wieder einholt. Und gleichzeitig stemmt sich alles in mir. Gegen alles. Bis nur noch ein Satz in meinem Kopf ist: *Ich kann nicht!*

»Was ist jetzt mit dem Essen?«, frage ich bemüht heiter.

In der Nacht träume ich meinen Traum. Aber zum ersten Mal bittet mich, noch während ich falle, die leise kindliche Stimme nicht um Hilfe. Im Gegenteil. Sie sagt: *Es ist nicht deine Schuld.* Davon werde ich wach und schleudere meine Decke zurück. Mein Herz rast. Ich bin schweißgebadet.

Im Dunkeln stehe ich auf und suche nach meinen Pantoffeln.

»Mach ruhig Licht«, sagt Andreas.

»Entschuldige, ich wollte dich nicht wecken.«

»Wie spät ist es denn?«

»Erst halb sechs.«

»Oh, das ist echt noch früh«, murmelt er und dreht sich auf die andere Seite.

Endlich finde ich meine Pantoffeln und tapere so geräuschlos wie möglich nach unten.

In der Küche ist Licht. Inga sitzt auf der Bank am Tisch,

eine Tasse Kaffee in der Hand und eine Decke um die Schulter.

»Hey«, sage ich. »Warum bist du denn schon auf?«

»Ich konnte nicht mehr schlafen.«

»Das kenne ich.«

Sie schaut in ihre Tasse. »Tobi hat eine andere«, sagt sie, ohne die Blickrichtung zu ändern.

»Oh. Das tut mir leid.«

»Ach, egal. Es macht nichts. Er war nicht so wichtig. Es ist nur dieses verdammte Alleinsein.«

Ich mache mir auch einen Kaffee und bleibe am Tisch stehen. »Darf ich mich zu dir setzen?«

»Ja klar.« Sie rückt zur Seite und teilt Platz und Decke mit mir. Einträchtig sitzen wir nebeneinander und trinken Kaffee.

»Ich glaube, so habe ich mich zum ersten Mal gefühlt, als du im Krankenhaus warst.«

»Was?«, frage ich irritiert.

»So allein. Damals, als du die Treppe runtergefallen bist. Das weißt du doch noch?«

»Natürlich.« Ich male mit meinem Finger imaginäre Blumen auf den Tisch. »Aber, dass du das noch weißt, du warst noch so klein.«

»Es sind auch keine richtig klaren Erinnerungen. Nur so Ahnungen.« Auch Ingas Finger fangen an über den Tisch zu streichen. Sie hat schöne Hände.

»Ich weiß nicht mehr, was davor war, aber an die Zeit im Krankenhaus kann ich mich noch gut erinnern«, sage ich mit leisem Unbehagen. »Und an Schwester Gudrun. Die war immer sehr nett zu mir.« Ich schlürfe aus meiner Kaffeetasse.

»Du warst ziemlich schwer verletzt.«

»Ja, sehr schwer. Gebrochene Rippen, Wadenbeinfraktur und Schädelbasisbruch.«

»Weißt du noch, wie lange du dort warst?«

»Ich glaube zwei Monate. Oder drei? Ich bin mir nicht sicher.«

»Und haben … haben wir dich oft besucht? Hast du uns überhaupt erkannt?«

Das Unbehagen verstärkt sich. »Mama war oft da. Manchmal warst du dabei, aber ich glaube nicht so oft.«

»Und Papa?«

»Der war nur einmal da. Also, ich kann mich nur an einmal erinnern«, murmele ich. »Ob ich euch erkannt habe, weiß ich nicht mehr. Vielleicht war es so eine Art intuitives Erkennen.«

»Hmm. Ich glaube, ich war damals sehr oft bei unserer Nachbarin. Ich habe ihren Namen vergessen.«

»Immer wenn Mama mich besucht hat, hat sie neben meinem Bett gesessen und geweint.«

»Irgendwas mit R, glaube ich. Ruppert. Oder Ruppelt.«

»Ich dachte, wenn ich nur erst wieder daheim bin, dann wird alles wieder gut. Dann hört Mama auf zu weinen.«

Wir sehen uns an.

»Alles wieder gut.« Inga verzieht die Mundwinkel.

»Na ja, wie man das als Kind eben denkt. Aber Mama hat nicht aufgehört zu weinen. Sie konnte sich eine Zeit lang auch nicht richtig um uns kümmern. Weißt du das noch?«

»Nein.«

»Sie lag oft den ganzen Tag im Bett. Im Nachhinein würde ich sagen, dass sie eine Depression hatte.«

Wenn ich jetzt darüber nachdenke, bin ich mir sogar ziemlich sicher, dass es eine Depression war. Ihr Weinen, die unaufgeräumte Wohnung. Ich erinnere mich, dass ich mit Inga in der Küche war und versucht habe, einfache Mahlzeiten zuzubereiten. Wir hatten Hunger, und es war niemand da, der sich um uns gekümmert hätte. Plötzlich habe ich ganz klare Bilder im Kopf. Unser Vater mit verschlossenem Gesicht, unnahbar, den Mantel in der Hand, die Hand am Türgriff. Und unsere Mutter. Sich selbst vernachlässigend, nicht ansprechbar. Und dann sehe ich mich selbst in den Wochen nach Nürnberg. *Ich war genauso.*

»Na ja, manchmal ist sie auch aufgestanden und hat sich gekümmert«, sage ich matt, als würde das mein eigenes Verhalten entschuldigen.

»Und Papa?«, fragt Inga wieder.

»Papa? Na, der hat uns jeden Tag Essen gemacht und uns abends was vorgelesen«, sage ich sarkastisch. Aber trotzdem weiß ich plötzlich, dass auch er sich verändert hatte. Er war immer noch wütend. Aber er war auch stiller und vielleicht noch abwesender als vorher. Ja, auf eine für mich als Kind nicht greifbare oder erklärbare Weise hatte sich etwas verändert.

»Ich glaube, er hat eine Zeit lang für seine Verhältnisse wenig getrunken. Und viel gemalt«, sage ich.

»Er hatte dich viel lieber als mich«, sagt Inga, und ich höre ihre Eifersucht.

»Quatsch. Der hatte überhaupt niemanden *lieb*.«

»Doch. Weil du malen konntest.«

»Ganz früher fand er das vielleicht noch witzig, aber weißt du noch, was er für ein Theater gemacht hat, als ich Kunst studieren wollte?«

»Er wollte eben keine Götter neben sich«, sagt Inga. Sie sieht mich an und lächelt schwach. »Oder keine Göttin.«

Eine Weile trinken wir schweigend unseren Kaffee und hängen unseren Gedanken nach.

»Ich glaube, diesen Traum habe ich seit dem Unfall«, nehme ich das Gespräch irgendwann wieder auf. Ich merke selbst, wie mein Atem kleiner wird, noch während ich es ausspreche.

»Deinen Albtraum?«, fragt Inga. Aber es ist nur eine rhetorische Frage, sie weiß natürlich sofort, wovon ich rede.

»Ja.«

»Na ja. Das würde ja auch irgendwie passen.«

»Vielleicht will mir mein Unterbewusstsein sagen, dass es meine Schuld war. Weil ich auf dem Geländer nach unten gerutscht bin, obwohl ich es nicht durfte.« Das war *nicht brav.*

»Kinder tun manchmal Dinge, die sie nicht dürfen. Das ist nichts, was dich von anderen unterscheidet«, sagt Inga. »Rück mal zur Seite. Ich brauche noch einen Kaffee.«

»Mir auch bitte«, sage ich und halte ihr meine Tasse entgegen.

»Hast du mit deiner Therapeutin über das Haus gesprochen?«

»Was?«, frage ich aufgeschreckt, als wüsste ich nicht genau, was sie meint.

»Das Haus, von dem du erzählt hast. Wo du an Katrins Hochzeit diese Panikattacke hattest.« Sie drückt auf den Zwei-Tassen-Knopf.

Ich starre auf meine Hände, die nervös auf die Tischplatte trommeln und warte, bis der Kaffee fertig ist. »Ja, natürlich. Wir haben darüber gesprochen.«

»Und?« Sie stellt meine Tasse vor mir ab.

»Nichts. War wahrscheinlich nur ein dummer Zufall.«

»Der Zufall ist das Pseudonym, das Gott wählt, wenn er inkognito bleiben will«, meint Inga und lächelt. »Albert Schweitzer.«

Ich schütte Milch in die Tasse, rühre viel länger als nötig und trinke. Erst dann lächle ich zurück. Aber nur äußerlich.

37

Ich habe Frau Faber von dem Besuch meiner Schwester erzählt. Und von unserem nächtlichen Gespräch. Sie wollte wissen, welches Verhältnis Inga und ich haben, und ich habe sofort »Ein gutes« gesagt.

Das stimmt auch, aber dann wurde mir bewusst, dass ich trotzdem irgendwie wütend auf sie bin. Vielleicht weil Inga mit unserer familiären Situation schon immer viel besser zurechtkam als ich, weil sie immer schon viel sorgloser war. So ein hübsches, fröhliches Kind. Alle mochten sie. Solange sie klein war, hatte ich kein Problem damit, da war es in Ordnung. Aber als sie dann älter wurde und nicht aufhörte, fröhlich zu sein, fand ich es nicht mehr so lustig. Als sie dreizehn war und ich siebzehn, hat sie mir meinen Freund ausgespannt, er hieß Markus und war eine Nullnummer, aber es hat mich zutiefst gekränkt. Ich trage ihr nichts mehr nach, schon lange nicht mehr, aber jetzt spüre ich auf einmal einen dicken Wutkloß in meinem Bauch. Weil Ingas einzige

Sorge darin zu bestehen scheint, einen attraktiven Lover an ihrer Seite zu haben. Weil sie mich Mutter Teresa nennt. Weil sie keinen Albtraum hat. Weil sie sich niemals dafür bedankt hat, dass ich sie in den richtigen Momenten in unserem Zimmer eingeschlossen habe.

Ich bin irgendwo auf der Autobahn, und die Wut breitet sich in mir aus. Vom Bauch bis in den Kopf und in die Füße. Vielleicht sollte ich wieder dazu übergehen, diese kleinen rosa Pillen zu schlucken. Die haben alles aufgesaugt: meine Wut, meine Angst, meine Unsicherheit. Dabei war ich so stolz darauf, es ohne zu schaffen. Und Inga auch. »Gut, dass du die nicht mehr brauchst«, hat sie gesagt.

Es stimmt nicht, dass sie sorglos ist. Sie sorgt sich um mich. Und ich liebe meine Schwester. Von ganzem Herzen. Wie kann ich latent wütend auf jemanden sein, den ich so sehr liebe?

38

Ich wache auf, und es ist dunkel. Nur das Fernsehbild flimmert. Ich bin unten, in *meinem* Zimmer. Oder in dem Zimmer, das ich vor ein paar Wochen zu meinem erklärt habe. Zwar nur ein Zimmer im Keller, aber eines mit Fenster und da unser Haus am Hang steht, hat man hier, je nach Tageszeit, gutes Licht.

Früher standen hier nur ein Bügelbrett und viele Wäschekörbe. Jetzt eine Schlafcouch, ein Bücherregal, ein alter Röhrenfernseher und eine große unberührte Leinwand mit feiner Struktur. Ich habe sie vor zwei Wochen gekauft und gleich vorgrundiert. Es war ein kurzer Moment der Euphorie. Ein sehr kurzer. Jetzt steht sie dort. Ein stummer Vorwurf. Noch einer.

Oben höre ich Andreas im Flur nach mir rufen.

»Ich bin hier unten.« Meine Stimme klingt kratzig und schwach. Mühsam taste ich nach dem Lichtschalter und werfe einen Blick auf meine Armbanduhr. Schon nach neun! Wie kann das sein? Als ich ankam, war es fünf. Dabei kommt es mir vor, als hätte ich nur ein paar Minuten geschlafen.

Ich habe die Wäsche nicht aus dem Trockner genommen, die Spülmaschine nicht ausgeräumt, ich habe noch nicht einmal etwas zu essen für Andreas vorbereitet. Erschrocken springe ich auf und lege schnell die Wolldecke zusammen. Als ich nach meinen Hausschuhen unter dem Sofa suche, kommt er ins Zimmer.

»Ach, hier bist du«, sagt er.

»Es tut mir leid. Ich bin eingeschlafen.«

»Ist ja nicht schlimm. Ich habe mich nur gewundert, weil dein Auto in der Garage steht, aber das ganze Haus stockdunkel ist.«

»Es ist noch Kartoffelsalat von gestern übrig. Und im Vorratsraum steht ein Glas Würstchen. Die mache ich dir schnell warm.«

»Bleib liegen. Ich kümmere mich selbst drum.«

Ich habe mich immer um dein Essen gekümmert, denke ich, aber sinke dann doch dankbar zurück auf die Couch und schlinge die Wolldecke wieder um meinen noch schlafwarmen Körper.

Nach einer Weile höre ich ihn in der Küche rumoren, sehe vor meinem geistigen Auge, wie er mit dem Topf hantiert, sich Geschirr aus dem Schrank holt und eine Flasche Bier öffnet. Das schlechte Gewissen knurrt, es wohnt überall in mir. Es kommt mir falsch vor, hier zu liegen, während er oben ist. Ganz allein. Ich schwanke, bin hin und hergerissen zwischen meiner müden Lustlosigkeit und meinem Pflichtgefühl. Ich greife nach der Zeitschrift, die auf dem Stapel neben mir ganz oben liegt und blättere, ohne irgendetwas zu erfassen, weil ich mich nicht konzentrieren kann. Ich kann mich nicht konzentrieren, weil meine Antennen ganz auf die Geräusche aus dem oberen Geschoss gerichtet sind. Und auf die Stimme in mir, die mir sagt, dass es nicht in Ordnung ist, hier zu liegen und mich *nicht* zu kümmern. Ihm noch nicht einmal Gesellschaft zu leisten.

Ich seufze und will gerade aufstehen, da springt mir ein Artikel ins Auge. *Borderline – Hölle der Gefühle* lautet die Überschrift. Ich lese weiter: *Die Borderline-Persönlichkeitsstörung ist das Ergebnis einer schwerwiegenden Persönlichkeitsentwicklung, häufig aufgrund traumatischer Erlebnisse, zu denen Sie keinen Zugang mehr haben. Die Symptome sind auffällig. Dazu gehören Stimmungsumschwünge, manchmal ganz rasch aufeinander oder auch ein eigenartig unpassendes Bild von sich selbst.*

Ich überspringe ein paar Zeilen, bis mein Blick wieder hängen bleibt.

Sie können Aggressionen entwickeln, die sich dann auch auf die richten können, die sie eigentlich lieben. Die Patienten reagieren unterschiedlich, manche ritzen sich, andere nehmen Drogen. Manche reagieren mit körperlichen Symptomen, mit Lähmungen, plötzlichen Ohnmachten oder einem plötzlichen Sprachverlust.

Ich erkenne mich. Auch wenn ich nicht in Ohnmacht falle und mein Körper keine Lähmungserscheinungen zeigt: Ich finde mich in dieser Beschreibung wieder. Weigert mein Bewusstsein sich, irgendetwas an die Oberfläche zu lassen? Und was käme an die Oberfläche, wenn man an der richtigen Stelle bohrte? Erinnerungen, die mit meinem Vater zu tun haben? Fällt es mir deshalb so schwer, über ihn zu reden? Oder über früher? Auch Frau Faber hat festgestellt, dass mich etwas blockiert, wenn es um meine Kindheit geht.

Und dann lasse ich es zu. Zum ersten Mal seit sehr langer Zeit lasse ich die Gedanken an meinen Vater zu. Viele Gefühle und Bilder durchströmen mich, ich kann sie nicht filtern. Ich kann sie auch nicht aushalten. Ich fange an zu reden, über ihn, über uns, ein innerer Dialog. Ich rede, als wäre Dr. Faber hier. Als würde sie neben mir sitzen.

Er war so ein großer Künstler. Und so ein charismatischer Mensch. Aber er war auch ein Despot. Ein Alkoholiker. Ein Choleriker. Alles auf einmal. Und meistens wütend.

Er war auch Ihr Vater, höre ich Frau Faber sagen.

Ja. Er war auch mein Vater. Ich schließe die Augen und sehe ihn. Ein blasser Mann, groß und schlank, gut angezogen, mit kräftigen dunkelbraunen Haaren, bis zum Schluss, und schönen Händen. Ich sehe ihn an seiner Staffelei, sehe, wie ihm die wilden Locken in die Stirn fallen, sehe, wie er völlig versunken ist in das, was er tut. Für mich war er immer schon alt, aber wahrscheinlich war er zu seiner Zeit ein gut aussehender Mann, ich bin mir nicht sicher, als Kind beurteilt man seine Eltern nicht nach solchen Kriterien. Als Kind fühlt man sich auch nicht für sie verantwortlich. Aber Inga war immer klein und unsere Mutter immer wehrlos. Einer musste schließlich einen kühlen Kopf bewahren. Wenn sich abzeichnete, dass es passieren würde, schloss ich meine Schwester in unserem Zimmer ein und versteckte mich unter dem

Tisch oder hinter dem Sofa. Obwohl ich natürlich nichts tun konnte, aber irgendwie hatte ich das Gefühl, meine Mutter auf diese Weise nicht ganz im Stich zu lassen. Wenn es vorbei war, verschwand er. Oder er weinte. Und ich holte Eis zum Kühlen.

Es ist verrückt. Er ist mehr als fünfundzwanzig Jahre tot und immer noch so präsent, als wäre er hier, direkt neben mir.

Sie verachten Ihren Vater. Aber Sie sind auch stolz auf ihn.

Nein! Ich bin nicht stolz.

Wie könnte ich stolz sein. Es gab natürlich auch gute Tage, aber selbst dann war er in erster Linie Christian Vollrad, der Künstler, der, um den sich alles zu drehen hatte. Und nicht der Vater, den ich mir wünschte.

Auf was sollte ich stolz sein?

Sagen Sie es mir.

Auf nichts!

Ich erinnere mich an die zahlreichen Partys in unserem Haus. An Frauen, die ihn anschmachteten, Frauen, die sein Alkoholdunst und sein Ruf nicht schreckte. Auch an Männer, die ihn bewunderten. Um im nächsten Augenblick gnadenlos an seiner Arroganz abzuprallen.

Ich erinnere mich an uns, so wie wir damals waren. Als Familie. Inga war ein so hübsches Kind. Und er so ein stolzer Vater. Und wir so eine tolle Familie. Aber keine Party dauerte ewig. Irgendwann war immer alles vorbei. Das Geld alle, die gute Stimmung futsch. *Nicht vor den Kindern, bitte Christian, nicht vor den Kindern.* Ob er meine Mutter liebte? Trotz allem? *Ich brauche dich, Hanne, wie soll ich ohne dich leben?*

War ich damals stolz? Seine Tochter zu sein? Ein Teil der Familie? Ich weiß es nicht mehr. Aber ich weiß noch, wie oft mir das Herz in die Hose rutschte, wenn sein

Blick auf mich fiel. Dieser kalte Blick aus seinen dunkelgrauen Augen. Sein Mund sagte mir, in welcher Verfassung er war. Weich und lachend, oder verkniffen? Dann lachte er zwar auch, aber dann war es kein gutes Lachen. *Was soll das sein? Eine Katze? Aus dir wird nie eine Künstlerin.*

Und dann war da auch noch die Sache mit dem Geld. Er konnte nicht damit umgehen. So wenig wie mit Menschen. Seine Galeristen bissen sich die Zähne an ihm aus. An seiner chronischen Unzuverlässigkeit. Die meisten hatten nach einer oder zwei Ausstellungen die Nase voll. Wenn ihm irgendetwas oder jemand nicht passte, verhielt er sich wie ein bockiges Kind. Wenn er aber etwas verkauft hatte, dann blähte er sich auf und lief durch die Wohnung wie ein stolzer Gockel. Dann schmiss er mit Geldscheinen um sich. Manchmal nahm er das Geld und verschwand für ein paar Tage. Vielleicht auch für Wochen, ich weiß es nicht mehr so genau. Aber er kam wieder, jedes Mal, da halfen auch meine Gebete nichts. Spätestens wenn er pleite war, stand er wieder vor der Tür. Und dann ging das ganze Theater von vorne los. So lange, bis er die Diagnose bekam: Lungenkrebs. Es war zwei Tage vor seinem fünfundsechzigsten Geburtstag, ich erinnere mich genau. Von da an ging es ihm immer schlechter, jeden Tag ein bisschen mehr. Bis nichts mehr übrig war von ihm. Ich weiß noch, wie er in den letzten Wochen in seinem Sessel saß und vor sich hin stierte, als könnte er nicht fassen, was da mit ihm geschah. Er hörte auf mit dem Rauchen, aber nicht mit dem Saufen. Und manchmal spuckte er Blut.

Ich seufze, und wieder einmal spüre ich diesen dicken Kloß aus Angst, Wut und Enttäuschung in meinem Bauch.

Was für eine Vergeudung von Leben. Er war alles, er konnte alles sein, ganz und gar: besoffen, arbeitswütig, lustig, böse, cholerisch, sensibel. Er schlug unsere Mutter, und danach weinte er. *Du darfst mich nicht verlassen. Nie. Versprich mir das.* Einmal kam er völlig aufgelöst nach Hause, weil er eine Katze überfahren hatte. Er war arrogant anderen gegenüber, aber selbst unendlich empfindlich und verletzbar. Hochbegabt und gleichzeitig außerstande, seine Begabung in sinnvolle Bahnen zu lenken. Was hatte ihn so werden lassen, wie er war? Ich verstehe es bis heute nicht. War er verrückt? Genie und Wahnsinn liegen dicht beieinander, sagt man. Mein Großvater war auch nicht viel besser. Ein angesehener Bürger in guter Stellung, politisch engagiert und immer korrekt. Nach außen. Aber zu Hause war er genauso jähzornig und aggressiv wie sein Sohn. Und genauso ein Säufer. Nur dass meine Großmutter sich nicht so unterbuttern ließ wie meine Mutter.

Und ich?

»Nein! Ich bin nicht wie meine Mutter. Und ich bin erst recht nicht wie er«, sage ich laut. »Ich bin …«

Die Tür wird geöffnet. Ich erschrecke und höre auf zu reden. Andreas' Kopf erscheint im Türspalt. Körperlos. Es sieht aus, als würde er schweben.

»Telefonierst du?«

»Äh, nein, ich …«

»Hast du schon gegessen? Es ist genug da.« Er sieht mich genauer an. »Was ist denn los?«

»Nichts. Ich bin … Ich habe gerade …«

»Was?«, fragt er ungeduldig.

»Nichts, schon gut. Nur was Trauriges gelesen.«

»Isst du jetzt mit?«

»Nein. Ich habe keinen Hunger. Aber ich komme gleich und leiste dir Gesellschaft.«

Er dreht sich um und zieht die Tür hinter sich zu. »Das musst du nicht«, höre ich ihn sagen.

Es drängen sich natürlich auch andere Erinnerungen in meinen Kopf. Nicht alles war schlecht. Ich sehe uns in einem Garten, Inga ist noch ein Baby, sie liegt im Kinderwagen, ich sitze auf einer Schaukel, und mein Vater schubst mich an. *Höher*, schreie ich, und er schubst. Immer wieder. Ich fliege.

Manchmal war ich bei ihm im Atelier. Da war das Bild mit dem Baum. Jemand hatte mir die Bedeutung eines Stammbaumes erklärt, und ich habe einen Baum gemalt, mit einem Stamm, der menschliche Züge zeigte. Das waren die Urgroßeltern. Oben hingen all die Früchte. Auch Inga und ich. Er hat sich das Bild lange angesehen. Dann hat er mich angelächelt und meinen Kopf gestreichelt. Das hat sich wunderbar angefühlt. So konnte er eben auch sein.

Aber bei allen Bildern, die wie ein zusammenhangloser Film durch meinen Kopf geistern, den guten wie den schlechten, sehe ich meinen Vater, oder mich, oder uns alle, kein einziges Mal in einem alten Haus mit einer alten geschwungenen Treppe.

Mein Blick fällt auf die Schwarz-Weiß-Zeichnung an der Wand. Es ist eins von drei Bildern, die ich von ihm geerbt habe. Es zeigt das sehr präzise Innenwerk einer Uhr. Das Gegenteil von dem, was das Innenleben meines Vaters ausmachte. Ich weiß nicht einmal, warum er es mir vermacht hat. Die Bilder lösen bis heute sehr gemischte Gefühle in mir aus. Besonders das Strandbild oben in der

Diele. Zwei Kinder beim Sammeln von Muscheln. Es ist ein frohes Bild, die Kinder sehen unbeschwert und glücklich aus. Er hat es mir nie gesagt, aber ich glaube, das sind wir, Inga und ich. Und ich glaube außerdem, dass es während unseres Urlaubs in der Bretagne entstand. Dem einzigen Urlaub meiner Kindheit, im Sommer nach dem Unfall. Vielleicht wollte er mit diesem Bild sagen, dass es ihm leidtut. Vielleicht war es das, was ich hören wollte.

Vielleicht. Vielleicht bleibt mein Vater für mich immer ein Rätsel. Eines, das ich nie lösen werde.

Die Zeitung liegt noch immer aufgeschlagen auf meinem Schoß. Ich lese den Artikel zu Ende:

»In sehr vielen Fällen geht es um Missbrauch in früher Kindheit. Auslöser kann aber auch ein Todesfall in der nahen Familie, ein schrecklicher Unfall oder ähnliches sein. Feststeht: Wenn ein Mensch ein oder mehrere Traumata erlebt hat und wenn er genetisch so veranlagt ist, dass er diese nicht verarbeiten kann, dann kann er daraus eine Borderline-Störung entwickeln. Aber er muss nicht.«

Ab wann ist ein schlimmes Erlebnis mehr als ein schlimmes Erlebnis? Ab wann wird es zum Trauma? Alles hängt mit allem zusammen. Traum, Albtraum, Trauma. Plötzlich durchzuckt mich ein Gedanke, der sich seltsam anfühlt. Eine vage Ahnung. Ich lese den ersten Satz des Absatzes ein zweites Mal.

In sehr vielen Fällen geht es um Missbrauch in früher Kindheit.

AUFLEHNUNG

39

»Scheiße, Thea, ich hab die Papiere extra in mehrere Stapel sortiert. Warum kannst du denn deine Finger nicht von meinen Arbeitsblättern lassen?«, höre ich Andreas rufen, der auf dem Weg zur Uni ist.

»Ich habe sie nur zusammengelegt, weil ich Staub wischen wollte.« *So wie ich es seit Jahren tue*, denke ich. »Und wenn du die Sachen in deinem Arbeitszimmer deponieren würdest und nicht auf dem Regal in der Diele, hätten wir dieses Problem auch gar nicht.« Ich stehe neben ihm und sehe, wie er die Blätter wütend in seine Tasche stopft.

»Du hättest die Papiere einfach in verschiedene Richtungen stapeln können, dann hätten wir dieses Problem auch nicht.«

»Ich glaube, das ist nicht unser dringlichstes Problem«, sage ich.

Er sieht mich an, Überraschung im Gesicht. Und noch etwas anderes. Unsicherheit vielleicht.

»Andreas. Ich denke, wir müssen reden.«

Er sieht mich immer noch an. »Du hast recht. Das müssen wir. Aber nicht jetzt.«

»Heute Abend?«

»Ich weiß nicht genau, wann ich …«

»Ich warte.«

Er nickt mir kurz zu und zieht die Tür ins Schloss. Ich

sehe ihm noch eine Weile hinterher, obwohl längst nichts mehr zu sehen ist. Außer einer geschlossenen Tür.

Ich schnappe mir meinen Mantel und den Autoschlüssel, und plötzlich frage ich mich, was Andreas in diesen letzten schweigsamen Monaten gemacht hat?

Was wissen wir eigentlich noch voneinander?

Auch Helmut will mit mir reden. Er fängt mich vor der Bürotür ab und dirigiert mich umständlich in sein Zimmer, wo er mich mit einem Nicken auffordert, Platz zu nehmen. Unentwegt fährt er sich mit Daumen und Zeigefinger über die gefurchte Stirn. Kein gutes Zeichen. Gequält lächelt er mir ins Gesicht.

»Helmut, bitte. Mach's nicht so spannend.«

Er seufzt und schenkt sich ein Glas Wasser ein. »Du auch?«

Ich schüttle den Kopf. »Keine guten Nachrichten?«, frage ich überflüssigerweise.

»Nein.«

»Haben wir wieder mal einen finanziellen Engpass?« Es wäre nicht das erste Mal. »Du kannst mit meinem Lohn noch warten, bis das Altmeier-Projekt …«

»Das reicht nicht.«

Ich sehe ihn an, und die Ahnung wird zur Bestätigung.

»Es sieht wirklich sehr schlecht aus.«

»Willst du mir kündigen?«, frage ich fassungslos.

»Ich *will* überhaupt nichts, herrjeh. Ich weiß nur nicht mehr weiter. Das letzte Jahr lief schon schlecht, aber dieses …«

»Und Sonja? Und Peter und Manfred?«

Er seufzt. »Sonja war von Anfang an dabei. Sie ist vierundfünfzig, und sie hat niemanden. Ich kann sie nicht …«

»Ich bin auch seit zwanzig Jahren hier. Und ich bin zweiundfünfzig. Kein großer Unterschied, wie ich finde.«

»Du hast viel bessere Chancen auf dem Arbeitsmarkt. Allein schon aufgrund deiner Ausbildung. Außerdem …«

»Außerdem?«

»Peter und Manfred haben Familie und kleine Kinder. Und Sonja ist allein. Du dagegen …«

»Was?«

»Du hast Andreas. Er verdient gut, du bist nicht auf den Job angewiesen.«

Ich schnaube ihm meine wütende Verachtung ins Gesicht. Ich war wochenlang außer Gefecht, eine große finanzielle Belastung für einen so kleinen Betrieb. Natürlich ist mein Kopf jetzt der erste, der rollt.

»Thea, bitte. Es fällt mir auch nicht leicht. Glaub mir, ich habe …«

»Bis wann muss ich meinen Schreibtisch räumen?«

»Deine Kündigungsfrist halten wir selbstverständlich ein. Das sind drei Monate. Wir könnten es vielleicht auch noch auf ein halbes Jahr verlängern.«

»Nicht nötig«, sage ich und erhebe mich. »Ich denke, in diesem Fall nehme ich erst einmal meinen Resturlaub vom letzten Jahr.«

»Natürlich. Das ist kein Problem, du kannst so lange zu Hause bleiben, wie …«

Ich winke ab und verlasse den Raum. Mit geradem Rücken. Aber mein Rücken täuscht.

Du hast doch Andreas.

40

Am Abend empfange ich Andreas mit einer einfachen, aber schmackhaften Gemüsesuppe. Ausnahmsweise kommt er heute pünktlich.

»Magst du ein Glas Wein?«, frage ich, nachdem wir beide Platz genommen haben.

»Gerne. Da ist noch Rotwein übrig von gestern. Steht auf dem Regal.«

»Ich weiß.« Ich hole Flasche und Glas. Er liest einen Artikel, ich kann nicht erkennen welchen, sein Blick ist konzentriert.

»Bitte«, sage ich lauter als nötig.

»Danke.«

Eine Weile essen wir beide schweigend. Ich zögere. Er weiß noch nichts von der Kündigung. Auch nichts von meiner Angst. Der Angst, missbraucht worden zu sein. *Du Andreas, ich glaube, in meiner Kindheit ist etwas Schreckliches passiert. Etwas Traumatisches.* Kann ich ihm das sagen? Wahrscheinlich wird er mir dann seine eigene Kindheit vorhalten. Mir sagen, dass er ganz ohne Vater aufwuchs. Dass seine Mutter während seiner Abiturprüfungen starb. *Und? Habe ich je gejammert? Nein. Ich habe die Ärmel hochgekrempelt, mein Abitur gemacht und später studiert. Und zwar allein. Ohne Hilfe.* Was erwarte ich von ihm? Mitleid? Verständnis? *Du, ich hatte eine Affäre, aber ich konnte nichts dafür.* Auch diese Geschichte hat etwas mit alldem zu tun. Auch das muss ich ihm endlich sagen, gerade das. Es vergiftet etwas zwischen uns. Es vergiftet *alles* zwischen uns.

Ich schenke ihm Wein nach und reiche den Brotkorb weiter. Andreas wirft mir einen kurzen abwesenden

Blick zu und nickt. »Danke«, murmelt er wieder. Ich seufze.

In den letzten Wochen konnte er sich wieder auf mich verlassen. Ich habe gekocht, geputzt, gebügelt, schlecht geschlafen, mich abwechselnd erschöpft, wütend oder einfach tot gefühlt, und ab und zu haben wir miteinander geschlafen. Aber nur sehr selten. Ist es das, was mir fehlt?

Nach meinem überraschenden Uni-Besuch war er irritiert, das habe ich gemerkt. Er hat sich kontrolliert gefühlt und überhaupt nicht begriffen, dass ich ihn tatsächlich einfach nur sehen wollte. Weil ich ihn vermisse. Weil ich seine Fürsorge, seine Verlässlichkeit vermisse. Seine Aufmerksamkeit! Das ist es, was mir fehlt.

»Andreas?«

»Hmm?« Er ist jetzt beim Sportteil angekommen.

»Ich hatte heute ein Gespräch mit Helmut.«

Andreas blättert und liest. »Ach ja? Und?«

»Er hat mir gekündigt.«

Endlich schaut er mich an. »Gekündigt? Weshalb?«

»Der Firma geht es schlecht.«

»So schlecht?«

»Ja.«

Ich erzähle ihm den genauen Verlauf des Gesprächs, und jetzt habe ich, was ich mir die ganze Zeit gewünscht habe: seine volle Aufmerksamkeit.

»Ich habe jetzt erst einmal meinen Resturlaub vom letzten Jahr genommen. Damit ich mir in Ruhe überlegen kann, wie es weitergeht.«

»Am besten meldest du dich schnellstmöglich beim Arbeitsamt.«

»Vielleicht fange ich sogar wieder an zu malen.«

»Zu malen? Du hast seit Jahren nicht gemalt.«

»Nein. Habe ich nicht. Aber vielleicht lässt sich ja etwas damit anfangen.«

»Was meinst du?«

»Ich könnte vielleicht wieder Kurse an der Volkshochschule geben. Oder eine Malschule aufmachen. So was halt.«

»Pffh.« Er schnaubt verächtlich, dieses Mal ohne mich anzusehen und faltet die Zeitung zusammen.

»Findest du das so abwegig?«

»Thea, du hast ewig nicht mehr gemalt. Es ist ein schönes Hobby, aber …«

»Ich hatte einfach nicht genug Zeit«, sage ich leise. Was ich ihm nicht sage ist, dass ich auch deshalb lange nicht mehr gemalt habe, weil meine letzten Versuche erbärmlich waren.

»Na ja, du kannst ja mal deine Fühler ausstrecken. Vielleicht …«

Sein Smartphone gibt einen leisen Ton von sich. Er holt es aus seiner Hemdtasche.

»Vielleicht?«, frage ich.

Er liest seine Nachricht.

»Andreas!«

»Hm?«, murmelt er. Die Nachricht ist entweder sehr wichtig oder sehr lang.

Es interessiert ihn überhaupt nicht, denke ich. ICH interessiere ihn nicht. Ich werde wütend. Am liebsten würde ich ihn anschreien. *SCHAU MICH AN, WENN ICH MIT DIR REDE!* Aber wie hat Frau Faber gesagt. *Schreien ist destruktiv. Sie müssen lernen, Ihre Wut besser zu kommunizieren.*

»Andreas?«, mache ich noch einen Versuch.

Er legt das Gerät zur Seite. »Okay. Mach, was du denkst. Sind ja noch ein paar Wochen.«

Wieder hebt die Wut den Zeigefinger. »Ach? Willst du wissen, was *ich denke?*«, frage ich lauter als beabsichtigt.

»Ehrlich gesagt, heute Abend nicht.« Er steht auf.

»Was hast du vor? Wir wollten doch reden!«

»Ich bin müde. Und ich muss noch ein paar Vorbereitungen für morgen machen. Lass es uns aufs Wochenende verschieben.« Er streicht mir im Vorbeigehen über den Kopf.

»Ach? Und am Wochenende hast du dann wieder einen Tennistermin?«

»Nein. Da habe ich nichts vor.« An der Tür dreht er sich noch einmal um. »Geh gleich morgen früh aufs Arbeitsamt. Je eher das geklärt ist, desto besser sind deine Chancen, schnell etwas anderes zu finden.«

Ich lasse ihn gehen. Weil ich nichts habe, womit ich ihn halten kann. Ich fühle mich wie in einem tiefen, dunklen Wasser. Ich habe Angst zu ertrinken.

41

»Könnte es vielleicht sein … Ich meine, wäre es möglich, dass in meiner Kindheit etwas sehr … Schlimmes passiert ist?«

Frau Faber sitzt mir gegenüber und schaut mich an. Mit ernstem Blick, konzentriert und aufmerksam. Sie antwortet nicht.

»Ich meine, vielleicht bin ich … vielleicht hat es … Es ist nur eine Vermutung«, starte ich einen neuen Versuch.

»Eine durchaus berechtigte Vermutung. Ihre Kindheit ist mit *vielen* traumatischen Erinnerungen verbunden. Jede Form von Gewalt hinterlässt bei Kindern traumatische Spuren.« Sie schiebt sich eine Haarsträhne hinters Ohr. »Auf die meisten können Sie zurückgreifen, zu anderen haben Sie vielleicht keinen direkten Zugang mehr.«

»Aha? Und was bedeutet das?«, frage ich.

»Es stellt sich die Frage, ob man die verschütteten Erinnerungen wieder zugänglich machen kann. Vielleicht über eine Traumakonfrontation. Es gibt da spezielle Techniken.« Sie rückt ihre Brille zurecht. »Wissen Sie, zuerst dachte ich nicht, dass Sie unter einem Monotrauma leiden. Also einem einmaligen traumatischen Erlebnis. Ich bin eher davon ausgegangen, dass es über einen längeren Zeitraum wiederholt Traumatisierungen gab, die sich ähneln und in ihrem Bewusstsein verankert sind. Das Trinken Ihres Vaters, seine Gewaltbereitschaft, das unausgewogene Verhältnis Ihrer Eltern. Es könnte aber sein, dass es ein einzelnes, ein ganz besonders belastendes Erlebnis gab. Etwas, woran Sie sich nicht erinnern.«

Mein Atem wird kleiner. »Und?«, frage ich leise. »Was bedeutet das?«

Sie greift zu Stift und Papier und notiert etwas, bevor sie mich wieder ansieht. »Sagt Ihnen der Begriff Hypnotherapie etwas?«

»Sie meinen Hypnose?«

»Ja.«

»Glauben Sie denn, das wäre der richtige Weg?«

»Macht Ihnen die Vorstellung Angst?«

Ich zucke die Schultern. Mein Kopf pocht im dumpfen Gleichklang mit meinem Herz um die Wette. Natürlich macht sie mir Angst. Aber Angst ist ein ziemlich vertrauter Begleiter, ich lebe mit ihr, seit ich denken kann.

»Ja«, gebe ich zu. »Aber nicht alles zu versuchen macht mir genauso viel Angst.«

»Dann lassen Sie uns beim nächsten Mal darüber reden.«

42

Das Frühstück liegt hinter uns und eine spürbare Spannung in der Luft. Andreas legt die Zeitung zur Seite und sieht mich an. »Du wolltest reden?«

Er hat es nicht vergessen. Trotzdem ärgert mich seine Einseitigkeit. »Nein«, antworte ich. »*Wir* wollten reden.«

»Entschuldige. Natürlich. *Wir.*« Leise seufzend schiebt er die leere Kaffeetasse zur Seite. »Also?« Nur dieses eine kleine Wort.

»Was also?«, frage ich ärgerlich.

Er seufzt tief. »Thea, ich möchte nicht ständig Krieg mit dir führen.«

»Glaubst du etwa, ich möchte das? Aber mich ärgert es, wenn du so tust, als ginge es nur um mich. Es geht …« Ich spüre, wie mir die Tränen in die Augen schießen und greife schnell zum Taschentuch. »Es geht um *uns*.«

Er weicht meinem Blick nicht aus, aber ich spüre sein Unbehagen. »Du hast dich verändert.«

»Haben wir das nicht beide?«

»Vielleicht. Aber ich denke, meine Veränderung ist die Reaktion auf deine. Auf kleinste Lappalien reagierst du mit Aggression. So warst du früher nicht.« Er legt seine große Hand auf meine. »Thea. Was ist los mit dir?«

»Das Gleiche könnte ich dich auch fragen. Du bist kaum noch zu Hause.«

Er dreht sich um und stellt seine Kaffeetasse unter den Automat. Weicht er mir aus?

»Andreas?«

»Ich weiß. Das geht vorbei. Im Moment ist es wirklich hektisch. Die Prüfungen, die neuen Seminarblöcke …«

So etwas gab es auch früher schon. Aber nie hatte ich das Gefühl, dass er nicht mehr *gerne* zu Hause ist. Bei mir. Jetzt habe ich es.

»Und du?«, fragt er.

»Und ich? Was meinst du?«

»Da ist doch etwas, was dich quält.«

Ich presse die Lippen aufeinander und zucke hilflos die Schultern.

»Kannst du mir das nicht sagen?«

»Doch.« Ich seufze. »Das will ich ja. Ich weiß nur nicht … Da ist so viel.« Ich sehe ihn an. »Mir geht es gerade nicht so besonders.«

»Das sehe ich.«

Ich knäule das feuchte Taschentuch in meinen Händen.

»Thea?«

»Am Donnerstag war ich bei Frau Faber.«

»Und?«

»Sie meint, ich habe ein Trauma. Oder viele.«

Und dann fange ich an. Ich erzähle ihm alles. Oder fast alles. Von meinen Sitzungen, von der geplanten Hypnotherapie, meiner Angst davor, meiner ewigen Angst. Meinem ewigen Traum, meinen bekannten Traumata und dem einen unbekannten. Das Wort *Missbrauch* benutze ich nicht. Es kommt mir falsch vor. Dafür erzähle ich ihm von meinem ersten Gang zum Arbeitsamt, so demütigend, und davon, wie sehr Katrin mir fehlt. Ich erzähle ihm von den alltäglichen Sorgen und Nöten. Wichtige und unwichtige. Ich rede über Ben und über Nora. Ich rede und rede, und er hört zu, ab und zu beruhigt, beschwichtigt oder tröstet er mich. Auf seine Weise. *Du findest sicher bald eine neue Arbeit, und dann pendelt sich alles wieder ein*. Seine Welt war schon immer einfacher und klarer als meine.

Irgendwann ist alles gesagt. Fast alles. Irgendwann rede ich nur noch um das herum, was noch gesagt werden muss. Unbedingt. Aber gerade da gehen mir die Worte aus.

Er sieht mich an. Er wartet. Ich bin kurz davor, ganz kurz, ich öffne den Mund, in dem Johann sich eingenistet hat, aber er kommt nicht heraus. Er weigert sich, die schützende Höhle zu verlassen. Also schlucke ich ihn wieder herunter. Ich schüttle den Kopf, ganz leicht, und beginne das Geschirr auf dem Tisch zusammenzustellen.

»Alles?«, fragt er. Ich glaube Enttäuschung in seiner Stimme zu hören.

»Hm.«

Er steht auf. »Du musst das nicht machen.«

»Was?«, frage ich irritiert.

»Diese Hypnosache. Wenn es dir Angst macht, dann lass es.«

»Doch. Natürlich muss ich das machen. Sonst ändert sich nichts, sonst bewege ich mich nicht von der Stelle.«

Er zuckt die Achseln. »Deine Entscheidung.« Sein Hemd, das mit den grauen Streifen, mein Lieblingshemd, hat einen Kaffeefleck.

»Was hast du vor?«

»Ich muss arbeiten.«

»Du fährst zur Uni? Jetzt?«

»Nein. Ich bin oben. Im Büro.«

Ich sehe ihm hinterher. Enttäuscht, traurig, auch wütend. Auf mich selbst. Das am meisten.

Wenig später schließe ich die Klettverschlüsse an meinen Laufschuhen und verlasse das Haus. Draußen ist es kalt und neblig, ziemlich ungemütlich, aber ich bleibe standhaft. Ich fühle mich wie nach einer verlorenen Schlacht. Andreas und ich haben über eine Stunde geredet, das heißt, vor allem ich habe geredet, aber immer noch steht etwas zwischen uns, das spüre ich. Ist es wirklich nur Johann?

Ich wende mich Richtung Osten und laufe los, immer geradeaus. Meine Beine nehmen den Rhythmus auf, das gleichmäßige Klack, Klack, Klack beim Aufsetzen der Stöcke. Der feine Nebel legt sich wie ein feuchter Schleier auf mein Gesicht, mein Brustkorb ist eng, ich atme flach. Aber ich atme. Aus der Straße unserer Wohnsiedlung wird ein schmaler asphaltierter Weg. Ich laufe vorbei am Sportplatz, vorbei an der alten Eiche mit der Bank darunter, vorbei an blühenden Rapsfeldern, bis hin zum Wald. Ich laufe und versuche nicht zu denken, nur zu atmen und zu laufen, davonzulaufen, vor der Angst, vor Andreas, vor meinem Verrat. *Andreas, Ben, Nora. Papa. Alte Familie, neue Familie. Familie, Familie, Familie*, denke ich ohne Sinn, weil ich eben doch nicht ganz aufhören kann damit. Frau Faber hat mich einmal nach meinem Geburtsnamen gefragt. *Vollrad*. Ich mag den Namen nicht, oder nicht mehr, er hat schon so lange nichts mehr mit mir zu tun. *Du bist eine Vollrad, vergiss das nie!*, pflegte mein Großvater zu sagen, der genauso ein Säufer und Choleriker war wie mein Vater. Ich wollte alles vergessen. Den Namen. Und die Familie. Bis Frau Faber mich wieder daran erinnerte. *Denken Sie, dass Ihre Wurzeln und das, woher Sie kommen, nichts ist, worauf Sie stolz sein dürfen? Die eigenen Wurzeln zu verleugnen macht unsicher und unfrei.*

Das Seltsame ist: Als Kind war ich ja stolz darauf, dazuzugehören, eine dieser *Vollrads* zu sein. Wann habe ich damit aufgehört?

Der Pfad geht jetzt leicht bergab und in eine lang gezogene Kurve über. Ich biege links ab, wieder Richtung Dorf, aber ich bleibe im Wald. Ich behalte meinen Rhythmus. Auch wenn der weiche Waldboden das Klack-Klack-Klack jetzt verschluckt, behalte ich ihn. Gleichmäßige kurze Abstände. Gleichmäßig. Gleichmäßigkeit hat etwas von Verlässlichkeit. Bevor Andreas in mein Leben trat, konnte ich mich auf niemanden verlassen. Nicht auf meinen Vater und nicht auf meine Mutter. Inga heißt immer noch *Vollrad*. Die gleiche Familie, die gleichen Wurzeln. Auch das gleiche Trauma? *Ein Monotrauma?*

Ich spüre den weichen, federnden Waldboden unter meinen Füßen, höre die Ruhe um mich herum, das leise Raunen der Bäume, das fröhliche Zwitschern der Vögel und atme weiter, atme den nahenden Frühling, das feuchte Holz, und endlich, endlich lässt er nach, der Druck auf meiner Brust. Meine Wangen sind ganz kalt vom Wind. Und nass. Nicht nur vom Nebel. Ich weine.

43

Am Abend sitze ich auf dem Sofa und schaue aus dem Fenster, sehe, wie sich die Dämmerung ausbreitet und der Tag dem Abend Platz macht. In der Hand ein Buch, das ich gerade lese. Oder zu lesen versuche. Ein Krimi, in dem eine Frau über Jahre gefangen gehalten und seelisch gefoltert wird.

Das Telefon klingelt. Ich höre das Klingeln, während ich unbeteiligt vorgebe zu lesen.

»Schatz, für dich«, höre ich Andreas rufen. »Deine Schwester.«

Schatz, denke ich. Er hat *Schatz* gesagt. Der nächste Gedanke ist: *Ausgerechnet jetzt.* Obwohl der Zeitpunkt natürlich kein bisschen besser oder schlechter ist als jeder andere. Außerdem habe ich selbst ja auf Ingas Band gesprochen und sie gebeten, mich zurückzurufen.

Ich nehme Andreas das Telefon aus der Hand und ringe mir ein Lächeln ab.

»Hallo, Inga«, sage ich, bemüht meiner Stimme einen normalen *Thea-Klang* zu geben. »Wie geht's?«

»Hallo, große Schwester. Tut mir leid, dass ich mich jetzt erst melde, aber bei mir ist schon die ganze Woche die Hölle los. Elterngespräche, Stress in der Schule, Ärger mit meinem Vermieter. Und ehrlich gesagt, habe ich auch jetzt nicht so schrecklich viel Zeit. Ich muss noch ein Diktat vorbereiten.«

Ein paar Sekunden herrscht Funkstille, und ich will mich schon wieder mit einer banalen Erklärung aus der *Affäre* ziehen.

»Thea? Ist alles klar bei dir? Was gibt es denn?«

Ich rapple mich auf. »Ja, ja, alles klar. Ich wollte nur …«

»Ja?«

»Weißt du, ich denke viel nach. Über früher und so.«

»Thea, ich habe wirklich nicht viel Zeit.«

»Okay, schon gut. Ist auch nicht so wichtig.«

»Jetzt sag endlich, was du sagen willst.«

Ich atme tief durch. »Es geht um … also meine Therapeutin meint, es könnte vielleicht sein, dass …«

»Thea!«

»Ich scheine mit irgendetwas nicht klarzukommen.«

»Das ist natürlich ein sehr ungewöhnliches Problem. Wo doch sonst jeder mit allem klarkommt.«

»Können wir nicht einfach mal ernsthaft darüber reden?«

»Über was genau?«

»Es geht um unsere Kindheit. Und um meine Erinnerungen. Vor allem um die, die ich nicht mehr habe.«

»Ja und?«

»Ich wollte wissen, wie es mit deinen Erinnerungen aussieht.«

»Die, die ich noch habe, versuche ich zu vergessen.«

»Hmm.«

»Sonst noch was?«

»Inga?«

»Was?«

»Ich habe da etwas gelesen.«

»Aha.«

»Könntest … könntest du dir vorstellen, dass wir …, dass unser Vater …«

»Mann! Jetzt spuck's halt aus.«

»Dass er sich an uns …«

»Oh Gott! Natürlich. Wenn den Therapeuten nichts mehr einfällt, dann kommt das Thema Missbrauch auf den Tisch.«

»Es ist *mein* Verdacht. Darüber habe ich mit Dr. Faber noch nicht gesprochen. Sie glaubt nur, dass da eine ganze Reihe von Traumatisierungen in unserer Kindheit waren und dass es darunter vielleicht ein ganz besonders traumatisches Erlebnis gab.«

»Aha.«

»Und sie meint, dass man dieses Trauma aufdecken und bearbeiten sollte. Über Hypnose. Sie nennt es Traumakonfrontation.«

Stille.

»Inga? Bist du noch da?«

»Ja.«

»Was sagst du dazu?«

»Was soll ich dazu sagen? Wenn deine Frau Faber das meint und du das selbst willst, dann mach es. Dazu brauchst du meinen Segen doch nicht.«

»Aber wenn … ich meine, wenn dabei tatsächlich etwas in Richtung Missbrauch … es geht doch nicht nur um mich.«

»Halte mich da bitte raus.«

»Willst *du* es denn nicht wissen?«

»Nein. Ich weiß alles, was ich wissen muss.«

»Ach?«

»Meine Erinnerungen sind nicht besonders schön, aber sie sind glasklar. Unser Vater war ein Arschloch, aber er hat uns nicht missbraucht. Er war nur der wichtigste Mensch für unsere Mutter, viel wichtiger als wir, und *das* ist der Punkt. *Damit* mussten wir klarkommen. Und zum Dank dafür hat er sie auch noch verprügelt. Na klar war das alles ziemlich traumatisch für uns. Aber um das zu wissen, brauche ich keine Hypnose.«

»Aber wenn es ein Monotrauma gab, etwas das …«

»Thea, hör auf. Ich will das nicht. Ich will diesen ganzen Mist endlich hinter mir lassen.«

»Ich kann nichts hinter mir lassen, wenn ich infolge irgendeines Traumas mein restliches Erwachsenenleben nur neben der Spur laufe. Das kann so nicht bleiben.«

»Das ist ja auch okay. Mach damit, was du willst. Ich sage nur, dass *ich* das nicht möchte.«

»Aber wenn ich etwas erfahre, was uns beide betrifft?«

»Dann behalte es für dich.«

»Dr. Faber meint …«

»Thea, ich habe drei Therapeuten verschlissen. Sie haben mir alle attestiert, dass ich bindungsunfähig bin und nicht bereit, Verantwortung zu übernehmen. Okay, damit kann ich leben. Ich schlafe heute noch jeden Abend mit meiner Kinderlieder-Kassette ein. Wenn ich überhaupt einschlafe. Auch damit komme ich klar. Womit ich nicht klarkomme, ist dieses ständige Wühlen in dem, was war. Ich will das nicht mehr. Ich will das alles jetzt endlich hinter mir lassen. Ich bin austherapiert.«

»Dein letztes Wort?«

»Mein allerletztes!«

Einerseits bin ich enttäuscht und fühle mich von Inga im Stich gelassen. Andererseits kann ich sie auch verstehen. Mir fällt es genauso schwer, mich mit meiner Kindheit auseinanderzusetzen. Ich tue es nur, weil ich denke, dass ich diese fehlenden Erinnerungen brauche, damit dieses nörgelige, wütende, traurige, unglaublich ängstliche Kind in mir endlich Ruhe findet.

44

Ich blinzle verschlafen und werfe einen Blick auf die Uhr. Es ist schon nach neun. Irritiert setzte ich mich auf. Das ist mir seit Jahren nicht passiert. Schnell springe ich aus dem Bett und ziehe mich an.

Im Haus herrscht Ruhe, es ist bereits taghell und

Andreas sicher schon längst in der Uni. Vorsichtshalber werfe ich doch noch einen Blick in sämtliche Zimmer. Sie sehen aus wie immer. Aufgeräumt und irgendwie leblos. Sie riechen auch wie immer. Ein feiner, leicht blumiger Duft nach dem Waschmittel, das ich seit Jahren benutze.

Unentschlossen bereite ich mir einen Kaffee. Heute Nacht, als ich wieder einmal stundenlang wach lag und über alles Mögliche nachdachte, ist mir der Gedanke gekommen, vor der Hypnose noch einmal mit meiner Mutter zu reden. Sie mit meinen Fragen zu konfrontieren. Meine Mutter ist eine Meisterin darin, die Art von Antworten zu geben, die eigentlich nichts beantworten, weshalb ich vor langer Zeit aufgehört habe, sie zu fragen, aber heute Nacht war ich entschlossen, es ihr dieses Mal nicht durchgehen zu lassen. Ich war sehr entschlossen, hartnäckig zu bleiben, und zwar so lange, bis sie mir sagt, was ich hören will. Oder auch nicht hören will. Jedenfalls erschien es mir heute Nacht ganz klar und einfach, und wenn auch jetzt, bei Tageslicht, überhaupt nichts mehr klar und einfach erscheint, halte ich doch an meinem Entschluss fest.

Ich seufze und setze mich mit meinem Kaffee an den Küchentisch. Mein Blick fällt auf die Magnetwand neben der Tür. Hier hängen alle möglichen Nachrichten und Zettel, vom Beipackzettel eines Grippemittels über ein uraltes Kinoprogramm bis hin zu diversen Visitenkarten. Ganz oben ein ausgeschnittener Zeitungsbericht mit einem Bild von Andreas, etwa zwei oder drei Jahre alt. Ich sehe seinen typischen Andreas-Blick, leicht schräg von unten, ungeduldig, so, als wolle er dem Fotografen sagen, er solle sich beeilen, und etwas in mir zieht sich schmerzhaft zusammen. Einmal mehr sehne ich mich nach meinem Mann. Nach der klaren, unverrückbaren Gewissheit, dass er auf meiner Seite ist, es immer war und auch immer bleiben wird. Die Sehnsucht wird plötzlich so elementar, dass ich zum Telefon greife. Ich möchte seine Stimme hören. Vor allem möchte ich ihn an meinen Plänen teilhaben lassen. An meinem Leben. Leider erreiche ich nur seine Mailbox.

»Andreas, ich bin es. Ich … es ist nichts Wichtiges, ich wollte dir nur sagen … ach, am besten rufst du mich einfach zurück.« Zur Sicherheit und weil ich weiß, dass er seine Nachrichten nur sehr selten abhört, wähle ich auch noch die Nummer der Hochschule.

»Thea Brandner. Könnten Sie meinem Mann bitte etwas ausrichten?«

»Ihr Mann ist heute und morgen in Frankfurt auf einem Seminar, Frau Brandner«, sagt die nette Schulsekretärin und stürzt mich ins nächste Dilemma.

»Oh, stimmt. Entschuldigung, das habe ich ganz vergessen«, stammle ich wenig überzeugend. Natürlich habe ich es nicht vergessen. Ich habe es nicht gewusst. *Er hat kein Wort davon gesagt*, denke ich. Einen Moment bleibe ich unschlüssig stehen, dann reiße ich einen Zettel vom Notizblock. *Bin bei meiner Mutter, aber heute Abend wieder zu Hause. Nur falls du vor mir kommst. Ruf mich an! Bis dann, Thea.* Den Zettel lege ich gut sichtbar auf die Kommode. Noch während ich schreibe, löst dieses Tun ein ungutes Gefühl in mir aus. Mir kommt der Tag in den Sinn, als meine Mutter der Vorwand war, um mich mit Johann zu treffen. Hat auch Andreas diese Assoziation? Seine Zweifel damals, seine Fragen? Auch dieses Problem löst sich nicht von alleine. Ich muss mich ihm irgendwann stellen.

Nicht jetzt, sagt mein Bauch. Mein Kopf schüttelt sich wie von selbst. Schnell richte ich meine Gedanken wieder auf mein Vorhaben. Ich überlege kurz, auch meine Mutter anzurufen und mein Kommen anzukündigen, aber dann entscheide ich mich dagegen. Es ist besser, sie zu überraschen. Damit sie keine Zeit hat, sich vorzubereiten.

Der Himmel ist blau, kein Wölkchen in Sicht, aber es ist kalt. Und sehr windig. Ich fädle mich in den Verkehr ein und steuere gegen eine Böe, die mein Auto erfasst. Der Wind ist wie meine Wut. Mal bläst er mir mit voller Breitseite ins Gesicht, mal hält er still und sammelt Kraft für eine nächste Attacke. Ein ganzer Himmel voller Wut. Ich nehme die Autobahn und gebe Gas.

Der Wagen meiner Mutter steht in der Einfahrt. Ich parke direkt dahinter und steige aus. Ich klingle. Ich warte. Ich lege den Kopf an die Tür und lausche, laufe ums Haus und werfe einen Blick durch die Terrassentür ins Wohnzimmer. Nichts. Sofort malt sich mein Hirn alle möglichen Schreckensszenarien aus, obwohl mein Verstand weiß, dass es hundert banale Erklärungen für ihre Abwesenheit geben kann. Spazieren. Einkaufen. Bei Elsie. Vielleicht hat sie mich auch gesehen und versteckt sich. Aber warum sollte sie das tun? Sie weiß doch nicht, weshalb ich hier bin?

Wieder an der Haustür angekommen, bleibe ich einen Moment unschlüssig stehen. Früher hatte sie immer irgendwo einen Ersatzschlüssel versteckt. Ich laufe zurück zur Terrasse und suche, schaue unter jeden Topf, hebe die Fußmatte hoch, taste die Fensterbank ab, schaue in jede

Ritze des Regals und werde schließlich hinter einer kleinen Kiste mit Gartenwerkzeug fündig.

Drinnen lausche ich noch einmal angestrengt. »Mama?«, rufe ich. »Mama, bist du da?« Im Haus steht die Hitze. Während meiner Kindheit wurde immer viel Wert auf sparsames Heizen gelegt, davon ist hier nichts mehr zu spüren. Ich gehe ins Wohnzimmer und schaue auf das Thermostat. Vierundzwanzig Grad. Ich bleibe unschlüssig stehen und sehe den Staubpartikeln zu, die im Sonnenlicht schwebend zu Boden sinken, wie in einem leisen Tanz. Jedes Mal, noch lange bevor sie das glänzend gewienerte Parkett erreichen, werden sie unsichtbar.

Ich weiß nicht, was ich tun soll, also setze ich mich auf einen Stuhl. Mit fahriger Bewegung schiebe ich einen kleinen Topf mit Primeln über den Tisch und schaue aus dem Fenster. Ich stehe wieder auf und beginne eine ruhelose Wanderung. Vom Wohnzimmer in die Küche, von der Küche in den Flur, vom Flur ins Wohnzimmer und wieder zurück. In mir ist ein Gefühl der Fremdheit, das ich nicht erklären, aber auch nicht ablegen kann. Ich komme mir vor wie ein Eindringling. Vielleicht liegt es daran, dass ich kein angekündigter und erwarteter Besuch bin. Dass ich ohne *Erlaubnis* in einem Haus bin, das mir nicht gehört. Auch wenn es meine eigene Mutter ist, die darin wohnt.

Ich atme zu warme Luft, die mir nicht schmeckt und bewege mich durch Räume, die mir nicht gefallen. Ich mag dieses Haus nicht, mochte es noch nie. Es liegt nicht an seiner kargen Schmucklosigkeit, diesem steifen Charakter der Sechzigerjahre. Es liegt auch nicht an seiner Lage, den Tapeten oder der Einrichtung. Es liegt an etwas anderem, an etwas, das ich nicht benennen kann. Schon als meine Mutter es kaufte, etwa zwei oder drei Jahre nach dem Tod meines Vaters und von dem Geld ihrer Familie, ihrem Familienerbe, auf das sie erst zugreifen konnte, nachdem er tot war, wusste ich, dass ich mich hier nie wohlfühlen würde. Alles hier ist spröde und karg. So spröde und karg wie meine Mutter. So wie sie heute ist, nachdem mein Vater alle Farben mitgenommen hat. Als Kind habe ich mir die Welt um mich herum immer durch Farben erklärt.

Papa, welche Farbe hat der Wind?

Der Wind? Der ist zart und silbern. Siehst du das nicht?

Wann ist aus dem Wind Wut geworden?

Die Zimmertüren stehen offen. Alle, bis auf die Tür zum Schlafzimmer, wie mir jetzt auffällt. »Mama?«, rufe ich und klopfe. Keine Antwort. Ich drücke die Klinke nach unten und finde mich in einer dunklen Höhle wieder. »Mama?« Ich taste blind nach links und rechts und blinzle, als ich den Lichtschalter finde und der Raum im nächsten Augenblick in helles Licht getaucht wird. Ich sehe mich um. Das Fenster ist von zwei rotbraunen Schals gesäumt, der Rollladen geschlossen, das Bett leer. Neben dem Bett, auf dem Nachttisch, steht eine kleine Lampe und ein Glas, gegenüber der große Schrank mit Spiegel und ein Stuhl. Vor dem Bett liegt ein alter fleckiger Teppichläufer. Das ist alles. Ich bin nicht zum ersten Mal hier, aber ich fühle mich so. Fremd und deplatziert. Ich ignoriere das Gefühl, laufe schnell über den Teppich zum Schrank und reiße die Türen auf. Ich weiß nicht, warum ich das tue, ich weiß auch nicht, was ich hier zu finden hoffe. Ich tue es einfach, und natürlich finde ich nichts. Keine Überraschungen. Nur ordentlich gebügelte und gefaltete Hosen, Shirts und Pullover. Wie abgezählt liegen sie in ihren Fächern. Daneben Blusen, Jacken und Kleider auf Bügeln, und darunter entdecke ich die vergilbten Häkeldeckchen meiner Großmutter. Unzählig viele, ein ganzer Stapel Deckchen. Früher waren die im ganzen Haus der Großeltern verteilt, sie lagen dort auf allen Tischen und Schränken, an jeder erdenklichen Stelle. Sogar auf dem Spülkasten im Klo, daran erinnere ich mich. Ich verlasse das Schlafzimmer auf leisen Sohlen und lösche das Licht.

Wieder im Flur nehme ich eines der gerahmten Fotos in die Hand, die auf der Kommode stehen. Es ist ein Foto von Inga und mir, unsere Köpfe berühren sich, es wurde vor vier oder fünf Jahren in unserem Garten aufgenommen. Es gibt auch Fotos von Nora und von Ben, aber keins von meinem Vater. Auch keines seiner Bilder. Und mit plötzlicher Klarheit erkenne ich, was ich unbewusst schon lange weiß: Der Geist meines Vaters ist hier nie mit eingezogen.

Keine Bilder. Nicht ein einziges. Zum ersten Mal in all den Jahren mache ich mir ernsthafte Gedanken darüber. Es waren sehr viele. Und sie hatten einen nicht unerheblichen Wert. Was ist aus diesen kostbaren Schätzen geworden? Meine Mutter kann sie unmöglich verkauft haben, ganz sicher nicht, sie müsste nicht so leben, wenn sie auch nur einen Teil davon verkauft hätte.

Ohne weiter darüber nachzudenken, öffne ich die Kellertür und taste suchend nach dem Lichtschalter. Das Erste, was mich empfängt, ist ein typisch muffiger Kellergeruch. Das Zweite, das kalte Licht einer Neonröhre. Mit leichtem Herzklopfen steige ich nach unten und zähle fünf Türen. Hinter der ersten finde ich einen winzigen Raum mit einer Reihe halb leerer Regale, oben ein paar

Konserven, Flaschen mit Fruchtsäften und einige selbst gemachte Marmeladen, darunter ausrangierte Blumentöpfe und eine Kiste mit alten Schuhen. Mehr nicht. Im nächsten sieht es noch kläglicher aus. Nichts, bis auf ein paar Kleiderkisten an der einen und einer flackernden Lampe an der anderen Wand. Auch im Heizraum werde ich nicht fündig. So wenig, wie im Wäsche- und Trockenraum auf der anderen Seite des Flurs.

Die letzte Tür führt in einen ziemlich großen Kellerraum. Er ist voller Gerümpel und alter Möbel. Ich erkenne auf Anhieb unsere alten Stühle von früher und den großen Schrank, der in der Diele stand. Auch die Truhe aus dem Atelier meines Vaters. Dazwischen einige Eimer mit Farbresten und ein paar verschlossene Kartons. Ich öffne einen davon und finde Bücher. Im zweiten altes Geschirr, eine hässliche Vase und einen Kerzenständer. Ein besonders großer Karton mit alten Ordnern steht auf einem Stuhl. Mit spitzen Fingern fische ich einen Ordner heraus und blättere in alten Nebenkostenabrechnungen. Der Ordner ist feucht und teilweise angeschimmelt, sein modriger Geruch steigt mir unangenehm in die Nase. Ich blättere wahllos auch in anderen Ordnern, auf der Suche nach was auch immer, aber ich finde nichts. Ich öffne Schranktüren und Schubladen, ich verschiebe Kisten und Möbel, ich gehe in die Hocke und schaue in und unter die Truhe. Nichts. Keine Bilder und auch kein Hinweis über ihren Verbleib. Alles was ich finde, ist ein altes Kinderbild von Inga. Und jede Menge Gerümpel. Alles was ich finde, ist das nicht mehr benötigte Sammelsurium eines Lebens. Verpackt, abgestellt und vergessen. Ich lösche das Licht und verlasse den Keller.

Wieder oben angekommen werfe ich einen Blick aus

dem Fenster. Auf eine wie leer gefegt wirkende Straße. Dann auf die Speicherluke über mir. Der Öffner steht in der Ecke neben der Garderobe. Ich war noch nie auf dem Speicher, ich kann mich jedenfalls nicht erinnern, jemals dort oben gewesen zu sein. Ich frage nicht um Erlaubnis, es ist ja niemand da, den ich fragen kann.

Die Speicherstiege klemmt, ich zerre am Stiel des Öffners. So lange, bis der Boden mit einem lauten Knacken nach unten klappt und mich für einen Moment aus dem Gleichgewicht bringt. Zwölf Tritte zähle ich, aber schon ab etwa dem siebten weiß ich, dass ich gefunden habe, was ich suche. Die Bilder meines Vaters stehen, mit alten Leinentüchern abgedeckt, links und rechts an Wänden und Pfosten, meist mehrere hintereinander, immer mit dem Rücken zum Betrachter. Sie stehen da, als hätten sie auf etwas gewartet. Auf jemanden. Auf mich?

Der Speicher ist staubig und sehr kalt. Es gibt keine Möbel oder Kisten hier oben, nur verdeckte Bilder. Frierend lüfte ich die ersten beiden und erkenne sie sofort: Es sind Porträts meiner Mutter. Sie hingen früher im Schlafzimmer der Eltern. Meine Knie sind plötzlich wie Gummi. Ich halte mich mit den Händen an einem der Pfosten fest und starre sie an. Ich fühle mich, als hätte ich gerade einen Marathonlauf hinter mir und schnappe nach Luft.

Auf dem ersten Bild trägt sie das schulterlange Haar offen. Ihre graugrünen, von dichten Wimpern umrahmten Augen blicken voller Vertrauen und lockend, während um ihre Lippen ein zartes Lächeln spielt. Auf dem anderen ist sie etwas älter, die Haare sind kürzer. Nicht die Spur eines Lächelns, der Blick ist ängstlicher. Und doch voller Hingabe.

Es fühlt sich gleichermaßen gut und schrecklich an, diese Bilder nach all den Jahren wiederzusehen. Gut, weil sie auf beiden jung und sehr schön und voller Hoffnung ist. Schrecklich, weil ich weiß, dass nichts so war, wie es schien. Weil ihre Hoffnungen sich nicht erfüllten. Mit zittrigen Fingern stelle ich sie zurück und widme mich dem nächsten. Wieder ein Porträt. Der alte Schuster aus dem Eckhaus in unserer Straße. Gut getroffen. Auch das übernächste. Frau Rieder, die Besitzerin des Kiosks, an dem Katrin früher so oft ihr kleines Taschengeld für Süßigkeiten ließ. Ich nehme ein Bild von der gegenüberliegenden Seite. Ein Baum, eine Eiche. Dann ein Bild mit Enten auf einem Teich. Bäume, Wasser, ein Gewitterhimmel, das Bild einer kleinen Stadt. Ich erkenne, dass die Bilder vorsortiert sind. Auf der linken Seite sind Landschaften und Stillleben, auf der rechten Porträts. Erst die Landschaften, beschließe ich, danach die Menschen. Den Anfang machen ein paar zarte, beinah freundliche Aquarelle, die so gar nicht zu meinem Vater passen. Schon eher die Tuschezeichnungen, die sich dazwischen versteckt haben. Eine Gabel und ein Messer, verschlungen wie in einem seltsamen Tanz, ein Schachbrett mit weinenden Pferden. Erst in den dunklen, düsteren oft abstrakten Ölgemälden erkenne ich ihn endgültig wieder.

Ich decke auf, ich schaue, ich decke wieder zu. Bild für Bild für Bild. Ich versuche mich auf den künstlerischen Anspruch zu konzentrieren, nicht auf mein klopfendes Herz. Nicht auf meine Emotionen. Nicht auf meine Angst. Viele der Bilder wirken bedrohlich. Ich arbeite mich zügig durch die Reihe, werfe immer nur einen kurzen Blick auf jedes Bild und lausche dazwischen nach unten. Wohl fühle ich mich nicht bei dem, was ich tue. Es ist nichts Verbotenes. Aber auch nichts explizit Gestattetes.

Ganz hinten, an der Giebelwand, steht eine große, einsame Leinwand. Wie alle anderen Gemälde ist auch sie mit einem Tuch abgedeckt. Ich steuere sie an, aber kurz bevor ich sie erreiche, mache ich eine Kehrtwende und wende mich der zweiten Reihe zu. Den Menschen. Den Gesichtern. Den ernsten, ängstlichen, manchmal bösen Gesichtern. Keine fröhlichen Gesichter, nicht ein einziges. Ich kenne nur ein paar davon, die meisten sind mir fremd. Auch hier überwiegt das Malen mit Ölfarben. Fett auf mager, mal lasierend, mal Nass in Nass. Ich taste mit den Fingern, suche feine Haarrisse, suche nach Fehlern. Ich finde keine.

Etwa in der Mitte stoße ich auf ein Bild mit Köpfen, die scheinbar körperlos vor einem undefinierbaren dunklen Hintergrund schweben. Ihre aufgerissenen Münder schreien stumm, ihre erstarrten Augen sind auf blutige, kopflose Leiber gerichtet, die säuberlich gestapelt auf dem Boden liegen. Und gleichzeitig auf den Betrachter. Ich verdecke es schnell wieder. Das war mein Vater. *So* hat er gemalt. So *war* er. Das Bild zeigt mir einmal mehr die große innere Zerrissenheit, die ihn prägte, seine eigene Angst.

Die letzten Bilder entdecke ich etwas versteckt hinter dem Kamin. Auch diese Bilder erkenne ich wieder, auch sie hingen früher in unserer Wohnung. Und wieder reißt etwas in mir. Und wieder verliert mein Herz seinen Rhythmus. Und wieder meldet sich dieser latente Schmerz, ganz tief in mir drin, den ich nicht aushalten, aber auch nicht abstellen kann. Es sind Bilder von *uns*, von Inga und mir. Mal zusammen, mal jede für sich allein. Bilder aus unseren ganz frühen Kinderjahren. Aus der Zeit *vor* meinem Unfall. Aus einer Zeit, als unser Leben vielleicht noch halbwegs normal war.

Das am weitesten hinten stehende Bild ist das Bild eines kleinen Kindes, das ich nicht kenne, obwohl es mir seltsam vertraut erscheint. Ich schaue es mir genauer an, betrachte mit diesem seltsamen hohlen Schmerzgefühl die blonden Locken und den unschuldig-kindlichen Gesichtsausdruck. Es erinnert mich ganz vage an jemanden. Ich glaube an Ben.

Langsam komme ich wieder bei mir an und klopfe mir fröstelnd den Staub von den Kleidern. Ich versuche das seltsame Reißen in meinem Inneren zu ignorieren und mich zu freuen. Ich habe gefunden, was ich suchte. Aber ich bin nicht froh. Ich bin eine große Wunde. Und gleichzeitig ist da eine tiefe Sehnsucht nach was auch immer. Zum ersten Mal in meinem ganzen Leben, wahrscheinlich auch zum letzten Mal, habe ich hier und in diesem Moment ein Gefühl der Nähe. Die Bilder haben mir einmal mehr gezeigt, wer mein Vater war. Ein Verlorener, aber auch ein großer Künstler. So groß, dass es mich für einen Moment beinah stolz macht. Und mutlos. Weil ich niemals erreichen kann, was er war. Auch wütend. Weil sich mir gleichzeitig die eine zentrale Frage stellt: Warum hat ihm das nicht genügt?

Ein letztes Mal gehe ich durch den Gang, ziehe links und rechts faltige Leinentücher glatt, atme und lausche. Ein Teil von ihm ist auch in mir, das habe ich nie deutlicher gespürt als in dieser halben Stunde, hier oben auf diesem staubigen Speicher. Ich möchte es nicht, aber so ist es. Es lässt sich nicht ändern.

Ich lande wieder vor der großen Leinwand, dem letzten, dem allerletzten Bild. Dem Einzigen, das mich zögern lässt. Ich bleibe stehen und schlage die Arme um meinen Körper. Irgendetwas hält mich zurück. Ein vages, undefinierbares Gefühl, eine leise, zarte Stimme. Gleichzeitig weiß ich, dass ich diesen Ort nicht verlassen kann, ohne es gesehen zu haben. Ich würde immer daran denken müssen. Wie an eine verpasste Chance. Also ignoriere ich alles in mir, die innere Stimme, den seltsam reißenden Schmerz, und ziehe kurz und heftig am staubigen Tuch. Ich drehe das Bild zu mir um, und im gleichen Moment erfasse ich, was ich sehe. Krachend fällt es mir aus den Händen, landet auf dem Boden, die Bildseite nach oben. Ich starre darauf, gefühlte Minuten, ich kann nicht aufhören zu starren, selbst dann nicht, als mein Blick mehr und mehr verschwimmt. Ich starre immer weiter, bis der Fokus anfängt sich zu verkleinern und das Bild seine Position verändert. Es kommt näher und entfernt sich wieder. Ich nehme nichts um mich herum wahr, kann nichts anderes mehr erkennen, nur das, was ich sehe: Es ist ein Haus. Ich kenne es. Ich war schon einmal dort. An Katrins Hochzeit.

45

»Thea? Thea, bist du da?« Ich höre die Stimme meiner Mutter. Und dann höre ich noch etwas, ein seltsames Geräusch. Es dauert ein paar endlose Sekunden, bis mir klar wird, dass es mein eigener keuchender Atem ist. Langsam nehme ich meine Umgebung wieder wahr, langsam beginne ich mich wieder zu orientieren. Ich bin hier, auf dem kalten Speicher meiner Mutter, bei den Bildern meines Vaters. Ich inhaliere die staubige Luft und taste mich zittrig zurück zur Luke.

Ich bin hier, will ich sagen, aber es kommt nur ein leises Krächzen heraus. Ich räuspere mich. »Ich bin hier«, versuche ich es noch einmal und lausche dem seltsamen Klang meiner Stimme. Sie klingt nicht wie meine Stimme. Vorsichtig steige ich nach unten.

Meine Mutter sieht mich prüfend an. »Ja, Thea, was machst du denn da oben? Um Gottes willen, Kind, du bist ja leichenblass. Was ist denn los?«

»Hallo, Mama.« Jetzt ist meine Stimme flach und klein. Wie bei einem verängstigten Schulkind. »Ich … mir ist kalt.«

»Was wolltest du denn auf dem Speicher?«

»Ich habe auf dich gewartet«, sage ich.

Meine Mutter sieht mich aufmerksam an.

»Ich … ich wusste nicht, dass es noch so viele Bilder von ihm gibt.«

Ihr Blick ist irritiert. »Aber warum bist du denn hier?«, fragt sie. »Ist etwas passiert? Habt ihr Streit?«

»Nein, nein. Ich wollte … Ich bin hier, weil ich dich besuchen wollte.«

»Warum hast du denn nicht vorher angerufen?«

»Ich wollte dich überraschen.« Das ist mir auf jeden Fall gelungen.

»Jetzt habe ich gar nichts vorbereitet. Ich gehe rasch zum Supermarkt und kaufe uns etwas zum Essen.«

»Nein, Mama, lass. Ich bin nicht sehr hungrig. Und ein Brot hast du ja sicher im Haus.«

Ich schließe die Luke und vermeide dabei, ihr ins Gesicht zu sehen. Sie hängt ihren Mantel an die Garderobe, zieht ihre Hausschuhe an und geht mir voraus zur Küche.

»Ich war ein bisschen spazieren. Die Luft ist so klar heute.«

Ich gehe hinter ihr und betrachte sie. Meine Mutter ist noch immer eine große schlanke und gut aussehende Frau. Die grauen Haare halblang und mit der Jeans und dem Rollkragenpullover wirkt sie jünger, als sie tatsächlich ist. Ihr Gang ist fest. Keine Spur mehr von jahrelanger Unterdrückung und Unterwerfung. Nichts, was auf all die ungezählten Demütigungen hinweist.

»Ich mache uns einen Tee. Ich hab einen guten Rotbuschtee im Reformhaus gekauft«, sagt sie.

Ich sage nichts, folge ihr nur in die Küche, schaue zu, wie sie geschäftig Wasser in den Wasserkocher füllt und die Kanne bereitstellt. Ich nehme zwei Becher aus dem Regal, trage sie zum Tisch, stelle sie ab, neben dem Buch, das dort liegt und das ich sofort an der Buddha-Statue auf dem Cover erkenne: *Siddhartha* von Hermann Hesse. Es liegt geöffnet da, mit den beschrifteten Seiten nach unten, etwas in der Mitte aufgeklappt. Ich denke sinnlose und zusammenhanglose Gedanken. Zum Beispiel, dass diese intellektuelle Lektüre nicht zu ihr passt. Dass sie damit etwas vorgibt zu sein, was sie nicht ist. Aus irgendeinem nicht erklärbaren Grund ärgert es mich, am liebsten würde ich das Buch zuklappen und eine provokante Bemerkung darüber machen. Ich stütze die Ellbogen auf den Tisch und konzentriere mich auf die Dinge, die gesagt werden müssen.

»Ich muss mit dir reden.« Wenigstens hat meine Stimme jetzt wieder einen festen Klang.

»Also doch! Ihr habt Streit!«

»Nein. Das ist es nicht. Wirklich nicht.«

»Ach Thea, da stimmt doch etwas nicht. Schon seit Dezember, seit du in Nürnberg warst.«

»Du hast recht. Es stimmt etwas nicht. Es stimmt sogar einiges nicht. Aber das, was in Nürnberg passiert ist, war nur die Folge davon. Was genau nicht stimmt, oder besser gesagt: Warum etwas nicht stimmt, das versuche ich herauszufinden. Deshalb bin ich hier.«

Sie setzt sich zu mir an den Tisch und schweigt. Ihr Gesicht nimmt diesen verschlossenen Ausdruck an, den ich so gut kenne. Wie zerbrechlich sie aussieht. Und so blass. Ich erkenne, dass sie nicht nur schlank ist, sondern mager. Mein Ärger wird zur Sorge. Ist sie krank? Und würde ich ihr in diesem Fall nicht zu viel zumuten?

Sie steht wieder auf, um das kochende Wasser in die Kanne mit dem vorbereiteten Teesieb zu schütten. Ich sehe, dass ihre Hände zittern. Es rührt mich, sie so schwach zu sehen. Aber es nutzt nichts. Ich kann uns beiden diese Frage nicht mehr ersparen.

»Was ist das für ein Haus?«

Ein kurzes Erschrecken, dann fasst sie sich wieder. »Welches Haus?«

»Das auf dem Bild. Es steht an der Giebelwand?«

»Ach Kind, da oben sind so viele Bilder, woher soll ich wissen …« Sie antwortet mit leichtem Ton, bemüht, sich nichts anmerken zu lassen, aber meine seismografischen Antennen sind ausgefahren.

»Ich meine das alte efeubewachsene Haus mit den grünen Klappläden.« Ich beobachte sie genau.

»Ach, das war irgendein Haus, das deinem Vater gefallen hat.«

»Ich kenne es.«

Jetzt kann sie ihr Erschrecken nicht mehr verbergen. Sie starrt mich an. »Du kennst es?«

»Ja. Ich war da.«

»Du warst da?« Ihre Gesichtsfarbe wechselt von sehr hell in aschfahl.

»Ja«, sage ich schonungslos.

»Wann?«

»Vor etwa einem halben Jahr. An Katrins Hochzeit.«

46

Während ich von Katrins Hochzeit, dem Versuch des Bruders, die Braut zu entführen, von der Fahrt in dieses nur rund fünfzehn Kilometer von meinem Wohnort entfernt liegende Haus berichte, habe ich das Gefühl eines Déjà-vu.

Ihre nervöse Unruhe ist so offensichtlich, dass ich sicher bin, auf ein gut gehütetes Geheimnis gestoßen zu sein. Aber auf welches? Und warum?

»Es war der Fliesenboden, Mama. Schwarz-weiße diagonal verlegte Fliesen. Und die Treppe. Ich kannte den Boden, und ich kannte die Treppe.«

Sie knetet ihre Hände. So, wie ich selbst es oft tue. »Ja«, sagt sie endlich. »Ja, du kennst das Haus.«

»War es *unser* Haus?«

»Es war unser Haus. Du hast dort gewohnt. Neun Jahre lang.«

»Aber warum? Ich meine, warum hast du mich belogen?«

Sie antwortet nicht.

»Mama!«

»Ach, Thea.« Ihre Stimme ist ein Flüstern. »Ich verbinde so schreckliche Erinnerungen mit diesem Haus. Ich wollte nicht, dass einer von uns es je wieder sehen muss. Oder betritt. Auch du nicht. Vor allem du nicht.«

»Warum?«

»Mein Gott! Du wärst damals fast gestorben. Dieses verfluchte Haus. Es hat uns kein Glück gebracht.«

»Man kann doch einem Haus keine Schuld an einem Unfall geben. Wenn man hier von Schuld spricht, dann kann man mir einen Vorwurf machen, weil ich verbotenerweise auf dem Geländer gerutscht bin. Oder euch, weil ihr wusstet, dass das Geländer instabil war und ihr nichts dagegen unternommen habt.«

Sie schweigt, den Kopf gesenkt. Alles an ihr strahlt Schuldbewusstsein aus.

»Ein Freund von Katrins Bruder hat es gekauft und will es sanieren«, erzähle ich. »Das Haus … es ist sehr schön. Es hat einen ganz besonderen Charme.«

Wieder entsteht eine Pause. Ich spüre, dass meine Mutter dieses Gespräch gerne beenden möchte, aber ich lasse es nicht zu.

»Haben wir da gewohnt? Bis zu dem Unfall, meine ich?«

»Ja.«

»Wie war es, dort zu wohnen?«

»Ich … ich habe mich niemals wohlgefühlt dort. Im Winter war es kalt und zugig. Außerdem war es viel zu groß für uns.«

»Für uns Kinder war es doch sicher ein Paradies. Der Garten und die Lage …« Ich unterbreche mich. Nein. Wo mein Vater war, konnte kein Paradies sein. »War es denn wirklich UNSER Haus? Ich meine, hat es uns gehört?«

»Ja, es war unser Haus.«

»Habt ihr es gekauft?«

»Gekauft? Nein, dafür hatten wir kein Geld. Es war sein Erbteil. Er bekam es schon vor dem Tod seiner Eltern, weil er ständig Geld gefordert hat.«

»Es ist ein so schönes Haus. Bestimmt war es schon damals ein Vermögen wert.«

»Es war groß und oberflächlich gesehen auch schön. Aber man hätte viel investieren müssen. Die Fenster waren schon damals alt und nur einfach verglast. Und wenn ich an die alte Kohleheizung denke. Wie oft die nicht richtig funktionierte. Genau wie der Ofen im Wohnraum.«

»Als ich an Katrins Hochzeit aus dem Auto ausgestiegen bin, hatte ich sofort so ein komisches Gefühl. Vertraut und doch fremd. Und als ich drin war und die Treppe und den Boden gesehen habe … mir wurde schlecht. Ich meine, richtig schlecht. So schlimm, dass ich mich übergeben musste.«

»Siehst du«, sagt sie, und jetzt sieht sie mich an. »Deshalb wollte ich nicht, dass du es noch einmal sehen musst. Dein Unfall …«

»Ach Mama, das zeigt doch nur, dass ich diesen Unfall überhaupt nicht verarbeitet habe. Dass da etwas in mir ist, das mich quält. Ich glaube, es war gut für mich, das Haus zu finden.« *Vielleicht hat es ja auch mich gefunden. Vielleicht ist es der Schlüssel.* »Vielleicht hilft es mir, endlich meine Albträume zu überwinden.«

»Deine Albträume?«

»Na ja, eigentlich ist es *ein* Albtraum, immer der gleiche. Ich stürze. Und im Fallen wache ich auf.«

Sie wird noch eine Spur bleicher. »Ach Thea. All die Jahre versuche ich, mit der Vergangenheit abzuschließen.

Mit eurem Vater, dem Haus, dem Unfall. Ich konnte damals nicht da bleiben.«

»Ich finde es seltsam, dass ich mich überhaupt nicht daran erinnern kann. Ich meine, ich habe ja ein paar Erinnerungen, aber nur ganz wenige. Und nie in Verbindung mit dem Haus.«

»Du hast es aus deinem Gedächtnis gelöscht. Und das aus gutem Grund. Belass es dabei. Vergiss es wieder.«

»Aber ich WILL es nicht vergessen. Ich will wissen, was war. Ich will mich erinnern.«

»Mein Gott, an was willst du dich denn erinnern?«

»An uns. An unsere Familie. An unseren Vater. Wie er war. Wie er zu uns Kindern war.«

»Euer Vater? Du weißt doch, wie er war. Du weißt, wie es mit ihm war.«

»Ich weiß noch einiges, aber ich glaube etwas Wesentliches fehlt. Etwas, das vielleicht der Schlüssel sein könnte. Ich glaube, es hat mit ihm zu tun. Und mit dem Haus.«

Wieder schweigt sie, schaut auf ihre jetzt gefalteten Hände und schließt die Augen. Betet sie? Sie macht es mir nicht leicht, aber ich bin nicht gewillt aufzugeben. Dieses Mal nicht.

»Okay, fangen wir ganz von vorne an. Du hast ihn kennengelernt, als du bei ihm Modell gesessen hast?«

Sie seufzt. »Ich war eine junge Studentin.«

Das klingt jetzt nach: *Ich war jung und brauchte das Geld.* »Ich weiß. Mama, das soll kein Verhör werden. Du sitzt nicht auf der Anklagebank. Ich brauche deine Hilfe. Mir fehlen vielleicht Erinnerungen, die ich unbedingt brauche, um mein eigenes kaputtes Leben wieder in den Griff zu bekommen.«

»Dein kaputtes Leben? Mein Gott, Kind! Du hast doch alles. Dir geht's doch gut.«

Na klar. Da haben wir es wieder. *Dir geht's doch gut. Du hast doch alles.*

»Nein, eben nicht!«, sage ich eine Spur zu heftig. »Ich weiß, ich habe keine finanziellen Probleme, wie du sie früher hattest. Ich habe auch keinen Mann, der trinkt und mich schlägt. Aber ich habe … da ist etwas in mir, das mich auffrisst. Irgendetwas, das mich zerstört. Es könnte etwas sein, das mit meiner Kindheit zu tun hat.«

»Ich weiß nicht, ob ich dir helfen kann.«

»Das weiß ich auch nicht. Aber wir könnten es versuchen.«

Sie bleibt stumm.

»Bitte, Mama.«

Sie zuckt hilflos mit den Schultern und sieht dabei so schutzlos und verloren aus, dass ich schon wieder ein ganz schlechtes Gewissen bekomme. Tatsächlich bin ich einen Moment geneigt, die ganze Aktion abzublasen. Aber dann denke ich an Frau Faber. Ich möchte, dass es ein Ende hat. Ich möchte endlich wissen, was damals passiert ist.

»Also«, sage ich ruhiger, als mir zumute ist. »Ihr habt euch verliebt. Dann seid ihr nach kurzer Zeit zusammengezogen, und du hast dein Studium für ihn aufgegeben.«

»Ja.«

»Warum so schnell?«

»Er wollte mich immer in seiner Nähe haben.«

»Wart ihr denn glücklich zusammen? Ich meine am Anfang?«

Sofort verändert sich der Ausdruck ihres Gesichts. »Das waren wir.« Ihre Augen leuchten. »Das waren wir wirklich. Wir waren so verliebt und ganz verrückt aufeinander.«

Es ist etwas, das ich mir nur schwer vorstellen kann: mein Vater, jung und verliebt. Aber für einen Moment kann ich das Glück sehen, ihre bedingungslose Hingabe, ihre Liebe. »Was haben denn deine Eltern dazu gesagt. Oma mochte ihn nicht, oder?«

Das Bild einer großen Frau mit strengem Blick erscheint vor meinem inneren Auge. Sie ist gestorben, als ich sechs war. Ihr Mann, mein Großvater, hatte nicht viel zu melden. Vielleicht hätte er dem Leben noch etwas abgewinnen können nach ihrem Tod. Aber da war er schon krank. Er hatte Krebs und starb zwei qualvolle Jahre später.

»Sie war natürlich nicht begeistert. Sie verbot mir sogar, ihn zu sehen. Sie fand seine Malerei brotlos, und dann war er auch noch so viel älter als ich. Beinah zwanzig Jahre.«

»Na ja, brotlos war seine Malerei ja nicht gerade.«

»Der Erfolg kam erst später. Da wart ihr schon geboren.«

»Jedenfalls hast du dich durchgesetzt.«

»Ja«, seufzt sie. »Ich habe mich durchgesetzt.«

»Und dann?«

»Ich wurde schwanger. Wir haben geheiratet. Es gab keine andere Möglichkeit. Nicht zu dieser Zeit.«

»Also keine Liebesheirat?«

»Doch natürlich. Wir liebten uns. Aber dazu hätten wir nicht heiraten müssen.«

»Erzähl mir von der Hochzeit.«

»Sie war nur standesamtlich.«

Kein Wunder. Mein Vater war ein überzeugter Gegner

der Kirche. Nicht nur Atheist, sondern absoluter Antichrist. Für die Kirche und den katholischen Glauben meiner Mutter hatte er immer nur Spott übrig.

»Erzähl mir davon.«

»Es war keine schöne Hochzeit. Mit seiner Familie lag er im Streit. Deshalb hatten wir auch kein Geld für eine Feier. Nur zwei seiner Freunde und meine Eltern. Nach der Trauung hat meine Mutter gesagt: Du wolltest ihn, jetzt sieh zu, wie du klarkommst. Ich helfe dir nicht, wenn's Probleme gibt.«

Nein, das klingt nicht nach einer schönen Hochzeit. »Trank er da schon?«

»Ja. Nicht so exzessiv wie später, aber auch da schon zu viel. Aber das habe ich erst gar nicht begriffen. Ich war so jung und naiv. Ich dachte, er ist Künstler, da braucht er ein bisschen Inspiration.«

»Warum hast du ihn nicht verlassen? Warum hast du ihn nie verlassen?«

Ihre Schultern sacken kraftlos nach vorn. Es dauert eine Weile, bis sie mir antwortet. »Weil ich ihn liebte. Ich hätte ihn nicht verlassen können.« Sie sieht mich an. »Niemals!« Ihre Augen füllen sich mit Tränen.

Liebe, denke ich. *Das ist doch kein Freibrief für alles.*

»Ich hab mich so nach ihm gesehnt. Immer. Nach dem, was am Anfang zwischen uns war. Aber es kam nie mehr zurück.« Jetzt weint sie, und es zerreißt mir das Herz, sie so zu sehen.

»Was hat er denn zu deiner Schwangerschaft gesagt?«, frage ich weich.

Sie antwortet nicht. Ich greife nach der Teetasse. Meine Hände sind eiskalt, mein Herz wird starr wie ein Klumpen Stein. »Klingt nicht nach Begeisterung.«

»Er hat sich auf dich gefreut, das musst du mir glauben. Wir haben uns beide gefreut.«

»Na klar.« Ich schnaube verächtlich und schaue aus dem Fenster. Die Welt sieht so freundlich aus, wenn die Sonne scheint. »Als ich dann geboren war, wie … wie hat er sich verhalten? Ich meine, hat er sich um mich gekümmert?«

»Er war so stolz auf dich.«

»Stolz?« Ich möchte lachen, lasse es aber. »Okay. Aber hat er sich auch gekümmert? Ich meine, war er ab und zu mit mir allein?« Ich steuere uns mit meinen Fragen allmählich zum Grund meines Besuchs.

»Es war schwierig. Du hast als Baby viel geweint, und er konnte deswegen oft nicht arbeiten.«

»Ich war also so etwas wie ein schreiender Störfaktor.«

»Für mich nicht. Nie. Für mich warst du die Sonne.«

»Hat er dich auch wegen mir geschlagen?«

Sie senkt den Blick. »Er hat mich geschlagen, weil …«

»Weil?«

»Weil er selbst so verzweifelt war.«

Einen Moment habe ich wirklich das Gefühl, mich übergeben zu müssen. Schnell trinke ich einen Schluck Tee, um mich und meinen rebellierenden Magen wieder zu beruhigen. »Okay«, sage ich. »Irgendwann war ich ja kein Baby mehr. Was war dann?«

»Na ja, dann hat er sich schon hin und wieder um dich gekümmert. Vor allem, als Inga dann auch noch da war.«

»Was heißt gekümmert? War er dann mit mir allein? Im Atelier?«

»Manchmal hat er dich dahin mitgenommen, ja. Du hattest immer so viel Freude am Malen. Und du warst auch gern bei ihm. Warum willst du das wissen?«

»War ich das? Gern bei ihm?«

»Natürlich. Du hast wer weiß wie oft gebettelt, weißt du das nicht mehr? Du hast getobt, wenn er keine Zeit hatte.«

»Du meinst, wenn er so besoffen war, dass man mich nicht mit ihm allein lassen konnte.«

»Er hat es doch versucht. Er … er war krank.«

Ja, das war er wohl. Er war auf egoistische und rücksichtslose Weise krank. »Wie war es später, als ich etwas älter war? Also in der Zeit vor dem Unfall.«

»Was meinst du?«

»Na ja, wie oft war ich im Atelier mit ihm allein?«

»Ab und zu.«

»Und wie lange?«

»Vielleicht mal eine Stunde. So viel Geduld hatte er nicht. Warum fragst du so komisch?«

Eine Stunde mit ihm allein. »Kam das öfter vor?«

»Manchmal, wenn er einen guten Tag hatte, durftest du auch schon mal länger bleiben. Dann hast du stundenlang an einem Bild gearbeitet. So wie er.«

Ich hole tief Luft. Das Seltsame ist: An solche Stunden erinnere ich mich. Sie gehören zu den wenigen schönen Erinnerungen. Aber war das alles? Oder war da noch mehr? »Und Inga?«, frage ich. »Sie auch?«

»Ja, Inga auch. Aber Inga und er konnten nicht so viel miteinander anfangen. Sie hatte kein Talent zum Zeichnen.«

Ich zögere. Ein innerlicher Kampf. Aber ich muss diese Frage stellen. Sonst trete ich immer auf der Stelle. Bis in alle Ewigkeit. »Mama, kann es sein, ich meine, hältst du es für möglich, dass er mich oder auch Inga, dass er uns missbraucht hat?«

Sie starrt mich an. Ein Moment der Fassungslosigkeit. »Missbraucht? Um Gottes willen, nein! Niemals! Wie kommst du denn auf einen solchen Unsinn!«

Ja, wie komme ich auf einen solchen Unsinn. Verrückte Thea. »Es könnte vor meinem Unfall passiert sein. Da sind so viele Lücken in meiner Erinnerung«, beharre ich.

»Hör auf! Er hat euch nicht angerührt. Niemals! Nicht so!« Sie sitzt vor mir auf dem Stuhl und sieht mich an. Fest und klar jetzt. Sie nimmt meine Hände. »Er war sicher nicht das, was man unter einem liebevollen und fürsorglichen Vater versteht, aber, Thea, er hat euch geliebt. Und so hat er euch nicht angerührt. Nie. Das weiß ich einfach. Das musst du mir glauben.«

47

Auf dem Rückweg bin ich zwar um einige Antworten reicher, aber ich habe auch schon wieder neue Fragen im Gepäck. Die wichtigste Antwort habe ich erhalten: Es ist tatsächlich das Haus, in dem ich die ersten neun Jahre meines Lebens verbracht habe. Die wichtigste Frage ist aber unbeantwortet geblieben: Was ist dort geschehen? Abgesehen von meinem Unfall. Denn dass dort irgendetwas sehr Dramatisches passiert ist, mein persönliches monotraumatisches Erlebnis, das steht für mich jetzt außer Frage.

Trotzdem haben wir heute – und zwar zum allerersten Mal, solange ich denken kann – sehr viel über meinen Vater, über unsere Familie gesprochen. Auch über die Großeltern, die ersten Jahre ihrer Ehe, meine und Ingas

Kindheit. Endlich ist sie meinen vielen Fragen nicht ausgewichen, jedenfalls nicht allen, endlich hat sie mit mir geredet. Auch wenn ich noch immer nicht weiß, was sie mir verschweigt und was mein Unterbewusstsein so konsequent unter Verschluss hält, erkenne ich es als das, was es ist: ein beachtlicher Fortschritt.

Einer Eingebung folgend nehme ich nicht den direkten Weg nach Hause, sondern einen kleinen Umweg. Jetzt, wo ich von diesem Puzzleteil meiner Vergangenheit weiß, zieht es mich mit aller Kraft dorthin. Mein Orientierungssinn ist nicht der Beste, ich muss mich konzentrieren, um den Weg zu finden. Das hat den Vorteil, dass ich für eine Weile alles andere ausschalte. Es war eine Abzweigung hinter der nächsten Ortschaft, irgendeine kleine unscheinbare Seitenstraße. Links standen drei Pappeln, und rechts war eine eingezäunte Weide, daran glaube ich mich zu erinnern. Und tatsächlich, kaum lasse ich den Ort hinter mir, erkenne ich die Pappeln. Und da ist auch der Weg.

In der Nachmittagssonne ist das Haus noch schöner, als ich es in Erinnerung habe. Von außen wirkt es gar nicht mehr so bedrohlich, es hat schon etwas beinah Vertrautes. Ich steige aus und umrunde das Haus, lasse mich gefangen nehmen von der seltsamen Stimmung, die mich jetzt erfasst. Gleichzeitig bewundert die Architektin in mir die Symmetrie der Fenster, die klare Gliederung, die angenehme proportionale Gestaltung.

Hier ist er also, denke ich. Der Ort meiner Kindheit. Der Ort, an dem ich die ersten neun Jahre meines Lebens verbracht habe. Ein Ort mit einem Geheimnis, das zu lüften ich entschlossen bin.

Wieder vor dem Eingang angekommen, rufe ich Inga an. Ich finde, sie sollte wissen, was ich heute erfahren habe. Und irgendwie ist da die Hoffnung, dass sie ihre Meinung vielleicht doch noch ändert. Dass der Weg, der vor mir liegt, auch ihrer sein wird. In nervöser Erwartung lausche ich in den Hörer, ein leichtes *Hallo, Inga* schon auf den Lippen. Aber wieder einmal meldet sich nur die Mailbox. Die ganze Welt redet von ständiger Erreichbarkeit, nur ich erreiche niemanden. Ungeduldig warte ich das Signal ab und informiere meine Schwester kurz über die neuen Erkenntnisse.

»Inga, ich weiß jetzt, wo wir früher gewohnt haben. Ich weiß, wo das Haus ist.« Meine Stimme flattert, ich kann meine Aufregung nicht ganz verbergen. »Bitte ruf mich zurück. Es ist wichtig! Bitte, Inga!« Dann stecke ich das Handy wieder in meine Jackentasche und widme mich dem Grund meines Hierseins: dem Ort meiner Kindheit.

48

Die Haustür ist alt, aus Holz und natürlich abgeschlossen, wie ich jetzt feststelle. Auch die Fenster sind zu und zum größten Teil mit alten Brettern vernagelt. Alles wirkt marode und wenig stabil, aber als ich an einem der Bretter ziehe, hält es stand. Ich gehe auf die Rückseite und lasse meine Blicke schweifen. An den Fensterläden blättern die letzten grünen Farbreste ab, einige sind von Efeuranken überwuchert. Ich reiße ein paar Ranken ab, bis mir ein Klappladen entgegenfällt und ich vor Schreck fast umfalle. Ich stelle ihn an das Geländer der Veranda und wende mich der entstandenen Lücke zu. Ein Stück Fensterglas, ziemlich schmutzig, beinah blind, aber frei. Ich presse mein Gesicht an die Scheibe und starre. Aber ich kann nichts erkennen, es ist zu dunkel. Entmutigt lasse ich die Hände wieder sinken und drehe mich um. Vor mir liegt ein großer von Unkraut überwucherter Garten. Alte Erlen und Pappeln wiegen in majestätischer Größe ihre Häupter, und eine blühende Hecke säumt die Grenze zum Wald. Drumherum ist eine Bruchsteinmauer, vielleicht einen Meter hoch und an einigen Stellen heruntergebrochen. Ich drehe mich einmal um mich selbst, sehe das Haus, den Garten, den Wald, die Vernachlässigung. Ich lasse die vielen Eindrücke auf mich einströmen, kann sie nicht filtern und auch nicht sortieren. So wenig, wie ich mit Sicherheit sagen kann, ob oder an was ich mich hier erinnere. Aber die ganze Zeit spüre ich dieses eigentümliche Gefühl der Vertrautheit. Das Haus und ich. Ich und das Haus.

Dann entdecke ich eine alte Schaukel im Garten, und da ist sie: die erste Erinnerung. Ich sehe mich als kleines Kind, erinnere mich an meine Freude und an die schnellen Bewegungen. *Höher, Papa, höher.*

Mein Blick wandert zurück zum Haus. Da ist noch eine Tür, die ich vorhin übersehen habe. Sie ist ebenfalls mit Brettern vernagelt. Ich greife nach einem und ziehe wie eine Besessene. Das Brett bleibt, wo es ist. Ich versuche es mit einem anderen und rutsche ab. »Autsch!«, sage ich und stecke meinen lädierten Finger in den Mund. Das Einzige, was hier nicht standgehalten hat, war mein Fingernagel.

In dem Fenster neben mir entdecke ich zwischen den Efeuranken ein weiteres freies Stück Glas. Das Licht der

Sonne bricht sich darin und lässt es leuchten. Ich lege meine Hände an den Kopf und presse mein Gesicht an die Scheibe. Und endlich kann ich etwas erkennen: Schiffsparkett auf dem Boden und ein alter Ofen an der Wand. Und wieder blitzt eine Erinnerung auf. Plötzlich habe ich ein deutliches Bild vor mir: Ich sitze auf dem Boden und schaue meiner Mutter zu, die schimpfend versucht, einen Ofen in Gang zu bringen. Es ist dieser Boden, und es ist dieser Ofen. Ich lasse die Hände wieder sinken und atme tief durch. Das Bild meiner Mutter war so deutlich, dass ich einen Augenblick glaube zu träumen.

Ich laufe durch das, was einmal ein Garten war und setze mich auf die Bruchsteinmauer. Hier riecht es überall nach feuchter Erde und modernden Blättern, nach Tod und Verfall. Aber da ist auch noch ein anderer Duft, ich kann ihn nicht zuordnen und auch nicht erklären. Ein Geruch nach etwas Vertrautem, etwas, das ich kenne.

Ich schaue mich um, atme die vertraut riechende Luft und versuche an nichts zu denken, nur zu fühlen. Die Sträucher, die Bäume, die Steine, sie alle scheinen mit mir zu sprechen. Sie sind fremd und doch vertraut. *Wir kennen dich,* sagen sie.

Hier bin ich aufgewachsen, hier in diesem Garten habe ich gespielt, durch diese Tür bin ich unzählige Male ein- und ausgetreten. Ich fühle meine Erinnerungen, aber ich kann sie nicht sehen. Es ist, als wäre ich aus der Zeit gefallen, als hätte mein Leben heute nichts mehr mit mir zu tun.

Kalter Wind streift mein Gesicht. Ein kleiner schwarzer Käfer krabbelt über meine Hand, ich sehe ihm zu, wie er unbeirrt seinen Weg von hier nach dort nimmt, und lasse mich tragen von einem matten Gefühl der Zeitlosigkeit.

Oberflächlich gesehen könnte man sagen, dass mein Leben seit rund einem Jahr aus den Fugen geraten ist. Aber das stimmt so nicht. Es hat früher angefangen. Viel früher. Es hat hier angefangen. In diesem Haus. Das weiß ich jetzt.

Wie in Trance gehe ich irgendwann zurück zum Wagen. Kaum habe ich mich angeschnallt, klingelt mein Handy. Inga. Das Telefongespräch mit meiner Schwester ist kurz. Das Haus ist ihr egal. Meine *Erkenntnisse* sind es auch. Ich solle sie mit meiner Therapeutin teilen. Aber sie hat mich lieb, ich bin schließlich ihre große Schwester. Kann mir das nicht genügen?

Ich wende den Wagen und fahre los. Zu Hause bereite ich einen Salat und einen Kartoffelgratin vor und warte.

Ich muss endlich mit Andreas reden. Über *alles*. Ich bin zu allem bereit.

49

Andreas ist nicht gekommen, und es hat keinen Sinn mehr, noch länger auf ihn zu warten. Ich esse etwas von dem Gratin und Salat und tigere anschließend ruhelos vor dem dunklen Fenster auf und ab. Draußen pfeift der Wind, für die Nacht sind stürmische Böen und Regen vorausgesagt. Ich habe es mir hier so hell wie möglich gemacht, jede noch so kleine Lampe ist eingeschaltet, aber die düstere Stimmung des bevorstehenden Sturms hat sich überall breitgemacht. Auch in mir drin. Zum vierten

Mal wähle ich Andreas' Nummer. Ich lausche dem Rufton, einmal, zweimal, dreimal, mein Herz schlägt dumpf. Dann seine Ansage: *Dies ist die Mailbox von Andreas Brandner. Im Moment bin ich nicht zu erreichen. Hinterlassen Sie Ihren Namen, Ihre Telefonnummer und den Grund Ihres Anrufs, ich rufe Sie gerne zurück.*

»Andreas, ich bin's noch mal. Wann kommst du? Melde dich doch bitte.«

Ich gehe von der Küche ins Wohnzimmer und vom Wohnzimmer wieder in die Küche. Ich öffne den Kühlschrank und greife nach einer Flasche Chardonnay. Ich schenke mir ein Glas ein, nippe daran und kippe ihn in die Spüle, weil er mir zu sauer ist. Wieder im Wohnzimmer nehme ich eine Zeitschrift in die Hand und fange an, darin zu blättern. Nach einer Minute lege ich das Magazin zurück auf den Tisch, weil die Buchstaben vor meinen Augen zu tanzen beginnen. Ich schalte den Fernseher ein. Ich atme tief, ich versuche, mich mit einer Dokumentation über Indien und die Folgen jahrelanger Fehlpolitik abzulenken.

Ich habe Angst, wahnsinnig zu werden. Ich habe Angst.

Das Telefon klingelt. »Hallo Thea, es tut mir leid. Ich habe gerade erst deine Nachrichten gehört. Was gibt es denn Wichtiges?«, höre ich Andreas' vertraute Stimme.

Eine ganze Welt, denke ich, aber natürlich fällt mir jetzt nichts ein. Nichts, was sich über eine Telefonleitung klären lässt. »Ich wollte nur wissen, wann du nach Hause kommst?«

»Ich komme heute nicht. Wir haben bis jetzt getagt, und morgen früh geht es um sieben schon wieder weiter. Ich übernachte hier im Hotel.«

Das Gefühl der Enttäuschung ist unmittelbar und sehr stark. »Ach so?«

»Ist das ein Problem?«

»Nein. Natürlich nicht.«

»Ist alles in Ordnung?«

Ich zögere ganz kurz. »Ja. Alles gut.«

»Okay. Dann bis morgen.«

»Bis morgen.« Ich halte das Telefon fest, warte noch, hoffe auf ein Zeichen, auf ein vertrautes Wort, aber es kommt nichts. Es dauert eine Weile, bis ich begreife, dass er aufgelegt hat.

In der Küche werfe ich einen Blick auf den Rest des gewaschenen Salats und das leere Weinglas. Ich stelle den Salat in den Kühlschrank, das Glas in die Spülmaschine, lösche alle Lichter und gehe nach oben. Ins Bad. Vor meinen Spiegel. In mein kaltes Bett. Zu meinem Traum.

50

»Ach, Katrin. Was soll ich nur machen? Die letzte Nacht war so schrecklich, und jetzt weiß ich einfach nicht, wie ich diese endlosen Stunden überstehen soll.« Ich schlucke. »Ich sehne mich so sehr nach Andreas. Nach *meinem* Andreas.« Das stimmt. Ich sehne mich danach, dass er mich in den Arm nimmt. Dass er mir sagt, dass alles wieder gut wird. »Ich komme mir so amputiert vor ohne ihn«, jammere ich.

»Wie lange dauert dieses Seminar denn?«

»Keine Ahnung. Wahrscheinlich bis heute Abend.«

»Und was ist mit deinen Kindern?«

»Sie würden nur Fragen stellen. Und dazu habe ich im

Moment überhaupt keine Kraft. Erst müssen die Fragen zwischen Andreas und mir geklärt werden.«

»Ach, Thea.« Katrins weiche Stimme klingt mir tröstlich entgegen.

Ich putze mir die Nase und versuche mich zusammenzureißen. »Es liegt wahrscheinlich daran, dass ich zu viel Zeit zum Nachdenken habe«, sage ich mit einem falsch klingenden kleinen Lachen.

»Noch keine Aussicht auf einen neuen Job?«

»Nein. Ich hatte letzte Woche zwei Bewerbungsgespräche, aber …«

»Aber?«

»Nichts. Zwei Absagen.«

»Magst du für ein paar Tage hierherkommen?«

»Nein, das geht nicht. Ich kann nicht weg hier. Nicht jetzt, wo ich das Gefühl habe, dass gerade alles auseinanderbricht.«

Einen Moment herrscht Schweigen.

»Und Inga? Kann die nicht kommen?«

»Nein«, ich schüttle den Kopf, was Katrin natürlich nicht sehen kann. »Ich habe versucht mit ihr zu reden. Über meinen Verdacht, du weißt schon.«

»Und?«

»Sie glaubt, dass ich mir da etwas zurechtspinne. Außerdem will sie die Vergangenheit endlich hinter sich lassen, wie sie sagt. Noch nicht einmal, als ich ihr von dem Bild und dem Gespräch mit unserer Mutter erzählt habe, wollte sie …«

»Welches Bild?«

»Das Bild von dem Haus.«

»Welches Haus?«

»Das Haus, in dem wir an deiner Hochzeit waren.«

»Thea, erzähl mir auf der Stelle, was los ist. Was ist damit?«

»Es ist das Haus, in dem ich als Kind gewohnt habe. Bis ich neun war. Bis zu dem Unfall.«

»WAS?«

»Ich wusste es bis gestern selbst nicht«, sage ich und erzähle Katrin vom gestrigen Tag.

»Das ist ja ein Ding. Und du kannst dich überhaupt nicht mehr an die Zeit dort erinnern?«

»Nein. Aber es hat sich ja schon an deiner Hochzeit gezeigt, dass da irgendetwas nicht stimmt.«

»Das muss echt ein Schock für deine Mutter gewesen sein.«

»Es war für uns beide ein Schock.« Wieder lache ich ein unfrohes Lachen. »Weißt du, was das Seltsame dabei ist?«

»Nein. Ich meine: Was?«

»Als ich gestern dort war, da war es zwar immer noch irgendwie bedrohlich, aber gleichzeitig auch so vertraut. Ich weiß, das klingt jetzt verrückt, aber es war ein bisschen so, als hätte es auf mich gewartet.«

»Na ja, du hast dort immerhin deine ersten neun Lebensjahre verbracht. Und abgesehen von deinem Unfall und … deinem Vater, ich meine, es war ja bestimmt nicht alles schlecht.«

»Nein, *alles* wahrscheinlich nicht. Ach, Katrin. Wenn ich doch nur genau wüsste, was damals passiert ist.«

»Glaubst du denn immer noch, dass dein Vater dich missbraucht hat?«

»Ich weiß es nicht. Es wäre einfach eine Erklärung für so vieles.«

»Aber deine Mutter hält es für ausgeschlossen?«

»Ja. Und in diesem Punkt klang sie auch ziemlich überzeugend. Nur weiß ich nicht, ob ich ihr noch glaube. Irgendetwas verschweigt sie mir jedenfalls, da bin ich sicher.«

»Das ist wirklich alles ein ganz schönes Durcheinander.«

»Ja. Du, ich muss Schluss machen, es klopft, da ist noch ein Gespräch in der Leitung.«

»Okay. Melde dich, wenn du wieder reden willst. Oder wenn es etwas Neues gibt. Ruf mich einfach an, egal wann.«

»Mach ich. Mach du dir vor allem keine Sorgen um mich.« Wieder lache ich nervös. »Ich habe die Situation hier im Griff. Und grüß Hanno von mir.«

Ich drücke in schneller Folge erst den roten, dann den grünen Hörer.

»Hallo, Mama. Ich wollte gerade auflegen. Ist alles in Ordnung?« Noras Stimme klingt gewohnt besorgt.

»Ja, alles gut. Was ist denn?«

»Nichts. Ich wollte nur mal hören, wie es euch geht.«

»Papa ist auf einem Seminar. Er kommt erst heute Nachmittag.«

»Ach. Schon wieder?«

»Ja. Ich bin hier mutterseelenallein. Was macht denn Frida?«

»Frida isst gerade ein Käsebrot. Das heißt, das meiste davon verteilt sie auf dem Boden. Wir gehen gleich zum Mutter-Kind-Turnen.«

»Wie schön«, sage ich und kann meine Erleichterung nicht ganz verbergen.

»Mama, ist wirklich alles in Ordnung?«

»Ja, mein Schatz. Alles klar. Es ist nur …«

»Was?«

»Gestern war ich bei Oma. Da habe ich entdeckt, dass es noch haufenweise Bilder von deinem Großvater gibt. Auf dem Speicher.«

»Oh! Die würde ich auch gerne einmal sehen. Ich kenne ja nur die, die bei uns zu Hause hängen.«

»Wenn wir sie das nächste Mal besuchen, schauen wir uns die Bilder zusammen an.«

»Willst du sie verkaufen?«

»Nein. Sie gehören mir ja nicht.«

»Aber um nur auf dem Speicher zu stehen, sind sie doch auch zu schade.«

»Das ist Omas Entscheidung.« Ich zögere einen Moment. »Du, da ist noch etwas«, sage ich vorsichtig. Ich atme tief durch, und dann erzähle ich Nora von dem Haus.

»Wahnsinn! Zeigst du es mir?«

Ich zögere wieder. »Ja. Natürlich.«

»Wann?«

»Bald.«

Sie gibt sich zufrieden, und ich beende das Gespräch. Was ich am Ende verschweige, ist mein eigener Verdacht. Ein solcher Verdacht ist gravierend und schrecklich. Ich kann sie nicht damit belasten, nicht, solange ich es nicht wirklich weiß.

51

»Hallo.« Andreas kommt auf mich zu und küsst mich auf die Wange.

»Hallo.«

»Tut mir leid, dass du gestern auf mich gewartet hast. Ich dachte, dir wäre klar, dass ich dort übernachte.«

»War es denn gut, dein Seminar?«

»Sehr gut. Es ging um öffentliche Ausschreibungen.« Er lächelt mir zu, aber es ist kein warmes Lächeln. Seine Augen lächeln nicht. »Nicht sehr spannend für dich, schätze ich.«

Ich sehe ihm nach, wie er mit seiner schweren Tasche nach oben geht.

»Was hast du vor?«, frage ich.

»Duschen und umziehen.«

»Hunger?«

»Eigentlich nicht. Ich habe schon gegessen.«

Als er kommt, lässt er sich mit einem müden Seufzen auf einen Sessel fallen und schaltet die Sportschau an. Ich beobachte ihn aus den Augenwinkeln und warte, ohne genau zu wissen worauf. Vielleicht auf ein Wort oder auf einen Blick. Auf irgendetwas, das mir zeigt, dass er bei mir ist. Andreas wirkt abgelenkt, immer wieder fährt er sich mit der Hand durch das feuchte Haar, so als müsse er prüfen, ob es endlich trocknet. Dieses volle, kräftige schwarze Haar, von dem ich so genau weiß, wie es sich anfühlt.

Ich blättere in einem Buch, gebe vor zu lesen. Plötzlich steigt mir ein herber Duft in die Nase. Ich kenne ihn nicht, es muss ein neues Rasierwasser sein. Oder ein neues Duschgel. Es riecht fremd. Ich schlage das Buch zu und lege es auf den kleinen Tisch, der zwischen uns steht. Neben die Magazine der letzten Wochen. Drei Stapel, alle ordentlich in chronologischer Reihenfolge sortiert. Ich müsste nur die Hand ausstrecken, dann könnte ich Andreas berühren.

»Du?«, sage ich mit wackliger Stimme.

»Hmm.«

»Was passiert mit uns?« Es ist nicht die Frage, die ich stellen wollte, sie ist mir einfach so herausgerutscht.

»Was meinst du?«

»Wir … Das sind doch nicht mehr *wir.*«

Er stöhnt. »Thea, sei mir nicht böse. Ich hatte einen anstrengenden Tag. Ich kann das jetzt nicht.«

»Was genau kannst du jetzt nicht? Mit mir reden. Oder meine Nähe ertragen?«

Er senkt den Blick, will mir schon wieder ausweichen.

»Andreas!«, sage ich lauter als beabsichtigt und schiebe ein leises »Bitte« hinterher. »So kann es doch nicht bleiben.«

»Thea, ich bin …« Endlich sieht er mir in die Augen. »Du hast recht. So kann es nicht bleiben. Aber ehrlich gesagt, fehlt mir im Moment die Kraft, etwas zu ändern. Es ist so viel passiert.«

»Mein Gott, was ist das denn für eine Aussage? Es kann so nicht bleiben, aber du hast *nicht die Kraft*, etwas zu ändern?«

Er seufzt. Es klingt resigniert. »Manchmal habe ich das Gefühl, ich erkenne dich nicht mehr.«

»Das Gleiche könnte ich auch von dir sagen.«

Er steht auf. »Es tut mir leid. Ich weiß im Moment nicht, wo ich stehe.«

»Und was bedeutet das konkret?«

»Ich will uns nicht aufgeben, aber ich brauche erst einmal Abstand.«

»Noch mehr Abstand?«

»Wenn du das nicht aushalten kannst, bin ich bereit auszuziehen.«

»Du willst ausziehen?« Eine kalte Angst greift nach meinem Herz. Er antwortet nicht.

»Andreas! Das kannst du doch nicht im Ernst wollen.«

»Vielleicht vorübergehend. Bis wir beide wieder klarer sehen.«

»Nein!« Es wäre das Ende. Oder *ist* es schon das Ende?

»Es ist nur eine Option.« Er steht auf. Ich weine. Die Tränen kommen lautlos. »Bitte, bitte tu das nicht«, flüstere ich wieder und wieder. Aber er hört mich nicht mehr. Er hat das Zimmer längst verlassen.

52

Am späten Vormittag mache ich mich auf den Weg. Die große Leinwand habe ich im Kofferraum. Außerdem Bleistifte, Pinsel, Aquarellfarben und den Fotoapparat.

Hinter mir, hinter uns, liegt ein anstrengendes Wochenende. Ein emotionales Chaos-Wochenende, jedenfalls für mich. Ich habe viel geweint und Andreas versprochen, ihn erst einmal in Ruhe zu lassen. Er müsse nachdenken, sagt er. Im Gegenzug hat er mir dafür versprochen, nicht auszuziehen. Nicht jetzt.

Es war ein kurzer, sehr schrecklicher Moment, als diese Option plötzlich im Raum stand. So oft habe ich mich nach mehr Ruhe und einem Raum für mich gesehnt. Aber ein ganzes Haus für mich – und das für immer –, das stand nie auf meiner Wunschliste. *Sie wurden als Kind oft alleingelassen,* hat Frau Faber einmal gesagt. Und das stimmt. Inga und ich waren immer allein. Selbst wenn unsere Eltern beide im Haus waren, waren wir allein.

Ich fahre konzentriert und weiche einem toten Igel aus, der mitten auf der Fahrbahn liegt.

»Nur eine Frage noch«, habe ich am Ende unseres Gesprächs zu Andreas gesagt. »Dann lass ich dich in Ruhe.«

»Welche?«

»Liebst du mich noch?«

Er hat mich lange angesehen, dann seine Hand gehoben und an meine Wange gelegt. »Ich fürchte: ja.«

Daran halte ich mich fest.

Als ich auf die Zufahrtstraße abbiege und das Haus nach wenigen hundert Metern auf mich zukommen sehe, fühle ich mich eigenartig berührt. Und getröstet. Da ist nichts mehr Bedrohliches, es ist, als würde es mich begrüßen. Als seien wir zwei gute alte Bekannte, die sich viele Jahre nicht gesehen haben und sich erst wieder vorsichtig einander annähern müssen. Es ist, als würde ich nach Hause kommen.

Ich nähere mich langsam, im Schritttempo, und bleibe noch einen Moment im Wagen sitzen. Das warme Licht der Frühlingssonne gibt der Kulisse ein beinahe ätherisches Aussehen. Als wäre das hier nicht real. Eine andere Welt. Seltsame Magie.

Ich hole den Fotoapparat aus der Tasche und steige aus. Stelle das Objektiv ein und mache zwei, drei, vier Aufnahmen, die das ›Große und Ganze‹ erfassen sollen. Es gelingt mir nicht. Ich zoome die Haustür heran und drücke auf den Auslöser, mache ungezählte Aufnahmen aller erdenklichen Details und aus jedem erreichbaren Blickwinkel. Wieder und wieder verändere ich meine Position, um nur ja jede Kleinigkeit festzuhalten. Gespannt schaue ich anschließend in den kleinen Monitor.

Fast erwarte ich nichts zu sehen. Aber es ist alles da. Digital verewigt.

Ich suche mir einen Platz im Garten, baue meine Staffelei auf und breite Farben und Utensilien auf der Mauer aus. Zuerst will ich das Haus perspektivisch skizzieren. Dann mit Farben füllen.

Seit vielen Jahren hatte ich keinen Pinsel mehr in der Hand. Ich glaube das letzte Mal, als die Kinder noch Kinder waren. Am Anfang war es noch so eine Art Zwangspause. Ich hatte so viel zu tun, immer weniger Zeit für mich und zum Malen. Und später habe ich dann irgendwie keinen Zugang mehr gefunden. Ich habe getrauert um diese Fähigkeit, meine persönliche Begabung, aber mich kampflos gefügt. Auch jetzt rechne ich damit, keinen vernünftigen Strich auf das Papier zu bringen, aber kaum habe ich den Stift in der Hand, sind die Blockaden vergessen. Ich bin erfüllt von tiefer Freude an dem, was ich tue.

Und so male ich, bis das Licht der Sonne sich verabschiedet und der Zauber dieses Ortes sich hinter seinen Schatten versteckt. Erst dann schaue ich auf die Uhr. Es ist fast acht. Zeit nach Hause zu fahren. Mit einem Gefühl der Unwirklichkeit, aber auch der Zufriedenheit, packe ich meine Utensilien zusammen und lege das unfertige Bild vorsichtig in den Kofferraum. Die Farben sind noch feucht.

Ich steige ins Auto, und mir wird bewusst, dass ich seit dem Frühstück nichts gegessen habe. Ich habe Hunger, großen Hunger sogar. Bevor ich losfahre, werfe ich einen letzten Blick zurück. Ich muss nicht wiederkommen, es ist alles in meinem Kopf und was ich dort nicht finde, hat der Fotoapparat festgehalten. Aber ich werde wiederkommen. Das weiß ich.

Als ich von der kleinen Nebenstraße auf die befahrene Landesstraße in Richtung Idstein abbiegen will, sehe ich einen silberfarbenen BMW auf mich zukommen. Ich reagiere immer auf Autos, die mir bekannt vorkommen. Auch heute noch stockt mir der Atem, wenn ich einen schwarzen Mercedes-Kombi sehe. Dieser Wagen sieht aus wie Andreas' Auto. Als er näher kommt, stelle ich fest: Es ist Andreas' Auto. Er fährt an mir vorbei, ohne mich zu sehen. Seine Augen sind auf die Straße gerichtet – und auf seine Beifahrerin. Wenn mich der schnelle Eindruck nicht getäuscht hat, ist seine Begleiterin sehr jung und sehr blond. Womit Nora ausscheidet. Überhaupt kenne ich keine sehr junge, sehr blonde Frau aus unserem gemeinsamen Bekanntenkreis. Ich kenne auch keine seiner Studentinnen.

Eine Minute verharre ich bewegungslos, dann setze ich den Blinker und fahre nach Hause.

Er ist noch nicht da. Ich bereite das Essen vor und decke den Tisch auf der Terrasse. Es ist schon nach neun. Was macht er? Was hat er den ganzen Tag gemacht? Mit wem war er in Frankfurt? Was war das für ein Seminar? Und was war das für eine Frau neben ihm im Auto? Plötzlich stelle ich alles infrage. Ich bin wütend. Aber ich habe auch Angst.

Gerade als ich anfangen will zu essen, höre ich seinen Wagen vor dem Haus. Er kommt durch den Garten auf die Terrasse.

»Hallo. Tut mir leid, dass es schon wieder so spät geworden ist. Hmm, das sieht lecker aus.«

»Die Kartoffeln sind nicht mehr sehr heiß, und der Salat ist auch nicht mehr ganz taufrisch. Ich habe früher mit dir gerechnet.«

»Macht nichts. Ich habe Hunger.«

Ich stehe auf.

»Lass nur, ich mache mir das selbst.«

Er hat recht. Es ist so typisch für mich. Meine Welt löst sich auf, aber ich funktioniere. Ich setze mich wieder auf meinen Platz und beginne zu essen. Hunger habe ich keinen mehr, dafür neue Fragen auf dem Herzen.

Als Andreas kommt, bringe ich keinen Bissen mehr herunter. Mein Mann dagegen isst mit gewohnt gutem Appetit. Er hat eine Flasche Rotwein mitgebracht und schenkt sich jetzt ein Glas ein.

»Möchtest du auch?«

»Nein, danke. Keinen Rotwein, das weißt du doch.« Ich beobachte ihn. Benimmt er sich anders? Ist er nervös? Ich denke an meine Treffen mit Johann und wie schrecklich es war, Andreas danach gegenüberzutreten.

Schweigend isst er weiter, gießt sich ein weiteres Glas Wein ein und schaufelt die letzten Kartoffeln aus der Schüssel. In dieser Hinsicht kann ich keine Veränderung in seinem Verhalten erkennen. Ich schaue ihn unverwandt an. Wann immer sich unsere Blicke treffen, weicht er mir aus. Endlich ist er fertig. Er legt das Besteck zur Seite und wischt sich mit der Serviette über den Mund. Er sieht zufrieden aus. Satt und zufrieden. Ich kenne diesen Ausdruck in seinem Gesicht. Wie gut ich ihn kenne. Er kommt nicht nur vom Essen.

»Wie heißt sie denn?«

Augenblicklich verändert sich seine Haltung. »Wen meinst du?« Ich spüre die Anspannung, die hinter dieser Frage steht.

»Ich denke, du weißt, wen ich meine.«

»Thea, ich …«

»Bitte Andreas, bitte tu uns das nicht an. Lass uns reden. Lass uns bitte die Karten offen auf den Tisch legen.«

»Das sagst ausgerechnet du?«

»Ja, das sage ausgerechnet ich.«

Für einen Moment nehme ich ihm damit den Wind aus den Segeln. Aber er fängt sich wieder und schaut mich an.

»Gut«, sagt er, aber es ist nichts gut, das wissen wir beide. »Dann fang an. Leg die Karten auf den Tisch.« Er schenkt mir einen sehr intensiven Blick. »Alle.«

»Das will ich versuchen, ich weiß nur nicht genau, wo ich anfangen soll.«

»Vielleicht bei dem, was letztes Jahr in Nürnberg passiert ist? Oder bei dem, was in den Monaten davor war?«

»Ich fange mit den Monaten davor, an und ich sage dir, was in Nürnberg war. Zumindest das, was ich noch davon weiß. Vorher möchte ich aber eines von dir wissen: Haben wir noch eine Chance?«

Jetzt schaut er auf das Rotweinglas, an dem er sich festhält. Er windet sich. Aber letztlich ist Andreas ein klarer, gerader Mensch.

»Ganz ehrlich, Thea: Ich weiß es nicht. Aber ich denke, wir sollten es wenigstens versuchen.«

»Gut«, sage ich gefasst. Ich räuspere mich und nehme einen Schluck Wasser. Ich atme tief durch. Und dann fange ich an. Ich erzähle ihm alles. Ich verschweige ihm nichts, und ich erspare ihm nichts. Auch mir nicht. Als ich fertig bin, fühle ich mich völlig leer und sehr erschöpft.

Andreas sitzt mir bleich und stumm gegenüber. »Perverses Schwein«, sagt er, aber ich weiß, dass das keine Erklärung ist, nicht für meine Angst und auch nicht für unsere Probleme. Es spricht auch nicht aus, was ihn am meisten kränkt: meine Untreue, mein Verlangen nach einem anderen Mann.

»Er war vielleicht obszön und sehr direkt, aber er hat mich nicht geschlagen oder zu etwas gezwungen. Wenn man es einmal nüchtern betrachtet, habe ich reichlich übertrieben reagiert. Andererseits kannte er meine Empfindlichkeit und hat eben keine Rücksicht auf meine Gefühle genommen.«

»Der wollte dich ficken. Nur Sex – ohne Investitionen von seiner Seite«, sagt Andreas böse.

Bei dem Klang seiner Stimme und dem Wort zucke ich zusammen. »Bitte Andreas, ich ertrage dieses Wort nicht.«

Er steht auf und geht zum Fenster. »Warum bist du nach Nürnberg gefahren?«, fragt er, ohne sich zu mir umzudrehen.

»Am Ende wohl, weil ich ihn nicht vergessen konnte.« Es fällt mir schwer, ihm das zu sagen, aber es ist die Wahrheit.

Andreas nimmt sie äußerlich ruhig zur Kenntnis. Ich erzähle ihm von meinem Gespräch mit Inga.

»Sie hat mich ermutigt. Das ist natürlich keine Entschuldigung, aber es hat sich dadurch irgendwie weniger falsch angefühlt.«

»Typisch Inga. Die war noch nie für einen anderen Menschen verantwortlich.«

»Nein, aber es war auch nicht ihre Verantwortung. Andreas, dass ich nach Nürnberg gefahren bin, war ein großer Fehler. Es tut mir unendlich leid.«

Jetzt dreht er sich zu mir um. Er ist blass. »Wenn ich es wenigstens verstehen könnte.«

»Es war … Ich hatte so ein Verlangen danach, mich wieder zu spüren.«

»Etwas, das ich dir offensichtlich nicht geben kann.«

Sein Mund ist verkniffen, alles an ihm ist Ablehnung. Es ist sein Recht. Ich habe ihn verletzt.

Wieder steigen mir Tränen in die Augen. »Es war etwas, das ich lange Zeit vermisst habe, ohne es zu merken. Aber es war der falsche Weg, mich auf diese Weise wieder lebendig fühlen zu wollen. Das weiß ich jetzt. Andreas, es tut mir so unendlich leid. Ich wünsche mir so sehr, dass du mir verzeihen kannst.« Heiße Tränen laufen mir über die Wangen und tropfen auf meine Hände.

»Was war in Nürnberg? Was ist da passiert?«

Ich schließe die Augen.

»Daran erinnerst du dich doch wieder?«

»Ja«, sage ich leise.

»Also?«

»Wir haben uns im Hotel getroffen.« Umständlich putze ich mir die Nase und wische meine Tränen ab. Und umständlich umschreibe ich, was dort geschah. Ich beschreibe mit meinen Worten und so gut ich es kann, die mich erniedrigende Situation. Und was sie in mir ausgelöst hat.

»Es war wie in meinem Traum. Dieser bodenlose Fall. Ich habe geschrien. Ich dachte zumindest, dass ich schreie, ich habe den Schrei auch tatsächlich gehört, aber irgendwann habe ich realisiert, dass er nur in mir drin war.« Meine Kehle ist ganz trocken, ich greife nach dem Wasserglas.

»Wie ich zur Polizeiwache gekommen bin, weiß ich nicht mehr. Wirklich nicht«, nehme ich meine Beichte wieder auf. »Und danach habe ich den Kontakt abgebrochen. Ich habe auf keine SMS und auf keine Mail von ihm mehr reagiert.«

»Meldet er sich noch?«

»Nein, seit einigen Monaten nicht mehr.«

Andreas dreht sich wieder zum Fenster. Er sieht hinaus, die Hände in den Hosentaschen, während ich vor Angst vergehe.

»Andreas?« Ich flüstere.

Es dauert gefühlte Minuten, bis er sich zu mir umdreht. »Thea, ich weiß nicht, wie ich damit umgehen soll. Ob ich das kann oder will.«

»Du meinst, ob du noch mit mir zusammenleben kannst oder willst?«

Er zieht die Schultern hoch, eine hilflose Geste der Resignation. Was habe ich erwartet?

»Wegen mir? Oder wegen ihr?«

Er antwortet nicht.

»Erzähl mir von ihr«, sage ich tapfer.

Er setzt sich wieder, stützt die Ellbogen auf die Sessellehnen und legt die Fingerspitzen gegeneinander. Seine Dozentenhaltung. Aber er sieht mich nicht an. Während er nach Worten sucht und ich mit jeder Faser seine Unsicherheit spüre, versuche ich ruhig zu bleiben. Wieder putze ich mir die Nase und warte. Ich nehme mir vor, ihm Zeit zu geben, die Zeit, die er braucht. So schwer es mir auch fällt.

»Sie heißt Carolin, und ich habe sie auf Katrins Hochzeit kennengelernt«, sagt er endlich.

Ich dränge ihn nicht. Obwohl so viele Fragen gestellt werden wollen, dränge ich ihn nicht.

»Am Anfang war es … ich glaube, na ja, ich war verletzt. Ich habe gespürt, dass etwas nicht in Ordnung war und mich so hilflos gefühlt. Irgendwann auch wütend.«

»Am Anfang? Und jetzt?« Meine Stimme ist schwach. Und gleichzeitig rau.

»Ich weiß es nicht.«

»Bedeutet sie dir etwas?« Mein Gott, warum stelle ich diese Frage. Natürlich bedeutet sie ihm etwas, er wäre nicht Andreas, wenn sie ihm nichts bedeuten würde.

Noch immer meinen Blick meidend greift er nach dem Wasserglas und trinkt daraus. Es ist *mein* Glas, und einen Moment finde ich es tröstlich, dass er es mit mir teilt.

»Ja«, sagt er. »Sie bedeutet mir etwas.«

Bis jetzt hatte ich alles einigermaßen unter Kontrolle. Aber dieser Satz treibt mir erneut die Tränen in die Augen. Ich erinnere mich an die junge Frau, die an Katrins Hochzeit an unserem Tisch saß. Ich erinnere mich an ihr schönes Gesicht, ihre kurzen blonden Haare, ihre Jugend, ihre unbekümmerte Fröhlichkeit. Ich erinnere mich daran, wie interessiert er war, wie sehr er die Unterhaltung mit ihr genossen hat. Aber niemals wäre ich auf den Gedanken gekommen, dass auch er empfänglich ist. Dass auch er etwas gesucht hat, das ich ihm nicht geben konnte. Wie kann ich diesen Kampf gewinnen?

»Und ich? Bedeute ich dir noch etwas?« Jetzt schluchze ich haltlos.

»Thea, wir sind seit mehr als dreißig Jahren verheiratet. Du bist die Mutter meiner Kinder. Natürlich bedeutest du mir etwas. Du bist der wichtigste Mensch in meinem Leben.«

Plötzlich kommt mir ein Gedanke. »Als ich in Nürnberg war, warst du da mit ihr zusammen?« Ich halte die Luft an.

»Ja«, sagt er in seiner schonungslosen Ehrlichkeit.

53

Ruhelos wälze ich mich auf meinem Lager. Ich schlafe unten, in *meinem* Zimmer. Schon die zweite Nacht. Als Andreas nach unserem Gespräch mit seinem Bettzeug in Richtung Wohnzimmer marschieren wollte, habe ich das Feld geräumt.

Meine Gefühle sind ambivalent. Verletzte Traurigkeit, Angst und natürlich Wut. Aber am schlimmsten ist der Schmerz. Es tut so weh. Viel weher als alles, was Johann mir jemals hätte zufügen können. Ich stelle mir vor, wie Andreas sich verhält, wenn er mit ihr zusammen ist. So zärtlich. Bisher gehörte sie mir, diese besondere Zärtlichkeit. Auch diese besonderen Blicke. Jetzt habe ich Bilder im Kopf, die die beiden zusammen zeigen. Wie er SIE streichelt, wenn sie zusammen sind, wie er SIE ansieht, während er in sie eintaucht, wie er IHR diesen satten, zufriedenen Ausdruck schenkt, danach.

Sein gutes Aussehen, sein Charme, sein Humor – alles war für mich so selbstverständlich. Ich habe mir überhaupt keine Gedanken darüber gemacht, dass auch andere seine Qualitäten wahrnehmen könnten. Er war mein. Alles an ihm war mein. Ich möchte es wiederhaben. Unerträgliche Vorstellung, ihn zu verlieren.

Ich erinnere mich an meine Zerrissenheit, wie sehr ich mich gequält habe, als ich nach Nürnberg gefahren bin. Während ich einen Albtraum erlebt habe – noch einen –, war er mit IHR zusammen. *Wenn du doch noch übers Wochenende bleiben möchtest, ist das kein Problem.* Natürlich – er hat GEHOFFT, dass ich länger bleibe. Er hat es sich gewünscht.

Verdammt, verdammt, verdammt! Wütend schlage ich

die Decke zurück und setze mich auf. *Du hast überhaupt kein Recht wütend zu sein. Du hast ihn schließlich zuerst betrogen,* sagt mein Verstand. *Ist mir doch scheißegal,* sagt meine Wut. Ich balle die Fäuste. Es ist Johanns Schuld. Hätte er mich in Ruhe gelassen, dann wäre das alles nie passiert. *Du hättest nur NEIN zu sagen brauchen.* Mein Kopf gibt keine Ruhe.

Nur NEIN. Ein kleines Wort. Vier Buchstaben.

Aber Andreas auch.

Andreas. Wieder zieht sich mein Herz schmerzhaft zusammen. Und dabei habe ich es noch nicht einmal bemerkt. Ich habe überhaupt nichts bemerkt. So sehr war ich im letzten Jahr mit mir beschäftigt, dass ich regelrecht dankbar war, wenn er mich mit seiner Lust in Ruhe ließ.

Ich ziehe das letzte Papiertaschentuch aus der Packung, wische mir zum tausendsten Mal die Tränen ab, eine fast schon automatisierte Geste und lasse mich zurück auf meine Schlafstätte fallen. Ich war so blind. Die ganze Zeit. Erst vorgestern Abend habe ich etwas gemerkt. Und das auch nur, weil ich diese Frau in seinem Auto gesehen habe. Hätte ich mir nur schon früher die Mühe gemacht, genauer hinzusehen. Wie oft hätte ich dann in den vergangenen Monaten die Zeichen wohl erkannt?

Aber ich war die Erste. Ich habe die Grenze zuerst überschritten und damit unser Band zerstört. Es ging sogar so weit, dass ich mir vorstellen konnte, mit Johann ein neues Leben zu beginnen. Jetzt kann ich es nicht mehr. Jetzt kann ich mir noch nicht einmal mehr vorstellen, dass ich es mir jemals vorstellen konnte. Johann. Wie weit weg er ist. Ich habe keinen Raum mehr für ihn.

Ich krümme mich zusammen, umklammere meine

Knie. War es für Andreas auch so? Hatte er die gleiche Qual? Hat er sie jetzt? Er wirkt nicht sehr gequält. Eher gefasst. Oder gleichgültig? Nein, ich tue ihm Unrecht. Er quält sich auch. Wir schleichen umeinander wie zwei Schatten, die Angst haben, sich zu berühren.

Ich gebe auf. An Schlaf ist auch diese Nacht nicht zu denken. Ich stehe auf, schlüpfe in meine Hausschuhe, ziehe mir ein Sweatshirt über den Kopf und gehe nach oben in die Küche. Katrin schwört auf warme Milch, wenn sie nicht schlafen kann. Allein der Gedanke daran lässt Übelkeit in mir hochsteigen. Dann lieber Tee. Während ich darauf warte, dass das Wasser kocht, schaue ich durch das Fenster in den Garten. Es dämmert schon, auch dieser Tag verspricht schön zu werden. Die Vögel zwitschern, die Rosen – meine Rosen – entwickeln erste Knospen. Bald werden sie in voller Blüte stehen. Der Rasen ist feucht vom Tau und der Himmel klar und weit. Wie klein ist der Mensch, wie klein sind seine Wünsche und Bedürfnisse. Was war vor mir, was wird nach mir sein? Seit Jahrtausenden erwacht die Natur um diese Zeit zu neuem Leben. Und sie wird es vermutlich auch in den nächsten Jahrtausenden tun.

»Kannst du nicht schlafen?«

Ich habe ihn nicht gehört. »Nein.«

»Ich auch nicht.«

Ich gieße das heiße Wasser in die Tasse und schaue ihn an. Wieder füllen sich meine Augen mit Tränen.

»Komm her.« Er breitet seine Arme aus, und ich stürze mich hinein wie eine Ertrinkende. Ich schluchze unkontrolliert, mein ganzer Körper vibriert, und er streicht mir tröstend über den Kopf. »Psst, ist ja gut. Ist schon gut.«

Da ist er, mein Mann. Mein Baum, mein Anker. Er hält mich und tröstet mich, wie er es in den vergangenen dreißig Jahren immer getan hat. Und so stehen wir, während aus der Nacht ein neuer Tag wird, die Morgensonne den Raum mit Licht füllt und die Uhr des Lebens unerbittlich weiterläuft. So könnte ich für immer stehen bleiben.

Vorsichtig schiebt Andreas mich zurück. »Komm, leg dich noch einmal hin. Du siehst so müde aus, ich glaube, eine Mütze Schlaf könnte nichts schaden.«

»Ich kann nicht schlafen. Ich würde keine Ruhe finden. Es sei denn …«

»Es sei denn?«

»Du würdest dich mit mir hinlegen. Ich glaube, das würde mir helfen.«

Er nimmt meine Hand, und ich folge ihm nach oben. In unser gemeinsames Schlafzimmer. Wir legen uns in sein Bett, und ich schmiege mich in seinen Arm. So vertraut und doch so fremd.

»Erzähl mir von ihr.«

»Thea, nicht. Quäl dich jetzt nicht.«

»Es quält mich noch mehr, nichts zu wissen.«

»Ich erzähle dir von ihr, aber nicht jetzt. Versuche jetzt zu schlafen.«

Ich atme seinen Geruch, spüre seine Haut. Und plötzlich will ich ihn, so sehr, wie ich ihn seit sehr langer Zeit nicht mehr gewollt habe. Ich fange an ihn zu streicheln, erst seinen Nacken, sein Haar, dann seine Schulter, seine Brust. Als meine Hand zu seiner Hüfte wandert, hält er sie fest.

»Nicht. Tu das jetzt nicht.«

Wieder weine ich, fühle mich zurückgestoßen. Wieder tröstet er mich, spricht mit mir wie mit einem Kind. Dann schlafe ich ein. Drei erholsame Stunden Schlaf.

Ich wache auf, und er ist weg. Nicht mehr im Bett und auch nicht im Haus. Es ist der 1. Mai. Feiertag. Gut möglich, dass er zu ihr gefahren ist. Gut möglich, dass er zu ihr gefahren ist, um zu sagen: *Meine Frau weiß Bescheid. Wir werden uns trennen.*

Gut möglich, dass er mit uns wirklich *uns* meint. Wie soll ich diesen Tag überstehen?

54

Wieder sitze ich im Wohnzimmer, wieder warte ich auf Andreas, wieder weiß ich nicht, wo er gerade ist, wann er kommt und ob ich ihm traue. Ich weiß noch nicht einmal, ob ich es wirklich wissen will.

Gegen zehn heute Morgen rief er an und sagte, er sei mit Fred zum Tennis verabredet gewesen, er habe mich nicht wecken wollen, danach müsse er noch in die Uni. Ich habe nichts dazu gesagt und mich innerlich gekrümmt bei dem Gedanken an den vor mir liegenden Tag. An die Ungewissheit.

Am Ende war es das Haus, das mich rettete. Oder das Bild. Vielleicht beides. Wenn ich jetzt die Augen schließe, sehe ich das Haus vor mir, jedes Detail. Es ist endgültig und für immer in mir verankert, in meinem Kopf und in meinem Herz. Es ist wie ein alter Freund, der bedauert, dass er mir vor langer Zeit einmal wehgetan hat. *Es tut mir leid.*

Am Nachmittag kam Ben. Immer wenn der Kühlschrank seiner WG nichts mehr zu bieten hat, taucht er hier auf. Immer am Ende eines Monats. Er hätte jetzt den definitiven Termin zur Abgabe seiner Bachelorarbeit, sagte er, und das ist endlich *eine* positive Nachricht.

Ich habe kurz überlegt, ihm das Bild zu zeigen, aber mich dann doch dagegen entschieden. Ich wollte nicht darüber reden. Weder über die Tatsache, dass ich wieder male, noch über das Motiv. Stattdessen habe ich angedeutet, dass sein Vater und ich eine kleine Krise haben.

»Wie klein? Trennt ihr euch?«

»Ich hoffe nicht, dass es dazu kommt.«

»Hat er Mist gebaut?«

»Wir haben beide Mist gebaut.«

»Na ja, wenn ihr das ja beide erkannt habt, ist doch noch Hoffnung, oder?«

Ich hörte seine eigene Hoffnung in diesem Satz. Ein Kind ist ein Kind ist ein Kind. »Ich weiß es wirklich nicht. Sein Mist ist ihm wohl nicht gleichgültig.«

»Ach du Scheiße! Er hat eine Braut. So ein Arschloch.«

»Ben!« Wie immer löste diese vulgäre Ausdrucksweise ein unangenehmes Gefühl in mir aus. »Ich bin wirklich nicht unschuldig an der Situation. Ich wollte dir das nur erzählen, damit es am Ende nicht ganz überraschend ist, wenn …«

»Wenn ihr euch trennt.«

»Ich hoffe wirklich, dass es nicht dazu kommt.«

»Weiß es Nora?«

»Ich habe noch nicht mit ihr gesprochen. Aber ich werde es bald tun. ICH werde es tun, Ben, also behalte bitte das, was ich dir heute Mittag erzählt habe, erst einmal für dich, okay?«

Als Andreas endlich kommt, ist es fast sechs. Ich weiß nicht, wie ich ihm begegnen soll. Ich bin verletzt. Ich habe Angst. Er war den ganzen Tag unterwegs. Er war bei ihr, ich bin sicher. Er war wieder bei ihr, obwohl er weiß, wie schlecht es mir geht.

»Das Essen steht im Ofen, aber du wirst es noch mal wärmen müssen«, begrüße ich ihn, als er ins Wohnzimmer tritt, um nach mir zu sehen. Fast so, als gäbe es nichts Wichtigeres. Dabei hatte ich noch nicht einmal Gelegenheit, ihm von dem Haus zu erzählen.

»Das macht nichts«, sagt er. »Ich kümmere mich gleich darum.«

Nach Bens Besuch habe ich lange mit Katrin telefoniert. Carolin ist die Kusine ihres Mannes. Ich wollte mehr über sie erfahren, wollte wissen, mit wem ich es zu tun habe. Mit wem Andreas es zu tun hat.

»Ich kenne sie nicht besonders gut, aber ich weiß, dass sie bis vor wenigen Monaten in einer Beziehung war. Sie hat sich getrennt.«

»Und warum?«

»Keine Ahnung. Ist aber schon eine Zeit her.«

»Wie lange?«

»Na ja, sie war ja schon auf unserer Hochzeit allein. War also wohl vor Andreas.«

»Hast du gewusst, dass sie an seiner Uni studiert?«

»Ich weiß, dass sie als Bautechnikerin arbeitet und dass das Studium quasi parallel läuft.«

»Sie sieht noch ziemlich jung aus.«

»Ich glaube, sie ist noch keine dreißig.«

»Verdammt!«

»Thea, jetzt lass den Kopf nicht hängen. Dein Mann

liebt dich. Das hier ist eine Retourkutsche. Verletzte Gefühle und so.«

»Das glaube ich nicht. Andreas ist nicht so oberflächlich. Leider.«

Zwanzig Minuten später kommt Andreas zurück. Er geht mit dem Tablett an mir vorbei, Richtung Terrasse. Ich schnappe mir meine Strickjacke und folge ihm.

»Wo warst du?«

»An der Uni.«

»Den ganzen Nachmittag?«

»Die Prüfungen sind voll am Laufen, ich habe einfach jede Menge zu tun.«

»Warst du bei ihr?«

»Mein Gott, Thea. Ich hatte einen anstrengenden Tag.«

»Ich auch, stell dir vor. Mein Tag war sogar eine einzige Quälerei.«

»Dann gib uns beiden doch eine kleine Schonfrist, ja.« Er fängt an zu essen. Nichts kann seinen Appetit schmälern. Ich starte einen neuen Versuch. »Ben war da. Er hat in vier Wochen Abgabetermin.«

»Dann soll er schon mal anfangen, Bewerbungen zu schreiben. Je eher, desto besser.«

»Ich habe ihm von uns erzählt.«

»Was?«

»Ich habe ihm gesagt, dass wir eine Krise haben.«

»Und?«

»Was denkst du? Er ist unser Sohn, es ist ihm nicht egal. Er hat Angst, dass wir uns trennen.«

»Weiß es Nora auch?«

»Nein. Und ich habe Ben das Versprechen abgenommen, dass er ihr nichts sagt. Das mache ich selbst.«

»Nein. Überlass es mir.«

»Sie ist meine Tochter.«

»Meine auch.«

»Dann reden wir zusammen mit ihr.«

Er schiebt die letzte Gabel Lasagne in den Mund und steht auf.

»Ich hole mir noch ein Bier. Möchtest du auch etwas?«

»Nein, danke.« *Ich möchte nur wissen, ob du bei ihr warst und ob ihr Sex hattet.* Als er zurückkommt, frage ich ihn. Ich muss es einfach wissen.

»Warst du jetzt bei ihr oder nicht?«

»Mein Gott, ja. Ich war bei ihr.«

»Wann? Heute Vormittag, heute Mittag oder jetzt, bevor du gekommen bist?«

»Jetzt.«

Das tut weh.

»Hast du mit ihr geschlafen?«

»Thea, hör auf.«

»Bitte, Andreas. Ich muss es wissen.«

»Nein. Wir haben geredet.«

»Hast du ihr gesagt, dass du dich von mir trennen wirst?«

»Nein.«

»Was habt ihr gemacht? Über was habt ihr geredet?«

»Ich habe mich von ihr getrennt.«

Die Erleichterung ist grenzenlos. Er hat sich von ihr getrennt. Bedeutet das, es gibt auch weiterhin ein WIR, ein UNS? Unser WIR, unser UNS? Meine Sehnsucht nach ihm übernimmt die weitere Regie. Trotz seiner Zurückweisung am Morgen setze ich mich auf seinen Schoß. Ich küsse ihn und beginne ihn zu streicheln. Vorsichtig, aber eindeutig. Es ist völlig untypisch für mich, ich folge einfach meinem Gefühl.

»Thea, ich bin keine Maschine. Ich kann das jetzt nicht.«

Fast unmittelbar schlägt meine Dankbarkeit um in Ärger. »Aber mit ihr konntest du?«

»Ich habe dir doch gesagt, dass wir nicht miteinander geschlafen, sondern dass wir geredet haben.«

»Heute. Und was war in Frankfurt?«

»Mein Gott!« Abrupt steht er auf und stellt mich auf den Boden. »Lass es. Lass es einfach. Gib uns doch wenigstens ein bisschen Zeit.«

Wütend, aber auch zutiefst gedemütigt lasse ich ihn stehen und gehe nach unten. In mein Zimmer. Wie ein verletztes Tier ziehe ich mich hierher zurück, um meine Wunden zu lecken. Wieder weine ich. *Was willst du eigentlich? Er hat sich doch gegen sie entschieden.* Es hilft nichts. Ich fühle mich zurückgewiesen, nicht gewollt, nicht schön. Ein Blick in den Spiegel bestätigt es: NICHT SCHÖN! Und schon packt mich der Zweifel. Hat er sich wirklich gegen sie entschieden? Warum sollte er das tun? Eine schöne, lebensfrohe, junge Geliebte aufgeben für eine mehr als zwanzig Jahre ältere, schwermütige, komplizierte Frau. Für eine Frau, die ihn zudem betrogen hat. Gedemütigt, belogen. Für eine Frau auf dem absteigenden Ast. Nur, weil wir seit mehr als dreißig Jahren verheiratet sind? Schlechte Gewohnheiten sind dazu da, sie aufzugeben.

Ich wende den Blick von meinem Spiegelbild ab und drehe stattdessen das an der Wand stehende Bild zu mir herum.

Es ist fast fertig. Ich konzentriere mich auf die grünen verwitterten Klappläden, den rankenden Efeu, den bröckelnden Putz. Ein Bild des Verfalls. Und dennoch von einer unerklärlichen Schönheit. Die Version meines Vaters war eine andere. Auf seinem Bild ließ sich ein dunkles Geheimnis erahnen. Auf meinem brechen Sonnenstrahlen durch Wolken und tauchen das Haus in ein goldenes Licht.

Während ich das Bild anschaue, spüre ich, dass ich auf dem Weg bin. Dass ich mich bewege. Ich weiß nicht wohin, aber alles ist besser als die Stagnation und Resignation der letzten Jahre. Und irgendwann werde ich am Ziel sein. Auch wenn ich jetzt noch keine Vorstellung davon habe, wie dieses Ziel aussehen wird. Irgendwann, ganz bestimmt, und ich habe keine Ahnung, woher ich diese plötzliche Zuversicht nehme, irgendwann ist alles wieder gut.

Es klopft an der Tür. »Kann ich reinkommen?«

»Natürlich, komm nur.«

Andreas steht in der Tür. Er sieht das Bild und ist überrascht. »Du malst wieder?«

»Ja.«

»Seit wann?«

»Seit vorgestern.«

Er betritt den Raum und schaut sich das Bild genau an.

»Was ist das für ein Haus?«

»Es ist das Haus, in dem ich gelebt habe, bis ich neun war.«

Sein Blick ist ein einziges Fragezeichen.

»Ich glaube, es gibt noch einiges, das ich dir erzählen sollte.«

55

Wir sitzen auf der Schlafcouch. Ich lehne mich an Andreas' Arm und genieße es, ihn neben mir zu spüren. Die ganze Zeit rede ich. Ich erzähle ihm die Geschichte von mir und diesem Haus.

»Es war an Katrins Hochzeit. Du weißt sicher noch, dass Jens mit mir die Braut entführen wollte. Dabei sind wir in diesem Haus gelandet. Ein Zufall.« *Zufall ist das Pseudonym, das Gott benutzt, wenn er inkognito bleiben will.* »Als ich die Treppe gesehen habe und die Fliesen … Es war wie ein Schock.«

»Du hast es wiedererkannt?«

»Nicht direkt. Eher unterbewusst. Mir wurde schlagartig übel. Ich habe mich übergeben.«

»Und dann?«

»Nichts. Ich habe es ja erst einmal gar nicht verstanden. Außerdem hatte ich Migräne. Damit lässt sich vieles erklären. Damit habe ich es mir selbst erklärt.« Ich unterbreche mich kurz und atme aus. »Wir sind dann ziemlich schnell wieder zurück zur Feier und … du hast mit ihr … ihr habt euch unterhalten.«

»Ich kann mich erinnern.«

»Na ja, jedenfalls wart ihr ziemlich beschäftigt miteinander. Aber darüber will ich im Moment gar nicht reden«, sage ich, obwohl es nicht stimmt. Natürlich will ich *darüber* reden. Genau *darüber.*

»Dann reden wir über das Haus«, lenkt Andreas mich ab.

»Ja, also, wie gesagt. Zuerst habe ich es nicht verstanden. Ich bin ja davon ausgegangen, als Kind in einem Kaff bei Würzburg gewohnt zu haben. Ich dachte, vielleicht hat es mich einfach an dieses Haus erinnert. Aber dann habe ich das Bild entdeckt.«

Und dann erzähle ich Andreas von dem Besuch bei meiner Mutter. »Es stand dort auf dem Speicher. All die Jahre schon. Mich hat fast der Schlag getroffen. Ich meine, wie hätte ich das ahnen können?« Ich schaue das Bild an. Mein Bild. »Und dabei ist es nur ein paar Kilometer von uns entfernt. So nah. Die ganze Zeit.«

»Was hat deine Mutter denn dazu gesagt?«

»Ach«, ich mache eine wegwerfende Handbewegung. »Sie tut so, als sei das Haus schuld. Sie will nichts mehr damit zu tun haben.« Ich versuche ihre Beweggründe zu erklären. Auch mir selbst.

»Na ja, wenn ich schreckliche Erinnerungen an einen Ort hätte, würde ich ihn wahrscheinlich auch aus meinem Gedächtnis streichen wollen. Mich wundert nur, dass sie sich damals offensichtlich gegen deinen Vater durchgesetzt hat und das Haus wirklich verkauft wurde. Ich habe deinen Vater ja nicht gut gekannt, aber er war ein echter Kotzbrocken. Deine Mutter hatte einen Heidenrespekt vor ihm.«

»Nein, keinen Respekt. Ich glaube, sie hatte Angst vor ihm. Obwohl sie immer betont, wie sehr sie ihn geliebt hat.«

»Vielleicht hat sie ihn deshalb nie verlassen.«

»Sie hatten weiß Gott genug Krisen, aber das wäre niemals infrage gekommen.«

»Eigentlich unvorstellbar. Er war am Ende so armselig.«

»Ja. Er war armselig. Nicht nur am Ende.«

»Ein bitteres Ende.«

Wieder fühle ich den Schmerz unserer eigenen verletzten Liebe.

»So wie bei uns?«, frage ich zaghaft.

Er weicht meinem Blick aus. »Ich weiß es nicht.«

Wieder mache ich ihm ein Angebot. »Ich hätte gerne ein süßes Ende, kein bitteres. Bitte schön.«

»Ein süßes Ende?«

»Ja.«

»Und der Weg dahin? Wie soll der sein?«

»Na ja, bis jetzt gab es ja durchaus auch süße Sequenzen. Neben den steinigen Abschnitten. Oder den bitteren meinetwegen. Auf jeden Fall wäre es schön, wenn wir überhaupt wieder einen Weg erkennen könnten.«

Er beugt den Oberkörper vor, fährt sich mit den Händen durchs Gesicht. Dann sieht er mich an. Ein leichtes, kaum wahrnehmbares Lächeln auf den Lippen. »Etwas Süßes könnte ich mir jetzt auch vorstellen.«

»Schokolade?«

»Kalt.«

»Eis?«

»Eiskalt.«

»Schokoküsse?«

»Warm.«

»Küsse?«

»Sehr warm.«

Ich stelle mich vor ihn und küsse ihn leise. Auf den Kopf, auf die Wange, auf die Stirn. Er verhält sich ruhig. Ich nehme sein Gesicht in meine Hände und küsse ihn auf den Mund. Er lässt es geschehen. Und endlich spüre ich eine Reaktion. Er nimmt mich in seine Arme. *Oh, glücklich ist, wer noch hoffen kann!*

Es ist noch nicht zu Ende. Nichts ist zu Ende.

56

Unsere Küsse sind zart, beinah behutsam. Als hätte der eine Angst, der andere könne ihn zurückweisen. Ich bin vorsichtig geworden, ich will nicht wieder mehr fordern, als er zu geben bereit ist. Denn immer noch gibt es zu viel Ungesagtes, das zwischen uns steht.

»Andreas …«

»Hmm?«

»Da ist noch etwas«, sage ich deshalb, als wir aufhören uns zu küssen und wieder nebeneinandersitzen. Etwas steif und fremd fühlt es sich an.

»Meinst du nicht, wir sollten uns eine Pause gönnen? Muss denn alles sofort geklärt werden?«

»Nur das noch.« Ich greife nach seiner Hand. »Es ist wichtig.«

»Noch ein Johann? Noch ein dunkles Geheimnis?«

»Kein Johann, aber ein … na ja, vielleicht ein dunkles Geheimnis.«

Er löst seine Hand aus meiner und fährt sich erschöpft über die Augen. Er sieht müde aus. Nicht nur ich leide unter Schlafmangel. »Na gut«, seufzt er.

Ich knete meine Hände und konzentriere mich. Das Thema ist heikel. Umso wichtiger scheint es mir, einen guten Einstieg zu finden. »Es sieht ja so aus, als sei meine oder unsere Welt seit einem Jahr aus den Fugen geraten«, beginne ich zaghaft. »Aber sie war auch vorher schon nicht in Ordnung. Jedenfalls nicht für mich. Diese dauernde Erschöpfung, die Migräne, der Albtraum, meine Freudlosigkeit …«

»Warst du das? Freudlos?«

Ich nicke ernst.

»Immer?«

»Nein. Natürlich nicht immer. Es gab Schwankungen. Gute Tage und schlechte.«

»Und jetzt?«

Ich ziehe die Schultern hoch und seufze. »Es gibt sie immer noch. Aber …« Ich lächle ihm zu. »Als wir uns gerade geküsst haben, da war ich voller Freude.«

Er lächelt nicht.

»Und ich war es auch, als …«

»Ja?«

»Als das mit Johann begann … jedenfalls ganz am Anfang. Da habe ich mich wieder *gespürt,* verstehst du?« Er rückt von mir ab, ganz leicht, aber ich bemerke es. »Erst einmal war es natürlich ganz wunderbar, mich wieder lebendig zu fühlen«, fahre ich hastig fort. »Aber wir wissen beide, was dann kam.«

»Nürnberg.«

»Ja. Ich konnte es nicht steuern, meine Erinnerungen an diese Sequenz sind auch nicht vollständig. Aber die Tatsache, dass mich das, was da in diesem Hotelzimmer passiert ist, so derart aus der Fassung brachte, muss einen Grund haben. Da bin ich sicher.«

»Und? Kennst du den Grund?«

»Nein, nicht direkt. Aber ich habe einen Verdacht.«

Er sieht mich abwartend an.

»Ich glaube, dass etwas in meiner Kindheit passiert ist, etwas … sehr Traumatisches, etwas, woran ich mich nicht erinnere. Etwas, das diese Symptome ausgelöst haben könnte.«

»Dein Monotrauma. Das hast du schon mal erwähnt.«

»Ja. Genau.«

»Glaubst du, dass dein Sturz etwas damit zu tun hat?«

»Hmm, vielleicht. Eine Möglichkeit«, sinniere ich.

»Aber?«

»Ich, na ja, ich habe noch eine andere Ahnung.«

»Und zwar?«

»Ich habe da etwas gelesen. Es ging um eine Erkrankung, Borderline, also ich denke nicht, dass ich das habe, ich passe nicht so richtig ins Schema, auch wenn ich das zuerst dachte, und Frau Faber meint auch, dass ich nicht …«

»Thea. Komm zum Punkt.«

Ich schlucke. »Viele dieser Borderline-Patienten wurden als Kinder sexuell missbraucht. Und da kam mir der Gedanke. Ich meine, vielleicht ist … vielleicht hat mein Vater mich auch irgendwie angefasst.« Meine Stimme wird leiser. »Oder er hat mich gezwungen, ihn anzufassen.«

»Glaubst du das wirklich?«

Ich zucke mit den Schultern. »Ich weiß es nicht. Aber es würde irgendwie passen.«

Er schüttelt unmerklich den Kopf. »Aber du hast doch von einem *Monotrauma* gesprochen.«

»Stimmt«, sage ich. »Ein Monotrauma. Neben den wiederholten traumatischen Erfahrungen. Vielleicht war das *erste Mal* mein Monotrauma.«

»Ich weiß nicht. Was ist denn mit deinem Unfall? Darauf deutet doch auch dein Albtraum.«

»Ja. Aber das ist mir fast schon zu eindeutig. Lass es uns einmal durchspielen: Ich bin ein Kind, neun Jahre alt. Ich spiele, und im Spiel klettere ich auf das Geländer und rutsche nach unten. Wie ich es schon viele Male getan habe. Aber das Geländer ist morsch, es bricht, und ich stürze. Was mir da fehlt, ist der Ansatz für ein Trauma. Ich meine, ein Kind spielt und verletzt sich. Das kann zu Knochenbrüchen führen, auch zu einem Schädelbasisbruch, aber zerstört es eine stabile Seele?«

»Thea, ich weiß es nicht. Ich weiß es einfach nicht. Dein Vater war bestimmt kein Heiliger, aber *das* kann ich mir ehrlich gesagt nicht vorstellen. Außerdem: Sind nicht gerade Menschen mit pädophiler Neigung besonders *nett* zu Kindern? Das passt nicht unbedingt zu meinen Erinnerungen. Zu deinen etwa?«

Ich schüttle den Kopf.

Er drückt die Fingerspitzen der rechten Hand gegen die Stirn. »Willst du meinen Rat hören?«

Ich nicke vorsichtig.

»Hör auf, in all diesen Erinnerungen zu wühlen. Schließ diese Tür, ein für alle Mal. Ich habe auch viele beschissene Erinnerungen an meine Kindheit, aber ich lasse sie da, wo sie sind. Ich schaue sie mir nicht ständig an.«

»Das hat doch nichts mit ›ständig anschauen‹ zu tun, sondern damit, dass ich zur Ruhe kommen möchte. Meinen inneren Frieden finden.«

»Es geht um den Weg.«

»Schau, Andreas: Das, was mit uns passiert ist und immer noch passiert, die Tatsache, dass wir beide hier sitzen und reden, aber auch meine Angst und meine Wut – das alles zusammen ist die Summe dessen, was ich bin. Genau hierhin hat mein Weg mich geführt.«

»Ich stelle nur die Option in den Raum, dass es vielleicht der falsche ist.«

Jetzt berühren wir uns nicht mehr, an keiner Stelle, nicht ein einziger Quadratzentimeter seiner Haut ist an meiner.

»Es ist der einzige Weg, den ich sehe. Ich kann nicht

den Kopf in den Sand stecken und alles leugnen. Da sind zu viele Halbwahrheiten, die ich mit mir herumschleppe. Wenn ich gar nichts wüsste, keine Ahnungen hätte, keinen Albtraum, keine Angst …«

Er steht auf. »Dann sprich mit deiner Therapeutin darüber.« Er gähnt und legt mir kurz die Hand auf den Kopf. »Es ist spät geworden. Ich bin hundemüde. Ich gehe schlafen. Gute Nacht.«

57

Ich setze den Blinker und steuere den Supermarkt an, um meinen obligatorischen Einkaufsstopp zu tätigen. Es erscheint mir selber lächerlich, aber ich gestatte keinem noch so beängstigenden Ereignis, keinem noch so aufwühlenden Gespräch, keiner noch so beklemmenden Ahnung, mein nach außen hin wieder geordnetes Leben aus der Spur zu bringen. Ich möchte endlich wieder ein *normales* Leben haben.

Am Donnerstag war ich bei Dr. Faber und habe ihr von unserem Gespräch erzählt. Und von meinem Verdacht. Sie hat nicht spontan darauf geantwortet, spontane Antworten sind nicht ihre Art, vielmehr hat sie meine Vermutung eine Weile sacken lassen und mir dann eine ihrer wohldosierten Antworten gegeben: *Ich glaube nicht, dass Sie Opfer eines Missbrauchs wurden, aber ich kann es auch nicht ganz ausschließen. In einer häuslichen Atmosphäre, die von einem gewalttätigen Vater dominiert wird, kommen solche Übergriffe statistisch gesehen tatsächlich überproportional häufig vor.*

Mechanisch arbeite ich die Einkaufsliste ab und schiebe den halb vollen Wagen durch die Gänge. Ich vergesse die

Milch und muss wieder zurück. Ich stelle mich an der Kasse an, und mir fällt ein, dass auch Zahnpasta fehlt.

Als ich endlich zum Auto zurückkomme, sehe ich, dass etwas hinter dem Scheibenwischer klemmt. Ein weißes, sorgfältig zusammengefaltetes Papierstück. Im Schnelldurchlauf geistern die verschiedensten Optionen durch meinen Kopf. Will Andreas mich mit einer Einladung zum Essen überraschen? Oder ist es Nora, die zufällig meinen Wagen hier gesehen hat?

Wer zuletzt lacht. Wir werden sehen … Eine handschriftlich hingeworfene Notiz. Ich drehe das Papier in meinen Händen. Keine Unterschrift, kein weiterer Hinweis, was der Schreiber oder die Schreiberin damit meint. Aber eines ist unverkennbar: Das hier ist kein freundschaftlich gemeinter Gruß. Ist Johanns Frau hinter die Affäre gekommen? Aber das ergibt doch keinen Sinn. Wir haben uns seit Monaten nicht gesehen, seit Monaten nichts voneinander gehört. Ich knäule das Papier zusammen und werfe es in den Müll. Wahrscheinlich einfach ein Irrtum. Jemand hat das Auto verwechselt.

Als ich zu Hause ankomme, werde ich bereits von meiner Tochter erwartet.

»Hallo«, begrüße ich sie. »Wartest du schon lange?«

»Nein. Ich bin gerade erst gekommen. Ich wusste ja, dass du bei deiner Therapeutin bist.«

Meine Enkeltochter kommt auf mich zugelaufen und streckt mir ihre kleinen Ärmchen entgegen. »Oma!«

»Frida. Komm mal her, kleiner Schatz. Das ist ja schön, dass du mich besuchst.« Ich nehme sie auf den Arm und versenke mein Gesicht in ihre blonden Locken.

»Maahn.«

»Das heißt *malen*«, klärt Nora mich auf.

»Du willst malen?« Sie nickt.

»Ich hole dir Stifte und ein Blatt. Aber lass die Oma erst einmal ankommen und ihre Hausschuhe anziehen.«

Nora geht schon vor in Richtung Küche. »Ich mache Kaffee. Willst du auch?«

»Ja. Danke.« Ich hole Stifte und Blätter aus Andreas' Arbeitszimmer und werfe einen kurzen Blick auf seinen Schreibtisch. Da liegt der Kalender. Hat er ihn vergessen? Unfähig meine Neugier zu bezwingen, schlage ich das Adressteil auf. Unter C. Wie Carolin. *Caro – 0 17 74 43 87 61*, lese ich, dazwischen ein kleiner Zettel: *Bis morgen. Ich freu mich auf dich. C.*

Carolin. Natürlich. *Wer zuletzt lacht* … Es ist die gleiche Handschrift. Der Zweifel fängt wieder an zu nagen. Ohne lange darüber nachzudenken, notiere ich mir die Nummer.

»Oma, maahn!«

»Ja, mein Schatz. Ich komme.«

In der Küche hat Nora den Tisch gedeckt. Plötzlich habe ich einen unbändigen Appetit. »Das ist eine gute Idee. Ich habe Hunger.« Ich lege Frida Stifte und Blätter hin und hebe sie in ihren Kinderstuhl.

»Da ist auch noch ein Rest vom Mittagessen von gestern im Kühlschrank. Nudelauflauf. Soll ich das schnell für Frida wärmen?«

»Nein, sie hat schon was gegessen.«

Ich setze mich an den Tisch und genieße es, von meiner Tochter bedient zu werden. Mir wird bewusst, dass Nora sich noch immer verhält, als wäre sie hier zu Hause. Sie kennt sich aus, holt ganz ohne Scheu Geschirr aus dem Schrank, Besteck aus der Schublade und Lebensmittel aus dem Kühlschrank. Ganz anders als ich, wenn ich meine Mutter besuche. Dann bin ich Gast. Aber Nora ist in diesem Haus groß geworden. Sie hat den allergrößten Teil ihres Lebens darin verbracht. Mit dem Haus meiner Mutter dagegen verbindet mich nichts. Vielleicht könnte ich mich ähnlich unbefangen bewegen, würde sie noch in UNSEREM Haus wohnen. »Quatsch.«

Nora sieht mich irritiert an. »Was?«

»Ach nichts. Ich habe nur gerade an etwas gedacht.«

Sie schenkt Kaffee aus, und schweigend beginnen wir unser Mahl. Aber ich kenne meine Tochter. Gut genug, um zu erkennen, dass ihr etwas auf der Seele liegt. Ich fühle mich ausgelaugt und müde von meinem Therapiegespräch, mein Bedürfnis nach weiteren Gesprächen tendiert gegen null, vor allem, wenn es sich um Gespräche handelt, die volle Konzentration und gegebenenfalls Stellungnahmen erfordern. Und ich fürchte, dass es sich um genau so ein Gespräch handelt. Aber ich sehe auch, dass sie sich quält. Und das möchte ich nicht.

»Was ist los?«

Nora legt das angebissene Brot zur Seite und sieht mich an.

»Trennt ihr euch?«

»Mit wem hast du gesprochen?«

Sie schweigt und senkt den Blick.

»Hat Andreas dir das gesagt?«

»Nein. Ben hat etwas gesagt. Aber er wusste es ja auch nicht genau.«

Nora sieht mich hilflos an. Ich lege meine Hand auf ihre. »Nein, mein Schatz«, beruhige ich sie. »Ich glaube nicht, dass wir uns trennen. Wir haben eine Krise, aber ich denke, wir schaffen das.«

»Ben hat gesagt, dass Papa …«

»Ja?«

»Dass Papa eine Freundin hat.«

»Das stimmt. Und ich hatte einen Freund. Papa und ich haben uns im letzten Jahr etwas aus den Augen verloren. Aber wir haben es noch rechtzeitig gemerkt. Das hoffe ich wenigstens.«

»Hat er mit ihr Schluss gemacht?«

»Das hat er gesagt.«

»Glaubst du ihm?«

Ich zucke die Schultern.

»Und du?«, fragt sie weiter. »Was ist mit dir?«

»Bei mir ist es schon länger vorbei.«

»Also hast du zuerst …«

»Ja. Ich habe zuerst.«

Ich sehe die Tränen in ihren Augen, und mein Herz ist voller Liebe. »Nora, es ist gut. Andreas und ich haben uns ausgesprochen. Wir sind dabei, uns wiederzufinden, aber das braucht Zeit. Ich kann nur von mir sprechen, aber ich möchte mich nicht trennen. Ich möchte, dass wir es schaffen. Wenn du magst, dann ruf deinen Papa an, und ihr trefft euch, wenn er mit der Arbeit fertig ist. Frida kann hierbleiben. Sie kann auch hier schlafen. Das hat sie schon lange nicht mehr gemacht.«

»Ehrlich?«

»Ja. Ehrlich.« Jetzt fließen die Tränen. Auch meine.

»Ach, Mama.«

Ich stehe auf und nehme sie in den Arm. Ganz fest. So wie früher.

KATHARSIS

58

Frida bei mir zu behalten war die richtige Entscheidung. Sie macht mich ruhig. Dieses Kind ist so unkompliziert und zufrieden, wie ein Kind nur sein kann.

Ich habe sie mit nach unten genommen und uns ein Lager in meinem Zimmer gebaut. Mit vielen Kissen und Decken. Dann habe ich etwas gemacht, was schon früher bei meinen Kindern immer heiß begehrt war: einen Teller mit vielen unterschiedlichen Leckereien. Belegte Brote, geschnittenes Obst und Mohrrüben und als Nachtisch etwas Schokolade. Wir haben zusammen im Bett gesessen, uns Bilderbücher angeschaut und geschlemmt. Nora legt Wert darauf, dass Frida am Tisch isst, bei ihrer Großmutter gelten andere Regeln. Jetzt schläft sie. Ich sehe mir das schlafende Kindergesicht an und fühle eine schlichte Zufriedenheit, ein Wohlbehagen. Den Daumen im Mund, die blonden Locken an der Stirn leicht feucht, das kleine, zarte Gesicht so vertrauensvoll und offen. Ein Bild der Unschuld. Ein Bild der Hoffnung. Ich versuche mir vorzustellen, wie es sein wird, wenn sie älter ist. Fünf Jahre alt oder zehn. Ein unschuldiges Kind, das vielleicht Begehrlichkeiten weckt, die keine Berechtigung haben. War es so bei mir? War es so bei Inga?

»Ich pass auf dich auf. Immer«, flüstere ich in Fridas blonde Locken. Es ist ein offenes Geheimnis, dass missbrauchte Kinder in den seltensten Fällen von Fremden missbraucht werden. Es ist der Vater, der Großvater, der Onkel, der gute Freund. Nein. Das geht zu weit. *Hör auf!* Für Tom, Andreas oder Ben würde ich meine Hand ins Feuer legen. Beide Hände!

Es ist fast zehn Uhr, im Haus herrscht absolute Ruhe. Ich gehe nach oben, um mir ein Glas Wasser zu holen. Andreas ist noch nicht da. Das Gespräch mit Nora scheint zu dauern. Vater und Tochter. Vielleicht sollte ich das Gleiche mit Ben tun? Mich mit ihm auf eine Pizza treffen und reden. Aber Ben ist nicht so. Er ist viel abgeklärter. Eher unsentimental. Auch wenn es ihn im Moment treffen würde, wenn seine Eltern sich trennen, es würde sein Fundament nicht erschüttern. Mehr als sehr feine Haarrisse wären es am Ende nicht. Und auf einen derartigen Vorschlag meinerseits würde er wahrscheinlich mit der ihm eigenen Ironie reagieren: *Mama, wenn du mir eine Pizza ausgeben willst, dann gib mir zehn Euro und gut ist.*

Meine innere Unruhe holt mich wieder ein. Ich wünschte, Andreas käme zurück. Ich sehne mich nach seiner Nähe. Außerdem klopft etwas ans Fenster, das ich nicht hereinlassen möchte: Misstrauen.

Als ich ihn endlich kommen höre, ist es schon nach Mitternacht. Ich bin noch hellwach, mein Bemühen, das Fenster geschlossen zu halten, ist nicht geglückt. Das Misstrauen hat Einzug gehalten, Zweifel und Unbehagen erfüllen mich. Ich gehe nach oben, um meinen Mann zu begrüßen.

»Hallo. Da bist du ja.«

»Ja, da bin ich.«

Andreas öffnet den Kühlschrank und nimmt sich eine Flasche Wasser.

»Wie war es? Hattet ihr ein gutes Gespräch?«

»Ja. Hatten wir.«

»Andreas!«

»Was?«

»Was hast du Nora erzählt, und was hat sie gesagt?«

»Ich habe Nora das erzählt, was ich wusste. Das, was du mir gesagt hast.«

»Ach? Und von dir und deiner Freundin? Habt ihr davon nicht gesprochen?«

»Doch. Das haben wir auch.«

»Und weiter.«

»Thea, ich bin müde.«

»Es ist nach zwölf. Wenn du die ganze Zeit mit Nora zusammen warst – und das will ich jetzt einmal glauben –, dann waren das mehr als fünf Stunden.«

»Ja und?«

Plötzlich springt mich meine Wut an. Sie frisst sich in mich hinein. »Kannst du mir ins Gesicht schauen und mir sagen, dass du nur mit deiner Tochter zusammen warst?« Meine Stimme ist laut und schrill. Ich will das nicht.

Andreas schaut mich an. Kalt ist sein Blick. Abwertend. Er will es auch nicht. »Ich geh ins Bett. Gute Nacht.«

»Du lässt mich jetzt nicht so hier stehen!« Wieder schreie ich. *Hör auf, Thea, hör auf! TU DAS NICHT!* Ich bin ein brodelnder Vulkan. Jede Kleinigkeit bringt mich auf die Palme, und meine Wut hält sich jedes Mal den Bauch vor Lachen, wenn ich ihr mit matter Geste die Peitsche zeige.

Andreas ist bereits auf dem Weg nach oben.

»ANDREAS!«

Er dreht sich um und schaut mich an. »Was willst du eigentlich? Jahrelang war dir jedes Wort von mir lästig, von meinen Berührungen ganz zu schweigen. Was willst du jetzt von mir?«

Ich falle förmlich in mich zusammen. Wie ein Ballon, der seine Luft verliert, schwirre ich orientierungslos durch Zeit und Raum. Nichts, woran ich mich festhalten könnte.

»Bitte«, flüstere ich mit schwacher Stimme. Vielleicht bin ich doch eine multiple Persönlichkeit.

»Ich gehe schlafen. Ich muss morgen früh zur Uni. Ich habe nämlich nebenbei auch noch einen Job.«

Trotz der Aufregung am späten Abend schlafe ich in der Nacht tief und auch traumlos. Frida sei Dank. Nora kommt um kurz nach acht und bringt frische Brötchen mit.

»Habt ihr schon gefrühstückt?«

»Nein, ich wollte uns gerade etwas machen. Frida ist erst seit einer halben Stunde wach.«

»Wie war sie denn? Hat alles gut geklappt?«

»Ja, sie war prima. Hat tief und fest geschlafen, die ganze Nacht. Wir hatten es sehr gemütlich gestern Abend. Stimmt's, mein kleiner Schatz?«

»Kireki.«

»Ja, wir haben uns Bilderbücher angeschaut, und vor allem der Hahn hat es ihr angetan. Konstantin und sein Kikeriki. Ich mache uns mal einen Kaffee.«

Während Nora mit Frida auf dem Schoß sich nun ebenfalls dem Hahn Konstantin widmet und ich mich der Kaffeemaschine, überlege ich mir, wie ich am besten vorgehe. Ich möchte wissen, was gestern Abend gesprochen wurde. Und ich möchte wissen, wie lange genau das Gespräch gedauert hat. Aber ich möchte weder neugierig noch aufdringlich oder misstrauisch erscheinen. Zum Glück spricht Nora von sich aus das Treffen an.

»Hat Papa etwas gesagt?«

»Wenig. Wie war es denn?«

»Er ist traurig.«

»Ach? Das bin ich auch.«

»Es hat ihn tief getroffen, dass du fremdgegangen bist.«

»Moment mal! Er doch auch!«

»Ja, aber du zuerst. Ich glaube, bei ihm waren es eher verletzte Gefühle.«

»Okay. Es tut mir aufrichtig leid. Ehrlich. Wenn ich könnte, würde ich die Geschichte rückgängig machen. Aber bei mir ist sie definitiv vorbei. Und DAS macht den Unterschied.«

»Papa hat auch Schluss gemacht.«

»Hat er dir das gesagt?«

»Ja. Und ich glaube ihm. Er möchte nicht, dass alles kaputtgeht. Wir sind doch eine Familie.«

»Wie lange wart ihr denn zusammen? Ich habe so fest geschlafen, ich habe ihn gar nicht gehört.« Warum lüge ich? Welches neurotische Krankheitsbild lässt sich hierfür verwenden?

»Ich bin um halb zehn gegangen. Aber er wollte noch ein Glas Wein trinken.«

Das lässt wieder alles zu. Oder nichts. Er hatte zweieinhalb Stunden Zeit. Er könnte sich noch mit ihr getroffen haben. Oder er hat tatsächlich einfach dort gesessen, Wein getrunken und sinniert. Nicht untypisch für Andreas.

Als Nora sich zwei Stunden später verabschiedet, packt mich wieder die Unruhe. Es sind so viele Dinge ungeklärt. Es gibt so vieles, worum ich mich kümmern müsste.

Ich muss Bewerbungen schreiben, das Bild fertigmalen, Wäsche bügeln. Das Haus könnte auch mal wieder eine gründliche Reinigung gebrauchen. Ich seufze und denke an Andreas. Wo ist er jetzt? Ich vertraue ihm nicht mehr. Und immer wieder scheitere ich bei den Versuchen, ihn zu erreichen. Ständig bin ich einem Wechselbad der Gefühle ausgesetzt. Es beruhigt mich einerseits, dass Nora gesagt hat, ihr Vater wolle die Familie erhalten, andererseits regt sich sofort wieder Wut, wenn ich den Verdacht habe, dass er noch nicht fertig ist mit der Geschichte. Mit SEINER Geschichte. Und da ist ja auch der Zettel seiner Freundin. Ihre Warnung. *Wer zuletzt lacht* … Sie gibt sich noch nicht geschlagen.

Lass ihn doch fremdgehen. Wenn sonst alles so bleibt wie es ist, ist es doch nicht so schlimm. Doch. Es ist schlimm. Es fühlt sich schlimm an. Es tut weh. Und ich ertrage diese verflixte Ungewissheit nicht.

Ich hole meine Staffelei und eine neue Leinwand. Ein kleines Maß. Die Hand mit dem Kohlestift fliegt über das Blatt. Es geht fast wie von selbst. Ich sehe das kleine Gesicht so deutlich vor mir: die großen Augen, die dichten Wimpern. Die blonden Locken und den süßen Kindermund. Es dauert keine Stunde, und Frida schaut mich an. Mit meinen Augen. Es ist mein Blick. Der Blick einer Frau. Der Blick einer verletzten Seele. Das passt nicht. Ich hole eine neue Leinwand und fange von vorn an. Als ich später das fertige Bild betrachte, bin ich zufrieden. Jetzt sind es Fridas Augen. Ein klarer Blick aus unschuldigen Kinderaugen.

Um fünf Uhr am Nachmittag sind die Bäder geputzt, und ich habe zwei neue Bewerbungen auf den Weg gebracht. Ich beginne mit der Vorbereitung des Abendessens und brate Hackfleisch an. Wenn nichts dazwischenkommt, ist Andreas in knapp einer halben Stunde fertig und verlässt seinen Arbeitsplatz. Ich hole Lauch aus dem Kühlschrank und beginne ihn zu putzen. Wenn er direkt nach Hause fährt, ist er in etwa einer Stunde hier. Ich dünste das Gemüse, gebe Zitronensaft und Gewürze dazu und fülle den Topf mit Brühe. Zwanzig nach fünf. Ich kann das Misstrauen nicht ausschalten. Es wühlt in meinen Eingeweiden. Ich gebe Hackfleisch und Schmelzkäse in den Topf und lasse die Suppe weiter köcheln. Der Druck in mir steigt. Ich schneide Brot klein und mir dabei in den Finger. »Autsch! Verdammt!« Das Küchenmesser fliegt in die Spüle. Ich wickle mir ein Stück Küchenrolle um den Finger, schalte den Herd auf die kleinste Stufe, renne in die Diele, greife nach dem Autoschlüssel und schlüpfe in meine Straßenschuhe.

Es ist windig und kühl, dunkle, schwere Wolken hängen am Himmel. Die ganze Welt wirkt bedrohlich und kalt. Als hätte sie sich gegen mich verschworen. Was tue ich hier? Je weiter ich mich von zu Hause entferne, umso mehr holen mich meine Zweifel ein. Was soll ich sagen, wenn Andreas mich dort sieht? Aber umkehren geht auch nicht. Wahrscheinlich ist das die Antwort: Ich tue es, weil alles, alles besser ist, als zu Hause zu sein und mich von der Ungewissheit fressen zu lassen.

Der Uniparkplatz für Dozenten liegt geschützt hinter einer hohen Betonmauer, die Einfahrt ist mit einer Schranke blockiert. Ich parke meinen Wagen auf der anderen Straßenseite, etwas versteckt hinter einem großen Lieferwagen und renne über die Straße. Der Wind zerrt an meinen Haaren, die Jacke halte ich notdürftig vor der Brust zusammen. Ich atme aus. Sein Auto steht in der zweiten Reihe. Genau dort, wo es immer steht.

Beschämt gehe ich zurück zu meinem Wagen. Mein Herz klopft heftig, meine Finger zittern, als ich den Schlüssel in das Zündschloss stecke. Einen Moment bleibe ich regungslos sitzen. Ausgerechnet wir, denke ich. Ausgerechnet uns passiert das alles. Gerade will ich losfahren, da sehe ich, wie sein Wagen vom Parkplatz rollt und am Seitenstreifen gleich wieder anhält. Die Beifahrertür wird geöffnet, und eine blonde, sehr junge Frau steigt ein. Sie wendet ihm den Kopf zu, ich sehe, wie sie etwas zu Andreas sagt. Er nickt kurz und fährt los.

Ohne nachzudenken, folge ich seinem Wagen in Richtung Innenstadt. In der Rheinstraße bleibt er an einer roten Ampel stehen. Plötzlich öffnet sich die Beifahrertür, und seine Begleiterin steigt aus. Sie sagt etwas, lacht kurz auf und schlägt die Autotür mit Wucht wieder zu. Automatisch ducke ich mich, ich bin nur zwei Autolängen entfernt, aber sie schaut nicht in meine Richtung. Die Ampel wird grün, ich bleibe weiter auf Andreas' Spur. Es sah nicht nach einer liebevollen Verabschiedung aus, tröste ich mich. Trotzdem keimt das Korn des Misstrauens. Sie werden sich auch zukünftig sehen, sie arbeiten schließlich an der gleichen Uni. Und ich habe keine Ahnung, wie seine regulären Arbeitszeiten sind. Darüber habe ich mir noch nie zuvor irgendwelche Gedanken gemacht. Weil ich es nicht musste.

Andreas nimmt jetzt den kürzesten Weg nach Hause. Als ich nur wenige Minuten nach ihm ankomme, hat er sich bereits etwas von der vorbereiteten Suppe in den Teller geschöpft und löffelt mit Genuss. Er sieht mich an.

»Hallo. Wo warst du?«

»Einkaufen.«

»Die Suppe ist lecker.«

»Lauch-Hackfleisch-Suppe. Die magst du ja so gern.«

»Hhhmm.«

»Wie war dein Tag?«

»Gut. Ich habe endlich einmal das Gefühl, wieder Boden unter den Füßen zu haben. In den letzten Wochen war ziemlich viel zu tun. Zu allem anderen.«

»Ja. Zu allem anderen. Zu deiner Freundin zum Beispiel.«

»Thea! Jetzt fang doch nicht schon wieder damit an. Ich habe es beendet, was willst du noch von mir?«

Ich überlege, ob es strategisch klug ist, mein Wissen gleich kundzutun. Aber strategische Überlegungen waren noch nie meine Stärke.

»Ich habe dich gesehen. Mit ihr. Gerade eben.« Das bringt ihn kurzfristig so aus der Fassung, dass er sogar den Löffel auf die Seite legt.

»Sie hat mich an der Uni abgepasst. Und ich habe sie nach Hause gefahren. Sonst nichts.«

»Aha. Sie wohnt mitten in der Stadt?«

»Du bist uns nachgefahren?« Er ist fassungslos.

»Ja. Bin ich. Ich wollte dich an der Uni abholen. Nein. Ich will ehrlich sein. Ich habe dir misstraut. Den ganzen Tag schon hatte ich so ein komisches Gefühl. Auch wegen gestern Abend. Und wie sich herausgestellt hat, war das auch berechtigt.«

»Thea, sie ist verletzt. Und wütend. Genauso wie du. Und genauso wie auch ich. Wie wir alle. Und sie hat auch das verdammt gleiche Recht dazu.«

»Was denn für ein Recht? Du bist mit mir verheiratet.

Seit über dreißig Jahren. Wenn überhaupt, dann bin ich es, die hier ein Recht hat.«

»Hör doch auf mit dieser Egozentrik. Das passt nicht zu dir. Ich habe das mit Caro beendet, weil ich dich nicht verlieren möchte. Oder uns. Unsere Familie, das, was wir zusammen haben. Alles eben.«

»Es scheint aber bei ihr noch nicht so richtig angekommen zu sein.«

»Sie leidet. Ist das nicht normal?«

Ich erzähle Andreas von dem Zettel hinter meinem Scheibenwischer. »Wie soll das denn mit uns funktionieren, wenn ich dir nicht trauen kann?«

»Kann ich dir denn trauen?«

»Ja. Das kannst du. Meine Affäre ist vorbei. Ohne Wenn und Aber. Und ich bereue sie von ganzem Herzen, ich würde sie ungeschehen machen, wenn ich es nur könnte. Kannst du das von dir auch behaupten?«

Einen Moment herrscht absolute Stille.

»Ich habe mich entschieden. Für uns«, sagt er schließlich. »Wenn dir das nicht genug ist, dann musst du die Konsequenzen daraus ziehen.«

»Ach? Zieh du sie doch, die Konsequenzen, wenn du nicht weißt, was dir wirklich wichtig ist.«

»Ich weiß es ja. Ich habe es dir bereits mehrfach gesagt. Es genügt dir nicht.«

»Nicht, wenn ich hier sitzen und mich fragen muss, ob du bei ihr bist. Oder sie triffst.« So geht das nicht. »Andreas, ich habe überhaupt keine Kraft für all das. Mir schwirrt der Kopf. Ich möchte dich nicht verlieren, aber so kann ich auch nicht mit dir leben. Ich werde in den nächsten Tagen wieder unten schlafen. Es ist so viel passiert. Nächste Woche muss ich mit Frau Faber besprechen, was ich im Hinblick auf meine Traumatisierungen unternehmen soll. Wenn ich hier wieder etwas Land sehe, dann habe ich vielleicht auch wieder Kraft für uns. So lange wäre es gut, wenn wir uns möglichst in Ruhe lassen.«

Er steht auf und geht zur Tür. »Na, darin hast du ja jahrelange Übung«, höre ich ihn murmeln, bevor sich die Tür hinter ihm schließt. Sehr sanft, fast lautlos. Das Zuschmeißen von Türen überlässt er mir.

59

Unsere Lage ist angespannt, aber nach jeder Eskalation beruhigen sich die Nerven irgendwann auch wieder. Seine wie meine. Wir schaffen es zwar nicht, unsere Probleme zu lösen, aber immerhin schaffen wir es, uns in einer Art Waffenruhe einzurichten und weiterzumachen.

»Bis heute Abend, ich bin gegen sieben da«, sagt er mit einem letzten halb fragenden Blick in meine Richtung.

»Bis heute Abend«, murmele ich zurück und weiche seinem Blick aus. Ich sehne mich nach ihm, wünsche mir mehr Nähe, aber sobald er einen Schritt auf mich zugeht, drehe ich mich weg. Ich kann nicht ohne ihn, aber mit ihm kann ich auch nicht. Nach unserem letzten Streit haben wir zwei Tage nicht miteinander geredet, kein Wort. Zwei Tage, an denen ich fast erwartete, ihn mit einem Koffer aus der Tür gehen zu sehen. Zwei Tage, an denen ich tausend Tode gestorben bin.

Jetzt lächeln wir wieder, wenn wir uns begegnen, wenn auch verhalten. Wir tauschen wieder Höflichkeiten aus. Wir gehen wieder kultiviert miteinander um. Aber auch sehr reserviert. Zwischen uns ist eine Distanz, so deutlich und spürbar, dass ich mir nicht vorstellen kann, ihm jemals wieder entspannt und *normal* begegnen zu können. Obwohl ich es mir wirklich wünsche.

Eine Fliege, laut und fett, hat sich in penetranter Ahnungslosigkeit auf die Fensterscheibe gesetzt. Einen Augenblick konzentriere ich mich auf ihren metallisch grün glänzenden Körper, auf ihre Flügel und Beine, die sie abwechselnd reibt, als würde sie sich auf die nächste gute Mahlzeit vorbereiten. Ich stehe vom Tisch auf, nehme eine Zeitung und öffne das Fenster. Ich will ihr nichts tun, ihr nur den Weg zeigen, aber sie ignoriert meine Bemühungen. Mit lautem Summen schwirrt sie durch den Raum und sucht sich einen neuen Landeplatz. Ich reiße beide Fensterflügel weit auf und rücke ihr zeitungwedelnd so lange auf die grüne Pelle, bis sie endlich ein Einsehen hat und aus dem Fenster fliegt. Ein kleiner Sieg.

Auf dem Monitor meines Notebooks flimmert ein angefangenes Bewerbungsschreiben. *Sehr geehrte Damen und Herren, sehr geehrte* … Die Buchstaben tanzen vor meinen Augen, der Blick wird unscharf. Ich klappe das Gerät zu und schaue aus dem immer noch geöffneten Fenster. Dabei nehme ich einigermaßen erstaunt wahr, dass der Frühling mit all seiner Macht Einzug gehalten hat. Die Sonne scheint, die Luft ist mild, der Himmel blau. Warum ist mir das nicht schon längst aufgefallen?

Ich stehe auf, werfe einen Blick in den Kühlschrank und schnappe mir den Einkaufskorb und das Portemonnaie. *Gegessen wird immer*, denke ich. Es nutzt ja auch nichts, es nicht zu tun.

Als ich mit dem Auto von unserer Hofeinfahrt auf die Straße abbiegen will, sehe ich eine junge blonde Frau auf der anderen Straßenseite. Ich erkenne sie sofort. Ich stelle das Auto ab und steige aus.

»Wollen Sie zu mir oder zu Andreas?«, frage ich laut, während ich auf sie zugehe. Zu laut. Fast schon aggressiv. Ich sehe keinen Grund, etwas daran zu ändern.

»Ich dachte mir, es wäre vielleicht ganz gut, wenn wir beide uns unterhalten. Ohne Andreas.«

Sie sieht mir ruhig entgegen. Während mein ganzes Inneres in Aufruhr ist, die Situation *mich* beherrscht, scheint es bei ihr genau umgekehrt.

»Warum?«

»Vielleicht um Ihnen klarzumachen, dass ich nicht bereit bin, das Feld kampflos zu räumen.«

»Ach? Und ich soll das? Ich soll nach all den Jahren einfach mal eben meine Koffer packen und gehen? Was stellen Sie sich vor?« Ich *bin* wütend.

»Andreas liebt mich. Aber er fühlt sich Ihnen gegenüber verpflichtet. Und er ist ein viel zu guter Mensch, als dass er das ignorieren könnte.«

Die Wut kriecht höher. »Ach, ist das so?«

»Das wissen Sie doch auch. Befreien Sie ihn von seiner Fessel. Lassen Sie ihn gehen.«

»Ich lasse ihn gehen. Aber bis jetzt hat er keine Ambitionen in dieser Richtung gezeigt. Im Gegenteil. Hören Sie, wir hatten eine Krise, ich habe ihn verletzt, und er hat sich gerächt. Pech für Sie, dass Sie gerade zur Stelle waren.«

»Es nutzt nichts, die Augen vor der Realität zu verschließen.«

»Welche Realität? Ihre?«

Sie öffnet die Autotür. »Na gut. Wir werden ja sehen.«

Wir werden ja sehen. Die Wut ist jetzt oben angekommen, sie rast durch meinen Kopf. »VERSCHWINDEN SIE AUS MEINEM LEBEN. NEHMEN SIE ANDREAS MIT, WENN ES DAS IST, WAS ER WILL, ABER VERSCHWINDEN SIE AUS MEINEM LEBEN!« Der Ausbruch tut mir gut, gleichzeitig blicke ich mich erschreckt um. Neugierige Augen und Ohren hinter verschlossenen Fenstern, ich sehe sie nicht, aber ich weiß, dass es sie gibt. *Reiß dich zusammen.* Ohne eine weitere Reaktion von ihr abzuwarten, drehe ich mich auf dem Absatz um und gehe mit zitterndem Atem zurück zu meinem Wagen. Ich schenke ihr keinen Blick mehr, als ich an ihr vorbeifahre. Meine Nerven liegen blank.

Als ich zurückkomme, ist Carolin verschwunden, dafür steht Katrin vor meiner Tür. Ich stürze mich in ihre Arme.

»Katrin«, schluchze ich zwischen überwältigender Freude und Sorge. »Was machst du hier? Ist was passiert?«

»Na ja, ich hatte das Gefühl, du könntest gerade eine Freundin gebrauchen, die nicht tausend Kilometer weit weg ist.«

»Ach Katrin, ich bin so froh.« Tränen laufen mir über das Gesicht.

Sie nimmt mir die Einkaufstasche aus der Hand. »Na, danach sieht es aber gerade nicht aus«, sagt sie trocken und folgt mir in die Küche, wo sie mit größter Selbstverständlichkeit meine Einkäufe verstaut, während ich mir die Nase putze.

»Erzähl«, sagt sie einfach in vertrauter Katrin-Manier. Sie hat natürlich sofort erkannt, dass etwas nicht stimmt.

Oder: Dass noch weniger stimmt als sonst. Ich berichte in Kurzfassung von meiner Begegnung mit Carolin.

»Glaubst du, sie hat recht? Glaubst du, er bleibt nur bei mir, weil er sich *verpflichtet* fühlt?«, frage ich wieder einigermaßen gefasst.

»Nein. Das glaube ich ganz sicher nicht.« Ihre Stimme klingt fest.

»Aber sie ist so jung und so …«

»Ach, Thea, die beiden kennen sich doch erst ein paar Monate. Sie haben keine gemeinsamen Kinder, keinen Alltag, keine gemeinsamen Erinnerungen. Natürlich ist die Versuchung groß, aber Andreas ist kein Dummkopf. Er wird euch nicht aufgeben.«

»Und wenn doch? Was soll ich dann machen?«

Sie sieht mich lange an. »Was wünschst du dir eigentlich? Von Andreas, meine ich.«

Ich höre auf, mir mit dem Taschentuch übers Gesicht zu wischen und erwidere ihren Blick. »Was ich mir wünsche?«

»Ja.«

»Na ja. Ehrlichkeit wahrscheinlich. Loyalität.«

»Und was ist mit Liebe?«

»Natürlich. Auch Liebe.«

»Liebst *du* ihn denn noch? Oder ist es eher dein verletzter Stolz?«

»Katrin! Was ist das für eine Frage? Natürlich liebe ich ihn.«

»Vor ein paar Monaten warst du dir da nicht mehr so sicher.«

»Doch. Das mit Johann, das war … ach, keine Ahnung. Jedenfalls habe ich *ihn* nicht geliebt, das weiß ich jetzt. Nicht so, wie ich Andreas liebe.«

»Und wie liebst du ihn? Ich meine, *was* liebst du an ihm?«

Ich denke einen Moment nach. »Na ja, ich fühle mich aufgehoben bei ihm. Zu Hause«, zähle ich auf. »Er ist mir vertraut, sein Geruch, sein Gesicht, seine Augen, seine Stimme.«

Ich unterbreche mich kurz, weil mir schon wieder Tränen in die Augen steigen. »Ach, Katrin, ich sehne mich so sehr nach ihm. Ich will ihm wieder mit den Händen durch die Haare fahren, oder abends neben ihm liegen und ihm meine kalten Füße entgegenstrecken. Ich will wieder mehr mit ihm teilen als ein verdammtes Essen«, heule ich.

Katrin stellt sich hinter mich und legt ihre Arme um meine Schultern. »Hast du ihm das einmal so gesagt?«

Ich schüttele den Kopf.

»Das solltest du.«

»Wir können im Moment überhaupt nicht miteinander reden. Nicht, ohne zu streiten.«

Sie hält mich weiter fest.

»Wahrscheinlich sind einfach zu viele Dinge geschehen«, sage ich und lege meinen müden Kopf auf ihren Arm.

»Ja. Aber sie werden nicht dadurch ungeschehen, dass man nicht darüber spricht.«

Ich schließe die Augen und denke an *viele Dinge*: an das Haus, meine Arbeitssituation, die bevorstehende Hypnose, meine Kinder, meinen Vater, das Gespräch mit meiner Mutter. Ein oder zwei Minuten verharren wir ganz ruhig. Dann löse ich mich aus ihrer Umarmung und stehe auf. »Ich mache uns mal einen Kaffee«, sage ich laut und versuche, wieder *normal* zu klingen.

Sie setzt sich auf die Bank und stützt die Ellbogen auf den Küchentisch, dabei schaut sie mich an, das Gesicht ganz ernst. Katrin hat viele Gesichter, das hier ist das *Ich-mach-mir-Sorgen*-Gesicht. Ich kenne es. »Und jetzt?«, fragt sie.

Ich ziehe die Schultern hoch und fülle den Wassertank. »Ich weiß es nicht.«

»Was sagt eigentlich Dr. Faber zu dem ganzen Schlamassel?«

»Wir haben in den letzten Sitzungen eher über meine Vergangenheit gesprochen. Über das Haus und meinen Vater. Von Andreas' Affäre habe ich ihr noch gar nichts erzählt.«

»Und?«

»Sie meint, ich hätte vielleicht ein *Monotrauma*.« Meine Zeigefinger malen imaginäre Gänsefüßchen in die Luft.

»Ein Monotrauma?«

»Ja. Also, die ganze Situation bei uns früher war natürlich in gewisser Weise traumatisch, aber sie glaubt, dass es da etwas gibt, irgendein besonderes Ereignis, was für meine Angstzustände und meinen Albtraum verantwortlich ist.«

»Aha.«

»Andreas meint, es war der Sturz. Weil ich im Traum immer falle.«

»Möglich.«

»Ja. Aber …«

»Aber?«

»Ach, ich weiß nicht. Ich bin mir nicht sicher.«

»Hast du ihr von deinem Verdacht erzählt? Du weißt schon.«

»Ja. Aber sie glaubt nicht, dass es *das* ist.« Mit verschränkten Armen lehne ich mich gegen die Spüle. »Sie will eine Hypnose mit mir machen.«

»Aha. Therapeutische Hypnose. Davon habe ich auch schon gehört.«

»Ich bin mir nur nicht sicher.«

»Warum?«

»*Hypnose*. Ich finde, das klingt irgendwie ... so unseriös. Ich meine, man sieht so etwas ja manchmal in Fernsehshows: Da sitzt einer willenlos auf dem Stuhl, bekommt nichts mehr mit und tut alles, was der Hypnotiseur ihm vorher suggeriert. Und nachher kann er sich an nichts mehr erinnern und ...«

»Ich glaube, das kann man nicht vergleichen.«

»Das hat Frau Faber auch gesagt«, gebe ich zu. »Sie meinte, man könne zwar Menschen tatsächlich so tief in Trance bringen, dass solche Demonstrationen möglich seien, aber das würde nur bei den wenigsten funktionieren. Und so eine tiefe Trance sei auch gar nicht nötig. Und auch nicht gewünscht.« Die Kaffeemaschine gibt tuckernde Geräusche von sich und spuckt braune Flüssigkeit in eine Auffangschale. »Weil man dann wie ausgeschaltet ist und nichts von dem, was mit einem passiert, im Bewusstsein ankommt. Und dann kann man auch nichts innerlich verankern, verstehst du?«

Katrin nickt. Ich schütte die Brühe in die Spüle und stelle zwei Tassen unter die Düsen.

»Habt ihr schon einen Termin dafür?«, fragt Katrin laut, um das Kaffeemaschinengetöse zu übertönen.

»Ja. Am nächsten Donnerstag.« Ich seufze, nehme die Tassen und stelle eine vor Katrin. Mit gesenktem Blick rühre ich umständlich Milch in den Kaffee. »Ich kann es immer noch absagen.«

»Das würde ich an deiner Stelle nicht tun.«

Ich ziehe die Schultern hoch. »Vielleicht haben Inga und Andreas ja doch recht. Vielleicht sollte ich wirklich damit aufhören, in der Vergangenheit zu wühlen und nach vorne schauen.«

»Du solltest vor allem Frau Faber vertrauen«, meint Katrin. »Sie ist eine sehr kompetente und zielgerichtete Therapeutin, sie weiß, was sie tut.«

»Hm.«

»Und vielleicht ist es ja gerade ganz gut, wenn du dich jetzt erst einmal auf deine Vergangenheit konzentrierst. Bevor du dich um die Gegenwart kümmerst, meine ich.«

Nur wer die Vergangenheit kennt, hat eine Zukunft. »Ja. Vielleicht«, sage ich schwach. »Für beides habe ich im Moment ohnehin nicht genug Kraft.«

»Eben. Eins nach dem anderen.« Sie lächelt. »Besenstrich für Besenstrich.«

60

Es ist seltsam: Ausgerechnet in dieser Nacht habe ich so tief und traumlos geschlafen wie seit Jahren nicht mehr. Den gestrigen Abend bin ich noch ruhelos herumgewandert, habe aufgeräumt und sortiert, habe alles getan, um mich abzulenken und mich erst nach Mitternacht mit der gefühlten Gewissheit hingelegt, dass mir eine schreckliche Nacht bevorsteht. Um dann zu schlafen wie ein Baby. Und jetzt sitze ich, immerhin ausgeschlafen, im Taxi und bin auf dem Weg in meine Vergangenheit.

Vor mir liegt ein aufwühlendes Experiment. Hinter mir eine unglaublich anstrengende Woche. Die ganze

Zeit habe ich meiner Familie etwas vorgespielt. Die ganze Zeit habe ich mich bemüht, *die* Thea zu sein, die sie kennen und mögen. Die *gute* Thea. Dass ich durchgehalten habe, war auch Katrins Verdienst. Ihre Blicke zur richtigen Zeit, ihre richtigen Worte zum richtigen Zeitpunkt. *Bleib ruhig. Eins nach dem anderen. Besenstrich für Besenstrich.* Als ich sie gestern zum Flughafen brachte, hat sie mich umarmt, ganz lange, und mir ins Ohr geflüstert: »Du kannst kommen. Wann immer du willst. Ich bin da.«

Ich drehe nervös an dem Zipfel eines Papiertaschentuchs, das ich in meinen feuchten Händen halte und sehe aus dem Fenster. Katrin ist noch keine vierundzwanzig Stunden weg, und schon fehlt sie mir. Ich huste nervös, um meine Anspannung zu überspielen.

»Soll ich die Klimaanlage ausschalten?«, fragt der Taxifahrer.

»Nein. Ist schon gut«, sage ich verlegen und blicke auf seinen gut frisierten blonden Hinterkopf. Ich finde, er sieht nett aus. Noch sehr jung, nicht älter als dreißig schätze ich, aber nett. Vielleicht liegt es auch an seinen Wangengrübchen. Menschen mit Wangengrübchen unterstelle ich immer und ganz automatisch, dass sie nett sind. Wir biegen ab auf den Autobahnzubringer, und ich beobachte, wie mein junger Fahrer sich ohne Schwierigkeiten in den sehr dichten Verkehr einfädelt. Ich bin froh, nicht selbst am Steuer zu sitzen. *Solche Rückführungen können emotional sehr aufwühlend sein,* hatte Frau Faber gesagt. *Lassen Sie sich fahren.* Ich fahre nur selten Taxi. Wäre es nicht so, wie es ist, würde ich auch jetzt nicht im Taxi sitzen, sondern in Andreas' Auto. Neben Andreas. Es tut weh, an ihn zu denken. Es tut auch weh, an das zu denken, was ist.

Der Verkehr gerät ins Stocken. Wir bleiben stehen, und ich seufze. Ich schaue auf die Uhr und seufze wieder. Ich habe Angst davor, zu spät zu kommen. Angst, dass die Zeit nicht mehr reicht, Angst, dass ich dann noch eine Woche warten muss. »Sollen wir nicht besser abfahren und die Landstraße nehmen?«

»Da vorne ist der Stau zu Ende«, sagt mein junger Fahrer und zeigt auf die Blechlawine vor uns. Meine Augen folgen seinem Finger. Ich kann kein Ende erkennen.

»Ich muss in zwanzig Minuten da sein. Das ist sehr wichtig«, sage ich.

Er nickt. »Klappt schon.«

Ich balle die Fäuste und öffne sie wieder, ich versuche mich zu entspannen, indem ich aufhöre zu denken und anfange meinen Atem zu kontrollieren. Ich atme tief ein, in den Bauch, so tief, dass sich meine Bauchdecke spürbar nach außen wölbt. Ich atme aus, presse die Luft wieder aus mir heraus, bis nichts mehr in mir ist. Einatmen, ausatmen, Bauchatmung, Brustkorbatmung, Fäuste ballen, Fäuste öffnen, anspannen, entspannen.

Ich möchte diese *Sache* jetzt hinter mich bringen. Trotz aller Zweifel und Ängste fühlt es sich *richtig* an. Richtiger jedenfalls als das meiste, was ich sonst in dieser Woche getan habe. In einer meiner schlaflosen Nächte habe ich sogar etwas ziemlich Blödes getan: Ich habe Andreas' Handy kontrolliert. Davon habe ich noch nicht einmal Katrin etwas gesagt. Dafür schäme ich mich zu sehr. Aber mein Misstrauen hatte sich nach dieser Auseinandersetzung mit Carolin mit aller Macht zurückgemeldet. Danach hätte ich mir allerdings gewünscht, ich hätte es nicht getan. Die letzte Nachricht, eine SMS, war von *ihr*. Datiert auf den vorigen Tag, Viertel vor eins: *Bitte ruf mich an!*

Mein anschließender Blick in die Anrufliste zeigte, dass er ihrer Aufforderung gefolgt war. Der Rückruf war eine halbe Stunde später vermerkt. Ich rechnete zurück und erkannte, dass es kurz vor unserer Auseinandersetzung gewesen sein musste. Was hatte er ihr gesagt? Dass er bei mir bleiben muss, weil er sich verpflichtet fühlt?

Im ersten Moment war ich unglaublich wütend. Kurz habe ich überlegt, ihn zu wecken und mit meinem Wissen zu konfrontieren. Ich habe mich letztlich dagegen entschieden und mir einen Schlaftee gekocht. Schlaftees stehen bei mir zurzeit hoch im Kurs.

Das Taxi nimmt Fahrt auf. Plötzlich rollt der Verkehr wieder. Ich werfe erneut einen Blick auf die Uhr und seufze. Jetzt vor Erleichterung.

Frau Faber empfängt mich mit einem aufmunternden Lächeln. Unsere Begrüßungen sind immer höflich, aber nie herzlich, dazu ist sie zu professionell. Ich ziehe meinen Mantel aus und folge ihr in den Behandlungsraum.

Sie zeigt zur Liege. »Legen Sie sich hin, und entspannen Sie sich. Wir fangen gleich an.« Sie geht zum Schreibtisch, setzt den CD-Player in Gang, und ich sehe auf die Uhr.

»Wir haben genug Zeit«, sagt sie. »So viel Zeit, wie wir brauchen.«

Ich ziehe meine Schuhe aus und strecke meine Beine in eine möglichst entspannte Lage. Im Hintergrund höre ich leise Musik. Violinen, irgendetwas Klassisches. Vielleicht Verdi. Oder Bach. Ja, ich glaube, es ist Bach.

»Versuchen Sie, keine Gedanken festzuhalten. Lauschen Sie einfach der Musik.«

Also versuche ich nicht zu denken, nur auf die Musik

zu hören. Eine schnelle Folge von Tönen. Daneben nehme ich ein gleichmäßiges Ticken wahr. Mein Herz ist es nicht, das hat jedes Gleichmaß verloren.

»Hören Sie das?«, fragt Dr. Faber. Sie sitzt jetzt neben mir.

»Das Ticken?«

Sie nickt.

»Ja.«

»Gut. Dann fühlen Sie jetzt in Ihren Körper und nehmen Sie den Takt auf. Suchen Sie sich dazu eine ganz entspannte und bequeme Liegeposition.«

Ich verändere meine Liegeposition nicht, sie ist ohnehin schon so bequem, wie es die Umstände erlauben, aber ich lasse zu, dass alle meine Glieder schwer werden.

»Spüren Sie den Stoff Ihrer Hose an den Beinen, die Bluse auf Ihrer Haut.«

Spüre ich das? Ja. Ich nicke leicht.

»Richten Sie Ihre Aufmerksamkeit nun auf Ihre Atmung. Atmen Sie ein und aus, und spüren Sie dabei, wie Ihr Körper, Ihr Brustkorb sich leicht bewegt. Wie er sich sanft auf und ab bewegt.«

Ihre Stimme klingt irgendwie anders. Sehr weich und fließend. Wie ein ritueller Singsang. »Atmen Sie tief und ruhig. Spüren Sie, wie die warme Luft ganz leicht das Innere Ihrer Nasenflügel streift und dann in Ihre Lunge strömt. Seien Sie ganz entspannt.«

Ich atme und atme, darin bin ich geübt, und eine Weile sagt sie nichts, und ich höre nur das Ticken und die Musik und mein Atmen. Ich werde müde. Es dauert nicht lange, und ich fühle mich richtig schläfrig.

»Schalten Sie die Gedanken aus, und lassen Sie stattdessen die Bilder zu, die sich vor Ihrem inneren Auge spiegeln.«

Die Bilder kommen von ganz allein. Ich sehe das Haus, seine Fassade, die mich einzuladen scheint.

»Hören Sie nur das Ticken. Tick. Tack. Tick. Tack. Ihr Kopf ist frei und leicht. Lassen Sie die Bilder zu. Und lassen Sie die Müdigkeit zu. Sie dürfen müde sein.«

Tick. Tack. Tick. Tack.

»Denken Sie an nichts, lassen Sie alles fließen. Sie müssen sich nicht ganz tiefenentspannt fühlen. Ihr Körper ist nur so entspannt, wie er es möchte.«

Ohne Anstrengung werde ich immer schwerer und entspannter und müder. Ich lausche dem Ticken und der Musik und versuche an nichts zu denken, nur die Bilder fließen zu lassen. Sie fließen durch meinen Kopf, als hätten sich Haut und Knochen um meinen Schädel aufgelöst. Bild folgt auf Bild, ohne Sinn und Zusammenhang.

»Sie dürfen so entspannt sein, wie Sie möchten und so müde, wie Ihr Körper es Ihnen sagt. Und wenn Ihr Körper jetzt ganz tief hinuntersinken möchte, in eine angenehme Schwere und Leichtigkeit, dann geben Sie ihm nach. Sinken Sie bei jedem Ausatmen noch ein bisschen tiefer.«

Ich atme und sinke. Tick. Tack. Tick. Tack.

»Und wenn das bewusste Denken auch noch viele Fragen hat und sich unsicher fühlt, spürt das unbewusste schon, dass Sie auf einem Weg sind und zeigt Ihnen neue, andere Bilder und Möglichkeiten. Nehmen Sie die Bilder an.«

Das Haus. Es ist immer wieder das Haus. Tick. Tack.

»Ihr Atem ist ganz ruhig geworden. Spüren Sie die Unterlage, auf der Sie liegen? Die Kette auf Ihrem Brustbein? Geben Sie sich immer tiefer hinein in dieses Gefühl des Wohlseins, der Entspannung. Üben Sie das konzentrierte Entspannen und das entspannte Konzentrieren. Wie ein guter Bogenschütze, der im richtigen Moment des Loslassens sich ganz der Entspannung hingibt. Lassen auch Sie los. Lassen Sie die Gedanken los, und sinken Sie hinein in diese Schwere. In diese Tiefe.«

Alles ist gleichermaßen schwer und leicht.

»Lassen Sie die Schwere und Tiefe zu. Lassen Sie zu, dass sie sich immer mehr ausbreiten. Von den Augen bis zu Ihren Zehen. Sie sind jetzt sehr müde und fühlen sich leicht. Nichts berührt Sie.«

Nichts berührt mich.

»Heben Sie den Zeigefinger der rechten Hand, wenn Sie sich leicht und ganz entspannt fühlen.«

Ich hebe den Zeigefinger der rechten Hand.

»Versuchen Sie sich jetzt an ein vor Kurzem erlebtes Ereignis oder eine Situation zu erinnern, in der Sie sich sehr gut gefühlt haben.«

Mein Geist geht von allein auf Wanderschaft. Gestern, vorgestern, vor drei Tagen. Stopp! Ich habe gemalt. Ein Rosenbild. Das fühlt sich gut an. Wieder hebe ich den Zeigefinger.

»Sehr gut. Was sehen Sie?«

»Ich male.«

»Beschreiben Sie das Bild.«

»Eine Rose. Ich sitze im Garten und male eine Rose.«

»Gut. Gehen Sie jetzt weiter zurück. Suchen Sie ein Ereignis oder eine Situation, in der Sie sich sehr schlecht und unwohl gefühlt haben. Beeilen Sie sich nicht. Gehen Sie in Ihrem Tempo und nur so weit zurück, bis Sie in einem unangenehmen Gefühl angekommen sind. Geben Sie mir dann wieder ein Zeichen mit dem Finger.«

Solche Gefühle habe ich täglich. Allein die vielen Auseinandersetzungen mit Andreas in den letzten Wochen. Aber mein halbwacher Geist lässt mich nicht da anhalten, wo ich es erwarte. Er führt mich weiter, in eine andere Situation, eine Situation, die schon fast ein Jahr zurückliegt. Ich bin bei Johann, in seinem Haus. Er hält mich eng umschlungen, sein Gesicht ist ganz nahe, sein Mund an meinem Ohr. *Ich will dich ficken.* Es macht mir Angst, und ich hebe schnell den Zeigefinger der rechten Hand.

»Gehen Sie hinein in das Gefühl. Lassen Sie sich Zeit.«

Alles schnürt sich zu. Ich will da nicht hinein. Aber ich kann es auch nicht aufhalten.

»Was verbinden Sie damit? Beschreiben Sie, was Sie fühlen.«

»Ich … ich fühle mich hilflos. Ich habe schreckliche Angst.«

»Was hören Sie? Gibt es Geräusche? Stimmen.«

Ich hebe den Finger.

»Gut. Versuchen Sie, das Geschehen intensiv nachzuerleben.«

»Ichkannnich.« Ich erkenne meine Stimme kaum.

»Was sagen Sie?«

»Ich kann das nicht.«

»Gehen Sie nur so weit, wie es für Sie erträglich ist. Riechen Sie etwas?«

»Ja. Es riecht … muffig.«

»Sie fühlen sich hilflos und haben Angst. Was macht das mit Ihrem Körper?«

Mein Körper liegt neben mir und rührt sich nicht. Ich würde gern meine Hand auf meinen Bauch legen, aber sie ist zu schwer, ich schaffe es nicht. »Es macht mich ganz starr«, sage ich matt.

»Wo im Körper spüren Sie das?«

»Überall. Im Bauch ist ein Loch.«

»Was meinen Sie, wie lange kennen Sie dieses Gefühl schon? Sind Sie erwachsen, als es Ihnen zum ersten Mal begegnet?«

»Nein.«

»Sind Sie ein Kind?«

»Ja.«

»Älter als zwölf?«

»Nein.«

»Wie alt?«

Meine Stimme ist jetzt klein. So klein wie ich. »Sechs.«

»Wo bist du jetzt?«

»Zu Hause.«

»Und dein Vater?«

»Auch.«

»Wo ist deine Mutter?«

»Sie ist auch da.«

»Was machen die beiden?«

»Sie streiten.«

»Was hörst du? Was sagt dein Vater?«

»Den Fraß kannst du selber essen.«

»Geh weiter. Du bist jetzt sieben. Streiten deine Eltern immer noch?«

»Ja.«

»Was hörst du?«

»Wo ist das ganze Geld?«

»Sagt das dein Vater?«

»Ja.«

»Was sagt deine Mutter?«

»Nicht, Christian. Schlag mich nicht vor den Kindern.«

»Geh weiter. Du bist jetzt acht. Du bist mit deinem Vater allein. Was macht er?«

»Er malt.«

»Und du? Was machst du?«

»Ich male auch.«

»Was sagt dein Vater zu dir?«

»Nichts. Er schaut sich mein Bild an.«

»Wie riecht es?«

»Es riecht nach Farben.«

»Berührt er dich?«

»Ja.«

»Wo?«

»Er streichelt meinen Kopf.«

»Magst du das?«

»Ja.«

»Streichelt er dich auch an anderen Stellen?«

»Nein.«

»Was macht er jetzt?«

»Er malt wieder.«

»Geh weiter. Du bist jetzt neun. Was siehst du?«

»Sie streiten wieder.«

»Was riechst du jetzt?«

»Es riecht muffig.«

»Wie fühlst du dich?«

»Ich fühle mich hilflos. Aber ich bin schon neun, ich trage die Verantwortung.«

»Beschreibe, was du siehst.«

»Er ist so groß und stark. Und so wütend. Er schwankt. Meine Mama weint. Sie sitzt auf dem Boden. Ich glaube, das macht ihn noch wütender.«

»Warum glaubst du das?«

»Sein Gesicht … es sieht so böse aus.«

»Ist noch jemand da?«

»Meine kleine Schwester. Sie ist hinter mir. Sie hat sich hinter mir versteckt. Geh weg, sage ich zu ihr, geh in unser Zimmer! Aber sie geht nicht. Sie hält sich die Augen zu und wimmert. Ganz leise. Sie klingt wie ein Kätzchen. Papa schreit so schrecklich. Er schreit Mama an. Ich weiß nicht, was ihn so wütend macht. Christian bitte, er gibt uns nichts mehr. Meine Mama kann nicht gut sprechen, weil sie so sehr weint. Ich weine auch.«

»Was macht dein Vater jetzt?«

»Er geht auf Mama zu. Ich habe Angst. Er ist so schrecklich wütend. Ich will weggehen, aber ich kann nicht. Ich kann Mama doch nicht allein lassen mit ihm.«

»Sprechen deine Eltern miteinander?«

»Nichts kannst du! Dein Essen schmeckt scheiße, du kannst noch nicht einmal anständig ficken!«

»Nicht, Christian, die Kinder, die Kinder.«

»Was machst du?«

»Ich stehe da. Ich weiß nicht, was ich machen soll.«

»Und dein Vater?«

»Er dreht sich um, und jetzt sieht er mich. Ich habe Angst, ich habe solche Angst. Aber er darf Mama nicht noch einmal schlagen. Sie blutet.«

»Was machst du jetzt?«

»Ich halte mich an ihm fest, ganz fest. Papa, Papa.« Ich höre mich selbst wimmern. Wie ein Kleinkind.

»Was macht er?«

»Er packt mich und schleudert mich weg. Ich fliege gegen das Treppengeländer: Nein, nein, nicht! Das Geländer bricht.

N E E E I I I N. Ich muss mich festhalten. Aber ich stürze, ich stürze. Da ist Magnus. Seine Augen sind auf, ganz weit. Er sieht mich an. Ich halte mich fest. An seinem Bein. M A G N U S!«

Mit aller Kraft schreie ich seinen Namen. »M A A A G N U S!«

Stille.

»Frau Brandner, ich zähle jetzt langsam von zehn rückwärts bis eins. Stellen Sie sich eine Treppe mit zehn Stufen vor, die Sie jetzt hinaufgehen, bis Sie wieder angekommen sind auf der obersten Stufe, in Ihrem wachen Bewusstsein. Nehmen Sie die Bilder von hier mit und verbinden Sie die Erkenntnisse von damals mit den Erkenntnissen von heute. Verknüpfen Sie die Dinge, die unverständlich waren mit denen, die Sie jetzt begreifen konnten. Zehn Stufen und bei jeder Stufe kommen Sie der Gegenwart wieder ein Stück näher. Gehen Sie in Ihrem eigenen Tempo, geben Sie mir ein Zeichen, wenn ich das Tempo meines Zählens verändern soll. Spüren Sie Ihren Atem, und nähern Sie sich mit jedem Schritt, mit jeder Stufe wieder der Gegenwart. Ich fange jetzt an zu zählen. Bei eins öffnen Sie die Augen und sind wach. Sie sind dann wieder ganz wach und im Hier und Jetzt. Zehn – neun – acht …«

Ich höre die zählende Stimme und steige auf. Stufe für Stufe. Magnus nehme ich mit. Ich lasse ihn nicht los. So, wie ich ihn damals nicht loslassen konnte. Auf der letzten Stufe angekommen, öffne ich die Augen und bin wieder zurück. Ich liege auf der Couch im Zimmer meiner Therapeutin und schaue mich um. Alles sieht aus wie immer. Die Sonne scheint ins Zimmer, an der Wand tanzen Schatten. Ich drehe den Kopf. Auf der Vitrine verharrt die von mir schon so oft bewunderte Skulptur in der immer gleichen Bewegung. Hier hat sich überhaupt nichts verändert. Und doch ist alles anders. Die Welt, die bis heute, bis vor wenigen Minuten meine war, ist eine andere.

Ich bleibe liegen und fühle mich matt und kraftlos. Ich kann nicht aufstehen. Ich kann mich noch nicht einmal aufsetzen. Ich sehe meinen Bruder und schließe die Augen. Er ist noch immer da. Es ist, als würde mich diese Erinnerung spalten. Ein Teil von mir liegt hier in diesem Raum, auf der Liege, leise wimmernd, aber doch begreifend und abgeklärt. Ruhig und voller Trauer. Der andere Teil schreit. Tobt. Wütet. Schlägt um sich. Ist voller Zorn. Der ruhige Teil versucht zu beschwichtigen. *Reiß dich zusammen, reiß dich doch zusammen.*

Frau Faber sitzt neben mir, und plötzlich registriere ich, dass sie meine Hand hält.

»Magnus. Er war mein Bruder.« Ich hatte einen Bruder. Ich war sieben, als er geboren wurde. Wie konnte ich das vergessen? »Kann ich ein Glas Wasser haben, bitte.« Meine Stimme klingt wie ein Nagel, den man über trockenen Asphalt zieht. Sie reicht mir ein Glas, und ich stütze mich zittrig auf. »Wie konnte ich ihn vergessen? Meinen eigenen Bruder?«

»Sie haben ihn nicht vergessen. Ihr Albtraum hat Sie an ihn erinnert. Albträume sind dazu da, unverarbeitete, meist schlimme Geschehnisse zu verarbeiten. Sie konnten das nicht bewusst tun, deshalb geschah es in Ihren Träumen. Immer wieder.«

»Ich habe ihn umgebracht!« Ich lasse mich wieder zurückfallen. »Oh Gott, ich habe ihn umgebracht.«

»Frau Brandner, Sie sind das Opfer, nicht der Täter. Und Sie waren ein Kind. Was Ihnen angetan wurde, ist schrecklich.«

Ich antworte nicht, liege nur da, meine Hand in ihrer. Ich weiß nicht wie lange, ich habe jedes Zeitgefühl verloren. Irgendwann gleite ich zurück in mein Leben. Ich setze mich auf und greife wieder zu dem Wasserglas. Frau Faber schaut mich an.

»Wie fühlen Sie sich?«, fragt sie. Die Frage ist einerseits lächerlich und andererseits die einzig richtige.

»Ich weiß nicht. Ich habe Kopfschmerzen, und ich fühle mich, als hätte ich tagelang nicht mehr geschlafen«, versuche ich meinen Zustand zu beschreiben.

Sie nickt. »Wir haben sehr belastende Erinnerungen aufgedeckt, die jetzt im Begriff sind, in Ihr Bewusstsein überzugehen. Das ist sehr anstrengend und kann retraumatisierende Gefühle hervorrufen. Soll ich Ihren Mann anrufen?«

»Nein.«

»Eines Ihrer Kinder?«

»Nein.«

»Sie können nicht alleine nach Hause fahren.«

»Könnten Sie mir ein Taxi rufen?«

»Frau Brandner, Sie sollten jetzt überhaupt nicht allein sein.«

»Meine Kinder sind erreichbar, mein Mann auch. Es ist gut.«

Frau Faber sieht mich eindringlich an. »Reden Sie mit Ihrem Mann darüber.«

»Ja.«

»Es ist eine sehr, sehr erschütternde Erinnerung.«

»Ja.« Ich trinke und verschütte einen Teil des Wassers. Meine Hände zittern. »Und jetzt?«, frage ich und höre selbst die ganze Verzweiflung, die in dieser Frage liegt.

»Mit der Hypnose haben wir uns erst einmal Zugang

zu Ihrem Unterbewusstsein verschafft. Aber das ist nicht das Ende. Das ist ein Anfang. Vorausgesetzt, Sie möchten weitermachen.«

Ich nicke.

»Gut. Kommen Sie morgen um fünfzehn Uhr. Ist das in Ordnung für Sie?«

»Ja. Danke«, sage ich und meine: Danke, dass ich morgen kommen darf.

61

Auf dem Heimweg stehe ich völlig neben mir. Mein Kopf ist leer, ich habe Probleme zu reagieren, als der Taxifahrer mich anspricht.

»Wohin soll's denn gehen?«

»Nach Hause.«

»Gerne, aber ich brauche die Adresse.«

»Idstein. Ulmenweg 15.«

Zu Hause angekommen, fühle ich mich wie ein Tier im Käfig. Ich gehe von Zimmer zu Zimmer, kann nicht sitzen, nicht liegen, nicht stehen. Ich bin voller Unruhe. *Ich muss reden*, denke ich. Aber mit wem? Mit Nora? Nein, nicht mit Nora. Auch nicht mit Ben und Andreas. Vielleicht mit Inga? Später. Mama? Kommt nicht infrage. Katrin! Ich muss Katrin anrufen. Meine Hände zittern, als ich die Telefontasten drücke. So viele Ziffern, immer wieder verwähle ich mich, bis endlich, endlich das Rufzeichen ertönt. Einmal, zweimal, tausendmal. *Bitte, bitte.* Aber Katrin ist nicht erreichbar. Ich breche auf dem Küchenboden zusammen.

Als ich wieder zu mir komme, springt mich das Gesicht meines Bruders an. Magnus. Noch immer macht es mich fassungslos, wie vollständig er aus meinem Gedächtnis getilgt war. *Magnus, Magnus, Magnus.*

Ich rapple mich auf. Raus, ich muss hier raus. Ohne nachzudenken, schnappe ich mir den Autoschlüssel und renne zu meinem Wagen. Ohne Schuhe, ohne Jacke, ohne Ziel, auch ohne einen einzigen klaren Gedanken im Kopf. Ich fahre los, steuere das Auto durch Straßen, die ich hundert Mal, tausend Mal durchfahren habe und nehme nichts von dem wahr, was um mich herum geschieht. Bis ich mich auf dem Parkplatz des Einkaufsmarktes wiederfinde. Ich halte an. Wie bin ich hierhergekommen? Ich kann mich nicht erinnern hierhergefahren zu sein. Es ist nur eine kurze Fahrt, keine fünf Minuten von unserem Haus, aber ich kann mich überhaupt nicht daran erinnern.

Ich lege die Stirn auf meine Hände am Lenkrad, ich schließe die Augen und sehe meinen Bruder. *Magnus.* Nicht nachdenken, einfach atmen. Ein und aus. Ein und aus. *Was soll ich tun? Was soll ich nur tun!* Ich wusste es. Ich wusste, dass da etwas war. Irgendwie habe ich es immer gespürt. »Warum hast du ihn nicht verlassen?«, flüstere ich. Ich spüre meinen heißen Atem. »Warum hat nicht einmal das genügt, um ihn zu verlassen?«

Nicht daran denken, nicht daran denken. Aber es nutzt nichts. Ich kann es nicht aufhalten. Die Büchse der Pandora. Jetzt, wo die Tür geöffnet ist, werde ich das Bild meines kleinen Bruders nicht mehr los. *Magnus.* Ich sehe ihn so deutlich vor mir. Sein kleines Gesicht, seine kurzen Arme, die er zu mir hochreckt. Wo war er all die Jahre? *Magnus. Magnus. Magnus. Wo warst du?*

Jemand klopft an die Autoscheibe. »Frau Brandner, was ist denn los? Kann ich Ihnen helfen?« Eine Nachbarin hat mich entdeckt. Ich schüttle hastig den Kopf und starte den Motor. »Nein, nein, schon gut. Es ist nichts.«

Ich lege den ersten Gang ein und fahre los. Zweiter Gang. Weiter. Im Schneckentempo und mit vor Anstrengung verkrampften Gliedern. *Pass auf, pass gut auf dich auf. Sonst verlierst du dich wieder.* Ich konzentriere mich auf das Fahren, auf die Straße, den Verkehr. *Bleib da, verlier dich nicht.*

Ich parke, ich steige aus, ich schließe das Auto ab, ich öffne die Haustür. Ich tue Dinge, die ich Hunderte, Tausende Male getan habe. Gestern, vorgestern, letztes Jahr. Ich höre jemanden schreien. Es ist mein eigener Schrei, ein Schrei, in dem all das Entsetzen liegt, das ich im Moment des Fallens empfinde, Magnus ganz dicht bei mir. Niemand sonst hört ihn.

Reiß dich zusammen! Reiß dich zusammen. Mein ewiges Mantra. Ich muss reden. Irgendetwas.

Ich heiße Thea Brandner. Habe ich das gesagt? Oder nur gedacht?

Ich bin zweiundfünfzig Jahre alt. In zwei Wochen habe ich Geburtstag. Wann war Magnus' Geburtstag? Ich weiß es nicht mehr. Inga ist im November geboren. *Der Mond ist aufgegangen, die goldnen Sternlein prangen, am Himmel hell und klar.*

Magnus. Mein Bruder. Immer wieder Magnus. Sein Gesicht, seine Augen. Seine Angst, die meine ist. Ich wünschte, ich könnte das Denken abstellen, die Bilder aus meinem Kopf schütteln. Immerzu sehe ich sein kleines Gesicht. Oder ist es Bens Gesicht? Ich bin mir nicht sicher. Das Telefon klingelt. Es ist Katrins Nummer. Ich lasse es läuten.

Andreas findet mich unten, auf dem Sofa. Die Knie hochgezogen, ich wiege mich. Vor und zurück, vor und zurück, im immer gleichen Rhythmus, ich zähle stumm bis acht. *Eins, zwei, drei, vier, fünf, sechs, sieben, acht.* Und wieder von vorne. Das Zählen hilft mir. Ich muss nicht denken, wenn ich zähle.

»Ach, hier bist du«, begrüßt er mich. »Ist alles in Ordnung?«

In mir ist ein seltsames Gefühl der Körperlosigkeit. Ich sehe ihn nicht an, ich habe die Orientierung verloren.

»Thea?«

Ich schließe die Augen und zähle stumm. *Eins, zwei, drei, vier …*

»Was ist denn los?«

Mein Kopf zählt immer weiter. Es ist, als würde ich neben mir stehen und mir zuschauen.

»Thea? Was hast du denn?«

Schaukeln und zählen. Nicht denken.

»Thea!«

»LASS MICH IN RUHE!«

War ich das? Warum schreie ich?

»Spinnst du? Was ist denn schon wieder los?«

Ich zähle und wiege mich.

»Mir reicht's! Ich bin für eine Pause. In jeder Hinsicht.« Andreas knallt die Tür hinter sich zu. Sekunden später höre ich auch die Haustür ins Schloss fallen. Alles wirbelt durcheinander. Andreas, meine Kinder, meine Mutter und Inga. Wieder höre ich das Telefon. Ich wiege mich, will weiterzählen, einfach zählen, aber die Zahlen sind verschwunden, haben den Gedanken Platz gemacht. Eine Pause. Er will eine Pause. Pause, Pause, Pause. Hahaha, wir pausieren seit Tagen, seit Wochen, seit Monaten.

Was wird Inga sagen? Ich muss mit meiner Mutter reden. Er war doch ihr Kind. Es war ein Unfall. War es ein Unfall?

Ich wiege mich immer weiter, aber die Gedanken sind zurück. Und mittendrin, mittendrin ist das Gesicht meines kleinen Bruders.

62

Es ist zwei Uhr nachts. Mein Körper ist hundemüde, er schreit nach Schlaf. Aber mein Kopf kommt nicht zur Ruhe. Gleichzeitig habe ich Angst davor einzuschlafen, Angst davor zu träumen.

»Ich räume jetzt mein Leben auf«, flüstere ich. »Schritt für Schritt. Nicht alles auf einmal. Besenstrich für Besenstrich.« Als könnte ich dadurch etwas ändern. Irgendetwas.

Ich bin wieder zurück, kann meinen Körper und mich wieder spüren, Magnus dicht bei mir, so präsent, als wäre er niemals weg gewesen. Auch alle anderen sind da. In meinem Kopf. Ben und Nora. Mama und Inga. Nur Andreas ist reell, er hält meine Hand. Als er vorhin zurückkam, war ich für einen Moment bereit, mich ihm zu öffnen. Reumütig war er, ein bisschen zerknirscht. Melancholisch gestimmt durch den Alkohol von zwei oder drei Gläsern Rotwein. Als er sagte, dass es ihm leidtue und mich fragte, ob ich ihm nicht doch erzählen wolle, was los sei, war ich fast dankbar. Aber als ich sagte, dass ich bei Frau Faber war und es um meine Kindheit ging, hat er mich wieder unterbrochen.

»Ach Mensch, Thea, das bringt doch nichts. Hör doch

endlich auf immer herumzuwühlen, in dem was war. Lass los, und schau nach vorne. Glaub mir, dann geht's dir bald auch wieder besser.« Dann hat er sich neben mich gesetzt und mich umarmt und mir gesagt, wie leid ihm das alles tue und dass er mich vermisse und ob ich nicht mit nach oben kommen wolle, in unser Schlafzimmer. Ich konnte nichts sagen, aber als er meine Hand nahm, bin ich mit ihm gegangen. Wie ein folgsames Kind. Wir haben uns auf das Bett gelegt, und er hat meine Hand nicht losgelassen, bis jetzt nicht.

Er schläft, ich höre seinen gleichmäßigen Atem. Vorsichtig löse ich meine Hand aus seiner, stehe leise auf und gehe nach unten in die Küche. Stelle den Wasserkocher an und mache mir einen meiner zahllosen Schlaftees. Ich setze mich mit der Tasse in der Hand an den Küchentisch und schaue mich um. Alles sieht aus wie immer. Die Küche im weißen Landhausstil, groß und geräumig. Mittendrin der Küchenblock mit Herd. Alles ist sauber, alles ist aufgeräumt. Nur mein Leben nicht. Seltsam distanziert sehe ich all die Gegenstände, die sich im Laufe der Jahre hier angesammelt haben. Den Kaffeevollautomaten, die Tassen im Regal, die große Obstschale, die wir aus Italien mitgebracht haben. Auch die von mir mit Hingabe gestaltete Bordüre an der Wand. Wann war das? *In einem anderen Leben.*

Ich möchte etwas spüren. Ein Gefühl von Heimat, von *Hier-bin-ich-zu-Hause*. Es stellt sich nicht ein. Wer bin ich? Wohin gehöre ich? Wo will ich sein? *In MEINEM Haus,* sagt mein Herz. Und es meint nicht dieses.

Ich werde wach und schaue auf die Uhr. Es ist fast acht. Das Bett neben mir ist leer. Ich habe nur wenig geschlafen, aber die paar Stunden überraschend fest und traumlos. Andreas habe ich nicht gehört. Nicht, als er aufstand und nicht, als er das Haus verließ.

Ich stehe auf, ziehe mir einen Pullover von Andreas über das Schlafshirt und gehe nach unten. Mein Therapietermin ist um drei. Das sind sieben Stunden. Sieben endlose Stunden. Ich mache mir einen Espresso und kippe ihn gegen meine Gewohnheit schwarz runter. Und gleich noch einen hinterher. Irgendwie hoffe ich, dass das geballte Koffein meinem Körper hilft, die Müdigkeit zu vertreiben und meinem Kopf, einen einzigen klaren Gedanken zu fassen.

Ich schnappe mir das Telefon und rufe Katrin an. Als ich ihr von Magnus erzähle, reagiert sie entsetzt, aber nicht hysterisch. »Ich buche sofort einen Flug.«

»Nein. Das brauchst du nicht.«

»Bist du sicher?«

»Ja.«

Wir verabschieden uns, aber noch bevor ich auflege, sagt sie etwas, was mich sehr seltsam berührt: »Ach, Thea. Du armes, armes Kind.«

Ich wandere auf und ab und hin und her, immer wieder, und dabei schaue ich unentwegt auf meine Armbanduhr. Zwanzig nach neun. Der Minutenzeiger bewegt sich nicht. Er scheint sich gegen mich verschworen zu haben. Ich vergleiche die Zeit mit der aller anderen Uhren im Haus. Sie sagen alle das Gleiche.

Ich nehme mir die Tageszeitung, versuche zu erfassen, wie sich die Eurokrise auf die Kleinanleger und Sparer auswirkt, gebe wieder auf. Ich kann nichts tun. Gar nichts. Nur warten. Und auch das kann ich nicht.

Ich tue alles, um meine Gedanken zu kontrollieren und diesen einen Gedanken, den an meinen Bruder, zu verdrängen, aber sein Name und sein Gesicht lassen sich jetzt nicht mehr wegdrücken.

Um neun rufe ich in der Praxis an. Ich darf sofort kommen.

»Sie haben gestern nicht nur erfahren, dass es einen Bruder gab, sondern auch die schrecklichen Umstände seines Todes«, sagt Frau Faber. »Setzen Sie sich nicht unter Druck. Geben Sie sich Zeit, das Geschehene zu erfassen. Reden Sie mit Ihrer Familie darüber. Mit Ihrer Mutter, Ihrem Mann, Ihren Kindern.«

Ich bin jetzt sehr gefasst und vernünftig. »Mein Mann findet, ich solle nach vorn schauen. Ich solle loslassen und nicht in den alten Geschichten wühlen. Und vielleicht ist es ja …«

»Ihr Mann erfasst überhaupt nicht die Tragweite dessen, was passiert ist. Das kann er auch nicht, solange er keine Informationen darüber hat.«

Sie hat recht. Es geht hier nicht um einen Fehler in der Steuererklärung. Es geht um Leben. Und um Tod. Da hilft kein *Schwamm drüber.* Dafür gibt es auch keine *Korrekturtaste.*

»Kommen Sie mit Ihrer Familie hierher in die Praxis. Bei einer Familiensitzung lassen sich die Dinge am besten klären. Sagen Sie auch Ihrer Mutter Bescheid. Und Ihrer Schwester.«

Ein Termin in ihrer Praxis, mit meiner Familie. Das bedeutet, ich kann die Verantwortung abgeben. Ich kann mich ihrer Führung überlassen.

»Wann?«

»Morgen, sechzehn Uhr?«, fragt sie.

»Morgen? Morgen ist Samstag.«

»Ja.« Sie lächelt. »In besonderen Fällen mache ich auch samstags Termine.«

63

Meine Familie von der Notwendigkeit dieses Termins zu überzeugen war eine große Herausforderung. Besonders bei meiner Mutter und Inga musste ich viel Überredungsarbeit leisten. Sogar Druck ausüben.

»Mama, ich bitte dich nicht, ich erwarte es von dir. Ich hole dich gegen Mittag ab.«

Inga konnte ich schließlich mit einem Schwesternwochenende locken. *»Du kannst bis Sonntag bleiben.«*

Bei Andreas dagegen war es fast ein Kinderspiel.

»Frau Faber hat für morgen Mittag eine Sitzung mit der Familie vorgeschlagen.«

»Vorgeschlagen? Also noch nicht vereinbart?«

»Doch, es ist vereinbart.«

»Morgen ist Samstag.«

»Ich weiß. Trotzdem. Es ist wichtig für mich. Auch wichtig für euch. So wichtig, dass ich es nicht verschieben kann.«

»Dann sag's doch auch gleich so. Was soll diese schwammige Formulierung?«

»Andreas, bitte hinterfrage ausnahmsweise mal nichts, lass dich einfach darauf ein. Bitte!«

»Ich habe doch gar nicht gesagt, dass ich mich nicht darauf einlasse.«

»Weiß Ihre Familie Bescheid?« Dr. Faber wirft mir einen fragenden Blick zu. Ich schüttle den Kopf.

Sie schiebt einen Stapel Notizblätter zusammen und richtet ihren Blick auf meine Mutter. »Ihre Tochter leidet unter den Folgen traumatischer Erfahrungen aus ihrer Kindheit. Und eine davon ist besonders quälend. Um diese geht es heute.«

Ihr Blick schweift über meine Familie. »Ich denke, Sie alle wissen, was ein Trauma ist?«

Einstimmiges Nicken. Nur meine Mutter nickt nicht. Sie sagt auch nichts. Seit ich sie abgeholt habe, hat sie nichts gesagt, sich kaum geregt. Selbst das Gehen schien ihr schwerzufallen.

Jetzt sitzt sie hier, so blass und aufrecht, wie versteinert. Auch Inga wirkt angespannt, aber sie hat ihre ablehnende Haltung offenbar aufgegeben. Ich sehe Neugier in ihren Augen.

Frau Faber erklärt noch einmal genau, was ein Trauma ist. Und was es bedeutet, damit zu leben. Darunter zu leiden.

»Traumatische Reaktionen sind Teil eines hochintelligenten psychosomatischen Selbstschutzsystems«, sagt sie. »Es verletzt die Seele, wenn man schlimme Geschehnisse verleugnet, weil sich dann das Gefühl einer Mitschuld im Unterbewusstsein festsetzt.« Manche Patienten würden es alleine schaffen, ihre traumatischen Erfahrungen zu verarbeiten. Aber wer das nicht könne, der hätte ein Problem. Viele würden Psychosen entwickeln und ihr ganzes Lebensgefühl danach ausrichten.

Andreas sitzt sehr weit vorn auf seinem Stuhl, direkt neben mir. Seine Hand greift nach meiner. *Ich weiß nicht, was gleich passiert, aber ich bin für dich da*, sagt mir diese Geste.

Ich überlasse meine Hand seiner ruhigen Wärme und sehe in die arglosen Gesichter meiner Kinder. Ich sorge mich, auch um sie. Sie wissen nicht, was sie gleich erfahren werden.

»Das entscheidende Wesen eines Traumas ist die Verdrängung. Das Nicht-Erinnern. Das traumatische Erlebnis scheint aus der Erinnerung gelöscht. Ich sage scheint, weil der Mensch nichts wirklich vergisst. Wie bei der Festplatte eines Computers, wo gelöschte Daten irgendwo noch vorhanden sind, sind alle unsere Erinnerungen in uns vergraben. Sie befinden sich in unserem Unterbewusstsein und können – wenn sie traumatischer Art sind – von da aus noch allerhand Probleme machen. Deshalb ist es so wichtig, sie aus dieser dunklen Ecke herauszuholen und sichtbar zu machen. Nur dann ist eine effektive Aufarbeitung möglich. Wir haben hierfür den Weg einer therapeutischen Hypnose gewählt.«

Frau Faber schaut mich an. »Frau Brandner, ich habe eine Videoaufnahme gemacht. Ihr Einverständnis vorausgesetzt, würde ich das gerne hier zeigen. Ist das für Sie in Ordnung?«

Ich lenke den Blick zu meiner Mutter. »Mama?«

Sie erwidert ihn, aber sie sagt nichts. Ihre Augen sind dunkel. Sie wendet sich ab. Ich nicke.

Die Musik setzt ein, und ich höre die Stimme von meiner Therapeutin. Ich höre, was sie sagt, höre auch, was ich sage und weiß auch, dass ich gesagt habe, was ich höre, und doch wundere ich mich. Meine Stimme verändert sich. Ich erkenne sie fast nicht, es ist die Stimme eines Kindes, die so gar nicht zu der Frau passen will, die dort auf dem Sofa liegt. Es ist, als würde ich mich vor den

Augen meiner Familie in ein kleines, ängstliches Kind verwandeln. Ich höre mich selbst auf Frau Fabers Fragen antworten, höre jedes Wort, höre mein Atmen. Und irgendwann höre ich mich auch schreien. Einen Moment bin ich mir nicht sicher, ob dieser Schrei wirklich existiert, ob alle anderen ihn auch hören, oder ob er nur in meinem Kopf ist, so wie er immer in meinem Kopf war. Ich habe diesen Schrei schon so viele Jahre in mir. Jetzt fließt er aus mir heraus.

Wir starren auf den Bildschirm bis das Band endet. Danach herrscht Totenstille. Ungläubige Stille. Fassungslose Stille. Ich wende den Kopf und sehe mir meine Familie an. Andreas. Nora. Ben. Sie weinen. Meine Familie weint, wir trauern gemeinsam, endlich, nach so langer Zeit trauern wir um Magnus, um meine Kindheit, um so viele verlorene Jahre. Auch meine Mutter weint. Und Inga. Nur ich weine nicht.

»Erinnerst du dich, Mama? Erinnerst du dich?«, frage ich sie. Meine Stimme klingt rau. Ihre Haltung ist immer noch aufrecht, aber sie sieht sehr alt aus. Schutzbedürftig. Ich kann sie nicht mehr schützen. »Mama!« Ihr Mund ist ein Strich. Ich stehe auf und packe sie an den Schultern. »ERINNERST DU DICH?«

Ihr Kopf fällt zur Seite. Erschrocken lasse ich sie los.

»Frau Vollrad«, sagt Dr. Faber beschwichtigend. »Reden Sie mit Ihrer Tochter. Helfen Sie ihr. Helfen Sie auch sich.«

»Warum hast du ihn nicht verlassen? Warum hat noch nicht einmal das genügt, um ihn zu verlassen?«

Sie sieht mich nicht an.

»WARUM?«, frage ich noch einmal.

Sie schüttelt den Kopf und hält sich die Hände vor das

Gesicht. Dann blickt sie hoch. *Du hast dich eingemischt. Ohne dich würde Magnus noch leben,* lese ich in ihrem Blick. Mein Brustkorb wird eng.

»Ja, Oma. Warum?«, fragt jetzt auch Nora. Sie steht auf und kniet sich vor mich, schlingt ihre Arme um mich und sieht ihre Großmutter an.

»Wie hätte ich denn weiterleben können. Ohne ihn?« Sie flüstert.

»Was sagst du da?« Nora ist fassungslos.

»Oder er ohne mich?« Ihre Stimme gewinnt an Festigkeit. »Wir brauchten einander. Ich konnte ihn nicht verlassen. Niemals.«

»Aber ohne deinen Sohn weiterleben, das konntest du«, sagt Nora wütend. Ich streiche meiner Tochter über den Kopf und schiebe sie zurück.

»Magnus«, wimmert sie. »Magnus. Magnus. Mein Junge, er war mein kleiner Junge.« Jetzt gibt sie ihre Haltung auf. Sie sackt zusammen. Schlägt sich die Hände vor das Gesicht.

Ich keuche, plötzlich kann ich kaum atmen. *Bleib ruhig! Reiß dich zusammen!*

»Wie konnte es dazu kommen?«, flüstere ich. »Erklär mir das! Was war er für ein Mensch, dass er mit dieser Schuld weiterleben konnte? Und weiterprügeln?«

Für einen Moment ist es sehr still. Dann richtet sie sich wieder auf und sieht mich an.

»Ein verzweifelter. Er war ein verzweifelter Mensch.«

»Er hat dich geschlagen und deinen Sohn umgebracht. Und beinah auch mich.«

»Er wollte das doch nicht. Es hat ihn selbst fast umgebracht.«

Ich schlucke schwer.

»Er … er hat euch so geliebt. Und doch auch alles getan. Den Notarzt angerufen. Euch in warme Decken gewickelt«, sagt sie, jetzt mehr zu sich selbst. »Er hat doch alles für euch getan.« *Er hat alles für euch getan.* Leben gegeben, Leben genommen.

Inga sieht hoch. Ihr Gesicht sieht schlimm aus. Arme, schöne Inga. Schwarze Bahnen von Wimperntusche laufen über ihre Wangen, der Lippenstift ist verschmiert. »Und ich? Wo war ich?«

»Du?«

»Mich gab's auch noch!«

»Zu Hause. Frau Ruttnig war bei dir.«

»Frau Ruttnig?«

»Ja. Eine Nachbarin aus dem Dorf. Sie ist bei dir geblieben. Die ganze Nacht.«

Ich schaue meine Mutter an. Meine Mutter, deren Liebe zu ihrem Mann wichtiger war als die zu ihren Kindern. Wie konnte sie mit dieser Lüge leben, all die Jahre? Und dabei auch noch den Verlust ihres Kindes verkraften? Da sind so viele Fragen in meinem Kopf.

»Und wir? Magnus und …?« Meine Stimme kippt.

»Wir sind mit dem Krankenwagen gefahren. Ich hatte ihn im Arm. Ich hatte Magnus im Arm.« Plötzlich beginnen ihre Schultern zu beben. »Aber sie haben ihn mir weggenommen. Meinen Jungen. Sie haben ihn mir weggenommen.« Jetzt bebt ihr ganzer Körper. Ich betrachte sie, aber ich kann nichts fühlen. In mir ist alles kalt.

»Was war mit mir?«

»Du hast gelebt, aber wir wussten nicht, ob du es schaffst. Sie haben dich noch am Abend operiert.«

Ich sehe mich selbst. Ein kleines neunjähriges Mädchen. Schwer verletzt, vielleicht tödlich verletzt. Im Krankenhaus, inmitten von Ärzten, Schwestern, Maschinen. Warum fühle ich nichts?

»War ich allein?«

»Ich war bei dir.«

»Und … er?«

Keine Antwort.

»Er ist weggegangen? Er hat dich dort im Krankenhaus mit mir allein gelassen? Nach alledem.«

»Erst nach der Operation. Erst, als der Arzt gesagt hat, dass du leben wirst.«

»Und Magnus?«

Sie schüttelt den Kopf. »Sein Genick war gebrochen. Der Arzt sagte, er hätte nicht gelitten.« Wieder stürzen Tränen aus ihren Augen. »Am nächsten Morgen schickten sie mich nach Hause. Ich wollte nicht, aber ich hatte doch noch ein Kind, um das ich mich kümmern musste.«

»Und? Hast du dich gekümmert?« Ingas Ton ist aggressiv.

Meine Mutter greift nach ihrer Hand. Inga zieht sie weg. »Als ich nach Hause kam, warst du in eurem Zimmer und hast die Musikkassette gehört. Immer wieder, auch in der Nacht. Das weiß ich von Frau Ruttnig. Sie hörte dich singen, immer die gleichen Lieder, die ganze Nacht, immer und immer wieder. Auch am Tag. Immer wieder. Immer wieder.«

Inga fängt leise an zu singen. *Der Mond ist aufgegangen, die goldnen Sternlein prangen, am Himmel hell und klar. Der Wald steht still und schweiget und aus den Wiesen steiget, der weiße Nebel wunderbar.* Die Arme um die hochgezogenen Knie geschlungen, wiegt sie sich vor und zurück, so wie ich mich vor zwei Tagen gewiegt habe.

»Was war das nur für ein Mensch?« Andreas steht auf und geht zum Fenster. Er ist blass, aber das sind wir alle.

»Ein trauriger«, sagt meine Mutter. »Er war der unglücklichste und traurigste Mensch, den man sich vorstellen kann.«

»Ich bin auch manchmal traurig. Deswegen habe ich noch nie jemanden geschlagen. Oder sogar umgebracht.« Bens sorglose Unbekümmertheit ist wie weggewischt. Sehr ernst steht er neben Andreas und ringt um Fassung.

Meine Mutter sieht uns nicht an, ihr Kopf bleibt gesenkt, in der Hand ein Taschentuch, das längst keine Tränen mehr aufnehmen kann. Und noch immer nimmt sie ihren Mann in Schutz. »Wenn er gute Tage hatte, war er der zärtlichste, der fürsorglichste Vater. Dann war er für euch da. Das wisst ihr doch, das könnt ihr doch nicht vergessen haben?« Es hört nicht auf. Es hört nie auf.

Welche Farbe hat der Wind, Papa?

»Und dabei war er doch selbst wie ein Kind.« Sie schluchzt. Ich will das nicht hören. Ich will, dass sie ihn hasst. So wie ich ihn hasse. Die letzte Gelegenheit der Rache.

Sie wischt sich zum hundertsten Mal die Tränen ab, und endlich hebt sie den Kopf. »Als wir uns kennenlernten … Es ging ihm nicht gut. Er konnte keine Nacht durchschlafen. Und wenn er endlich eingeschlafen war, dann hat er geschrien. Und wie er geschrien hat. Jede Nacht. Nur bei mir wurde er ruhig.«

»Wissen Sie, was ihn so quälte?«, fragt Dr. Faber.

»Ich war doch die Einzige, die ihm helfen konnte. Die Einzige. Er brauchte mich. Er …« Sie verstummt.

»Frau Vollrad. Reden Sie weiter. Sprechen Sie darüber.«

»Es … es war … sein Vater … er hat ihn so gehasst.« So viel Hass, überall, die ganze Familie vergiftet durch Hass. »Die Schläge, die Härte. Und dann der Krieg. Er war erst achtzehn, als sie ihn holten. Dabei wollte er doch nur malen. Nur malen. Das war seine Leidenschaft, aber davon wollte seine Familie nichts wissen.«

»Ihr Mann war also im Krieg?«

»Ja. Er wurde eingezogen und schwer verletzt. Dann kam er ins Lazarett. Gott sei Dank. So hat er überlebt.«

»Er war traumatisiert.« *Noch einer.*

»Aber es war noch nicht vorbei«, sagt meine Mutter und sieht Dr. Faber an. »Kurz vor Kriegsende sollte er wieder eingezogen werden. Er konnte nicht. Er war panisch, verstehen Sie? Er ist geflüchtet und hat sich zu Hause versteckt. Aber sie haben ihn gefunden.« Sie dreht ihren Kopf in meine Richtung. *Erloschener Blick*, denke ich. So sieht also ein erloschener Blick aus. Das habe ich schon oft gelesen, aber ich konnte mir nie etwas darunter vorstellen. »Sein Vater hatte ihn denunziert. Sie haben ihn abgeholt. Er sollte erschossen werden.«

»Ich kann das nicht glauben«, sagt Andreas. »Was war das für eine Familie?«

»Sie haben ihn aber offensichtlich nicht erschossen«, sage ich matt.

»Nein. Aber er musste wieder an die Front. Ich weiß nicht, was er dort erlebt hat, das hat er mir nie erzählt. Aber danach fing er mit dem Trinken an.«

»Und so haben Sie ihn später kennengelernt.«

»So habe ich ihn kennengelernt. Er war so dankbar. Weil ich ihn verstand, weil ich ihm helfen konnte. Das konnte sonst niemand, nicht einmal seine Mutter.«

»Weil du ihm helfen konntest? Er hat dich also vor lauter Dankbarkeit verprügelt?«, frage ich fassungslos.

»Es tat ihm so leid. Er wollte das nicht.«

»Du hast ihm jedenfalls nicht damit geholfen, auch wenn du das glaubst. Oder höchstens dabei, immer so weiterzumachen.« Ich sehe zu Frau Faber. »Er hätte eine ganz andere Hilfe gebraucht.« Dann wäre das alles überhaupt nicht passiert. Ich stürze ans Fenster und reiße es auf. Ich bekomme keine Luft mehr. Auch in mir tobt ein Krieg.

»Mama.« Nora kommt und nimmt mich in den Arm. Rollentausch. Sie tröstet mich, wie eine Mutter ihr Kind. Auch Ben und Andreas kommen. Sie berühren mich. Wir alle berühren uns. Wir sind eine Familie, das fühle ich. Ich kann wieder atmen. Andreas drückt meine Hand. Ich lege meinen Kopf an seine Schulter. »Es tut mir so leid«, sagt er, und ich glaube ihm. Er schämt sich, weil er das Ausmaß der Tragödie nicht erkannt hat. Nicht erkennen konnte oder auch wollte. Aber das spielt jetzt keine Rolle mehr. Ich atme seinen vertrauten Geruch und erwidere den Druck. Er ist bei mir. Meine Kinder und mein Mann sind bei mir.

»Es tut mir leid«, sagt auch meine Mutter und sieht uns an, Inga und mich. »Es tut mir unendlich leid. Bitte verzeiht mir.«

Ich merke, wie der Druck etwas nachlässt. *Bitte verzeiht mir.* Es ändert nichts, aber ich spüre, dass es das ist, was ich von ihr hören wollte.

Dr. Faber sieht mich an. »Frau Brandner, wie geht es Ihnen jetzt? Was empfinden Sie?«

Ja, was empfinde ich? Ich suche nach Worten, um meine Empfindungen zu beschreiben.

»Es ist ein bisschen so, als wollte man nach einem Brand

die Asche zusammenkehren, und dabei stößt man immer wieder auf Glut. Das Feuer ist gelöscht, aber die Asche noch nicht kalt.«

Es sind noch so viele Fragen in meinem Kopf. Wann wurde mein Bruder beerdigt, und wo liegt er begraben? Und wann ist mein Vater wieder aufgetaucht, was hat das alles mit ihm gemacht? Mir fällt die Traurigkeit ein, die sich seit dem Unfall in unserem Haus festgesetzt zu haben schien. Nicht wegen mir. Wegen Magnus. Inga war wohl noch zu klein, um sich an etwas zu erinnern.

Plötzlich fühle ich mich unendlich müde. Die Fragen haben noch Zeit. Die wichtigsten Antworten habe ich erhalten, und damit gebe ich mich für das Erste zufrieden. Das Schlimmste ist damit hoffentlich überstanden. Jetzt sehne mich nach einem langen Schlaf. Nach einem langen traumlosen Schlaf.

64

Die Tage sind zäh und mühsam. Ich laufe Gefahr, in meine alte Starre zu verfallen. Ich bin voller Traurigkeit, aber ich kann sie nicht fühlen. Manchmal bin ich ungeduldig und ungerecht, dabei gibt sich meine Familie so große Mühe. Andreas tut alles, um mir zu zeigen, dass er zu mir hält und hinter mir steht. Er bekocht mich und kümmert sich, und zum Dank schreie ich ihn an. Ich will seine Fürsorge nicht. Sie scheint mir nicht reell. Ich will nicht wie ein krankes Kind behandelt werden. *Was willst du denn?*, fragt mein Kopf. Ich weiß es nicht. Mit Dr. Faber reden vielleicht. Es scheint das Einzige zu sein, das mir hilft.

»Unterdrücken Sie Ihre Trauer nicht. Weinen Sie«,

sagte sie bei unserer letzten Sitzung. »Ich kann nicht«, habe ich geantwortet, und das stimmt. Dabei sind so viele Tränen in mir, ich ertrinke daran. Warum kann ich plötzlich nicht mehr weinen. Ich habe doch vorher wegen jeder erdenklichen Kleinigkeit geweint.

Es klingelt. Ich öffne die Tür, und da steht Nora. »Hast du keinen Schlüssel dabei?«, frage ich.

»Nein«, sagt sie und betritt den Flur.

Wir sehen uns an, ich spüre, dass sie etwas auf dem Herzen hat. »Was ist?«

Sie hält mir einen Umschlag hin. »Ich habe dir einen Brief geschrieben«, sagt sie verlegen. »Weil ich nicht wusste, wie ich dir sagen kann, was ich sagen möchte. Ich war mir nur nicht sicher, ob … ich bin mir immer noch nicht sicher, aber …« Sie stockt.

Ich nehme ihr den Umschlag ab und lächle. »Danke«, sage ich. Es ist der erste Brief, den ich je von ihr bekommen habe. Wenn man von Kindergrüßen zu Muttertagen oder dergleichen absieht.

»Ich muss dann mal wieder. Frida wartet.« Sie umarmt mich. Dann geht sie. Ich sehe ihr durchs Fenster nach, sehe, wie sie ins Auto steigt, sehe, wie sie sich zu Frida umdreht, ihr ein Stück Brezel in die Hand drückt und lächelt. Ein Mutterlächeln.

Noras Brief:

Liebe Mama,
alles ist anders. Ein Tag nur liegt zwischen dem Vorher und dem Nachher, ein Tag oder sogar nur ein paar Minuten, die selbst mein Leben auf den Kopf gestellt haben. Wie erst muss es sich auf deines auswirken?

Die Sicht auf Dinge und auf Menschen unterziehen wir keiner Prüfung. Wir hinterfragen sie nicht. Sie entwickelt sich und wird von uns als gegeben hingenommen. Niemals hätte ich gedacht, dass sie sich schlagartig verändern kann.
Es ist eine seltsame Vorstellung, dass es einen Onkel hätte geben können. Jemanden, der jetzt vielleicht mein Mentor und Berater wäre. Einen väterlichen Freund. Dein kleiner Bruder.
Er ist nur zwei Jahre alt geworden. Ungefähr so alt wie Frida jetzt ist. Sie sitzt hier vor mir auf dem Boden und spielt.
Ich sehe ein kleines Kind. Noch ohne eigene Lebensentwürfe oder Vorstellungen davon, was es sich vom Leben einmal wünscht oder erträumt. Und doch ein fertiger Mensch, mit all seinen Veranlagungen, mit der ihm eigenen kleinen Persönlichkeit.
Dich, Mama, sehe ich jetzt mit anderen Augen. All das, was mich an dir so oft störte, hat jetzt eine völlig neue Bedeutung. Und plötzlich sogar Berechtigung. Deine Zerrissenheit, dein Bestehen auf festen Strukturen und auf Ordnung. Deine Unfähigkeit dich mitzuteilen, Hilfe anzunehmen. Vor allem deine Fähigkeit still zu leiden, die mich so oft auf die Palme brachte. Ich leiste Abbitte. Still und voller Demut bitte ich dich, Mama, verzeih mir.
Was dir passiert ist, ist für mich nur im Ansatz vorstellbar und erklärbar. Welche Gewalt, welche Angst in deiner Kindheit geherrscht haben muss, ist jenseits meines Vorstellungsvermögens. Die Rolle, die deine Mutter, meine Oma in diesem Drama gespielt hat, entzieht sich meinem Verständnis. Wie kann eine Mutter so etwas zulassen? Wie konnte sie mit einem Mann zusammenleben, der sie nicht nur wieder und wieder verprügelte und beschimpfte, sondern darüber hinaus den Tod ihres Kindes verschuldete. Wie konnte sie zulassen, dass ihr

all dem ausgesetzt wart? Das ist unverzeihlich. Mein Mitleid mit ihr hält sich in Grenzen.
Es gehört dir. Und Inga.
Ich liebe dich! Von ganzem Herzen!
Deine Tochter Nora

Etwas bricht in mir und macht meinen Brustkorb ganz weit. Ich weine.

EPILOG

Sechs Wochen später.

Ich stehe im Bad vor dem großen Spiegel und schaue mich an. Sehr gründlich. Das letzte Jahr hat mein Gesicht verändert. Ich bin bei der Kurzhaarfrisur geblieben, und ich sehe jetzt einzelne graue Haare darin. Ich bin älter geworden, aber es steht mir. Meine Augen blicken klar. Ich sehe keine Angst mehr, dafür Neugier.

»Mama, bist du fertig?«

»Ja, ich will nur noch die Terrassentür schließen, dann können wir los.«

Nora hat sich angeboten, mich zu chauffieren. Ich will zum Flughafen. In weniger als drei Stunden geht mein Flug nach Toulouse.

Sechs Wochen sind vergangen. Es gab und gibt noch weitere familientherapeutische Sitzungen und noch viele Gespräche. Mit meiner Mutter, mit Inga, mit meiner Familie. Und natürlich mit Dr. Faber.

Auch Inga leidet. Mit der gleichen Ungläubigkeit, der gleichen Fassungslosigkeit, die auch ich erlebe. Sie hat eine neue Therapie begonnen, ihre vierte und – unter Einbeziehung der neuen Wahrheiten – hoffentlich die letzte.

Auch meine Therapiezeit ist noch lange nicht beendet. Es gibt noch viele Wunden, die ich mir ansehen und um die ich mich kümmern muss. Das ist der Weg zur Heilung. Kein einfacher Prozess. Kein einfacher Weg.

Magnus liegt auf dem Nordfriedhof begraben. Ebenso wie unser Vater. Das erscheint mir falsch. Er hat ihn getötet, und noch über den Tod hinaus scheint es, als könne Magnus ihm nicht entkommen.

Die Gräber sind gepflegt. Unsere Mutter hatte die Grabzeiten verlängert. Wenn sie stirbt, möchte sie bei ihnen sein, sagt sie. Bei unserem ersten Besuch waren wir alle zusammen dort: Mama, Inga, Andreas, Ben und Nora mit Frida. Aber ich war auch noch zweimal allein da. Ich habe mich von meinem Vater verabschiedet, aber ich kann ihm nicht verzeihen. Ich möchte einfach dieses Band, das uns noch immer verbindet, nicht mehr spüren. Ich will die Trennung. Nicht mehr und nicht weniger.

Mit Magnus habe ich lange geredet. Es tat gut, einfach dort zu stehen, die Erinnerungen fließen zu lassen und ihn zu spüren. Es fühlte sich friedlich an.

Nora ist voller Fragen, voller Neugier. Nach dem Brief konnten wir endlich miteinander reden. Konnte ICH endlich reden.

»Magnus wäre jetzt fünfundvierzig. Ich hätte ihn gern kennengelernt, meinen Onkel.« Sie war es auch, die Mama nach Fotos fragte. Ihn auf Bildern zu sehen war ein zusätzlicher Schock. Dieses mir jetzt wieder so vertraute kleine Kindergesicht, seine Locken, seine lachenden Augen. Das Bild auf dem Speicher, das Bild von ihm, habe ich mit nach Hause genommen. Es hängt jetzt in meinem Zimmer. Meine Mutter hat es mir geschenkt, als ich sie danach fragte.

»Ich konnte es nicht aufhängen«, sagte sie. »Ich konnte es mir nie ansehen. All die Jahre nicht.« Sie weint viel. Wir alle weinen viel. Das ist auch gut so. Es sind die geweinten Tränen, die uns weiterbringen, nicht die ungeweinten, hat Inga irgendwann einmal gesagt.

Ich bin froh, dass nach all den Jahren der Stagnation nun endlich wieder Bewegung in mein Leben gekommen ist. Alles verändert sich. Nach den großen Sommerferien werde ich einen neuen Job in einer Dekorations- und Einrichtungsagentur antreten. Ein banaler Zufall, dem ich diese Tatsache verdanke. Über einen Freund von Daniel, Noras neuer Liebe.

In den letzten Wochen habe ich sehr viel gemalt. Mehr als jemals zuvor in meinem Leben. Ich konnte sogar schon ein Bild verkaufen. Außerdem habe ich mir die Telefonnummer von Jens' Freund geben lassen und ihn angerufen. Mit der Sanierung des Hauses wurde begonnen. Ich könne jederzeit kommen und mir die Baufortschritte anschauen. Er könne sich auch vorstellen, eine kleine Einliegerwohnung dort einzurichten, die er später vermietet. Mit großen Fenstern und viel Licht. Ich habe nichts vereinbart, aber diese Option im Hinterkopf gespeichert.

Ich weiß nicht, was ich erwarte. Ich weiß nicht, was die Zukunft bringt. Ich lasse es auf mich zukommen.

Nora fährt. Alle bemühen sich, alle wollen mir helfen, mich unterstützen. Und ich, ich bin in einem Lernprozess. Ich lerne, Hilfe anzunehmen. Mein Albtraum hat mich in den letzten Wochen nicht mehr verfolgt. Und auch keine Migräne. Seit Wochen nicht.

Unterwegs genieße ich den strahlend blauen Himmel, das sommerliche Wetter, die blühende und saftig grüne Natur. Irgendwie sind die letzten Wochen an mir vorbeigerauscht. Es ist Anfang Juli, Sommer, die schönste Zeit des Jahres. Vor einem Jahr habe ich Johann kennengelernt. Es war wohl doch Schicksal. Denn mit dieser Affäre ist etwas in Bewegung gekommen, das mich am Ende hoffentlich befreien wird. Von meiner Angst und meiner Wut. Johann. Ich habe ihn noch einmal getroffen und mit ihm gesprochen. Über das, was unser letztes Zusammensein in mir ausgelöst hat. Über die Zeit nach Nürnberg, meine Therapie und den Grund für meine seelische Verwirrtheit. Ich weiß nicht, ob er die ganze Tragweite dessen, was mit mir passiert ist, verstanden hat, aber unser Gespräch hat mir gutgetan. Es war, als hätte ich damit dieses Kapitel in meinem Leben endlich und unwiderruflich zu Ende geschrieben. Auch in ihm hat es etwas ausgelöst. Auch er hat Baustellen. Ich war wohl nicht seine einzige Affäre. Er hat mich nach der Telefonnummer von Dr. Faber gefragt. Aber ich habe sie ihm nicht gegeben. Es gibt andere gute Therapeuten.

Am Flughafen angekommen, lässt Nora mich aussteigen, bevor sie selbst das Auto im Parkhaus abstellt. Ich schnappe mir einen Gepäckwagen und mache mich auf die Suche nach dem Schalter. Einchecken muss ich nicht mehr, das hat Ben für mich erledigt. Per Internet. Nur das Gepäck muss noch abgegeben werden.

Ich reihe mich in die überschaubare Schlange am Schalter ein und versuche, meine Gedanken zu sortieren. Ich habe gewisse Mechanismen entwickelt in den letzten Wochen, in dem Bemühen, mich und meine Mitmenschen nicht zu überfordern. Das bedeutet, dass ich versuche, mich auf das Hier und Jetzt zu konzentrieren und andere Gefühle und Gedanken außen vor zu lassen. Mein Gepäck hat ein Gewicht von 13,5 kg. Das ist gut. Es darf nicht schwerer sein als 15 kg. Ich gebe mein Eincheckdokument ab und nehme das Ticket entgegen. LH1094, Reihe 12, Sitz C. Ich schaue auf die Tafel: Geplanter Abflug 13.45 Uhr. Noch beinahe zwei Stunden.

Nora kommt auf mich zu. Sie ist nicht allein. Andreas ist bei ihr.

»Oh. Hallo. Musst du nicht arbeiten?«

»Ich habe mir für ein paar Stunden freigenommen. Heiko vertritt mich.«

»Das hättest du nicht tun müssen.«

»Nein. Nicht müssen, aber ich wollte.« Er schaut mich an. Sein Blick ist traurig. Ich hebe meine Hand und streiche ihm über die Wange. Als wollte ich seine Traurigkeit wegstreicheln. Wir lächeln uns an.

»Mama, sollen wir uns drüben in das Starbucks setzen und noch einen Latte trinken?«

»Von mir aus gern. Mein Flug geht erst in zwei Stunden, mein Gepäck ist aufgegeben, ich habe also Zeit. Was ist mit Frida?«

»Miriam hat gesagt, dass ich mich nicht beeilen brauche.«

»Okay.« Ich schaue Andreas an. »Was ist mit dir?«

Leise, nur für mich hörbar antwortet er: »Es gibt keinen Ort auf der Welt, an dem ich lieber sein möchte als an deiner Seite.« Mit normaler Lautstärke und Nora anblickend sagt er: »Ich schließe mich gern meinen beiden attraktiven Frauen an.«

Ich schaue mir meine Tochter an und meinen Mann. Sie sehen sich ähnlich. Sie sind sich ähnlich. Zwei auffallend gut aussehende, stark wirkende Persönlichkeiten. In diesem Moment erfüllt es mich mit Stolz, Teil dieser Familie zu sein. Dazuzugehören. Aber dieses Gefühl ist nicht mehr so elementar, wie es das über viele Jahre war. Ich spüre eine neue Stärke in mir.

Ich heiße Thea Brandner und bin dreiundfünfzig Jahre alt. Ich hatte einen Bruder – Magnus –, den ich geliebt habe und der vor langer Zeit gestorben ist.

Ich bin sehr froh, dass ich mich jetzt von ihm verabschieden konnte.